国学经典

唐宋名家文集

苏洵集

何新所 注译

中州古籍出版社

唐宋名家文集·苏洵集

前　言

在"唐宋八大家"这一重要的古代散文创作集体中，三苏父子是唯一的在古文创作上取得不凡成就的文学家族。当初苏洵携苏轼、苏辙来到东京开封，凭借着张方平等的推荐、欧阳修等的揄扬，加上次年苏轼、苏辙在科举考试中双双高中，一时三苏父子"名动京师，而苏氏文章遂擅天下"（欧阳修《故霸州文安县主簿苏君墓志铭并序》）。特别是苏轼，当时欧阳修就发出了"老夫须放他出一头地"的感叹，欧阳修晚年更是带点伤感地说："三十年后，世上人更不道着我也！"（朱弁《曲洧旧闻》卷八）而在南宋时期，苏文代替《文选》，成为士子争相效法的榜样。陆游《老学庵笔记》卷八就记载了这样的谚语，北宋时是："《文选》烂，秀才半"，而南宋时却说"苏文熟，吃羊肉。苏文生，吃菜羹"。不过，这些历史故事多多少少显得好像苏洵和苏辙沾了苏轼的光似的，是也？非也？

下面我们来简单地介绍一下苏洵的生平、思想及其散文艺术。

苏洵（1009—1066），字明允，北宋眉州眉山（今四川眉山）人。蜀地苏氏家族是初唐著名诗人苏味道（648—705）的后裔，苏味道在唐中宗神龙初年被贬为眉州刺史，其一子留在眉州，成为蜀地苏氏家族的始祖。苏味道是河北赵州栾城人，所以苏氏父子也常常称自己是"赵州苏氏"或"栾城苏氏"，苏辙更以"栾城"来命名自己的文集。当然到了苏洵的时候，苏味道的影响早已经淡去了。而对苏洵产生深刻影响的，应该是苏洵父祖辈所持有的独特人生观念。据苏洵《族谱后录下篇》（《嘉祐集笺注》卷一四）所记，苏洵高祖苏釿"以侠气闻于乡间"，曾叔祖苏宗晁"轻侠难制"，祖父"最好善"，苏洵的父亲苏序"喜为善而不好读书"、"晚乃为诗……豁达伟人也。性简易，无威仪"。从苏洵记述的字里行间可以看出，苏氏家族在唐末五代西蜀地方社会中并不是一个显赫的、文化程度很高的家族，但是颇有自己的家族传统，好侠为善，在地方上也颇有声誉。自从苏洵的兄长苏涣科举高中，走出蜀地以后，这个家族才开始急剧上升。苏洵自己少年时也不是一个喜爱读书的人，《三字经》中说的"苏老泉，二十七，始发愤，读书籍"，就是关于苏洵的著名典故。苏洵少年时虽则不喜学习，但是其父并未加以严厉约束，而是"纵而不问"。只是到了二十多岁的时候，苏洵才"大发愤"，折节读书，参加科举考试。苏洵几次参加进士、制举考试均未考中，因而失去了对科举考试的兴趣，不再从事举业文字的写作，而是埋头研读《论语》、《孟子》、《韩非子》等经典著作，经过近十年的揣摩研究，终于写出了自己的独具一格的古文作品。苏洵的人生经历带有时代的、地域的和家族的独特特点，因而也造成了苏洵在思想上、艺术上与众不同的格局和特色。

蜀地是一个富于文学传统的地域，司马相如、扬雄、李白这些在文学史上鼎鼎大名的人物，构成了蜀地文学夺目的光辉传统。蜀地的地域环境、文化传统、文学传统同样也深刻地影响了苏洵的思想。苏洵是一个具有很高抱负、绝不愿意仅仅做一个文人的人物。曾巩在《苏明允哀辞》中说："明允为人聪明辨智，遇人气和而色温，而好为策谋，务一出己见，不肯蹑故迹。颇喜言兵，慨然有志于功名者也。"王安石说："苏明允有战国纵横之学。""洵机论衡策，文甚美，然大抵兵谋、权利、机变之言也。"（邵博《邵氏闻见后录》卷一四)这些话都颇中肯綮。"有志于功名"可以说非常准确地概括了苏洵的人生理想。我们从苏洵的《上田枢密书》、《上余青州书》等作品中可以很明显地感受到这一点。苏洵的学术思想更多的是出自于战国纵横家以及兵家、韩非子、荀子等各派,并非是一个纯粹的儒家学者,苏氏兄弟大致也是如此,这是蜀学或苏学迥异于中原正统儒学的地方。苏洵的思想明显具有异端的色彩,和正统儒学格格不入,因而也受到当时乃至后世一些人的批评。这一点我们可以从两个方面来说。

其一,苏洵关于儒家经典的论述。苏洵写有《六经论》一组六篇文章,系统地阐述了圣人制作六经的用意。苏洵认为圣人为了达到教化的目的,通过"神道设教"的方式,制礼作乐,创设易卦,这些都是圣人的"微权",意在通过一种神秘的、权变的方式达到"经"的恒常不变之道。如他说圣人制作易卦的目的,在于使圣人之道显得幽微神秘,从而维持圣人之道的尊严。又如苏洵论古代礼仪制度的产生,通过"耻"、"拜"这两个小小的细节,就将圣人的"微权"揭示得淋漓尽致,从而揭开了所谓礼乐制度、君父尊严的神秘面纱。特别是苏洵所讲到的"刻木而为人,朝夕而拜之,他日析之以为薪,而犹且忌之",形象而深刻地揭示了所谓的"偶像崇拜"的心理本质。苏洵从发生学的角度出发,认为《礼》、《易》、《乐》、《诗》四者具有主从的关系,《礼》是根本,而《易》、《乐》、《诗》则从不同的方面来救助和弥补《礼》之不足,最终都是圣人维护"道"的"微权"和"机变"。正因为如此,所以历代正统儒家学者对于苏洵《六经论》中的议论多持非议,认为其持论多为不根之谈、偏颇之论。如朱熹说:"看老苏《六经论》,则是圣人全是以术欺天下也。"(《朱子语类》卷一三〇)茅坤说:"苏氏父子兄弟于经术甚疏,故论六经处,大都渺茫不根。""予窃谓老苏于论六经处,并以强词轧正理,故往往支离旁斥。"(《唐宋八大家文钞》)刘大櫆说:"老苏

《易》、《乐》、《诗》三论，并不根之谈。"（《评注古文辞类纂》）当然也有持论稍为宽恕的，如沈德潜说："荀子、苏子是亦能见六经者也，能言其所见者也，君子无讥焉。"（《唐宋八大家文读本》）高步瀛《唐宋文举要》说："老苏《六经论》，亦自成一家言，其议一贯。"这个所谓的一贯之论恐怕就是苏洵从兵家那里学来的"微权"吧。苏洵认为儒家之道需要"微权"的帮助，方能万古而不废，万古而常新。这当然是正统儒家所不肯承认的，但这也是苏洵的锐利之处，勘破之处，鞭辟入里，醒人耳目。

其二，苏洵的兵学以及战国策论思想。这一点既是当时世人对苏洵思想学说的共同体认，也是苏洵思想的根本点所在。苏洵既有用世之志，他对当时的政治局势就有密切的关注，因而提出了他自己的一整套的政治策略。这一政治策略的根源就在于兵学和战国策论。苏洵的政见表现在他的二十二篇策论之中，包括《几策》两篇，《权书》十篇，《衡论》十篇。这是一个有着完整体系的施政纲领。"几"、"权"、"衡"这三个概念，比较鲜明地体现了苏洵的政治策略。所谓"几"，如《周易·系辞下》所说的："子曰：知几，其神乎。几者，动之微，吉凶之先见者也。君子见几而作，不俟终日。"因而苏洵的《几策》，就是关于国家大政方针的预见，是最关键最重要的部分。《权书》则属于政策中可以变通的部分，苏洵说："《权书》，兵书也，而所以用仁济义之术也。""故仁义不得已，而后吾《权书》用焉。然则'权'者，为仁义之穷而作也。"从这里我们也可以体会到"权变"的观念是贯穿苏洵思想的一根重要的线索。《衡论》则是有关日常施政的一些重要策略。"衡"是常、是经，而"权"则是变、是时。苏洵的这一组策论作品在当时受到很高的评价，欧阳修《荐布衣苏洵状》中说："其所撰《权书》、《衡论》、《几策》二十篇，辞辩闳伟，博于古而宜于今，实有用之言，非特能文之士也。"苏洵在《谏论上》中说："仲尼之说，纯乎经者也；吾之说，参乎权而归乎经者也。"

由此可以看出，苏洵思想和正统儒家的巨大差异。虽然苏洵抱负远大，也迭经欧阳修、张方平等的荐举，受到韩琦、富弼等执政者的重视，但始终无法实施自己的政治理想，嘉祐六年（1061），以霸州文安县主簿之职编修《礼书》，这枯燥的差事显然不是苏洵乐意的。其晚年就在这编修《礼书》中消磨过去，《太常因革礼》写成之后，苏洵因病去世。而他未竟的理想抱负在其二子苏轼、苏辙身上得到了实现。

苏洵在当时毕竟是以其文学创作名重一时的，思想史反倒没有他太多的位置，我们今天更多的也是从唐宋古文创作的发展脉络上来理解、欣赏他的作品。那么苏洵的古文有什么样的特色和成就呢？苏洵的古文题材并不丰富，主要包含两个方面：其一是论说文，其二是书启杂记一类的记叙文。擅长议论是苏洵古文的主要特色。这在两类文章中都有表现。这和苏洵思想的卓异、非凡的识见密不可分，所以茅坤评论苏洵的文章时说："其镵画之议，幽悄之思，博大之识，奇崛之气，非近代儒生所及。"（《唐宋八大家文钞·老泉文钞引》）又说："大略老苏之文，有此一段奇迈奋迅之气，故读之往往令人心掉。"（《远虑》评语）这充分说明苏洵的文章一方面靠其观点的鲜明、思想的深刻、识见的卓异先声夺人；另一方面苏洵又具有高明的论辩技巧，挟战国策士的论辩之风，雄辩滔滔，以气势压倒一切。就前一方面我们可以举出苏洵几篇著名的文章为例，如《六国论》，关于六国的灭亡，古往今来议论纷纷，而苏洵的"赂亡"说，可谓使人耳目一新，又可谓确切不移。又如《管仲论》，孔子说："微管仲，吾其披发左衽矣。"《史记》称管仲"九合诸侯，一匡天下"，辅佐桓公建立卓著的功勋。而苏洵则别出心裁，要做翻案文章，在铁定无疑的地方，一反常规，出奇制胜。苏洵说齐国大治是由于鲍叔牙，齐国大乱是因为管仲。通过论证说明管仲临终没有向桓公荐举贤才，由此得出管仲"可谓不知本者",齐国之乱,管仲何以辞其咎!这正如老吏断狱,不惜深文周纳,作诛心之论,起管仲于地下,也将无言以对。苏洵散文气盛言宜,善于揣摩,其气并不是孟子所说的浩然正气,而是战国策士凌厉的笔锋和雄辩的气势。比如他的《谏论》上下两篇。上篇论"纳谏",有意取法《战国策》的说客文风,结构缜密,说理周详;句为对偶,段用排比;气势磅礴,雄辩滔滔。特别是论述"五术"这一部分,连续使用十五个历史典实,铺张扬厉,纵横恣肆,具有无可置疑的雄强力量。下篇论"进谏",使用战国策士常用的比喻之法,来喻指性忠义者、赏而后谏者、刑而后谏者这三种情形。正如清人孙琮《山晓阁选宋大家苏老泉全集》评说的:"通篇只是以刑劝谏,一句便了,看他陪出一个悦赏人来,又陪出一个性忠义人来,以下层层分作三柱,便令文字不寂寞。"可见苏洵文笔之活泼,凭空幻化,有凌空而起之势。苏洵散文的擅长议论不仅表现在论说、策论一类文章中,在杂记文章中也有所显现,只是更加形象,更富于文学色彩罢了。比如他的《木假山记》一文,本只是一篇记叙描写文章,但苏洵却从木假山的命运出发,以"幸不幸"反复立说,文章凡六转(或蘖而殇、或拱而夭、或任为栋梁则伐、或破折、或腐、或有斧斤之患)而说到木假山,又讲到幸为木假山,或不为人知而被樵夫当柴火烧掉,是为百尺竿头更进一步,句法长短,节奏疾徐,曲尽转关之妙。第二段又以"数"、"理"作为关纽,从反面议论木假山能够历经艰险,摆到人们的庭院中,其中自有道理存在,跌宕起伏,如大海回澜,层层倒卷。黄庭坚《跋子瞻木山诗》说:"往尝观明允《木假山记》,以为文章气旨似庄周、韩非。"孙琮评本文说:"一篇文字三样写法,三样奇观,可谓极文学家之能事。"说明苏洵在一篇短短的文章中能够把说理、叙写、抒情完美地结合起来,表现了高超的文学技巧。苏洵的古文固然以说理见长,但是他同样也有高超的叙述描写的功力,对于文学风格的体认,对于文字的运用都到了炉火纯青的地步，只是这一类作品相对较少而已。苏洵曾经对孟子、韩愈、欧阳修等的文章下过很深的揣摩功夫，因而对于这些作家不同的风格有着极其准确的体认和把握，同时又能用非常形象的语言传达出来，从而成为大家公认的对这些作家风格的定评。这主要表现在他的《上欧阳内翰第一书》中，他说："孟子之文，语约而意尽，不为巉刻斩绝之言，而其锋不可犯。韩子之文，如长江大河，浑浩流转，鱼鼋蛟龙，万怪惶惑，而抑遏蔽掩，不使自露。而人望见其渊然之光，苍然之色，亦自畏避，不敢迫视。执事之文，纡余委备，往复百折，而条达疏畅，无所间断。气尽语极，急言竭论，而容与闲易，无艰难劳苦之态。"恐怕对于这三位文章大家风格的把握，至今亦无出其右者，并且其中仍有很大的阐释余地。苏洵在其《仲兄字文甫说》一文中，则充分展示了他的描写技巧。文章主体部分在于论述风水相遭，自然而成文。描述风水之形，有三十多种形态，真乃具捕风捉影的本领，写得有色有声，备极奇观。桐城派古文大家刘大櫆评道："极形容风水相遭之态，可与庄子言风比美，而其运词却从《上林》、《子虚》得来。"苏洵这些没有充分展开的文学才能在苏轼、苏辙那里得到了淋漓尽致的表现。

　　苏洵以其数量不太多的散文作品，为自己赢得了文学史上的一席之地。其思想之独特、风格之鲜明，都不愧"唐宋八大家"的称号。

　　本书选文从茅坤所编《唐宋八大家文钞·老泉文钞》中进一步进行选编，然后进行注释和翻译。这一定程度上限制了选者的手眼，但大致来说苏洵著名的散文作品都包含进来了，并无多少遗珠之憾。对于作品本身的文本则以上海古籍出版社出版的《嘉祐集笺注》为底本并进行了一些对勘。注释方面比较多地参考了曾枣庄、金成礼先生的《嘉祐集笺注》，高海夫先生主编的《唐宋八大家文钞校注集评》以及当代学者的研究成果，限于体例不能一一注明，谨在此致以谢意。作品的题解、注释、译文中既综合了各家之见，同时也包含了个人千虑一得之管见，希望能够近于是而已，但限于学力和时间，疏漏之处在所难免，希望读者诸君多多指正。

唐宋八大家文钞·老泉文钞引

苏文公崛起蜀徼，其学本申、韩，而其行文杂出于荀卿、孟轲及《战国策》诸家。不敢遽谓得古六艺者之遗。然其镵画之议，幽悄之思，博大之识，奇崛之气，非近代儒生所及。要之韩、欧而下，与诸名家相为表里。及其二子继响，嘉祐之文，西汉同风矣。予读之，录其书、状十四首，论三十七首，记四首，说二首，引二首，序一首，厘为十卷。归安鹿门茅坤题。

老泉本传

  苏洵字明允,眉州眉山人。年二十七始发愤为学,岁余举进士,又举茂才异等,皆不中。悉焚常所为文,闭户益读书,遂通《六经》、百家之说,下笔顷刻数千言。至和、嘉祐间,与其二子轼、辙皆至京师,翰林学士欧阳修上其所著书二十二篇,既出,士大夫争传之,一时学者竞效苏氏为文章。所著《权书》、《衡论》、《机策》,文多不可悉录,录其《心术》、《远虑》二篇。(文略)

  宰相韩琦见其书,善之,奏于朝,召试舍人院,辞疾不至,遂除秘书省校书郎。会太常修纂建隆以来礼书,乃以为霸州文安县主簿,与陈州项城令姚辟同修礼书,为《太常因革礼》一百卷。书成,方奏未报,卒。赐其家缣、银二百,子轼辞所赐,求赠官,特赠光禄寺丞,敕有司具舟载其丧归蜀。有文集二十卷、《谥法》三卷。

(据中华书局点校本《宋史》卷四四三本传)

目 录

上文丞相书 ... 15
上富丞相书 ... 21
上韩枢密书 ... 28
上田枢密书 ... 38
上韩昭文论山陵书 ... 46
上王长安书 ... 55
上余青州书 ... 59
上欧阳内翰第一书 ... 66
上张侍郎第二书 ... 76
易论 ... 80
礼论 ... 87
乐论 ... 92
诗论 ... 97
史论上 ... 103
谏论上 ... 110
谏论下 ... 119
明论 ... 124

辨奸论	129
管仲论	135
审势	141
审敌	154
权书引	171
心术	174
法制	180
强弱	186
攻守	191
用间	198
六国	203
高祖	208
衡论引	214
远虑	216
御将	224
任相	231
养才	238
广士	245
彭州圆觉禅院记	253
张益州画像记	257
木假山记	264
苏氏族谱亭记	269
名二子说	275
仲兄字文甫说	277
送石昌言为北使引	282
族谱引	287
参考书目	292

上文丞相书

昭文相公执事：①天下之事，制之在始；始不可制，制之在末。是以君子慎始而无后忧；救之于其末，而其始不为无谋。失诸其始而邀诸其终，而天下无遗事。是故古者之制其始也，有百年之前而为之者也。盖周公营乎东周，数百年而待乎平王之东迁也。②然及其收天下之士，而责其贤不肖之分，则未尝于其始焉而制其极。盖常举之于诸侯，考之于太学，引之于射宫，而试之以弓矢，③如此其备矣！然而管叔、蔡叔，④文王之子而武王、周公之弟也，生而与之居处，习知其性之所好恶，与夫居之于太学而习之于射宫者，宜愈详矣。然其不肖之实，卒不见于此时。及其出为诸侯监国，临大事而不克自定，然后败露，以见其不肖之才。且夫张弓而射之，一不失容，此不肖者或能焉，而圣人岂以为此足以尽人之才？盖将为此名以收天下之士，而后观其临事，而黜其不肖。故曰：始不可制，制之在末。于此有人，求金于沙，敛而扬之，惟其扬之也精，是以责金于扬，而敛则无择焉。不然，金与沙砾皆不录而已矣。故欲求尽天下之贤俊，莫若略其始；欲求责实于天下之官，莫若精其终。

今者天下之官，自相府而至于一县之丞尉，其为数实不可胜计。然而大数已定，余吏溢于官籍。⑤大臣建议减任子、削进士，⑥以求便天下。窃观古者之制，略于始而精于终，使贤者易进而不肖者易犯。夫易犯故易退，易进故贤者众。众贤进而不肖者易退，夫何患官冗！今也艰之于其始，窃恐夫贤者之难进，与夫不肖者之无以异也。方今进退天下士大夫之权，内则御史，外则转运，而士大夫之间絮然而无过可任以为吏者，⑦其实无几。且相公何不以意推之？往年吴中复在犍为，一月而发二吏。⑧中复去职，而吏之以罪免者，旷岁无有也。虽然，此特洵之所见耳，天下之大则又可知矣。国家法令甚严，洵从蜀来，见凡吏商者，皆不征；⑨非追胥调发，皆得役天子之夫。⑩是以知天下之吏犯法者甚众。从其犯而黜之，十年之后，将分职之不给。⑪此其权在御史、转运，而御史、转运之权，实在相公，顾甚易为也。

今四方之士会于京师，口语籍籍，⑫莫不为此。然皆莫肯一言于其上，诚以为近于私我也。洵，西蜀之人，方不见用于当世，幸又不复以科举为意，是以肆言于其间，而可以无嫌。伏惟相公慨然有忧天下之心，征伐四国，以安天子。毅然立朝，以威制天下。⑬名著功遂，文武并济。此其享功业之重，而居富贵之极，于其平生之所望，无复慊然者。⑭惟其获天下之多士而与之皆乐乎此，可以复动其志。故遂以此告其左右，惟相公亮之！⑮

[题解]

苏洵于嘉祐元年（1056）五月携二子抵京。《上文丞相书》就写于本年。苏洵来到京师之后，屡屡上书当朝执政和显要，如丞相文彦博、富弼，枢密使韩琦、枢密副使田况，翰林学士欧阳修，三司使张方平等，意在申述自己的政治见解，以求得到荐举和不次擢用。虽然效果并不理想，但在欧阳修等的揄扬之下，苏氏文名，遍满京师。苏洵的这些上书，根据上书对象的不同，或议政，或论兵，或谈文，既集中展示了苏洵的政治思想，又充分表现出了多样的表达技巧和行文才华。全文可分为三个部分。第一部分提出选举官员的理念，略其始而精其终。用历史事实和生动的比喻来进行论证，抛砖引玉，引入现实。第二部分指出当今吏治的弊端不在于冗官，而在于如何进行管理，提出宽进严出，严厉淘汰。第三部分引入自身，通过赞誉文彦博文治武功，名著功遂，作为宰相唯以选拣人才为乐事，含蓄地表达自己的愿望。

[注释]

①昭文相公：宋代首相一般兼任昭文馆大学士，所以也称昭文相。次相一般兼任集贤殿大学士，所以也称集贤相。执事：左右服役者，这是书信中的敬语，表示不敢直达对方，只敢达于对方身边的人。据《续资治通鉴长编》（以下简称《长编》）卷一八〇："（至和二年六月戊戌）忠武节度使、知永兴军文彦博为吏部尚书、平章事、昭文馆大学士，宣徽南院使、判并州富弼为户部侍郎、平章事、集贤殿大学士。"文彦博、富弼同日命相，朝野上下，皆认为得人。《长编》卷一八〇："是日宣制，帝遣小黄门数辈觇于庭，士大夫相庆得人。"文彦博（1006—1097），字宽夫，汾州介休（今属山西）人。天圣五年（1027）进士及第。庆历七年（1047）拜枢密副使，改参知政事。八年，拜集贤相。至和二年（1055），拜昭文相。熙宁三年（1070），再入为枢密使。元祐初，平章军国重事。文彦博连仕宋仁宗、英宗、神宗、哲宗四朝，出将入相五十年。有《文潞公集》传世。《宋史》卷三一三有传。②周公营乎东周，数百年而待乎平王之东迁：《史记》卷四《周本纪》："成王在丰，使召公复营洛邑，如武王之意。周公复卜申视，卒营筑，居九鼎焉，曰：'此天下之中，四方入贡，道里均。'""武王营之，成王使召公卜居，居九鼎焉。而周复都丰、镐。至犬戎败幽王，周乃东徙于洛邑。"周公、召公营建洛邑，在公元前1020年；公元前771年，犬戎攻杀幽王；次年，周平王东迁，入洛邑。③盖常举之于诸侯，考之于太学，引之于射宫，而试之以弓矢：《礼记》："古者天子之制，诸侯岁献贡士于天子，天子试之于射宫。""乐正崇四术，立四教。幼者教之于小学，长者教之于大（太）学。"这些都是古代通过"射仪"和学校教育选拔人才的方式。④管叔、蔡叔：《史记》卷四《周本纪》："太子诵代立，是为成王。成王少，周初定天下，周公恐诸侯畔，周公乃摄，行政当国。管叔、蔡叔群弟疑周公，与武庚作乱，畔周。周公奉成王命伐，诛武庚、管叔，放蔡叔。"周文王有十子，次子武王姬发，三子管叔鲜，四子周公旦，五

子蔡叔度。武王灭商后，将殷商王都附近地域一分为三，其一分封给纣王子武庚，其二分封给管叔、蔡叔，使监视殷民。武王崩，成王即位，年仅十三岁，由周公旦摄政。管叔、蔡叔不服，和武庚联合叛乱。周公东征，三年才平定。杀武庚、管叔，流放蔡叔。⑤余吏溢于官籍：多余的官吏超出了空缺的官位。⑥大臣建议减任子、削进士：《长编》卷一八二："（嘉祐元年四月）初龙图阁直学士李柬之请更定选举补荫之法。知谏院范镇请见任二府止许荫己之亲兄弟、父之亲兄弟、父之兄弟之子……科场取士，百司入流，悉减半。罢内臣荫子孙及输钱粟授官。下两制议。"所谓任子，指古代恩荫制度，官员子弟不经科举而入仕的特权。⑦絜：通"洁"，干净的样子。⑧吴中复在犍（qián）为，一月而发二吏：吴中复（1011—1078），字仲庶，兴国永兴（今湖北）人。宝元元年（1038）进士。曾任谏官，仁宗书"铁御史"三字赐之。生平事迹见《名臣碑传琬琰之集》下卷一五《吴给事中复传》、《宋史》卷三三二本传。苏洵和吴中复认识较早，写有《与吴殿院书》、《送吴待制中复知潭州二首》。据《吴给事中复传》记载："举进士，为泗州昭信尉，改秘书省著作佐郎、知嘉州犍为县。峨眉人凭灌口神以讹言起祠庙，夜聚千余人，中复白铃辖司，配首恶而毁其庙。"犍为，县名，今属四川。"一月而发二吏"事，史书失载，不得其详。发，通"废"。⑨凡吏商者，皆不征：官吏经商，以权谋私，逃避国家税收。⑩非追胥调发，皆得役天子之夫：追，逐寇。胥，捕盗。调发（bō），服劳役。这里指只要老百姓没有这些任务，官吏们就随意拉他们为自己服役。天子之夫，平民百姓。夫，人力。⑪将分职之不给：官位空缺，没有充足的官员来任用。⑫口语籍籍：议论纷纷，众口喧哗。⑬安天子、制天下：《宋史》卷三一三《富弼文彦博传》："文彦博立朝端重，顾盼有威。远人来朝，仰望风采。其德望固足以折冲御侮于千里之表矣。至于公忠直亮，临事果断，皆有大臣之风。"文彦博出将入相，文武并济，足以安天下而制四方。⑭慊（qiàn）然：不满足，遗憾。⑮亮：通"谅"。

[译文]

昭文相公左右：天下的事情，应在开始的时候控制它。开始不能控制，就应在后面控制它。因此，君子只有谨慎于始，那后面才不会有忧患。如果能在后面进行补救，那么开头的谋划就没白费。

如果开始没有谋划好而能在后面精心谋划,那么天下就不会有不周全的事了。所以,古代预先谋划的事情,有在几百年以前就进行的。那就是周公营建东都洛邑,数百年以后等来了平王的东迁。然而等到周公收揽天下的士人,分别他们的贤能和不才的时候,却不能从一开始就做到尽善尽美。每年都让诸侯举荐士人,在太学里考试,带到射宫比赛箭法,方式不可谓不完备!然而管叔、蔡叔,是文王的儿子,是武王和周公的弟弟。从小周公就与他们生活在一起,对他们习性的好恶十分了解,和他们一起在太学学习,在射宫习射,周公对他们两人的了解更加详细深入。然而,管叔和蔡叔的野心在这期间却没有显露出来。等到他们到封地做诸侯,监视殷遗民之国,遇上大事而不能镇定,然后才败露,让人看出了他们的真面目。何况搭弓射箭,射仪一次都不慌张,这是不肖的人也能做到的。圣人难道就真以为这就足以显示出人的才能?大概是借这个名义来收揽天下的人才,然后再考察他们处理事务的能力,而罢免那些不肖的人。所以说,开头不控制,后面严控制。在这里有一个人在沙砾中寻求金子,收集金沙再扬弃它,只有通过淘汰才能得到精华,因此要得到金子就得精心淘汰,而对于收集金沙却不要求过多选择。不这样,那金子与沙砾都不要算啦!所以,要想得到天下所有的贤能才俊,不如在开头宽松一些;要想考察天下官员的实际才能,不如在后头严加考核。

如今天下的官员,从宰相到一县的县丞、县尉,官员的数目实在是多得不可胜数。然而由于官吏的总数是有定额的,所以冗余的官员大大溢出了官员的定额。大臣们建议减少任子的数量、削减进士的名额,以利于天下。我私下考察古代的制度,是开头简略而后头精密,让有德有才的人容易进入而让无德无才的人容易犯法。容易犯法,就容易黜退。容易进入,有德有才的人就会越来越多。众多有德有才的人进入了,无德无才的人就容易退下,那还怕什么冗官冗吏呢！如今在开头设下重重障碍，恐怕有德有才的人和无德无才的人同样难于进入啊！如今升黜天下士大夫的权力，在中央是由御史掌握，在地方是由转运使掌握；而在士大夫中间，清白廉洁而没有过错可以担任官吏的，其实没有几个。况且相公为什么不根据自己的经验推断一下呢？往年吴中复做犍为县令，一个月就罢免了两名官吏；吴中复离开犍为后，官吏因犯罪而被罢免的，长年累月一个也没有。尽管如此，这还只是洵所看到的，天下之大，又可想而知了。国家法令非常严厉，洵从蜀地来，看见凡是官吏经商都逃避征税，除国家逐寇捕盗征发力役外，都可以役使天子的百姓。由此可知天下官吏犯法的非常多。从违法这一点上罢黜他们，十年以后，各种职位就将出现空缺。这种权力在御史、转运使手中，而御史、转运使的任免升黜之权，实际在相公您手上，所以，做起来是很容易的。

现在四方举人会集在京师，议论纷纷，都出于（减任子、削进士）这个原因；然而，都不肯向上面说一句话，诚然认为这样说就接近于牟取私利了。洵是西蜀人，正不被当今时代所使用，幸好又不再把科举挂在心上，因此可以在这里肆意直言而不必避嫌。相公您慷慨激昂为国忧心，征战四方，使天子得以安宁；毅然立于朝廷之上，威震天下；名声昭著、功勋煊赫，文治武功，卓有建树。这使您享有重大的功勋而居于富贵的极点，对于您自己平生的抱负应该再也没有什么遗憾不足的啦。只有获得天下济济多士并与他们共享这样的欢乐（这一点），才可以用来打动您的心志。因此，我把这些想法告诉您，但愿相公您能谅解我的冒昧。

上富丞相书

相公阁下①：往年天子震怒,②出逐宰相,选用旧臣堪付属以天下者,使在相府,与天下更始,而阁下之位实在第三。方是之时,天下咸喜相庆,以为阁下惟不为宰相也,故默默在此;方今困而后起,起而复为宰相,③而又适值乎此时也,不为而何为?且吾君之意,待之如此其厚也,不为而何以副吾望?故咸曰："后有下令而异于他日者,必吾富公也。"朝夕而待之,跂首而望之。④望望然而不获见也,戚戚然而疑。呜呼!其弗获闻也,必其远也;进而及于京师,亦无闻焉。不敢以疑,犹曰："天下之人如此其众也,数十年之间如此其变也,皆曰贤人焉。"或曰："彼其中则有说也,而天下之人则未始见也。"然而不能无忧。盖古之君子,爱其人也则忧其无成。

且尝闻之,古之君子,相是君也,与是人也皆立于朝,则使吾皆知其为人皆善者也,而后无忧。且一人之身而欲擅天下之事,虽见信于当世,而同列之人一言而疑之,则事不可以成。今夫政出于他人而不惧,事不出于己而不忌,是二者,惟善人为能,然犹欲得其心焉。若夫众人,政出于他人而惧其害己,事不出于己而忌其成功,是以有不平之心生。夫或居于吾前,或立于吾后,而皆有不平之心焉,则身危。故君子之处于其间也,不使之不平于我也。周公立于明堂以听天下，而召公惑⑤何者？天下固惑乎大者也，召公犹未能信乎吾之此心也。周公定天下，诛管、蔡，⑥告召公以其志，以安其身，以及于成王。故凡安其身者，以安乎周也。召公之于周公，管、蔡之于周公，是二者亦皆有不平之心焉，以为周之天下，公将遂取之也。周公诛其不平而不可告语者，告其可以告语者而和其不平之心。⑦然则，非其必不可以告语者，则君子未始不欲和其心。天下之人，从仕而至于卿大夫，宰相集处其上，相之所为，何虑而不成？不能忍其区区之小忿，以成其不平之衅，⑧则害其大事。是以君子忍其小忿以容其小过，而杜其不平之心，然后当大事而听命焉。且吾之小忿，不足以易吾之大事也，故宁小容焉，使无芥蒂于其间。⑨

古之君子与贤者并居而同乐，故其责之也详；不幸而与不肖者偶，不图其大而治其细，则阔远于事情而无益于当世。⑩故天下无事而后可与争此，不然则否。昔者诸吕用事，陈平忧惧，计无所出。⑪陆贾入见说之，使交欢周勃。陈平用其策，卒得绛侯入北军之助以灭诸吕。夫绛侯，木强之人也，⑫非陈平致之而谁也？故贤人者致其不贤者，非夫不贤者之能致贤者也。曩者，陛下即位之初，寇莱公为相，惟其侧有小人不能诛，⑬又不能与之无忿，故终以斥去。及范文正公在相府，⑭又欲以岁月尽治天下事，失于急与不忍小忿，故群小人亦急逐之，一去遂不复用，以殁其身。

伏惟阁下以不世出之才，立于天子之下，百官之上，此其深谋远虑，必有所处，而天下之人犹未获见。洵，西蜀之人也，窃有志于今世，愿一见于堂上。伏惟阁下深思之，无忽！

[题解]

《上富丞相书》和上一篇文章一样写于嘉祐元年（1056）。上文着重论选用人才应宽于始而精于终，本文则论善处君子小人，以成就相业。关于本文的立足点，历代评论者看法不尽一致。南宋楼昉《崇古文诀》说："富公为相，颇欲更张庶事，群小人多不乐者，故预为之忧。"明茅坤《唐宋八大家文钞》说："老泉欲富公和处其下，以就其功名。似疑富公于并相寮贰间有不相能者。"《御选唐宋文醇》说："韩、范、富诸贤，在朝宵小群目为党，实则各持所见，而不相下……洵之言往往如著龟，不止《辨奸》一论也。"曾枣庄《嘉祐集笺注》认为本文是对富弼任宰相后，无所兴革，"作委婉之批评与忠告"。上述各种见解，有相通之处，也有歧异之处。或认为是对富弼政治上无所作为的批评；或认为是指出了当时执政之间的不和睦，各持己见，不能相下；或认为在上者应该和下僚和谐相处；或认为应该决去小人。拙见以为，苏洵由对富弼之敬重到怀殷殷之期望，对富弼进行劝勉和忠告，希望富弼能够善处君子小人之间，吸取历史经验和现实教训，忍其小忿，成就大业。但由于苏洵是初次上书丞相富弼，交浅而言深，没有达到良好的效果。苏洵经过欧阳修等的大力揄扬，名动京师，执政者已经考虑授予他官职，但据记载似乎受到富弼的阻挠。叶梦得《石林燕语》卷五："欧阳文忠公初荐苏明允，便欲朝廷不次用之。时富公、韩公当国，虽韩公亦以为当然，独富公持之不可，曰：'姑少待之。'故止得试衔初等官。明允不甚满意，再除。方得编修《因革礼》。前辈慎重名器如此。元祐间富绍庭欲从子瞻求为富公神道碑，久之不敢发。其后不得已而言，一请而诺，人亦以此多子瞻也。"苏轼作《富郑公神道碑》(《苏轼文集》卷一八)云："公之为相，守格法，行故事，而附以公议，无心于其间，故百官任职，天下无事。"又说："其好善疾恶，盖出于天资。常言：'君子小人如冰炭，决不可以同器，若兼收并用，则小人必胜，薰莸杂处，终必为臭。'其为宰相及判河阳，最后请老家居，凡三上章，皆言：'天子无职事，惟辨君子小人而进退之，此天子之职也。君子与小人并处，其势必不胜。君子不胜，则奉身而退，乐道无闷。小人不胜，则交结构扇，千蹊万辙，必胜而后已。小人复胜，必遂肆毒于善良，无所不为，求天下不乱，不可得也。'"苏轼《上富丞相书》(《苏轼文集》卷四八，作于1060年)也说："自明公执政，而朝廷之间，习为中道，而务循于规矩。"这些议论或许有助于我们了解当日朝政形势，有助于我们理解苏洵的用意和隐忧所在。

本文从行文技巧上言，则是颇为高超的，曲折抑扬，开阖反复，得深婉不迫之趣。清人储欣说："读此书，如放舟于江湖，见来波之逐去波，而不一瞬停也，一遇洄激，怖不敢视。起一段尤风雨迷离，岛屿窈冥矣。"

[注释]

①相公阁下：指时任丞相的富弼。富弼（1004—1083），字彦国，洛阳人。天圣八年（1030）中茂才异等科。官至宰相，北宋著名政治家。事迹见《宋史》卷三一三本传。②往年天子震怒：指庆历新政事。庆历三年（1043）三月，吕夷简罢相。四月，韩琦、范仲淹为枢密副使。八月，范仲淹参知政事，富弼为枢密副使。新政主要在范、韩、富三人的主导下进行。③起而复为宰相：指至和二年（1055）六月文彦博、富弼同日拜相事。参《上文丞相书》注①。④跂（qǐ）首而望之：踮着脚尖、伸着脖子张望，比喻盼望之殷切。⑤周公立于明堂以听天下，而召公惑：指周公摄政一事。《史记·燕召公世家》："成王既幼，周公摄政，当国践祚。召公疑之。"召公，名姬奭（shì），又称召康公，周之同姓。成王时为太保，与周公分理周地，主治陕西。《诗经》有《周南》、《召南》。为政清平，甚得民心。成王卒，辅佐康王，"成康之际，天下安宁，刑错四十余年不用"。分封于燕，为燕国始祖。事迹见《史记》卷四《周本纪》、卷三四《燕召公世家》。⑥诛管、蔡：参见《上文丞相书》注④。⑦不可告语者：不可理喻，不可教育的人。和其不平之心：使其不满的心得到平定。⑧衅：争端。⑨芥蒂：草芥瓜蒂，微小之物。比喻积在心中的怨恨、不满或不快。⑩不图其大而治其细，则阔远于事情而无益于当世：指对于小人，如果不从根本上去治理，而仅仅和他们计较些小的过失，那就会显得迂阔而不利于当代的政治。⑪诸吕用事，陈平忧惧，计无所出：指刘邦之子汉惠帝卒，吕后临朝称制，封诸吕为王，危及刘氏社稷，丞相陈平采用陆贾之计，结交周勃，在吕后死后，夺得军权，尽诛诸吕，迎立文帝一事。详见《史记》卷九《吕后本纪》、卷九七《郦生陆贾列传》。⑫绛侯，木强之人：绛侯即周勃，《史记》卷八《高祖本纪》："周勃重厚少文，然安刘氏者，必勃也。"卷九七《绛侯世家》："勃为人木强敦厚，高帝以为可属大事。"⑬寇莱公为相：寇准（961—1023），字平仲，封莱国公，华州下邽（今属陕西）人，太平兴国五年（980）进士，景德元年（1004）拜相，会契丹入侵，促帝亲征，成澶渊之盟。

真宗晚年得风疾,太子监国,黜丁谓,谋泄,罢相,最后远贬雷州司户参军,死于贬所。生平详见《宋史》卷二八一。这里的小人是指丁谓(966—1037)。
⑭范文正公在相府:指范仲淹主持庆历新政遭小人攻击失败一事。苏轼《富郑公神道碑》:"时晏殊为相,范仲淹为参知政事,杜衍为枢密使,韩琦与公(富弼)副之,欧阳修、余靖、王素、蔡襄为谏官,皆天下之望……公既以社稷自任,而仁宗责成于公与仲淹,望太平于期月之间,数以手诏督公等条具其事。又开天章阁,召公等坐,且给笔札,使书其所欲为者,遣中使二人更往督之。且命仲淹主西事,公主北事。公遂与仲淹各上当世之务十余条,又自上河北安边十三策。大略以进贤退不肖、止侥幸、去宿弊为本。欲渐易诸路监司之不才者,使澄汰所部吏。于是小人始不悦矣。"(《苏轼文集》卷一八)

[译文]

　　丞相大人阁下:往年天子震怒,贬逐宰相,选择可以把天下托付的旧臣,让他们执政,使天下政治革新,那时阁下的地位是执政者中的第三位。在那个时候,天下人都高兴地互相庆贺,认为阁下只因为不是宰相,所以默默不言;遭到折磨后,现在站起来,重新做了宰相,而又恰逢这个大好时候,不有所作为还要等什么呢?何况我们君主的诚意,对待阁下如此厚道,无所作为怎能符合君主的期望?所以大家都说:"后面如果有下达和往日不同的命令的,那一定是我们富公所为的。"从早到晚地等待着,踮起脚尖伸着脖子盼望着。盼着盼着却看不见什么,心里非常失望而有些怀疑。唉!那不能听到的,一定是离得太远啦。向前进直到京城,也没听到什么。不敢因此就怀疑,而且还说:"天下的人这么多,几十年来变化这么大,众口一词都说他是好人啊!"有的人说:"那在朝中肯定有密议,只是天下人没有见到过罢了。"虽然这样,却不能不担忧。大概古来的君子,敬爱那个人也就担心他没有成就。

　　而且曾经听说,古代的君子,辅佐这个君主,和这些人同朝为臣,那么假使我们都知道那人的为人是善良的,然后就没有可担忧的。况且独独一个人而想独揽天下所有的事,即使被当世的人所信赖，然而同僚的人有一个说出怀疑的话，那么事情就做不成。现在能够做到政绩出自他人之手而不惧怕，事功不出于自己而不妒忌这两个方面，只有贤良之人才能做到，然而仍然要取得这些人的欢心才行啊！至于一般人，政绩出自他人而害怕他人危害自己，事功不出于自己而忌恨别人的成功，因此生出愤懑不平的心。如果有的人在我们前头，有的人在我们后头，却都怀着愤愤不平的心，那我们就危险啦！所以君子处在这些人的中间，不使他们对自己生出不平的心。周公立于明堂以听取天下的政务，而召公就很疑惑。为什么呢？天下本来就有很大的疑惑，而召公还没有能够相信周公为社稷安危着想的心啊！周公安定天下，诛管叔、流蔡叔，把自己的心志告诉召公，以使自己能安定下来，以至于成王安定下来。所以凡是使自己安定的做法，都是为了安定大周朝廷。召公对于周公，管叔、蔡叔对于周公，他们两方面也都有愤愤不平之心，认为周朝的天下，周公将要最终取而代之。周公杀掉那些心里不平却无法理喻的人，把自己的志向告诉那些可以告诉的人，并且使他们的不平之心平和下来。由此可见，如果不是那些必定不能理喻的人，那么君子未尝不想使他们心平气和啊！天下的人，从开始做官到成为公卿大夫，宰相是处于百官之上的，宰相要做什么，哪需顾虑做不成的？如果不能忍耐那些微不足道的小的怨愤，以至于造成不平的争端，就会妨碍了自己的大事。因此君子要忍耐那些小的怨愤而宽容他人的小过失，从而杜绝那些人的不平之心，然后遇到大事可以使其听从命令。况且我的小的怨愤，不足以交换我的大事，所以宁可稍微容忍一下，以使那些人胸中没有梗阻。

古代的君子和贤者同处而同乐，所以他对他们的要求非常详切；不幸而和不肖者在一起，如果不从大的方面考虑而去计较细枝末节，那就是做事迂阔且对当世没有益处。所以天下安定无事之后才可以争执这些小事，如果不是这种情况就不能这样。过去吕氏家族当权，丞相陈平非常忧虑害怕，却拿不出什么主意。陆贾来见他，劝说他使他和绛侯周勃交好。陈平采纳了他的计策，最终得到绛侯的帮助，绛侯夺得北军指挥权，才灭掉吕氏诸人。那绛侯周勃，是一个木讷倔强的人，不是陈平使他出来别人谁能呢？所以贤能的人使用不贤的人，而不是不贤的人使用贤能的人。过去，当今陛下刚即位的时候，莱国公寇凖做宰相，只因为他身边有小人而不能除掉，又不能和他们没有争执，所以最终因此而被排斥出去。等到范文正公仲淹做了宰相，又想用一年半载时间而把天下弊政治理好，过失在于操之过急和不能隐忍小的怨愤，所以群小们也急切地排逐他。范文正公一旦离开朝廷就再也没有被重新大用，直到他去世。

想阁下怀着不常有的才能，位于天子之下，百官之上，这些事情，以您的深谋远虑，必定有所安排，然而天下的人尚且没有看到。洵是来自西蜀的人，私下里有志于当今的时代，希望能到堂上拜见您。愿阁下您好好想一想，不要忽视了我所说的。

上韩枢密书

太尉执事：①洵著书无他长，及言兵事，论古今形势，至自比贾谊。②所献《权书》，③虽古人已往成败之迹，苟深晓其义，施之于今，无所不可。昨因请见，求进末议，太尉许诺，谨撰其说。言语朴直，非有惊世绝俗之谈、甚高难行之论，太尉取其大纲，而无责其纤悉。

盖古者非用兵决胜之为难，而养兵不用之可畏。今夫水激之山，放之海，决之为沟塍，④壅之为沼沚，⑤是天下之人能之；委江河，注淮泗，汇为洪波，潴为大湖，⑥万世而不溢者，自禹之后未之见也。夫兵者，聚天下不义之徒，授之以不仁之器，而教之以杀人之事。⑦夫惟天下之未安，盗贼之未殄，⑧然后有以施其不义之心，用其不仁之器，而试其杀人之事。当是之时，勇者无余力，智者无余谋，巧者无余技，故其不义之心变而为忠，不仁之器加之于不仁，而杀人之事施之于当杀。及夫天下既平，盗贼既殄，不义之徒聚而不散，勇者有余力则思以为乱，智者有余谋则思以为奸，巧者有余技则思以为诈，于是天下之患杂然出矣。盖虎豹终日而不杀，则跳踉大叫，⑨以发其怒；蝮蝎终日而不螫，则噬啮草木，⑩以致其毒。其理固然，无足怪者。昔者刘、项奋臂于草莽之间，⑪秦、楚无赖子弟千百为辈，争起而应者，不可胜数。转斗五六年，天下厌兵，项籍死，而高祖亦已老矣。⑫方是时，分王诸将，改定律令，与天下休息。而韩信、黥布之徒，⑬相继而起者七国，⑭高祖死于介胄之间而莫能止也。连延及于吕氏之祸，⑮讫孝文而后定。⑯是何起之易而收之难也！刘、项之势，初若决河，顺流而下，诚有可喜。及其崩溃四出，放乎数百里之间，拱手而莫能救也。呜呼！不有圣人，何以善其后？

太祖、太宗，躬擐甲胄，⑰跋履险阻，以斩刈四方之蓬蒿。⑱用兵数十年，谋臣猛将满天下，一旦卷甲而休之，传四世而天下无变。⑲此何术也？荆楚、九江之地不分于诸将，而韩信、黥布之徒无以启其心也。虽然，天下无变而兵久不用，则其不义之心，蓄而无所发，饱食优游，求逞于良民。观其平居无事，出怨言以邀其上。一日有急，是非人得千金，不可使也。往年诏天下缮完城池，⑳西川之事，洵实亲见。凡郡县之富民，举而籍其名，㉑得钱数百万，以为酒食馈饷之费。杵声未绝，城辄随坏，如此者数年而后定。卒事，官吏相贺，卒徒相矜，若战胜凯旋而待赏者。比来京师，游阡陌间，其曹往往偶语，㉒无所讳忌。闻之土人，方春时，尤不忍闻。盖时五六月矣，会京师忧大水，㉓锄耰畚筑，㉔列于两河之壖，㉕县官日费千万，㉖传呼劳问之声不绝者数十里，犹且睊睊狼顾，㉗莫肯效用。且夫内之如京师之所闻，外之如西川之所亲见，天下之势，今何如也？

御将者，天子之事也；御兵者，将之职也。天子者，养尊而处优，树恩而收名，与天下为喜乐者也，故其道不可以御兵；人臣执法而不求情，尽心而不求名，出死力以捍社稷，使天下之心系于一人，而己不与焉。故御兵者，人臣之事，不可以累天子也。今之所患，大臣好名而惧谤。好名则多树私恩，惧谤则执法不坚。是以天下之兵豪纵至此,而莫之或制也。顷者狄公在枢府,㉘号为宽厚爱人,狎昵士卒,得其欢心。而太尉适承其后。㉙彼狄公者,知御外之术,而不知治内之道,此边将材也。古者兵在外,爱将军而忘天子;在内,爱天子而忘将军。爱将军所以战,爱天子所以守。狄公以其御外之心而施诸其内,太尉不反其道,而何以为治?或者以为兵久骄不治,一旦绳以法,恐因以生乱。昔者郭子仪去河南,李光弼实代之。㉚将至之日,张用济斩于辕门,三军股栗。㉛夫以临淮之悍,而代汾阳之长者,三军之士,竦然如赤子之脱慈母之怀而立乎严师之侧,何乱之敢生?且夫天子者,天下之父母也;将相者,天下之师也。师虽严,赤子不以怨其父母;将相虽厉,天下不以咎其君:其势然也。天子者,可以生人、杀人,故天下望其生;及其杀之也,天下曰:是天子杀之。故天子不可以多杀。人臣奉天子之法,虽多杀,天下无以归怨。此先王所以威怀天下之术也。伏惟太尉思天下所以长久之道,而无幸一时之名;尽至公之心,而无恤三军之多言。夫天子推深仁以结其心,太尉厉威武以振其堕。彼其思天子之深仁,则畏而不至于怨;思太尉之威武,则爱而不至于骄。君臣之体顺,而畏爱之道立,非太尉吾谁望邪?不宣。洵再拜。

[题解]

　　本文是苏洵在京师期间一系列上书中的一篇,上书的对象是枢密使韩琦。韩琦于嘉祐元年(1056)八月任枢密使,本文应该写于此年八月以后。因为韩琦职在主管全国军队,所以苏洵在文章中阐述了自己关于治军的见解。苏洵学出战国纵横家,喜好论兵,写有《权书》,颇为自许。曾巩《苏明允哀词》说他"颇喜言兵,慨然有志于功名者也"。本文大要分两个部分,前一部分论兵骄之弊,后一部分论驾驭之策,提出诛戮以树威。叶梦得《避暑录话》:"苏明允本好言兵……韩魏公至和中还朝,为枢密使。时军政久弛,士卒骄惰,欲稍裁制,恐其忤怨而生变,方阴图以计为之。会明允自蜀来,乃探公意,遽为书,显载其说,且声言教公先诛斩。公览之,大骇,谢不敢再见。"足见本文立论鲜明,具有很强的现实针对性。在行文方面,可称是雄文一篇,清人刘大櫆称之为"雄放当属宋人书中第一"。清人徐扬贡对本文的结构有很精到的剖析:"养兵不用,起初一语提纲下,一喻水,一正说兵。正说中,一层用,一层不用,一连百十句,并作一句,浑浩流转,复以喻束住。引刘项作证,又一折一锁,方入本朝。又一顿挫,方正出养兵不用本面,而以西川京师两段实之,又一束宕住。然后御将御兵,两层议论,翻跌到底。大约谓人臣一意行法,使恩归人主。意思剀切,笔势纵横。老泉自比长沙,差堪仿佛。"可以说在本文中,苏洵采用了纵横家铺张扬厉、两两骈行的论证方法,而文辞文意又络绎而下,滔滔不绝,所以造成文章雄壮奔放的艺术特色。

[注释]

①太尉执事:这里指枢密使韩琦。太尉,秦汉时以丞相、太尉、御史大夫为"三公",分掌政、军、司法。宋代以枢密院掌管军事,与中书省并称"二府"。韩琦(1008—1075),字稚圭,相州安阳人。天圣五年(1027)进士。康定、庆历年间和范仲淹同在陕西主兵,抗击西夏侵扰,久在兵间,号称"韩范"。庆历三年(1043)四月任枢密副使,和范仲淹、文彦博等一起主持庆历新政。嘉祐元年(1056)八月拜枢密使。三年(1058)拜相。韩琦历相三朝(仁宗、英宗、神宗),策立二帝(英宗、神宗),是北宋著名的政治家。封魏国公,卒谥忠献。有《安阳集》五十卷传世。《宋史》卷三一二有传。②自比贾谊:苏洵《上田枢密书》说:"有二子(董仲舒、晁错)之才而不流者,其惟贾生乎!惜乎今之世,愚未见其人也。"有以贾谊自任之意。张方平《文安先生墓表》:"因谓苏君,左丘明、《国语》、司马迁善叙事,贾谊之明王道,君兼之矣。"(《乐全集》卷三九)《国史·老苏本传》:"当至和、嘉祐间,与其子轼、辙至京师,翰林学士欧阳修得洵《权》、《衡》论策二十二篇,大爱其文辞,以为虽贾谊、刘向不过也。"(《嘉祐集》附录)贾谊(前200—前168),洛阳人,西汉前期著名的政论家、文学家。③《权书》:苏洵所写的一组十篇文章。《权书引》:"《权书》,兵书也,而所以用仁济义之术也。"④沟塍(chéng):沟渠。塍,田间的土埂。⑤壅之为沼沚(zhǐ):堵塞起来成为池塘。沼沚,池塘。⑥潴(zhū):水停聚。⑦"夫兵者"四句:《老子》:

"兵者，不祥之器，非君子之器，不得已而用之。"《六韬》："故圣王号兵为凶器，不得已而用之。"李白《战城南》："乃知兵者是凶器，圣人不得已而用之。"⑧殄（tiǎn）：消灭。⑨跳踉（liáng）：跳掷。⑩螫（shì）：指蜂或蝎子用毒刺刺人或动物。噬（shì）啮（niè）：本指用嘴啃咬，这里指蛇蝎等蜇刺。⑪刘、项奋臂于草莽之间：指秦二世元年（前209），刘邦、项羽起兵反秦之事。见《史记》卷七《项羽本纪》、卷八《高祖本纪》。⑫项籍死，而高祖亦已老：汉高祖五年（前202）十二月，楚汉决战于垓下，项羽（前232—前202）兵败自刎。刘邦（前247—前195）时年四十六岁。⑬韩信（？—前196）：淮阴人，楚汉之际著名军事家。后来密谋造反，吕后与丞相萧何定计杀之，夷灭三族。事见《史记》卷九二《淮阴侯列传》。黥布（？—前195）：即英布，因受过黥刑，所以称黥布，六（今安徽六安）人，楚汉之际著名将领。后谋反，灭族。事见《史记》卷九一《黥布列传》。⑭相继而起者七国：指汉初所封的七个异姓王（燕王臧荼、卢绾，楚王韩信，韩王信，赵王张敖，梁王彭越，淮南王英布）先后谋反事。详见《史记》卷八《高祖本纪》。⑮吕氏之祸：指吕后和其一家亲党危及刘汉社稷事。参《上富丞相书》注⑪。⑯讫孝文而后定：到陈平等尽诛诸吕，迎立孝文帝，汉之朝政才安定下来。⑰躬擐（huàn）甲胄：指亲自带兵打仗。擐：穿。⑱斩刈（yì）四方之蓬蒿：指宋太祖、太宗先后平定李筠、李重进叛乱（960），平荆南（963），灭后蜀（965），平南汉（971），灭南唐（975），平北汉（979），征契丹（986）等。斩刈，铲除掉，代指征讨。刈，割草。蓬蒿，借代割据一方的军阀。⑲四世：宋太祖、太宗、真宗、仁宗。⑳诏天下缮完城池：应该指至和元年（1054）四川谣传侬智高寇边事。《长编》卷一七八："初……转运使高良夫摄守事，西南夷有邛部川首领者，妄言蛮贼侬智高在南诏，欲来寇蜀。良夫闻之大惊，移兵屯边郡，益调额外弓手，发民筑城，日夜不得休息。民大惊扰。"具体可参苏洵《张益州画像记》一文及注释。㉑举而籍其名：将富户的姓名一一列举出来。籍，做成名册。㉒偶语：聚语。偶，对也。㉓会京师忧大水：《长编》卷一八二："时京师自五月大雨不止，水冒安上门，门关折，坏官私庐舍数万区，城中系筏渡人，命辅臣分行诸门，而诸路亦奏江河决溢，河北尤甚，民多流亡，令所在赈救。水始发，马军都指挥使范恪受诏障朱雀门，知开封府王素违诏止之,曰:'方上不豫,军民庐舍多覆压,奈何障门以惑众,且使后来者不入耶?'"苏轼时在京师,其《牛口见月》诗云:"忽忆丙申年,京邑大雨雾。蔡河中夜决,横浸国南方。车马无复见,纷纷操筏郎。新秋忽已晴,九陌尚汪洋。龙津观夜市,灯火亦煌煌。新月皎如昼,疏星弄寒芒。不知京国喧,谓是江湖乡。"(《苏轼诗集》卷一)㉔锄耰(yōu)畚(běn)筑:指各种抗洪的工具。耰,打碎土块、平整农田的工具。畚,籫箕。筑,筑墙用的木杵。㉕两河:指流经东京汴梁的汴河和蔡河。堧(ruán):河边之地。㉖县官:指朝廷、官府。㉗睊睊(juàn juàn):侧目而视貌。狼顾:猜疑的样子。㉘狄公在枢府:指狄青任枢密使。狄青(1008—1057),字汉臣,汾州西河(今山西汾阳)人,行伍出身,善骑射。参与和西夏的战争,屡立战功。皇祐四年(1052)六月,拜枢密副使。广南侬智高反,狄青率兵平定叛乱。五年(1053)五月拜枢密使。嘉祐元年(1056)八月罢枢密使,判陈州。次年三月卒。《宋史》卷二九〇有传。按,狄青拜枢密使,当时颇有异议。特别是狄青出自行伍,得军士心,论者以为非国家之福。欧阳修有《论狄青札子》(1056)。《宋史》本传说:"青在枢密四年,每出,士卒辄指目以相矜夸。又言者以青家狗生角,且数有光怪,请出青于外以保全之,不报。嘉祐中,京师大水,青避水徙家相国寺,行止殿上,人情颇疑,乃罢青为同中书门下平章事,出判陈州。"㉙太尉适承其后:《长编》卷一八三:"(嘉祐元年八月)癸亥,枢密使护国节度使狄青罢枢密使,加同平章事,判陈州。三司使、工部尚书韩琦为枢密使。"㉚郭子仪去河南,李光弼实代之:事见《旧唐书》卷一一〇《李光弼传》:"(乾元二年八月)史思明因杀安庆绪,即伪位,纵兵河南。加光弼太尉兼中书令,代郭子仪为朔方节度、兵马副元帅,以东师委之。左厢兵马使张用济承子仪之宽,惧光弼之令,与诸将颇有异议,欲逗留其众。光弼以数千骑出次汜水县。用济单骑迎谒,即斩于辕门。诸将慑伏。"郭子仪(697—781),华州郑县(今陕西华县)人。在平定安史之乱中功勋卓著,被称为"中兴再造之臣",封汾阳郡王,所以也称为郭汾阳。《旧唐书》卷一二〇有传。李光弼(708—764),营州柳城(今辽宁朝阳)人,其先为契丹人,在平定安史之乱中立下卓越功勋,封临淮郡王。《旧唐书》卷一一〇有传。㉛股栗:大腿战栗,比喻惊惧害怕。

[译文]

太尉大人左右：洵的著述没有其他的长处，至于说到兵家之事，议论古今的形势变化，甚至自认为比得上贾谊。献给大人的《权书》，其中所论虽然只是古人已经过去了的成败之事，假若真正明了其中的奥义，用到现在，不是不可以的。昨天趁着拜见大人的机会，请求进献我的低微的议论，太尉您慨然允诺，于是我特意写了这篇书信来阐述我的见解。这封信语言朴讷质直，并没有什么惊世绝俗的见解和太高以至于难以实行的建议，希望太尉您摘取主要的观点，而不要苛求那些细枝末节的地方。

大概过去用兵取胜并不是最难，但是养兵不用最可怕。拿现在的水来说，激怒它冲到高山，放纵它流入大海，挖开流成沟渠，壅塞成为沼泽，这是天底下的人都可以做到的；水流进长江黄河，注入淮河泗水，汇集成为滔天大浪，积聚成为大湖，千秋万代而不决溢泛滥，从大禹以后就没见过有人做到。兵，是聚集天下那些不义的人，发给他们冷冰冰的武器，教会他们做杀人的事情。如果是在天下尚不安定，盗贼还没有完全除尽的时候，然后有地方可以施行他们的不义的心术，运用那冷冰冰的武器，来做那杀人的事情。在这种时候，勇敢的人也没有多余的力气，聪明的人也没有多余的谋略，灵巧的人也没有多余的技巧，所以他们本来不义的心术变得忠心耿耿，冷冰冰的武器施加到那些不仁之人的身上，杀人的事情施加到那些该杀的人身上。等到天下已经太平，盗贼已经消灭净尽，那些不义的人们聚集在一起而不把他们解散，勇敢的人有多余的力气就会想着作乱，聪明的人有多余的谋略就会想着作奸犯科，灵巧的人有多余的技巧就会想着欺诈，于是天下的祸患就会纷纷出现。就像老虎豹子一天到晚不杀生，就会蹿跳吼叫，来发泄它们的愤怒；蝮蛇蝎子一天到晚不蜇人，就会啃咬草木，来释放它们体内的毒液。它的道理本来如此，不足为怪。过去刘邦、项羽从草莽之中，奋臂一挥，揭竿而起，秦地、楚地的无赖子弟千百为群，争着起来响应的，数不胜数。辗转战斗了五六年，天下人都厌倦了战争，项羽死了，高祖刘邦也老了。在这个时候，分封各位将领做异姓王，改变秦律，颁发汉令，给天下人休养生息。而韩信、黥布这些人，相继起来谋反的有七个诸侯国，高祖到死都没脱下铠甲，仍然不能制止叛乱。绵延直到吕氏一家的祸乱，到了孝文帝的时候才安定下来。起事多么容易而收束却何等困难啊！刘邦、项羽的声势，起初像决堤的大河，顺流而下，看起来确实很喜人。等到彻底冲决了堤坝四处奔流，泛滥到几百里地，人们才束手无策，无法补救。唉！如果没有圣人出现，又怎能收拾好后来的局面呢？

太祖、太宗，亲披战甲，跋涉艰险，去讨伐四方的割据势力。用兵打仗几十年，谋士猛将满天下，一旦卷起铠甲，停止战争，历经四代，天下平安无事。这用的是什么策略呢？是因为不把荆楚、九江的地盘分封给诸侯，像韩信、黥布这一类人就无从产生叛乱之心。虽然这样，天下没事而兵长久不用，那他们不义的心，蓄积而没地方发泄，饱食终日，悠游度岁，就会寻求机会，祸害老百姓。看他们平时无事的时候，口出怨言，来要挟上司。一旦有急事，恐怕如果不是每人分给千金，就支使不动。往年诏令天下修缮加固城池，西川的事情，洵确实是亲眼所见。凡是郡县里的富人，他们的名字全都被登记，聚敛几百万钱，用作酒食犒劳的费用。筑墙的杵声还没有落下，城墙就随即坍塌，这样过了几年才完工。事情结束时，官吏互相庆贺，士卒互相夸耀，像打了胜仗凯旋等着奖赏。最近我来到京城，在路上游玩，那些当兵的常常聚集在一块儿窃窃私语，一点儿也不避讳。听当地人说，在春天的时候，说的话尤闻不忍闻。大概是在五六月份，恰逢京师担忧大水来临，士兵们把锄头、耰、畚箕、筑杵摆列在汴河、蔡河的岸边，朝廷每天花费成千上万，传呼慰问的声音几十里不断，尚且愤愤不满四处观望，不肯效劳。况且内里像京师听到的,外边像西川亲自看见的,天下的形势,现在怎么样呢?

驾驭将帅是天子的事,驾驭士兵是将军的事。做天子的,养尊处优,树立恩信,收获名声,和天下人共享快乐,所以做天子的道理不能够用来驾驭士兵;做大臣的严格执法,不顾人情,竭尽心力,不求名声,下死力来捍卫国家,使天下的人心记挂于天子一人,而自己却不参与其中。所以驾驭士兵,是大臣的事,不能劳累天子。现在的问题是,大臣喜好个人的名誉而害怕受到诽谤。好名就会多方树立个人的恩惠,害怕诽谤就会执法不严。所以如今的军队豪放恣纵到这个地步,却没有人能够控制。先前狄青大人在枢密院,号称宽厚仁慈,和士卒非常亲昵,能得到士卒的喜欢。而太尉您恰恰是他的后任。那狄大人呢,只知道驾驭外部军队的方法,却不知道治理内部军队的道理,这是做边将的材料啊。古代士兵在外打仗,敬爱将军而不知道天子;士兵在内屯卫,敬爱天子而忘了将军。敬爱将军的士兵可以用来打仗,敬爱天子的士兵可以用来守卫。狄大人用驾驭外边士兵的心来驾驭内部守卫的士兵,太尉您不反其道而行之,那如何能治理好军队呢?有人认为兵长久骄傲无法治理,一旦用法律来治理,恐怕因此会发生祸乱。过去郭子仪离开洛阳,实际上由李光弼来代替他。快到达的那一天,将逗留不进的张用济斩于辕门,三军将士,胆战心惊,两腿战栗。以临淮郡王李光弼的剽悍来代替汾阳郡王郭子仪的宽厚,三军将士,惊悚得就像小孩刚离开慈母的怀抱而站立在严师的身边,哪里敢生乱呢?况且天子,就是天下人的父母;将相,就是天下人的严师。老师虽然严厉,小孩不会因此怨恨他的父母;将帅虽然严厉,天下人也不会归咎于他们的君主;那大势就是这样。做天子的,可以让人生、让人死,所以天下人盼望天子能让人生;待到天子来让人死,天下人就会说,这是天子杀了他。所以做天子的不能多杀。大臣奉行天子制定的法律，虽然杀人多，天下人也无法归怨到天子身上。这是先王用来威慑和感化天下人的方法。望太尉您考虑天下长治久安的方法，而不要希图获得一时的好名声；竭尽大公无私的心，而不要顾虑三军将士的闲言碎语。天子拿出深厚仁慈来固结士兵的心，太尉运用威武来振起士兵的颓堕。那些人感念天子的仁慈，即使惧怕也不会怨怒；顾及太尉的威武，即使宠爱也不会骄傲。君主和臣民的位置摆对啦，那畏惧又敬重的驾驭之道就会建立，除了太尉您我还能寄希望于谁呢？不一一细说。洵恭敬地再次拜谢。

上田枢密书

　　天之所以与我者，夫岂偶然哉？尧不得以与丹朱，^①舜不得以与商均，^②而瞽叟不得夺诸舜。^③发于其心，出于其言，见于其事，确乎其不可易也。圣人不得以与人，父不得夺诸其子，于此见天之所以与我者不偶然也。夫其所以与我者，必有以用我也。我知之，不得行之，不以告人，天固用之，我实置之，其名曰弃天；自卑以求幸其言，自小以求用其道，^④天之所以与我者何如，而我如此也，其名曰亵天。^⑤弃天，我之罪也；亵天，亦我之罪也；不弃不亵，而人不我用，非我之罪也，其名曰逆天。然则弃天、亵天者，其责在我；逆天者，其责在人。在我者，吾将尽吾力之所能为者，以塞夫天之所以与我之意，而求免乎天下后世之讥。在人者，吾何知焉？吾求免夫一身之责之不暇，而暇为人忧乎哉？孔子、孟轲之不遇，^⑥老于道途而不倦不愠、不怍不沮者，^⑦夫固知夫责之所在也。卫灵、鲁哀、齐宣、梁惠之徒之不足相与以有为也，^⑧我亦知之矣，抑将尽吾心焉耳。吾心之不尽，吾恐天下后世无以责夫卫灵、鲁哀、齐宣、梁惠之徒，而彼亦将有以辞其责也。然则孔子、孟轲之目将不瞑于地下矣。夫圣人、贤人之用心也固如此：如此而生，如此而死，如此而贫贱，如此而富贵，升而为天，沉而为渊，流而为川，止而为山，彼不预吾事，吾事毕矣。窃怪夫后之贤者之不能自处其身也，饥寒穷困之不胜而号于人。呜呼！使吾诚死于饥寒穷困邪，则天下后世之责将必有在，彼其身之责不自任以为忧，而我取而加之吾身，不已过乎？

今洵之不肖，何敢以自列于圣贤？然其心亦有所不甚自轻者。何则？天下之学者，孰不欲一蹴而造圣人之域？⑨然及其不成也，求一言之几乎道而不可得也。⑩千金之子，可以贫人，可以富人，非天之所与，虽以贫人富人之权，求一言之几乎道，不可得也；天子之宰相，可以生人，可以杀人，非天之所与，虽以生人杀人之权，求一言之几乎道，不可得也。今洵用力于圣人、贤人之术，亦已久矣。其言语、其文章，虽不识其果可以有用于今而传于后与否，独怪其得之之不劳。方其致思于心也，若或起之；⑪得之心而书之纸也，若或相之。⑫夫岂无一言之几乎道？千金之子、天子之宰相，求而不得者，一旦在己，故其心得以自负，或者天其亦有以与我也？

曩者见执事于益州，⑬当时之文，浅狭可笑。饥寒穷困乱其心，而声律记问又从而破坏其体，⑭不足观也已。数年来退居山野，自分永弃，与世俗日疏阔，得以大肆其力于文章。诗人之优柔，⑮骚人之精深，⑯孟、韩之温淳，⑰迁、固之雄刚，⑱孙、吴之简切，⑲投之所向，无不如意。常以为董生得圣人之经，其失也流而为迂；⑳晁错得圣人之权，其失也流而为诈；㉑有二子之才而不流者，其惟贾生乎！㉒惜乎今之世，愚未见其人也。作策二道，曰《审势》、《审敌》，㉓作书十篇，曰《权书》。㉔洵有山田一顷，非凶岁，可以无饥；力耕而节用，亦足以自老。不肖之身不足惜，而天之所与者不忍弃、且不敢亵也。执事之名满天下，天下之士用与不用在执事。故敢以所谓《策》二道、《权书》十篇者为献。平生之文，远不可多致，有《洪范论》、《史论》七篇，近以献内翰欧阳公。㉕度执事与之朝夕相从而议天下之事，则斯文也其亦庶乎得陈于前矣。若夫其言之可用与其身之可贵与否者，执事事也，执事责也，于洵何有哉！

［题解］

　　本文作于嘉祐元年（1056），乃是向枢密副使田况进行自我推荐。此文目的是想求得田况的知遇，但措辞立意和一般的自荐、乞怜的姿态完全不一样。文章不露一点求乞的寒酸，而是高占地步，语露自负，好像自己是天所赋予的道的担负者，抱道自居，用不用属于他人的事。自己自尽其责，不敢不自重以弃天之所予，不敢自轻以亵渎天之所予，自己不弃、不亵而不用，那是用人者的责任，是用人者的逆天所为。正是作者地步占得高，所以不暇作乞怜语；力量见得大，所以不肯作求媚态。命意绝高，词丰意雄，沛然有不可挡之势。所以孙琮《山晓阁选宋大家苏老泉全集》说："昌黎（韩愈）上当事书，语语悲婉。老泉上当事书，语语气岸……真是增长人志气文字。"田况（1005—1063），字元均，天圣八年（1030）进士，和范仲淹、韩琦等在陕西抵御西夏侵扰，至和元年（1054）二月任枢密副使，嘉祐三年（1058）六月任枢密使。有《儒林公议》二卷传世。生平见王安石《太子太傅致仕田公墓志铭》（《临川先生文集》卷九一）、《宋史》卷二九二本传。

［注释］

　　①尧不得以与丹朱：尧，上古帝尧。丹朱，尧子。句意说尧不能把自己的贤德传授给不肖之子丹朱。下面两句用意相同。事见《史记》卷一《五帝本纪》："尧知子丹朱之不肖，不足授天下，于是乃权授舜。"②舜不得以与商均：舜，上古帝舜。商均，舜子。《史记》卷一《五帝本纪》："舜子商均亦不肖，舜乃豫荐禹于天。"③瞽叟不得夺诸舜：瞽叟，舜的父亲，因娶后妻，生子象，所以千方百计想谋害舜，却没有成功。《史记》卷一《五帝本纪》："瞽叟更娶妻，而生象。象傲，瞽叟爱后妻子，常欲杀舜。舜避逃。""舜父瞽叟顽、母嚚、弟象傲，皆欲杀舜。舜顺适，不失子道。""瞽叟尚复欲杀之，使舜上涂廪，瞽叟从下纵火焚廪，舜乃以两笠自扞而下，去，得不死。后瞽叟又使舜穿井，舜穿井为匿空旁出。舜既入深，瞽叟与象共下土实井，舜从匿空

出,去。瞽叟、象喜,以舜为已死。象曰:'本谋者象。'象与其父母分。于是曰:'舜妻尧二女,与琴,象取之。牛羊仓廪,予父母。'象乃止舜宫居,鼓其琴。舜往见之,象愕不怿,曰:'我思舜正郁陶。'舜曰:'然,尔其庶矣。'"④自卑以求幸其言,自小以求用其道:自己放低身份去求别人信用自己的话、采用自己所持有的主张。幸其言,即听信我的话。孔子在陈绝粮,弟子子贡曾劝孔子"少贬"其道,以求容于诸侯,受到孔子的训斥。《史记》卷四七《孔子世家》:"子贡曰:'夫子之道至大也,故天下莫能容夫子,夫子盖少贬焉。'孔子曰:'赐,良农能稼,而不能为穑。良工能巧,而不能为顺。君子能修其道,纲而纪之,统而理之,而不能为容。今尔不修尔道,而求为容。赐,而志不远矣。"⑤亵天:亵渎上天所赐。⑥孔子、孟轲之不遇:孟轲即孟子。孔子、孟子周游列国,不能行其道,但仍然不灰心、不放弃。苏洵认为遇不遇,责任不在孔子、孟子,而在那些国君。⑦愠:恼怒。怍(zuò):惭愧。沮:沮丧。⑧卫灵:卫灵公,春秋时卫国国君。《史记》卷四七《孔子世家》:"孔子遂适卫,主于子路妻兄颜浊邹家。卫灵公问孔子居鲁得禄几何,对曰奉粟六万,卫人亦致粟六万。居顷之,或谮孔子于卫灵公,灵公使公孙余假一出一入,孔子恐获罪焉,居十月,去卫。"鲁哀:鲁哀公,春秋时鲁国国君。《孔子世家》:"孔子之去鲁凡十四岁而反乎鲁。鲁哀公问政,对曰:'政在选臣。'季康子问政,曰:'举直错诸枉,则枉者直。'康子患盗,孔子曰:'苟子之不欲,虽赏之不窃。'然鲁终不能用孔子,孔子亦不求仕。"齐宣:齐宣王,战国时齐国国君。梁惠:梁惠王,战国时魏国国君。孟子曾经游说两君而不能用。《史记》卷七四《孟子荀卿列传》:"孟轲,邹人也,受业子思之门人。道既通,游事齐宣王,宣王不能用。适梁,梁惠王不果所言,则见以为迂远而阔于事情。"⑨一蹴(cù)而造圣人之域:一下子就达到圣人的境地。蹴,踏。造,达到。圣人之域,圣人的领域,即圣哲的境界。⑩一言之几乎道:能接近于道的一字一句。几,接近。⑪若或起之:好像有人在启发我。起,兴起,启发。⑫若或相之:好像有人在帮助我。相,帮助。⑬曩者见执事于益州:益州,成都府。田况知益州在庆历八年(1048)四月至皇祐二年(1050)十一月,此时苏洵刚好在家读书,拜见田况应在这一时期。《长编》卷一六四:"(庆历八年四月壬申)知益州、刑部郎中程戡落枢密直学士、知凤翔府。"田况为程戡后任，时间接续。其到任时间或在庆历八年的十一月。《成都文类》卷九有田况《成都遨乐诗》序云："四方咸传蜀人好游娱无时，予始亦信然之。逮忝命守益，枙辕喻月，即及春游。"田况离任时间据《长编》卷一六九："（皇祐二年十一月戊戌）召枢密直学士、给事中、知益州田况权御史中丞。"⑭**声律记问又从而破坏其体**：声律，诗歌的声韵平仄等的要求。记问，记诵经义知识。这里指学习诗歌以及应对科举等方面的学习，影响了自己作文文体的纯粹统一。⑮**诗人之优柔**：指《诗经》风格内容的温柔敦厚。⑯**骚人之精深**：指屈原辞赋的风格特色。⑰**孟、韩之温淳**：孟子、韩愈文章风格温厚淳雅。⑱**迁、固之雄刚**：司马迁、班固的《史记》、《汉书》文笔雄健刚正。⑲**孙、吴之简切**：军事家孙武、吴起所著的《孙子兵法》、《吴子》的文风简练切当。⑳**董生得圣人之经，其失也流而为迂**：董生，即董仲舒（约前179—前105），西汉著名的经学家，主张罢黜百家，独尊儒术，对传统儒家理论影响甚大。现存有著作《春秋繁露》。这句说董仲舒得到圣人的正统，但他的缺失在于后来变得迂阔。㉑**晁错得圣人之权，其失也流而为诈**：晁错（？—前154），西汉政论家。晁错建议削平诸侯，引致七国之乱。后被汉景帝杀掉。现存文章九篇。这句说晁错得到圣人的权变，但他的缺失在于后来变得诡诈。㉒**有二子之才而不流者，其惟贾生乎**：贾生，贾谊，参见《上韩枢密书》注②。这句说兼有董仲舒、晁错的才能而没有流弊的只有贾谊。㉓**作策二道，曰《审势》、《审敌》**：苏洵所作的一组两篇名为《几策》的文章，详见后面所选的这两篇作品。㉔**作书十篇，曰《权书》**：苏洵所作的一组十篇名为《权书》的论兵之作，详见后边所选的相关篇章。㉕**《洪范论》、《史论》七篇，近以献内翰欧阳公**：内翰，翰林学士。欧阳公，即欧阳修。《洪范论》、《史论》是苏洵写的策论，至京师后，苏洵将这一组文章献给欧阳修，详见后面所选的《上欧阳内翰第一书》。

[译文]

　　上天之所以赋予我的，难道会是偶然的吗？尧不能把他的贤德给予儿子丹朱，舜也不能把他的贤德给予儿子商均，同样舜的父亲也不能把上天给予舜的东西夺走。它发自于内心，出自于话语，表现于事业，的的确确是不可改变的。圣人不能把它给予别人，父亲也不能从儿子那里把它夺走，由此可见上天之所以赋予我的不是偶然的。那上天之所以赋予我，必定是要使我发挥作用。我知道这个道理，却不能够施行，不肯告诉别人，天本来要我发挥作用，我却把它抛到一边，这就叫做抛弃上天所赐；自己卑躬屈膝以求得别人信用我的话，自己贬低自己以求得别人采用我的主张，上天是如何赋予我的，而我却这样对待它，这就叫做亵渎上天所赐。抛弃上天所赐，是我的罪孽；亵渎上天所赐，也是我的罪孽；不抛弃也不亵渎，而人家不用我，那就不是我的罪孽，那就叫做违背上天所赐。这样来说抛弃上天所赐、亵渎上天所赐，那责任在于我自己；违背上天所赐，那责任在他人。属于我的这方面，我将会竭尽力量来做我能做到的事情，用来回应上天赐予我的这一番好意，以求免于天下后世人的讥讽。属于他人的那方面，我能知道什么呢？我为免于自己个人的责任尚且应接不暇，哪有闲工夫替别人担心呢？孔子、孟子没有遇到识货的，疲命奔走于道路却不厌倦、不愤怒、不愧疚、不沮丧的原因，就在于他们本来就知道责任所在。卫灵公、鲁哀公、齐宣王、梁惠王这类君主不足与他们在一块儿做一番事业，我也是知道的，不过就是要尽自己的心罢了。我不尽心，恐怕后世人就没有道理来责备卫灵公、鲁哀公、齐宣王、梁惠王他们，并且他们也将会有推脱他们责任的借口了。如果是那样，孔子、孟子死也不会瞑目的。圣人、贤人的用心本来就是这样的：这样活着，这样死去，这样贫穷，这样富贵，升上去就成为高天，沉下去就成为深渊，流动就是河流，静止就是大山，他们不干预我的事，我的事就会完成。我私下里奇怪那些后起的贤者不能摆好自己的位置，忍受不了饥寒穷困而向人哀号求乞。唉！假使我确实是死于饥寒穷困，那天下后世人必定会有谴责的对象，他们不自任其责，不为此担忧，我却把责任承担过来加到自己身上，不是太过分了吗？

洵没有什么德能，怎么敢自己把自己列入圣贤的行列呢？然而我心里也有不敢自轻的地方。为什么呢？天底下学习的人，谁不想一步就进入到圣人的境地？然而在他们没有学成的时候，要想有一字一句接近于道的话也得不到。富家子弟，可以让人穷，可以让人富，如果不是上天赐予，虽有使人穷富的权力，要想有一字一句接近道，也不可能得到。天子的宰相，可以让人活，可以让人死，如果不是上天赐予，虽拿着生杀大权，要想有一字一句接近道，也不可能得到。现今洵用力于圣人、贤人的道术，已经很久了。那语言、那文章，虽然不知道它是否果然能有用于现在并且流传到后代，只是奇怪那语言文章得来并不很困难。当它在心里运思的时候，好像有什么东西在推动它；得之于心而后把它写到纸上的时候，好像有什么东西在扶持它。难道就没有一句话接近道吗？富家子弟、天子的宰相，寻求而得不到的，一下子存在于自己身上，因此那心里有很大的抱负，或许上天也把什么赐予我了吧？

以前在益州拜见过大人，当时写的文章，非常浅薄狭隘可笑。由于饥寒穷困扰乱着我的心，而且所学的诗歌声律、所记的材料故事又因而破坏了文章的体貌，不值得一看啊！数年来我退居山野，自料永远被这个时世所弃，和世俗尘杂之事日益疏远，得以把自己的全力用于文章。《诗经》作者的温柔敦厚，屈原辞赋的精密深沉，孟子、韩愈文章的温厚淳雅，司马迁、班固史书的雄健刚正，孙武、吴起兵书的简练切当，无论朝着哪个方向，没有不如意的。平时认为董仲舒探得圣人的原则，他的缺失在于后来流于迂阔。晁错得到圣人的权变，但他的缺失在于后来流于诡诈。兼有董仲舒、晁错的才能而没有流弊的，那只有贾谊吧！可惜现今世上，我没有见过这样的人。我写了策论两篇，叫《审势》、《审敌》；作了总共十篇的一部书，叫《权书》。洵家里有一顷山田，不遇到灾荒，能够吃饱饭；用力耕田，俭省节约，也足够我养老。我这皮囊不值得怜惜，但天之所赐的却不忍心抛弃而且不敢亵渎。大人您名满天下，天下的读书人用或者不用在于大人您。因而才敢把我写的《几策》两篇、《权书》十篇献给大人。平时写的文章，因为道途遥远不能多带，有《洪范论》、《史论》共七篇，先前献给了翰林学士欧阳大人。料想大人您和欧阳大人朝夕相从讨论天下大事，这几篇文章恐怕也可能摆到大人的案前了吧。至于那文章可不可用、那人值不值得看重，是大人您的本职，是大人您的责任，和洵有什么关系呢？

上韩昭文论山陵书

四月二十三日,将仕郎、守霸州文安县主簿、礼院编纂苏洵,①惶恐再拜上书昭文相公执事:洵本布衣书生,才无所长,相公不察而辱收之,使与百执事之末,②平居思所以仰报盛德而不获其所。今者先帝新弃万国,天子始亲政事,③当海内倾耳侧目之秋,而相公实为社稷柱石莫先之臣,有百世不磨之功,伏惟相公将何以处之?

古者天子即位,天下之政必有所不及安席而先行之者。盖汉昭即位,休息百役,与天下更始,故其为天子曾未逾月,而恩泽下布于海内。④窃惟当今之事,天下之所谓最急,而天子之所宜先行者,辄敢以告于左右。

窃见先帝以俭德临天下,在位四十余年,而宫室游观无所增加,帏薄器皿弊陋而不易,天下称颂,以为文、景之所不若。⑤今一旦奄弃臣下,⑥而有司乃欲以末世葬送无益之费,侵削先帝休息长养之民,掇取厚葬之名而遗之,以累其盛明。⑦故洵以为,当今之议,莫若薄葬。窃闻顷者癸酉赦书既出,⑧郡县无以赏兵,例皆贷钱于民,民之有钱者,皆莫肯自输,于是有威之以刀剑,驱之以笞棰,为国结怨,仅而得之者。⑨小民无知,不知与国同忧,方且狼顾而不宁。⑩而山陵一切配率之科又以复下,⑪计今不过秋冬之间，海内必将骚然，有不自聊赖之人。⑫窃惟先帝平昔之所以爱惜百姓者如此其深，而其所以检身节俭者如此其至也，推其平生之心而计其既没之意，则其不欲以山陵重困天下，亦已明矣。而臣下乃独为此过当逾礼之费，以拂戾其平生之意，⑬窃所不取也。且使今府库之中，财用有余，一物不取于民，尽公力而为之，以称遂臣子不忍之心，犹且获讥于圣人。⑭况夫空虚无有，一金以上非取于民则不获，而冒行不顾，⑮以徇近世失中之礼，⑯亦已惑矣。

然议者必将以为，古者"君子不以天下俭其亲"，⑰以天下之大，而不足于先帝之葬，于人情有所不顺。洵亦以为不然。使今俭葬而用墨子之说，⑱则是过也；不废先王之礼，而去近世无益之费，是不过矣。子思曰："三日而殡，凡附于身者，必诚必信，勿之有悔焉耳矣。三月而葬，凡附于棺者，必诚必信，勿之有悔焉耳矣。"⑲古之人所由以尽其诚信者，不敢有略也，而外是者则略之。昔者华元厚葬其君，君子以为不臣。⑳汉文葬于霸陵，㉑木不改列，藏无金玉，天下以为圣明，而后世安于太山。故曰：莫若建薄葬之议，上以遂先帝恭俭之诚，下以纾百姓目前之患，内以解华元不臣之讥，而万世之后以固山陵不拔之安。

洵窃观古者厚葬之由，未有非其时君之不达，欲以金玉厚其亲于地下，而其臣下不能禁止，俛俛而从之者。㉒未有如今日之事，太后至明，㉓天子至圣，而有司信近世之礼，而遂为之者，是可深惜也。且夫相公既已立不世之功矣，而何爱一时之劳而无所建明？洵恐世之清议，将有任其责者。

如曰：诏敕已行，制度已定，虽知不便，而不可复改。则此又过矣。盖唐太宗之葬高祖也，㉔欲为九丈之坟，而用汉氏长陵之制，百事务从丰厚，及群臣建议以为不可，于是改从光武之陵,高不过六丈,而每事俭约。夫君子之为政,与其坐视百姓之艰难而重改令之非,孰若改令以救百姓之急?不胜区区之心,敢辄以告。惟恕其狂易之诛,㉕幸甚幸甚!不宣,洵惶恐再拜。

[题解]

  韩昭文即韩琦,见前《上韩枢密书》。《长编》卷一九五:嘉祐六年闰八月"庚子,工部尚书、平章事、集贤殿大学士韩琦加昭文馆大学士、监修国史",成为首相。山陵,皇帝的陵墓。山陵使,负责大行皇帝丧葬的使节。嘉祐八年(1063)三月晦日宋仁宗崩,四月"乙亥,命韩琦为山陵使"(《长编》卷一九八)。丧礼依照宋真宗永定陵规模,施行厚葬,当时不少大臣谏争,希望能够节俭费用,以纾民困。《长编》卷一九八:"(四月)癸巳,权三司使蔡襄奏大行山陵一用永定制度,于是右司谏王陶上言:'民力方困,山陵不当以永定为准。'其后京西转运使吴充、楚建中、知济州田棐继上言,请遵先帝遗诏,山陵务从俭约,皇堂、上宫除明器之外,金玉珍宝一切屏去。礼院编纂苏洵亦贻韩琦书切谏,至引华元不臣以责之,琦为变色。乃诏礼院与少府监议,唯省乾兴中所增明器而已,其他犹一用定陵制度。""右司谏、直集贤院、同修起居注郑獬上言:'大行山陵依乾兴制度,虽未为过多,以今校昔,盖有不同。乾兴帑藏充积,财力有余,故可以溢祖宗之旧制。今国用空乏,财赋不给,近者赏军,已见横敛,富室嗟怨,流闻京师。虽三路州郡颇能支梧,盖将累岁边备一日费之,不知何年复能充补。万一岁凶民饥,小有风尘之警,则将何策以善其后?岂可用乾兴为法也!夫俭葬之制,周公非不忠,曾子非不孝,以为褒君爱父,不在于聚财。此前世之极论,臣不复言。窃惟先帝节俭爱民,出于天性,无珠玉奇丽之好,无犬马游观之乐,服御至于澣濯,器玩极于朴陋,此天下之共知也。今山陵制度,乃取乾兴最盛之时为准,独不伤先帝节俭之德乎!臣以为宜敕有司条具名数,再议减节。"这些有助于我们了解当时的国势和大臣们的议论。本文是苏洵给当时的首相、山陵使韩琦所上的书,要求施行薄葬,从两个方面来讲:一讲厚葬之非,二讲聚敛百姓之痛,两个方面都归结到先皇仁宗的仁慈节俭、爱惜民力上。文章没有华言丽辞,却极言切论,庄厚悱恻,足以动人。

[注释]

①将仕郎、守霸州文安县主簿、礼院编纂：这是当时苏洵的官职。将仕郎，文散官官阶，从九品。守，宋代除职事官以寄禄官品之高下分行、守、试三等。据《宋史·职官志九》："凡除职事官，以寄禄官品之高下为准。高一品以上为行，下一品为守，下二品以下为试。"霸州文安县，宋属河北路，今属河北省。主簿，宋千户以上县置主簿，位在县令、县丞之下，县尉之上。礼院，指太常礼院，隶太常院。编纂，太常礼院编修礼书的官员。《长编》卷二〇六："嘉祐六年，秘阁校理张洞奏请择用幕职州县官文学该赡者三两人置局，命判寺一员总领其事（编纂礼书）。七月，用项城县令姚辟、文安县主簿苏洵编纂，令判寺官督趣之。及（欧阳）修参知政事，因命修提举。"②百执事：百官。③先帝新弃万国，天子始亲政事：弃万国，皇帝去世的委婉说法。《长编》卷一九八："（嘉祐八年三月）辛未晦（三十日），上暴崩于福宁殿。是日，上饮食起居尚平宁，甲夜，忽起，索药甚急，且召皇后。皇后至，上指心不能言。召医官诊视，投药、灼艾，已无及。丙夜，遂崩。左右欲开宫门召辅臣，皇后曰：'此际宫门岂可夜开！且密谕辅臣黎明入禁中。'又取粥于御厨。医官既出，复召入，使人挚守之。夏四月壬工朔，辅臣入至饕殿。后定议，召皇子入，告以上晏驾，使嗣立。皇子惊曰：'某不敢为！某不敢为！'因反走。辅臣共执之，或解其发，或被以御服……至日映，百官皆集，犹吉服，但解金带及所佩鱼，自垂拱殿门外哭而入，班福宁殿前。哭止，韩琦宣遗制。英宗即皇帝位，见百官于东楹。百官再拜，复位哭，乃出。"宋仁宗赵祯（1010—1063），真宗子，乾兴元年（1022）即位，在位四十二年。宋英宗赵曙（1032—1067），宗室子，嘉祐七年（1062）立为皇子，八年即位，在位五年。④"汉昭即位"五句：汉昭帝（前94—前74），武帝子，年幼即位。《汉书》卷七《昭帝纪》："承孝武奢侈余敝，师旅之后，海内虚耗，户口减半。（霍）光知时务之要，轻徭薄赋，与民休息。"⑤先帝以俭德临天下：指宋仁宗在位期间，仁民爱物，厉行节俭的美德。帏薄：帷幕和帘子。薄，通"箔"。《长编》卷一九八："（嘉祐八年二月）丙戌，中书枢密院奏事于福宁殿之西阁，见上所御帷帐、裀褥皆质素暗敝，久而不易。上顾韩琦等曰：'朕居宫中，自奉止如此尔。此亦生民之膏血也，可轻费之哉！'"《宋史》卷一二

《仁宗纪》："赞曰：仁宗恭俭仁恕出于天性……燕私常服澣濯，帷帘衾裯，多用缯䌷。宫中夜饥，思膳烧羊，戒勿宣索，恐膳夫自此戕贼物命，以备不时之需。"文、景：汉文帝、汉景帝。文帝、景帝在位四十年，承大乱之后，与民休息，天下大治，史称"文景之治"。《汉书》卷五《景帝纪》："汉兴，扫除烦苛，与民休息。至于孝文，加之以恭俭。孝景遵业，五六十载之间，至于移风易俗，黎民淳厚。周云成、康，汉言文、景，美矣。"⑥奄弃：忽然舍弃。犹永别、死亡。⑦掇（duō）取厚葬之名而遗（wèi）之，以累其盛明：掇取，拾取。遗，赠予。意为厚葬的方式，有累先帝恭俭仁厚的英名。关于厚葬仁宗的情况，可以参看《长编》的相关记载。《长编》卷一九八："（四月）三司奏乞内藏库钱百五十万贯、绸绢二百五十万匹、银五万两助山陵及赏赉。从之。""乙酉，发诸路卒四万六千七百八十人修奉山陵。""（五月）诏：'山陵所用钱物，并从官给，毋以扰民。'诏虽下，然调役未常捐也。三司计山陵当用钱、粮五十万贯石而不能备，或请移陕西缘边入中盐于永安县，转运副使薛向陈五不可，且乞如其数以献，许之。""（六月）戊戌，山陵使韩琦奏，山陵诸顿所调物过多，乞选朝臣一员，付之计度。乃命盐铁判官楚建中往裁其数。时三司使蔡襄总应奉山陵事，凡调度供亿皆数倍，劳费既广，已而多不用，议者非之。"⑧癸酉赦书：指仁宗驾崩，新帝即位的大赦诏书。《长编》卷一九八："（四月）癸酉，大赦。除常赦所不原者，百官进官一等，服绯紫及十五年者，与改服色。优赏诸军如乾兴故事，所费无虑一千一百万贯、匹、两，在京费四百万。"⑨贷钱于民……为国结怨：当时为了国之大丧，花费不赀，科率百姓，引起怨愤。《长编》卷一九八："（四月癸未）天章阁待制、知谏院司马光言：'窃切以国家用度素窘，复遭大丧，累世所藏，几乎扫地。传闻外州、军官库无钱之处，或借贷民钱，以供赏给，一朝取办，逼以捶楚。万一更有水旱、军旅之虞，不知朝廷何以处之。若国用不足，必重敛于民，民已困穷，何以供命？饥寒所驱，必为盗贼。此乃安危之本，愿陛下深思熟虑，勿以为细事而忽之也。'"⑩狼顾：狼行走时常回头看，比喻疑惧不安的样子。⑪配率之科：此指按比例向百姓摊派征收的税费和徭役。⑫不自聊赖：无以为生，无所依赖，引申为没有生计，企图生乱。⑬拂戾：违背原意。⑭获讥于圣人：指孔子讥讽鲁季孙丧葬过礼事。《吕氏春秋·安死》："鲁季孙有丧，孔子往吊之。入门而左，从客也。主人以玙璠收，孔子径庭而趋，历级而上，曰：'以宝玉收，譬之犹暴骸中原也。'径庭历级，非礼也。虽然，以救过也。"注谓：孔子以平子逐昭公出之，其行恶，不当以敛，而反用之，肆行非度。人又利之，必见发掘，故犹暴骸中原也。⑮冒行：贸然行事。⑯徇：顺从。失中之礼：礼节失去适中的标准，过于奢侈。⑰君子不以天下俭其亲：语出《孟子·公孙丑下》。注："我闻君子之道，不以天下人所得用之物俭约于其亲，言事亲竭其力者也。"⑱俭葬而用墨子之说：墨子主张丧葬节俭，儒家则认为墨子的主张过于偏激。《墨子·节葬下》："古圣王制为葬埋之法曰：棺三寸，足以朽体；衣衾三领，足以覆恶；以及其葬也，下毋及泉，上无通臭，垄若参耕之亩，则止矣。"⑲"三日而殡"八句：语出《礼记·檀弓上》。附于身者，指随着尸体入棺的衣物。必诚必信，指一定要尽心，一定要合礼。附于棺者，指随着棺材入土的东西。⑳华元厚葬其君，君子以为不臣：《史记》卷三八《宋微子世家》："二十二年（前589），文公卒。子共公瑕立。始厚葬。君子讥华元不臣矣。"华元，春秋时宋国的大夫。㉑汉文葬于霸陵：《史记》卷一〇《孝文本纪》："后七年（前157）六月己亥，帝崩于未央宫。遗诏曰：'今之时世，咸嘉生而恶死，厚葬以破业，重服以伤生，吾甚不取。''霸陵山川因其故，毋有所改。"㉒俛俛（mǐn miǎn）：努力，勉力。㉓太后至明：太后指仁宗曹皇后（1016—1079），宋开国大将曹彬孙女，景祐元年（1034）册为皇后，英宗即位，尊为皇太后，因英宗病，垂帘听政。神宗即位，尊为太皇太后。谥慈圣光献。㉔唐太宗之葬高祖：《资治通鉴》卷一九四：贞观九年（635）秋七月"丁巳，诏山陵依汉长陵（汉高祖陵也）故事，务存隆厚。"虞世南上疏劝止。"上乃以世南疏授有司，令详处其宜。房玄龄等议，以为：'汉长陵高九丈，原陵（汉光武陵也）高六丈。今九丈则太崇，三仞则太卑，请依原陵之制。'从之。"㉕狂易：狂妄轻率。

[译文]

四月二十三日，将仕郎、守霸州文安县主簿、礼院编纂苏洵，惶恐再拜上书于昭文相公左右：洵本是个布衣书生，才能没有特别擅长的，相公没有详细考察就收用了我，使我缀于百官的后面，平时想拿什么来回报相公的大恩大德而找不到机会。现在先帝刚刚弃天下万国而去，新天子开始亲自处理政事，正当四海之内注目观望的时候，而相公作为社稷的柱石、百官的表率，建立了永远不能磨灭的功勋，不知这时候相公将如何安处？

古代新君即位，必定有席不暇安就要先行实施的天下大政。那汉昭帝刚即位，就命令停止各种工役，让天下变更重新开始，所以不到一个月，那浩荡的皇恩就普及四海之内。我私下想现今的事情，天下大事中最急迫的，天子最应该先行的，斗胆把我的想法告诉相公大人。

私下看到先帝用节俭的美德照临天下，在位四十多年，而宫殿园囿没有增加，帐幕席子器具破败而不更换，天下称颂先皇的美德，认为汉文帝、景帝也比不上。现今一下子永远离开臣民，而朝廷却要用后代大肆浪费的丧葬做法，来侵夺先帝所爱护的不忍烦扰的子民，把一个厚葬的名义加于先帝身上，连累了先帝的盛明。所以洵认为，现今的办法，不如薄葬。我私下听说以前癸酉大赦的诏书发布以后，地方州县没有银钱犒赏士兵，照例都向老百姓借贷，有些百姓不肯主动地拿钱出来，于是就用刀剑来威胁，用鞭打来驱赶，替国家结下仇怨，这才得到钱。老百姓愚昧无知，不懂得和朝廷一块发愁，正在狼顾不安的时候，而为建造先帝陵墓向全天下人征收税赋徭役的命令又已下达，预料不超过秋冬的时候，天下那些没有生计的人，必定会蠢蠢欲动。我想先帝平常用来爱惜百姓的心是如此的深厚，而他用来约束自己俭省节约的做法又是如此的周备，从他平日的仁心去推测他对丧葬的看法，那他不想拿建造陵墓之事来使天下困顿，这也是很明白的。然而大臣却独独做这样过分的逾越礼制的花费，来违背先帝平时的心意，我认为是不可取的。况且即使现在国库中财物富余，一分一厘都不从老百姓身上征取，竭尽公家的财力来这样做，以用来表达臣子不忍和先皇诀别的心意，那也尚且要被圣人讥讽为厚葬诲盗。何况现在国库空虚，一无所有，连一个钱都得从老百姓那里征收才能够获得,却贸然行事,不顾一切,来顺从近代以来不合中道的礼节,这也太令人疑惑了吧!

然而有的论者必定会认为,自古"君子不以天下俭其亲",有着如此之大的天下,却在先帝的安葬上用度不足,太不顺人之常情了。洵对这种看法不以为然。假使现今按照墨子的俭葬的理论来做,那确实是太过分了;如果不违背先王所规定的礼仪,而去掉近来才有的那些无益的费用,这不算过分啊。子思说:"人死了三天就要入殓停枢在堂,凡是随着尸体入棺的衣物,一定要尽心,一定要合礼,不要有什么后悔的就行了。停枢三月而去埋葬,凡是随着棺材入土的东西,一定要尽心,一定要合礼,不要有什么后悔的就行了。"古人用来尽心的、合礼的做法,不敢有一丝马虎,而超过了的就可省略了。过去宋国的大夫华元厚葬他的国君宋文公,君子认为他有不臣之心。汉文帝安葬在霸陵,树木原封不动,不用金玉随葬,天下人认为很圣明,因而后代安于泰山。所以说:不如采纳薄葬的建议,上可以顺从先帝谦恭节俭的诚心,下可以宽解老百姓当前的灾难,内可以免于像华元一样有不臣之心的讥讽,而千秋万代之后可以使陵墓稳固永不被盗。

我看古来厚葬的理由,都是当时的君主不通达事理,想用金玉宝藏来显示对于地下亲人的深厚感情,而臣下不能制止,勉力顺从来做。没有像现今的事情,太后至为英明,天子至为圣明,而执行的大臣却盲从近世的礼节,而去顺着做的,这实在是太可惜啦!而且相公您已经建立了不世之功,却何必吝惜一时的劳累而无所作为呢?洵恐怕世上的清议,将会认为有人要来承担这个责任的。

如果有人说:诏令敕令已经颁行,制度已经确定,即使知道有不好的地方,也不能再改变。那这又错了。唐太宗安葬唐高祖,想建造九丈高的陵墓,按照汉高祖长陵的制度,一切都务必丰厚。待到群臣建议认为这不可行,于是就改按汉光武帝原陵,陵墓高度仅为六丈,并且每件事都很节俭。那君子来处理政务,与其坐视老百姓遭受灾难而懒得改变错误的命令,哪里比得上改变命令来缓解老百姓的急难?不胜区区之意,斗胆把这些告诉大人。只要宽恕我的狂妄轻率,已很幸运很幸运了!不一一说啦,洵惶恐再拜!

上王长安书

判府左丞阁下:①天下无事,天子甚尊,公卿甚贵,士甚贱。从士而逆数之,至于天子,其积也甚厚,其为变也甚难。是故天子之尊至于不可指,而士之卑至于可杀。呜呼!见其安而不见其危,如此而已矣。卫懿公之死,②非其无人也,以鹤辞而不与战也。方其未败也,天下之士望为其鹤而不可得也。及其败也,思以千乘之国与匹夫共之而不可得也。人知其卒之至于如此,则天子之尊可以慄慄于上,③而士之卑可以肆志于下,④又焉敢以势言哉!故夫士之贵贱,其势在天子。天子之存亡,其权在士。世衰道丧,天下之士,学之不明,持之不坚,于是始以天子存亡之权,下而就一匹夫贵贱之势。甚矣夫,天下之惑也!持千金之璧以易一瓦缶,⑤几何其不举而弃诸沟也。

古之君子,其道相为徒,其徒相为用。故一夫不用乎此,则天下之士相率而去之。使夫上之人有失天下士之忧,而后有失一士之惧。⑥今之君子,幸其徒之不用,以苟容其身。故其始也轻用之,而其终也亦轻去之。呜呼!其亦何便于此也?

当今之世,非有贤公卿不能振其前,非有贤士不能奋其后。洵从蜀来,明日将至长安,见明公而东。伏惟读其书而察其心,⑦以轻重其礼,幸甚幸甚!

[题解]

王长安,即知永兴军(治所在京兆府,即古之长安府)的王拱辰。苏洵于嘉祐元年(1056)三月离蜀送轼、辙二子赴京应试,由成都,经阆中,从褒斜谷出川,取道长安,出关中,五月抵京师开封。将到长安时,苏洵上书王拱辰,申述重士的古训,希望王拱辰能以待士之礼待己。作者挟战国策士"士贵耳,王者不贵"之论(可参看《战国策·齐宣王见颜斶》一文),纵论士之权和王之势的关系,认为"士之贵贱,其势在天子;天子之存亡,其权在士"。感叹当今"世衰道丧",为士者不知自重,以可以存亡天子的大"权"去博得天子贵贱士人之"势",就如拿着千金之璧去换取一个瓦罐。然后论述今天士轻的原因在于苟且偷安,只顾一己私利,而丢弃了士君子的大用。作者分明以"贤士"自居,颇有"天将降大任于斯人"的气概,文笔纵横,锋芒毕露。故朱熹称"老苏文亦雄健","有战国文气象"(《朱子语类》卷一三九《论文上》)。

[注释]

①判府左丞阁下:判府,即判京兆府(长安府)。判,是高位兼低职或以京官出任地方官。左丞:尚书左丞。这里指王拱辰(1012—1085),字君贶,开封人,天圣八年(1030)状元,历翰林学士、知开封府、御史中丞、三司使等职。《宋史》卷三一八有传。《长编》卷一八〇:至和二年(1055)秋七月戊辰"宣徽北院使、判并州王拱辰复为尚书左丞、端明殿学士兼翰林侍读学士、知永兴军"。刘敞《公是集》卷五一《王开府行状》:"知永兴军。嘉祐二年,移秦州。"②卫懿公:《左传·闵公二年》:"冬,十二月,狄人伐卫。卫懿公好鹤,鹤有乘轩者。将战,国人受甲者皆曰:'使鹤!鹤实有禄位,余焉能战?'""及狄人战于荥泽,卫师败绩。遂灭卫。"③慄慄:战栗,战战兢兢。④肆志:随心所欲。⑤千金之璧:价值千金的玉器,这里比喻士可以使天子存、使天子亡的权能。瓦缶:瓦罐,这里比喻君主拥有的权势。⑥失一士之惧:指战国四公子之一的平原君杀美人以留士的故事。《史记》卷七六《平原君虞卿列传》:"(平原君)喜宾客,宾客盖至者数千人……平原君家楼临民家,民家有躄者,盘散行汲,平原君美人居楼上,临见大笑。明日躄者至平

原君门,请曰:'臣闻君之喜士,士不远千里而至者,以君能贵士而贱妾也。臣不幸有罢癃之病,而君之后宫临而笑臣,臣愿得笑臣者头。'平原君笑应曰:'诺。'躄者去,平原君笑曰:'观此竖子乃欲以一笑之故杀吾美人,不亦甚乎!'终不杀。居岁余,宾客门下舍人稍稍引去者过半,平原君怪之,曰:'胜所以待诸君者未尝敢失礼,而去者何多也?'门下一人前对曰:'以君之不杀笑躄者,以君为爱色而贱士,士即去耳。'于是平原君乃斩笑躄者美人头,自造门,进躄者,因谢焉。其后门下乃复稍稍来。"⑦读其书:指读这封书信。

[译文]

　　判府左丞阁下:天下平安无事的时候,天子极其尊严,公卿极其高贵,而士极其低贱。从士向上数,一级级直到天子,积习甚深,要想改变甚为困难。故此天子的尊严不能用手指指点,而士低贱到可以杀头。唉!只看到了做天子的安稳而看不到其危险,不过如此罢了。卫懿公的死,并不是没有战士,而是战士以他宠爱鹤胜过爱士为理由而不愿参与战斗。当他没有败亡的时候,天下的士渴望做他的鹤而不能够。等到他败亡的时候,他想拿千乘之国和老百姓分享也不能够。如果人们知道他结果至于如此,那么高高在上的尊严的天子也要战战兢兢,而低贱的士却可以在下面实现自己的志愿,又哪敢以势欺人啊!所以说,士的贵贱,决定于天子。天子的存亡,操纵在士的手里。风俗衰败,天下的士人,学理不明了,执持不坚决,于是才开始拿可以让天子或存或亡的士权,屈尊于只能让一介匹夫或贵或贱的君权。天下人的迷惑也太深了!拿着千金之璧去换一个瓦罐,那人家怎么会不拿着把它扔到沟里呢?

　　古代的君子,他们的道术是互相为弟子,这类人互相利用互相帮助。所以一个人在这里不受重用,全天下的士都会一个个离开这里。使那些在上的人有失去全天下士的担忧,才会害怕失去任何一个士。现在的君子,庆幸他的同类不被重用,以苟且使自己得到容纳。所以开始的时候轻率地使用他,最终也轻易地抛弃他。唉!他们这样有什么好处呢？

  现今的世上，如果不是贤能的公卿就不能在前面振臂高呼，如果不是贤能的士人就不能在后面奋起呼吁。洵从蜀地来，明天将到长安，拜见贤明的大人您，然后继续向东往京师。希望大人读到我的书信从而体察我的用心，来决定用什么样的礼节接待我。荣幸之至！荣幸之至！

上余青州书

洵闻之，楚人高令尹子文之行，曰："三以为令尹而不喜，三夺其令尹而不怒。"①其为令尹也，楚人为之喜；而其去令尹也，楚人为之怒。己不期为令尹，而令尹自至。夫令尹子文岂独恶夫富贵哉？知其不可以求得，而安其自得，是以喜怒不及其心，而人为之嚣嚣。②嗟夫！岂亦不足以见己大而人小邪？脱然为弃于人，③而不知弃之为悲；纷然为取于人，而不知取之为乐。人自为弃我、取我，而吾之所以为我者如一，则亦不足以高视天下而窃笑矣哉！

昔者，明公之初自奋于南海之滨，④而为天下之名卿。当其盛时，激昂慷慨，论得失，定可否，⑤左摩西羌，右揣契丹，奉使千里，⑥弹压强悍不屈之虏，其辩如决河流而东注诸海，名声四溢于中原而滂薄于戎狄之国，可谓至盛矣！及至中废而为海滨之匹夫，⑦盖其间十有余年，明公无求于人，而人亦无求于明公者。其后，适会南蛮纵横放肆，⑧充斥万里，而莫之或救。明公乃起于民伍之中，折尺箠而笞之，不旋踵而南方乂安。⑨夫明公岂有求而为之哉？适会事变以成大功，功成而爵禄至。明公之于进退之事，⑩盖亦绰绰乎有余裕矣。

悲夫！世俗之人纷纷于富贵之间而不知自止。达者安于逸乐而习为高岸之节，顾视四海饥寒穷困之士，莫不颦蹙呕哕而不乐；⑪穷者藜藿不饱，布褐不暖，习为贫贱之所摧折，仰望贵人之辉光，则为之颠倒而失措。此二人者，皆不可与语于轻富贵而安贫贱。何者？彼不知贫富贵贱之正味也。夫惟天下之习于富贵之荣，而狃于贫贱之辱者，⑫而后可与语此。

今夫天下之所以奔走于富贵者，我知之矣，而不敢以告人也。富贵之极，止于天子之相。而天子之相，果谁为之名？岂天为之名邪？其无乃亦人之自相名邪？夫天下之官，上自三公，至于卿、大夫，而下至于士。此四者，皆人之所自为也，而人亦自贵之。天下以为此四者绝群离类，特立于天下而不可几近，则不亦大惑矣哉！盍亦反其本而思之？夫此四名者，其初盖出于天下之人出其私意以自相号呼者而已矣。夫此四名者，果出于人之私意所以自相号呼也，则夫世之所谓贤人君子者，亦何以异此？有才者为贤，而有德者为君子，此二名者夫岂轻也哉？而今世之士得为君子者，一为世之所弃，则以为不若一命士之贵，⑬而况以与三公争哉？且夫明公昔者之伏于南海，与夫今者之为东诸侯也，⑭君子岂有间于其间，⑮而明公亦岂有以自轻而自重哉？洵以为明公之习于富贵之荣，而狃于贫贱之辱，其尝之也盖以多矣，⑯是以极言至此而无所迂曲。

洵，西蜀之匹夫，尝有志于当世，因循不遇，遂至于老。然其尝所欲见者天下之士，盖有五六人。⑰五六人者已略见矣，而独明公之未尝见，每以为恨。⑱今明公来朝，而洵适在此，是以不得不见。伏惟加察，幸甚！

[题解]

余青州，指青州（今山东益都）知州余靖。苏洵写于嘉祐元年（1056）的《上欧阳内翰第一书》中说自己心目中有六位希望去求见的天下之士，即范仲淹、富弼、尹洙、欧阳修、余靖、蔡襄。而当时范仲淹、尹洙已死去，富弼贵为宰相，余靖、蔡襄在万里之外做官，都不可见到。过了四五年，苏洵终于迎来了拜见余靖的机会，本文就是请求谒见而给余靖的上书。据《长编》卷一九二：嘉祐五年七月，"初，西平州峒将韦惠政匿纳交趾逃户，甲峒蛮申诏泰领众袭逐所亡，都巡检宋士尧等帅兵拒之，擅入交趾界，多所斩获。明日，交趾与甲峒蛮复合兵来寇，士尧等皆战没。癸巳（初七），邕州以闻，诏知广州萧固赴邕州发诸郡兵，与转运使宋咸、提点刑狱李师中同议掩击之"。"辛丑（十五日），广西经略司言，交趾与甲峒夷人又寇永平寨，乞朝廷发荆湖北路兵善用标牌者三千人赴本路。从之。"八月"乙亥（十九日），吏部侍郎、集贤院学士余靖为广南西路体量安抚使"。蔡襄《余公墓志铭》："嘉祐五年，交趾入邕界，杀巡检五人。驿召公于青州，上谕之曰：'卿熟南方事，已授卿广西体量安抚使，其勿辞。'"由此可见，嘉祐五年七、八月间，余靖从知青州任上被紧急召回京师，任命为广南西路体量安抚使，处置广西边界的寇乱。苏洵在上书中说自己是"西蜀之匹夫，尝有志于当世，因循不遇"，说明这个时候苏洵尚未得官。据《长编》卷一九二：嘉祐五年八月"甲子（初八），眉州进士苏洵为试校书郎"。苏洵爽快地接受了这一任命。因此苏洵上书余靖的时间应该在嘉祐五年七月以后，八月八日以前。本文作为一封求谒的书信，其特点在于紧密结合余靖的身世经历来立论。余靖其人在庆历四谏官中经历最为奇特，其传奇的经历，其荣辱不惊的气度，在文章中得到了充分的表现。作者使用层层抬高的手法，为了抬高余靖的身份地位，却先把楚令尹子文抬高于前，又将世俗之见扫倒于后。盖抬高令尹子文，就是抬高余靖，扫倒世俗之见也是抬高余靖。但说到底，抬高余靖，也是为自己占得一个身份、一个地位，见得自己与俗士大不一样。文章的另一个特点在于多用长句和感叹语，行文磊磊落落，气岸不群，有振衣千仞岗、濯足万里流的气势。

[注释]

①高：以……为高尚。令尹子文：令尹，春秋战国时楚国官名，为国家最高行政长官，相当于相国。子文，楚国大夫，即鬭（dòu）穀於（wū）菟。"三仕三巳"语出《论语·公冶长》："子张问曰：'令尹子文，三仕为令尹，无喜色；三巳之，无愠色。旧令尹之政，必以告新令尹。何如？'子曰：'忠矣。'曰：'仁矣乎？'曰：'未知。焉得仁？'"②嚣嚣：吵嚷喧哗的样子。

③脱然：轻易、轻松的样子。④明公之初自奋于南海之滨：指余靖来自岭南韶州，中进士，立朝而为一代名臣事。余靖（1000—1064），字安道，韶州曲江（今广东韶关）人，天圣二年（1024）进士。庆历新政时和欧阳修、王素、蔡襄同为四谏官，后出使契丹，坐废家居。后和狄青一起平定广南侬智高叛乱，历知桂州、潭州、青州、广州等，官至工部尚书。辛谥襄，有《武溪集》传世。生平事迹详蔡襄《工部尚书集贤院学士赠刑部尚书谥曰襄余公墓志铭》（《蔡襄集》卷四〇）、欧阳修《赠刑部尚书余襄公神道碑铭》（《欧阳修全集》卷二三）、《宋史》卷三二〇本传。⑤论得失，定可否：指余靖为谏官，多所建明之事。《神道碑铭》："天章阁待制范公仲淹以言事触宰相得罪，谏官、御史不敢言，公疏论之，坐贬监筠州酒税。""景祐、庆历之间，天下怠于久安，吏习因循，多失职。及赵元昊以夏叛，师出久无功，县官财屈而民重困。天子赫然思振颓弊以修百度，既已更用二三大臣，又增置谏官四员，使言天下事，公其一人也，即改右正言供职。公感激奋励，遇事辄言，无所回避，奸谀权幸屏息畏之，其补益多矣，然亦不胜其怨嫉也。"⑥左摩西羌，右揣契丹，奉使千里：指余靖提出对付西夏、契丹之策，并三次出使契丹之事。《神道碑铭》："庆历四年，元昊纳誓请和，将加封册；而契丹以兵临境上，遣使言为中国讨贼，且告师期，请止册与和。朝廷患之：欲听，重绝夏人而兵不得息；不听，生事北边。议未决。公独以谓中国厌兵久矣，此契丹之所幸，一日使吾息兵养勇，非其利也，故用此以挠我尔，是不可听。朝廷虽是公言，犹留夏册不遣，而假公谏议大夫以报。公从十余骑驰出居庸关，见房于九十九泉，从容坐帐中辩言，往复数十，卒屈其议，取其要领而还。朝廷遂发夏册，臣元昊。西师既解严，而北边亦无事。"⑦中废而为海滨之匹夫：指余靖因出使契丹时说契丹语，事后被人弹劾而罢官家居事。《神道碑铭》："契丹卒自攻元昊，明年，使来告捷，又以公往报。坐习虏语，出知吉州，怨家因之中以事，左迁将作少监，分司南京。公怡然还乡里，阖门谢宾客，绝人事，凡六年。"《长编》卷一五五：庆历五年（1045）五月"知制诰余靖前后三使契丹，益习外国语，尝对契丹主为蕃语诗。侍御史王平、监察御史刘元瑜等劾奏靖失使者体，请加罪。庚午，出靖知吉州"。卷一五九：庆历六年秋七月"丙申，右正言知制诰知吉州余靖为将作少监、分司南京，许居韶州"。一直到皇祐四年（1052）六

月"乙亥,起复前卫尉卿余靖为秘书监、知潭州"(《长编》卷一七二)。前后家居六年。⑧适会:正赶上,恰逢。南蛮纵横放肆:指广南侬智高叛乱,起复余靖经略两广军事,最终和狄青等共同平定叛乱事。《墓志铭》:"侬智高陷邕州,循流东下,破九郡,次广州。以秘书监起公丧庐,知潭州,金革之事,义不得辞。改知桂州,经制广南东西路贼盗事。广城坚,不下,贼大掠西归,所向无前。趋邕州,欲倚峒穴为久居计。公先移檄交趾及诸峒,使之捍贼。智高至,外无助援,会朝廷命狄宣徽青将兵至,公与孙公元䂓定共其事。智高败走,复邕州。"⑨尺箠(chuí):鞭子。乂(yì)安:太平无事。⑩明公之于进退之事:关于余靖一生的出处大节,可参看《墓志铭》中的评价。《墓志铭》:"居常谦畏寡言,不敢少忤于人。及论事上前,分解落落。诋刺大臣,易于褐夫。出入兵戎危难之地,若在宴处,何其壮哉!已之无闷,用之有为,斯其蹈夫道者也。"⑪颦蹙:皱着眉头,形容忧愁。呕哕(yuě):呕吐,此指厌恶。⑫忸(niǔ):与"狃"通,习惯、拘泥的意思。⑬一命士:即"一命之士"。古代礼制,从上公的九命到士的一命,总共九个等级,诸侯上士和天子的中士均为一命,这里指最低级的官员。⑭东诸侯:指余靖知青州。青州为京东东路的首府,知州者例兼京东东路安抚使,这相当于古代之诸侯。⑮君子岂有间于其间:难道您曾经在这中间(指从被弃置到重新起用)做过人为的努力吗?君子,此指余靖。第一个"间"作动词,想办法,出谋略,此处引申为钻营。其间,指富贵之荣和贫贱之辱。有间:指有嫌隙,有猜疑。⑯其尝之也盖以多矣:艰难备尝,是一个人成熟的必要条件。《左传·僖公二十八年》:"晋侯(晋文公重耳)在外十九年矣,而果得晋国。险阻艰难,备尝之矣。民之情伪,尽知之矣。天假之年,而除其害。天之所置,其可废乎?《军志》曰:'允当则归。'又曰:'知难而退。'又曰:'有德不可敌。'此三《志》者,晋之谓矣。"⑰尝所欲见者天下之士,盖有五六人:指范仲淹、富弼、尹洙、欧阳修、蔡襄和余靖六人。详见《上欧阳内翰第一书》。⑱恨:遗憾。

[译文]

洵听说,楚国人非常赞赏令尹子文的高行,说他"三次当令尹而不喜悦,三次被夺去令尹而不愤怒"。他做令尹,楚国人为此而高兴;而他不做令尹,楚国人为此而愤怒。他没有等着做令尹,而令尹的官却落到他头上。令尹子文难道独独讨厌富贵吗？知道不能通过要就可以得到，因而安心于自己来到，所以喜悦和愤怒不会影响他的心情，而别人却为此吵吵嚷嚷，可叹啊！难道也不足以见出自己的高大和别人的渺小吗？被人轻易地抛弃却不感觉被抛弃是可悲的，被人郑重其事地任用却不觉得被任用有什么高兴的。人们自行地抛弃我或者任用我，而我之所以为我却始终如一。那也就不值得认为自己高于天下人而暗地里嘲笑别人啦。

过去，大人您从开始经过自己的努力从南方大海边上奋然而出，到成为天下知名的卿士大夫。当您仕途鼎盛的时候，激昂慷慨，议论朝政得失，决定事情行和不行，向西挥斥夏国，向北揣测契丹，奉命出使千里之外，制服强悍不屈的敌人，您的雄辩像挖开的黄河滚滚流向东海，您的大名超出中国而远扬蛮夷之国，可以称得上盛大啊！待到中间被免去官职而变为海边的一介匹夫，有十多年的时间，您不乞求任何人，也没有人哀怜您。后来，恰逢南方的蛮人纵横冲突，放意肆行，充满万里之外的边境，却没有谁能够挽救急难。大人您才从一个普通老百姓被起用，拿着短短的马鞭鞭笞那些造反的蛮人，转眼之间就平定了南方。大人难道是有目的才做这些事吗？恰逢发生事变才因此成就大功，事情成功那官爵俸禄也就来啦。大人应对进取和退隐这样的事，是绰绰有余啊！

可悲啊！世俗的人纷纷扰扰于富贵中间而不知道落脚的地方。顺利通达的人安于逸乐却习惯于表现出一种高傲的气节，回头看四海之内那些饥寒穷困的读书人，没有不感到皱眉讨厌而不高兴的。穷困的人菜羹也吃不饱，粗布衣也穿不暖，习惯被贫贱所摧残，抬头仰视贵人的光环，就被他照耀得颠三倒四惊慌失措。这两种人，都不能说得上视富贵如浮云能够安心于贫穷饥寒。为什么呢？他们不知道贫富贵贱的真意啊！只有天底下那些既享受过富贵的荣华而又品尝过贫贱耻辱的人，才可以和他谈论这些。

现在天下人之所以奔走于富贵场中，我知道原因，但不敢把它告诉别人。富贵的顶端，到做了天子的丞相为止。然而天子的丞相，究竟是谁给他命的名？难道是上天给他命的名吗？恐怕仍然是人们自己给自己起的名吧？那天下的官员，上自三公，到卿、大夫，下到士。这四个名字，都是人给起的名，然而人却自己很看重它。天下人认为这四种人出类拔萃高不可攀，在天地间特立独行不能靠近，这也是陷入迷惑太深了吧！何不回到起点去想一想呢？这四种名号，最初大概来自于天下人出于个人的意思而彼此互相称呼罢了。如果这四种名号，果然是出于人们个人的意思用来彼此称呼的，那么世上所说的贤人君子，又和这个有什么不一样的呢？有才能的被称为贤人，有道德的被称为君子，这两种名号难道可以轻视吗？然而现在世上的读书人道德高尚可以称得上君子的，一旦被朝廷所抛弃，就认为自己不如官阶最低的士高贵，而何况去和三公相抗衡呢？况且大人过去隐伏在南海之滨，现在贵为东方诸侯，君子难道会高于这中间，而大人也岂会因此而自卑或自傲吗？洵认为大人既享受过富贵荣华而又品尝过贫贱耻辱，您各种滋味都尝了个遍，所以我才把话说到这个地步，并且没有任何的隐晦曲折。

　　洵是西蜀的一介匹夫，曾经有志于建功立业，时间流逝，也没有遇到知己，以至于年纪老大。然而我曾经想拜见的可以称之为天下之士的，大概有五六位。这五六位差不多都拜见过啦，而只有大人您还不曾拜见，常常为此感到遗憾。现在大人您来京师觐见，而洵恰好也在这里，因此不能不来拜见大人。请大人明察，不胜荣幸！

上欧阳内翰第一书

内翰执事：①洵布衣穷居，尝窃有叹。以为天下之人，不能皆贤，不能皆不肖。故贤人君子之处于世，合必离，离必合。往者天子方有意于治，而范公在相府，②富公为枢密副使，③执事与余公、蔡公为谏官，④尹公驰骋上下，用力于兵革之地。⑤方是之时，天下之人，毛发丝粟之才，⑥纷纷然而起，合而为一。而洵也，自度其愚鲁无用之身，不足以自奋于其间，退而养其心，幸其道之将成，而可以复见于当世之贤人君子。不幸道未成，而范公西，⑦富公北，⑧执事与余公、蔡公分散四出，⑨而尹公亦失势，奔走于小官。⑩洵时在京师，⑪亲见其事，忽忽仰天叹息，以为斯人之去，而道虽成，不复足以为荣也。既复自思，念往者众君子之进于朝，其始也，必有善人焉揉之；⑫今也，亦必有小人焉推之。今之世无复有善人也，则已矣；如其不然也，吾何忧焉！姑养其心，使其道大有成而待之，何伤？退而处十年，虽未敢自谓其道有成矣，然浩浩乎，其胸中若与曩者异。而余公适亦有成功于南方，⑬执事与蔡公复相继登于朝，⑭富公复自外入为宰相，⑮其势将复合为一。喜且自贺，以为道既已粗成，而果将有以发之也。既又反而思其向之所慕望爱悦之而不得见之者，盖有六人。

今将往见之矣,而六人者已有范公、尹公二人亡焉,⑯则又为之潸然出涕以悲。呜呼,二人者不可复见矣!而所恃以慰此心者,犹有四人也,则又以自解。思其止于四人也,则又汲汲欲一识其面,以发其心之所欲言。而富公又为天子之宰相,远方寒士未可遽以言通于其前;余公、蔡公远者又在万里外,⑰独执事在朝廷间,而其位差不甚贵,可以叫呼扳援而闻之以言。⑱而饥寒衰老之病,又痼而留之,⑲使不克自至于执事之庭。夫以慕望爱悦其人之心,十年而不得见,而其人已死,如范公、尹公二人者;则四人之中,非其势不可遽以言通者,何可以不能自往而遽已也?

执事之文章,天下之人莫不知之,然窃自以为洵之知之特深,愈于天下之人。何者?孟子之文,语约而意尽,不为巉刻斩绝之言,而其锋不可犯。⑳韩子之文,如长江大河,浑浩流转,鱼鼋蛟龙,万怪惶惑,而抑遏蔽掩,不使自露。而人望见其渊然之光,苍然之色,亦自畏避,不敢迫视。㉑执事之文,纡余委备,往复百折,而条达疏畅,无所间断。气尽语极,急言竭论,而容与闲易,无艰难劳苦之态。㉒此三者,皆断然自为一家之文也。惟李翱之文,其味黯然而长,其光油然而幽,俯仰揖让,有执事之态。㉓陆贽之文,㉔遣言措意,切近的当,有执事之实。而执事之才,又自有过人者。盖执事之文,非孟子、韩子之文,而欧阳子之文也。夫乐道人之善而不为谄者,以其人诚足以当之也。彼不知者,则以为誉人以求其悦己也。夫誉人以求其悦己,洵亦不为也。而其所以道执事光明盛大之德,而不自知止者,亦欲执事之知其知我也。

虽然,执事之名满于天下,虽不见其文,而固已知有欧阳子矣。而洵也,不幸堕在草野泥涂之中,而其知道之心,又近而粗成。而欲徒手奉咫尺之书,自托于执事,将使执事何从而知之,何从而信之哉？洵少年不学，生二十五岁，始知读书，从士君子游。㉕年既已晚，而又不遂刻意厉行，以古人自期。而视与己同列者，皆不胜己，则遂以为可矣。其后困益甚，然后取古人之文而读之，始觉其出言用意，与己大异。时复内顾，自思其才则又似夫不遂止于是而已者。由是尽烧曩时所为文数百篇，取《论语》、《孟子》、韩子及其他圣人、贤人之文，而兀然端坐，终日以读之者七八年。方其始也，入其中而惶然，博观于其外，而骇然以惊。及其久也，读之益精，而其胸中豁然以明，若人之言固当然者，然犹未敢自出其言也。时既久，胸中之言日益多，不能自制，试出而书之，已而再三读之，浑浑乎觉其来之易矣。㉖然犹未敢以为是也。近所为《洪范论》、《史论》凡七篇，㉗执事观其如何？嘻！区区而自言，不知者又将以为自誉以求人之知己也。惟执事思其十年之心如是之不偶然也而察之！㉘

[题解]

本文作于嘉祐元年（1056）夏秋之间。据前《上韩枢密书》（《嘉祐集笺注》卷一一）云："比来京师……盖时五六月矣。会京师忧大水。"知苏洵父子约在本年五月份来到东京开封府。又苏洵《上欧阳内翰第四书》（《嘉祐集笺注》卷一二）云："始公进其文，自丙申（1056）之秋至戊戌之冬，凡七百余日而得召。"知欧阳修在本年秋曾将苏洵文章献于朝廷。本文为苏洵初到京师，写给欧阳修的第一封书信，意在献文求见，亦望欧阳修加深对自己的了解。这是苏洵的一篇有名的文章，特别是其中对于孟子、韩愈、欧阳修三人散文风格的描述，不爽铢两，可谓定评。全文三段，第一段历叙诸君子之离合，见己慕望之切。妙在处处将自己求道历程参会其间，又为第三段埋下伏笔。合而离，离而合，千回百折，折到欧公身上，极转换脱卸之妙。次段称欧阳公之文，见己知公之深。归结到"盖执事之文，非孟子、韩子之文，而欧阳子之文也"，赞欧文卓然大家，与孟、韩并列而无愧，以照见苏洵自己的学文有得。末段自叙平生学文经历，欲欧阳公知己也。描述学文经历部分明显受到韩愈《答李翊书》之影响。全文情事婉曲，风神宛然。

[注释]

①内翰执事：内翰，翰林学士的别称，居禁内，掌内制，故称内翰或内相。执事，对对方的敬称，表示不敢直称对方，而称其周围供役使之人。欧阳修（1007—1072），字永叔，号醉翁、六一居士，江西庐陵人。天圣八年（1030）进士，做过枢密副使、参知政事。卒谥文忠。宋代著名的文学家、史学家。著有《欧阳文忠公集》、《新五代史》、《新唐书》（与宋祁合著）等。②往者天子方有意于治：指庆历三年（1043）至四年（1044）间以范仲淹为首的庆历新政。范公在相府：指范仲淹于庆历三年七月任参知政事。《长编》卷一四二："（庆历三年秋七月）丁丑（十二日）以枢密副使、右谏议大夫范仲淹为参知政事，资政殿学士兼翰林侍读学士、右谏议大夫富弼为枢密副使。"范仲淹（989—1052），字希文，苏州吴县（今江苏苏州）人，大中祥符八年（1015）进士，官至枢密副使、参知政事。卒谥文正。宋代著名的政治家，有《范文正公集》传世。《宋史》卷三一四有传。③富公为枢密副使：事见上注。富弼，参见《上富丞相书》注①。④执事与余公、蔡公为谏官：指欧阳修、余靖、蔡襄庆历三年三四月间为谏官事。《长编》卷一四〇："（庆历三年三月）癸巳（二十六日）侍御史鱼周询为起居舍人，职方员外郎王素为兵部员外郎，太子中允、集贤校理欧阳修为太常丞，并知谏院。周询固辞之，以太常博士、集贤校理余靖为右正言，谏院供职。时陕右师老兵顿，京东、西盗起，吕夷简既罢相，上遂欲更天下弊事，故增谏官员，首命素等为之。""（四月）著作佐郎、馆阁校勘蔡襄为秘书丞、知谏院。初王素、余靖、欧阳修除谏官，襄做诗贺之，辞多激劝。三人者以其诗荐于上，寻有是命。"余靖，参前《上余青州书》文注。蔡襄（1012—1067），字君谟，兴化军仙游（今福建仙游）人。天圣八年（1030）进士，官至三司使，卒谥忠惠。为宋代著名书法家。有《蔡襄集》传世。《宋史》卷三二〇有传。⑤尹公驰骋上下，用力于兵革之地：尹公指尹洙，时在西北前线任职。尹洙（1001—1047），字师鲁，河南洛阳人。天圣二年（1024）进士，庆历年间历知泾、渭、庆、潞州。北宋古文革新的先锋，欧阳修曾向其学古文。有《河南集》传世。《宋史》卷二九五有传。⑥毛发丝粟：喻指微小之物。⑦范公西：以下一段指庆历四、五年间，新政失败，改革者纷纷离开朝廷或被贬官之事。《长编》卷一

五〇:"(庆历四年六月)壬子(二十二日),参知政事范仲淹为陕西、河东路宣抚使。""始,仲淹以忤吕夷简,放逐者数年,士大夫持二人曲直,交指为朋党。及陕西用兵,天子以仲淹士望所属,拔用护边。及夷简罢,召还,倚以为治,中外想望其功业,而仲淹亦感激眷遇,以天下为己任,遂与富弼日夜谋虑,兴致太平。然规摹阔大,论者以为难行。及按察使多所举劾,人心不自安;任子恩薄,磨勘法密,侥幸者不便;于是谤毁寖盛,而朋党之论滋不可解。然仲淹、弼守所议弗变。先是,石介奏记于弼,责以行伊、周之事,夏竦怨介斥己,又欲因是倾弼等,乃使女奴阴习介书,久之习成,遂改伊、周曰伊、霍,而伪作介为弼撰废立诏草,飞语上闻。帝虽不信,而仲淹、弼始恐惧,不敢自安于朝,皆请出按西北边,未许。适有边奏,仲淹固请行,乃使宣抚陕西、河东。"⑧富公北:《长编》卷一五一:(庆历四年八月)甲午,枢密副使富弼为河北宣抚使。"其实弼不自安于朝,欲出避谗谤也。"⑨执事与余公、蔡公分散四出:欧阳修于庆历四年八月为河北都转运按察使(见《长编》卷一五一),五年八月知滁州(《长编》卷一五七)。庆历五年五月余靖知吉州(《长编》卷一五四),六年七月知吉州余靖分司南京,许居韶州(《长编》卷一五九)。蔡襄庆历四年十月知福州(《长编》卷一五二)。⑩尹公亦失势,奔走于小官:庆历五年七月,尹洙坐贷公使钱与部下,被贬为崇信节度副使。见《长编》卷一五六。⑪洵时在京师:苏洵庆历五、六年间游学京师,正是庆历新政失败,改革者纷纷外放之时。据苏辙《亡兄子瞻端明墓志铭》(《栾城后集》卷二二):"公生十年,而先君宦学四方。"时间正是庆历五年。次年八月苏洵应贤良方正能直言极谏科制举,不中。⑫搂:抱持。与"推"相反。⑬余公适亦有成功于南方:指余靖于皇祐四、五年(1052、1053)间任广西路安抚使平侬智高叛乱事。见《长编》卷一七三、一七四。⑭执事与蔡公复相继登于朝:至和元年(1054)九月,欧阳修任翰林学士。见《长编》卷一七七。据《开封府题名记》,蔡襄于至和元年七月权知开封府。⑮富公复自外入为宰相:《长编》卷一八〇:"(至和二年六月戊戌)宣徽南院使、判并州富弼为户部侍郎、平章事、集贤殿大学士。"是日,文彦博、富弼同时拜相。⑯范公、尹公二人亡焉:范仲淹卒于皇祐四年(1052)五月,见《长编》卷一七二。尹洙卒于庆历七年(1047)四月十日,见韩琦《故崇信军节度副使检校尚书工部员外郎尹公墓表》(《安阳集编年笺注》卷四七)。⑰余公、蔡公远者又在万里外：至和二年（1055）六月，工部侍郎知桂州余靖为户部侍郎。见《长编》卷一八〇。余靖约于嘉祐元年（1056）由知桂州徙知潭州。据余靖《武溪集》卷八《潭州兴化禅寺新铸钟记》："改元之明年正月三日鼓铸于寺之东隅……越三月升之重屋……自镕范及考击之始，予与群官偕往视之。既嘉其工之巧而赏之，仍镌名于钲铣之间。绍铣又伐石乞词，以志岁时。嘉祐二年四月日。"说明余靖应在嘉祐元年已徙知潭州。至和二年三月癸未权知开封府蔡襄知泉州。见《长编》卷一七九。⑱差：略微，稍微。扳援：攀附援引。⑲痼：疾病束缚。⑳"孟子之文"四句："语约而意尽"指文章言简意赅；"巉刻斩绝"指文章语言锋利苛刻，尖刻斩截。苏洵此处说明孟子文章的特点，"简洁明白，不像尖锐峭壁那样，可以理解，但有它的锋，不可侵犯，是一种风格"（周振甫先生解说）。㉑"韩子之文"句十一：说韩愈的文章大气磅礴，又奔腾浩瀚。内容却是万怪惶惑，绝不平庸。对内容的万怪，又加以遮掩，只看到深沉的光彩，使人不敢逼视。是又一种风格。（周振甫先生解说）㉒执事之文：欧阳修的文章。纡余委备：风格平易，节奏舒缓，叙事周详。条达疏畅：条理通达，疏朗明畅。急言竭论：语言紧凑，论证完备。竭，尽，完。竭论，即"尽论"，方方面面全都论证到。容与闲易：从容不迫。容与，悠然自得的样子。无艰难劳苦之态：没有艰难劳累的样子，这里借指行文自然，不给人艰涩的感觉。欧阳修的文章，像西湖的九溪十八涧，水流得纡徐曲折，但还是通畅不隔断，即使到了地势不平处，还是从容平易，是另一种风格。（周振甫先生解说）㉓李翱（772—836）：字习之，唐陇西成纪（今甘肃秦安西北）人，进士及第，任礼部郎中、谏议大夫等职。曾从韩愈学文，文风简严明达。俯仰揖让：指文风纡徐婉曲，张弛有度。揖让，本指礼节，此指文风温和有法度。㉔陆贽（754~805）：字敬舆，唐苏州嘉兴（今属浙江）人。官至宰相，中唐时期著名的政治家。为文长于奏议，用语准确切当。今人整理校点有《陆贽集》。㉕生二十五岁，始知读书：苏洵少时读书不成，二十多岁方折节发愤读书。一说二十七岁。参苏洵《送石昌言为北使引》注④。㉖此节论学文过程，和韩愈《答李翊书》可以相参。"始者，非三代两汉之书不敢观，非圣人之志不敢存。处若忘，行若遗，俨乎其若思，茫乎其若迷。当其取于心而注于手也,惟陈言之务去,戛戛乎其难哉!其观于人,不知其非笑之为非笑也。如是者亦有年,犹不改。然后识古书之正伪,与虽正而不至焉者,昭昭然白黑分矣,而务去之,乃徐有得也。当其取于心而注于手也,汩汩然来矣。其观于人也,笑之则以为喜,誉之则以为忧,以其犹有人之说者存也。如是者亦有年,然后浩乎其沛然矣。吾又惧其杂也,迎而距之,平心而察之,其皆醇也,然后肆焉。"㉗《洪范论》、《史论》凡七篇:指《洪范论》上、中、下,《洪范后序》,见《嘉祐集笺注》卷八;《史论》上、中、下,见《嘉祐集笺注》卷九。雷简夫《上韩忠献书》(1055):"读其《洪范论》,知有王佐才;《史论》,得(司马)迁笔。"(《全宋文》卷六六一)㉘十年:庆历七年(1047)五月苏洵父苏序卒,苏洵返蜀,自是家居读书十年,一直到嘉祐元年(1056)三月方离蜀赴京。苏洵《忆山送人》(《嘉祐集笺注》卷一六):"到家不再出,一顿俄十年。"

[译文]

内翰大人左右:洵是平民百姓,穷居于世,曾私下里有所感叹。以为天下的人不能都是贤人,也不能都是不肖之人。所以贤人君子在这个世上,相合必然会相离,相离也必然会相合。往年天子有意于大治天下,使范公仲淹为参知政事,富公弼为枢密副使,大人您与余公靖、蔡公襄担任谏官,尹公洙上下驰骋,效力于西北前线战场之上。在这个时候,天下的人,就连只有一丝一毫才能的,也纷纷起来,会合到了一起。而洵自忖愚钝无用,不足以振起于他们之间,于是便退避下来涵养自己的心性,企望自己的道德能够养成,从而可以再表现于今世贤人君子之前。不幸道德学问还没有养成,而范公西去宣抚陕西河东,富公北去宣抚河北,大人您与余公、蔡公分散四出,离开朝廷,而且尹公也失去权势,奔走于低位。洵当时正在京师,亲眼见到这些事,心中失意不由得仰天叹息,以为这些贤人离开朝廷,即使自己道德学问养成啦,也不足引以为荣了。后来又自思,想过去众位君子进入朝廷,一开始必然有善人推荐牵引;今天离去,也必然有小人排挤离间。如果现今世上不再有好人也就算了；如果并非如此，那我又有什么好忧愁的呢？姑且涵养自己的心性，使自己的道德学问完全成就而等待好人出现，这又有什么不可以呢？回家家居十年，虽然还不敢说自己的道德学问已经成就了，但胸中却有一种浩然流荡之气，好像与过去不一样了。而余公靖正好也在南方平定侬智高之乱中建立了功勋，大人您与蔡公襄又再次相继登上了朝堂，富公弼又从外地入京担任了宰相，这势头贤人又将重新合而为一。我十分喜悦并且私下庆贺，以为自己道德学问既已大概成就，而果然将有展现的机会了。既而又反过来想过去自己景仰爱慕但又不能见到的贤人，共有六位。今天有机会去拜见他们了，但这六人中已有范公仲淹、尹公洙二人去世啦，于是又为此潸然泪下，悲伤不已。呜呼哀哉！这两位大贤再也见不到啦！而能依赖以安慰我心的还有四位大贤，我才得到了一点自我慰藉。想到只剩下他们四人了，于是我又迫不及待地想一睹他们的风采，以倾吐我心中想要说的话。然而富公又是天子的宰相，远方贫寒的文士不能马上通过书信达到他的面前；余公、蔡公又远在万里之外做官；唯独大人您近在朝廷之间，而地位还不是特别尊贵，可以通过高声呼喊、扳着您的轿子，而让您听听我的陈述。然而，饥寒衰老，疾病缠身，使我不能亲自登门拜见。以景仰爱慕六位贤人之心，十年而不能相见，而且其中已有死去的，如范公、尹公二人；那么，余下的四人之中，不是因权势尊贵不能通以言谈，我又怎么可以因不能亲自前往而遽然中途停止呢？

　　大人您的文章，全天下的人没有不知道的。然而私下自认为洵对您的文章知道得特别深，超过了天下的人。为什么这样说呢？孟子的文章，语言简约但能尽意，虽然不用尖刻斩绝的话，而其犀利的锋芒无人敢于触犯。韩子（韩愈）的文章，如同长江大河，浑然浩荡，波涛汹涌，江河中充满了鱼鳖蛟龙、万般精怪，令人惊心动魄，但却极力掩抑遮盖，不让它呈露出来；人们望见那渊深的光芒、苍青的气色，也自然望而生畏、回避退让，不敢逼视。而大人您的文章，纡徐委曲完备，来往论辩，千回百折，却条理清晰、疏朗流畅，文意没有隔断；气势充沛，语言繁富，行文急促，极力论争，却又从容闲雅平易，毫无艰难费力的表现。这三人的文章，全都能截然自成一家风格。只有李翱的文章，滋味平淡而悠长，光芒闪烁而幽深，典雅谦让，有大人文章的仪态风貌；陆贽的文章，遣词立意，贴切妥当，有大人文章的内在实质。然而大人您的才华，又自有过人之处。大概大人您的文章，不是孟子、韩子的文章，而是欧阳子的文章呀。乐意宣扬别人的长处但又不显得谄媚，那是因为你宣扬的人确实是当之无愧的。那些不知道的人，会认为赞誉别人是为了让别人喜欢你。通过赞誉他人以求得人家喜欢自己，洵是不屑做的。而我之所以宣扬大人您的光明盛大的道德而且自己都无法停止下来，也是希望大人您能知道我是您的知己。

虽然如此，但大人您名满天下，即使没看过您的文章，也确实早已知道有欧阳先生了。然而洵却不幸堕落在草野泥途之中，而自己对道德学问的修养，是刚刚近于粗成的。因此，如果想空手奉上一纸书信，请求大人举荐，那大人又能通过什么了解我呢？又凭借什么相信我呢？洵少年时不肯学习，到了二十五岁才知道读书，和道德君子交游。年已老大，而又不能刻苦磨炼意志和品行、以古人相期许。反而看到自己同辈的人都不如自己，于是以为自己也就可以了。后来越来越困窘，然后拿古人的文章来阅读，这才发觉古人行文立意与自己大不相同。我不时内自反省，觉得自己的能力又好像不是仅仅停留在这种程度而止的。因此全部烧毁了过去所写的数百篇文章，取来《论语》、《孟子》、韩文以及其他圣贤的文章，兀然端坐，整天诵读七八年。刚开始的时候，进入到圣贤的文章中而感到惶然迷惑，从外面通览博观这些圣贤的文章，又令人感到惊恐失措。等时间长了，诵读越来越精深，胸中便豁然开朗，写文章就像人们说话确实应当如此，然而还不敢把自己的话写出来。时间更加长久，胸中要说的话日益增多，不能自制，试着把它们写出来，过后反复诵读文章，思如泉涌，觉得文思来得太容易了。然而，我仍不敢自以为是。近来我所写的《洪范论》、《史论》共七篇文章，大人您看看它们写得怎样？唉！区区微言，不理解我的人又将会以为我是在通过夸耀自己以求得别人对自己的赏识啊！只希望大人您看在我的苦心十年如一，绝不是偶然的这一点上，从而能了解我啊！

上张侍郎第二书

省主侍郎执事：①洵始至京师时，平生亲旧，往往在此，不见者盖十年矣，惜其老而无成。问所以来者，既而皆曰："子欲有求，无事他人，须张益州来乃济。"且云："公不惜数千里走表为子求官，②苟归，立便殿上，与天子相唯诺，顾不肯邪？"

退自思公之所与我者，盖不为浅，所不可知者，唯其力不足而势不便。不然，公与我无爱也。③闻之古人："日中必熭，操刀必割。"④当此时也，天子虚席而待公，其言宜无不听用。洵也与公有如此之旧，适在京师，且未甚老，而犹足以有为也。此时而无成，亦足以见他人之无足求，而他日之无及也已。

昨闻车马至此有日⑤，西出百余里迎见。雪后苦风，晨至郑州，唇黑面裂，僮仆无人色。从逆旅主人得束薪缊火。⑥良久，乃能以见。出郑州十里许，有导骑从东来，惊愕下马立道周，云宋端明且至，⑦从者数百人，足声如雷，已过，乃敢上马徐去。私自伤至此，伏惟明公所谓洁廉而有文，可以比汉之司马子长者，⑧盖穷困如此，岂不为之动心而待其多言邪！

[题解]

本文写于嘉祐元年（1056）十一月，乃求张侍郎荐举之文。张侍郎，即张方平。张方平至和元年（1054）七月以户部侍郎知益州，故称张侍郎或张益州。访求人才而得知苏洵，苏洵作《张益州画像记》及《上张侍郎第一书》。嘉祐元年三月，苏洵携儿子轼、辙到东京应举。同年八月知益州张方平为三司使。张方平大致在十一月到达东京，文中写到苏洵到郑州去迎接张方平。苏洵求官未遂，故再次上书张方平，求其荐举。文章借故旧之口写唯有张公可以荐举自己，唯张公为己知己。后段则将自己穷途之苦和端明殿学士宋祁的声势相比一番，情词可涕，哀婉动人。

[注释]

①省主侍郎：指张方平。张方平（1007—1092），应天府宋城（今河南商丘）人，字安道，号乐全居士。景祐元年（1034）举茂才异等科制举，景祐五年再举制举，授著作佐郎、通判睦州。治平四年（1067），神宗即位，拜参知政事。谥文定。有《乐全集》四十卷传世。生平事迹见王巩《文定张公乐全先生行状》（《全宋文》卷一八四一）、苏轼《张文定公墓志铭》（《苏轼文集》卷一四）、《宋史》卷三一八本传。省主，张方平此来为三司使，宋之三司总管国家财政，统管盐铁、度支、户部，号称"计省"，三司使号称"计相"，故这里称张方平为"省主"。②公不惜数千里走表为子求官：指张方平在成都时多次上表举荐苏洵事。雷简夫《上张文定书》（《全宋文》卷六六一）云："又闻明公之荐，累月不下，朝廷重以例检，执政者靳之，不特达。虽明公重言之，亦恐一上未报。岂可使若人年将五十，迟迟于途路间邪……愿明公荐洵之状，至于再，至于三，俟得其请而后已，庶为洵进用之权也。"③爱：吝惜。④日中必熭（wèi），操刀必割：语出《汉书》卷四八《贾谊传》：黄帝曰："日中必熭，操刀必割。"孟康曰：熭音卫，日中盛者必暴熭也。臣瓒曰：太公曰：日中不熭，是谓失时；操刀不割，失利之期。言当及时也。⑤有日：有期，不久。⑥逆旅：客舍，旅馆。薪缊：柴火麻秆。⑦导骑（jì）：前导的骑兵。宋端明：即宋祁（998—1061），字子京，开封雍丘（今河南杞县）人，与兄宋庠皆以文名，同中天圣二年（1024）进士，时称二宋。官至工部尚书、翰林学士承旨，卒谥景文，有《宋景文集》传世。《宋史》卷二八四有传。嘉祐元年（1056）八月张方平罢知益州任，宋祁以端明殿学士知益州，故称宋端明。按宋祁《益州谢上表》（《全宋文》卷四九六）云："臣某言：昨被嘉祐元年八月诏书，授臣吏部侍郎仍旧职移知益州。臣以九月

解定州符印,十月过阙下,又奉诏旨许朝见面赐训敕,自见逮辞凡一月,即乘驿趋官,以今年二月二十日领州事."与此文所述正相符合,盖张方平回和宋祁赴任,路过郑州时恰都在十一月。⑧比汉之司马子长:司马迁字子长。按张方平《文安先生(苏洵)墓表》(《全宋文》卷八二七)云:"既而得其所著《权书》、《衡论》,阅之如大云之出于山,忽布无方,倏散无余;如大川之滔滔东至于海源也,委蛇其无间断也。因谓苏君:'左丘明《国语》、司马迁善叙事,贾谊之明王道,君兼之矣.'"

[译文]

省主侍郎左右:洵始到京师时,平素的亲朋好友多在这里,不相见大概有十年啦。怜惜我老而无成,问我到此有何所求。知道我的来意后都说:"你想得到你所求的,不用求别人,只有张益州来,方可以成功。"并且说:"张公不惜从数千里之外上表为你求官,如果回到京师,立于便殿之上,和天子相问答,岂不肯荐举你吗?"

回去自忖公对待我可以说不浅;所不能知的,在于公或者力量不足而形势不便而已。如果不是这二者,公对于我是绝不会吝惜的。听古人云:"太阳正中午时刚好暴晒,拿着刀就一定割肉。"在这个时候,天子虚席而待公,公的话天子应该无不听从的。洵和公有如此深厚的旧交,又恰在京师,并且年龄并不太老,尚可以有所作为。如果此时无成,也足可见他人之不值得一求,而到了以后也就来不及啦!

昨天听说公的车马很快就要到达,我西出都门一百多里去迎接您。大雪过后,寒风凛冽,早晨到达郑州,嘴唇冻得乌青,裂开口子,僮仆面无人色。从旅馆主人那里借得一捆柴火乱麻秆烤火,过了很长时间,才暖和过来可以来见您。当出郑州十多里地时,有先导的骑兵从东奔驰而来,我惊愕下马,立在道旁。听说是您的后任端明殿宋学士马上要从这里经过,跟从的人有几百个,脚步声就像响雷。人马已经过去,我才敢上马缓缓向前去。私下哀伤自己到这个地步：想想您所称许的所谓清廉而有文章，可以和汉代司马迁相比的人，却穷困到这个样子！难道公不为此而心动吗？难道还需要说多余的话吗？

易 论

圣人之道，得《礼》而信，①得《易》而尊。信之而不可废，尊之而不敢废，故圣人之道所以不废者，《礼》为之明而《易》为之幽也。

生民之初，无贵贱，无尊卑，无长幼，不耕而不饥，不蚕而不寒，②故其民逸。民之苦劳而乐逸也，若水之走下。而圣人者，独为之君臣，而使天下贵役贱；为之父子，而使天下尊役卑；为之兄弟，而使天下长役幼；蚕而后衣，耕而后食，率天下而劳之。一圣人之力，固非足以胜天下之民之众，而其所以能夺其乐而易之以其所苦，而天下之民亦遂肯弃逸而即劳，欣然戴之以为君师，③而遵蹈其法制者，《礼》则使然也。

圣人之始作《礼》也，其说曰：天下无贵贱，无尊卑，无长幼，是人之相杀无已也；不耕而食鸟兽之肉，不蚕而衣鸟兽之皮，是鸟兽与人相食无已也。有贵贱，有尊卑，有长幼，则人不相杀；食吾之所耕，而衣吾之所蚕，则鸟兽与人不相食。人之好生也甚于逸，而恶死也甚于劳，圣人夺其逸死而与之劳生，此虽三尺竖子知所趋避矣。④故其道之所以信于天下而不可废者，《礼》为之明也。

虽然，明则易达，易达则亵，亵则易废。⑤圣人惧其道之废而天下复于乱也，然后作《易》。观天地之象以为爻，⑥通阴阳之变以为卦，⑦考鬼神之情以为辞。⑧探之茫茫，索之冥冥，⑨童而习之，白首而不得其源。故天下视圣人如神之幽，如天之高。尊其人，而其教亦随而尊。故其道之所以尊于天下而不敢废者，《易》为之幽也。

凡人之所以见信者，以其中无所不可测者也。人之所以获尊者，以其中有所不可窥者也。是以《礼》无所不可测，而《易》有所不可窥，故天下之人信圣人之道而尊之。不然，则《易》者，岂圣人务为新奇秘怪以夸后世邪？圣人不因天下之至神，则无所施其教。卜筮者，⑩天下之至神也。而卜者，听乎天而人不预焉者也；筮者，决之天而营之人者也。龟，漫而无理者也，⑪灼荆而钻之，⑫方功义弓，⑬惟其所为，而人何预焉？圣人曰：是纯乎天技耳，技何所施吾教？于是取筮。夫筮之所以或为阳、或为阴者，必自分而为二始，⑭挂　，⑮吾知其为一而挂之也；揲之以四，⑯吾知其为四而揲之也；归奇于扐，⑰吾知其为一、为二、为三、为四而归之也，人也。分而为二，吾不知其为几而分之也，天也。圣人曰：是天人参焉，⑱道也，道有所施吾教矣。于是因而作《易》以神天下之耳目，而其道遂尊而不废。此圣人用其机权以持天下之心而济其道于无穷也。⑲

[题解]

苏洵写有一组六篇论述儒家六经的文章，称作《六经论》。写作的时间当在苏洵离蜀前家居时期。雷简夫向欧阳修推荐苏洵的书信里已经提到他写作《六经论》、《洪范论》的事。欧阳修称赞说："子之《六经论》，荀卿子之文也。"（《上欧阳内翰第二书》）对于苏洵《六经论》中的议论，历代正统儒家学者多持非议，认为其持论多为不根之谈、偏颇之论。如朱熹说："看老苏《六经论》，则是圣人全是以术欺天下也。"（《朱子语类》卷一三〇）茅坤说：

易论　81

"苏氏父子兄弟于经术甚疏,故论六经处,大都渺茫不根。""予窃谓老苏于论六经处,并以强词轧正理,故往往支离旁斥。"(《唐宋八大家文钞》)刘大櫆说:"老苏《易》、《乐》、《诗》三论,并不根之谈。"(《评注古文辞类纂》)当然也有持论稍为宽恕的,如沈德潜:"荀子、苏子是亦能见六经者也,能言其所见者也,君子无讥焉。"(《唐宋八大家文读本》)苏洵的学术思想更多的是出自于战国纵横家以及兵家、韩非子、荀子等各派,他并非是一个纯粹的儒家学者,苏氏父子大致都是如此,这是蜀学或苏学迥异于中原正统儒学的地方。韩愈《读荀子》云:"孟氏,醇乎醇者也。荀与扬,大醇而小疵。"是说孟子是醇而又醇的儒者,而荀子和扬雄则是大醇而小疵的儒者。苏洵的思想受到荀子的影响,走的是比较偏锋的一路。但苏洵为论,"务一出己见,不肯蹑故迹"(曾巩《苏明允哀辞》)。并且有自己一以贯之的思想,整套的理论。所以高步瀛《唐宋文举要》说:"老苏《六经论》,亦自成一家言,其议一贯。"这个所谓的一贯之论恐怕就是苏洵从兵家那里学来的"微权"吧。苏洵认为儒家之道需要"微权"的帮助,方能万古而不废,万古而常新。这当然是正统儒家所不肯承认的,但这也是苏洵的锐利之处、勘破之处,鞭辟入里,醒人耳目。虽然大家对苏洵的论点颇多非议,但是对苏洵《六经论》的行文技巧则是给予了极高的评价。杨慎说它:"驾空布调,员活清驶(同快)。"茅坤则说它:"文情袅娜百折,无限烟波。"刘大櫆说它:"行文雄放,有俯视一世之概。"可见苏洵这一组文章在论辩技巧上是很成功的。

本篇《易论》,论述圣人制《易》的用意所在。文章第一段就亮明了自己的观点:"圣人之道所以不废者,《礼》为之明而《易》为之幽也。"从后文可知在这个观点中,"《礼》为之明"仍然是"《易》为之幽"的陪衬。所以文章真正的用意在于说明圣人制《易》的目的,在于使圣人之道显得幽微神秘,从而维持圣人之道的尊严。从这里我们也可以看出本文在论证上的一个鲜明的特点,那就是《礼》、《易》对说,客主相陪。文章前半部分都是在论述"《礼》为之明",好像有些反客为主的感觉,但是前面论述的充分,正好为后面论述圣人制《易》的必要性奠定了坚固的基础,水到渠成,自然转入后段。至于论述"《易》为之幽"则围绕着龟卜和筮占来说,圣人选择筮占,在于筮占是天意和人谋的合一,是圣人显示道之神秘和诚信的最好的手段。苏洵论

《易》，其观点来自于古人"神道设教"的观念，但其凭空结想，揣摩圣人用意，空中布景，笔力锐利，文章纵横如意，雄畅奔放。

[注释]

①《礼》：儒家六经之一。人们习惯于把《周礼》、《仪礼》、《礼记》合称为"三礼"。其实，"三礼"既不成于一人一时，性质也有区别。《仪礼》是礼的本经，故又称《礼经》，在"三礼"中，成书最早，而且首先取得经的地位。《礼记》通称《记》，原是附属于《礼经》的，内容多为对《礼经》的说解或阐发。《周礼》旧题《周官》，是讲官制的书，王莽时才更名为《周礼》。东汉末，经学大师郑玄为《周礼》、《仪礼》、《礼记》作注，于自序中云："凡著三礼七十二篇。"从此始有三礼之名。（参见彭林《仪礼全译》前言）②不耕而不饥，不蚕而不寒：即下文所说的"不耕而食鸟兽之肉，不蚕而衣鸟兽之皮"。③戴：拥戴。④三尺竖子：三尺高的童子。⑤明则易达，易达则亵，亵则易废：明白就容易达到，容易达到就容易亵渎，亵渎了就容易废弃。⑥观天地之象以为爻：通过对自然万物的观察，创立了象征阴和阳的两类基本符号，即阴爻（--）和阳爻（—）。⑦通阴阳之变以为卦：通过对阴阳变化的观察，将阴爻、阳爻重叠变化，每三爻叠成一卦，出现了八卦：乾、坤、震、巽、坎、离、艮、兑，分别代表着天、地、雷、风、水、火、山、泽，八卦再相叠得六十四卦。⑧考鬼神之情以为辞：《周易》中每一卦及一卦中每一爻都有卦辞和爻辞，解释其寓意。《周易·系辞下》中说："古者包牺氏之王天下也，仰则观象于天，俯则观法于地，观鸟兽之文，与地之宜，近取诸身，远取诸物，于是始作八卦，以通神明之德，以类万物之情。"⑨探之茫茫，索之冥冥：卦辞、爻辞是占卜吉凶的，事情是吉是凶，本来难知，用占卜来探吉凶，好像从茫茫冥冥中去探索。这里是讲易卦的奥秘难懂。⑩卜筮：卜，指用钻灼龟甲，根据龟甲裂纹来占卜的方式。筮，是用蓍草来占卜的方式。⑪龟，漫而无理者也：指用龟甲占卜，其裂纹纵横交错，没有什么规律可言。⑫灼荆而钻之：用龟壳来卜，要先在龟甲上开一些密集的凿孔，然后用灼热的荆条在凿孔上烧，看它的裂纹。灼荆，用荆条来烧钻的孔。⑬方功义弓：《周礼·卜师》："卜师掌开龟之四兆：一曰方兆，二曰功兆，三曰义兆，四曰弓兆。"注："开，开出其占书也。经兆百二十体，今言四兆者，分之为四部。""其云方、

功、义、弓之名,未闻。"⑭分而为二:把四十九根揲策任意分作两份以象征天地两仪。《周易·系辞上》:"大衍之数五十,其用四十有九。分而为二以象两,挂一以象三,揲之以四以象四时,归奇于扐以象闰。五岁再闰,故再扐而后挂。"⑮挂一:即从所分的两部分中任意抽出一策挂于左手小指间,以象征天地人三才。⑯揲(shé)之以四:意思是把蓍策四根四根地分开,以象征四时。揲,数也。⑰归奇于扐(lè):意思是把四四数剩下的蓍策夹于手指间,以象征闰月。扐,夹于手指间。苏轼《东坡易传》卷七把筮占的步骤分为四步:"分而为二,一也;挂一,二也;揲之以四,三也;归奇于扐,四也。"⑱天人参焉:谓天与人互相参验。也就是说筮占中间既有人的可知的部分,比如一分为二、挂一为三、四四揲算等;也有天的不可知部分,如一分为二,但每一份有多少根蓍策却是不可知的。⑲用其机权以持天下之心而济其道于无穷:意思是说使用机智权变来控制天下人心以使圣人之道永远保持无穷的统治力量。机权,机智权变。

[译文]

　　圣人的道,依靠《礼》而使人信奉,依靠《易》而使人尊崇。信奉道,道就不会被废掉;尊崇道,道就不敢被废掉。因此圣人的道之所以不会失效,是因为《礼》使它明白易懂,《易》使它幽深莫测。

　　刚刚有人类的时候,没有贵贱之分,没有尊卑之别,没有长幼之序,不用耕种却不挨饿,不用养蚕织布却不受寒,所以人民生活安逸。人民厌恶劳动而喜欢安逸,就像水往低处流一样。但圣人却为人民建立起君贵臣贱的秩序,使天下高贵的役使低贱的;为人民分清父尊子卑的道理,使天下尊严的役使卑下的;为人民分清兄长弟幼的顺序,使天下年长的役使年幼的。教民养蚕织布而后可以有衣服穿,教民耕作收获而后有粮食吃,率领天下人民从事劳动。一位圣人的力量,本来并不足以胜过天下众多的人民,但他之所以能够夺取人民喜欢的逸乐,换作他们不喜欢的劳苦,然而天下的人民也竟肯抛弃逸乐,从事劳作,高兴地拥戴他作为君主和师长,并且遵从履行他制定的法律制度，是《礼》使人们这样的。

圣人刚开始制作《礼》的时候，他的理由是：如果天下没有贵贱之分，没有尊卑之别，没有长幼之序，这样人和人就会互相杀戮而没有停止。如果不耕种而吃鸟兽的肉，不养蚕而穿鸟兽的皮毛，这样鸟兽和人就会互相吞噬而没有停止。如果有了贵贱之分，有了尊卑之别，有了长幼之序，人和人就不会互相杀戮。如果吃自己耕种所得的粮食，穿自己养蚕织布所作的衣裳，鸟兽和人就不会互相吞噬。人爱好生命更甚于爱好安逸，憎恶死亡更甚于憎恶劳作。圣人夺走了他的安逸和死亡，而给了他劳苦和安生，这是哪怕三尺小子都知道趋利避害的。他的道之所以在天下得到信服而不可废去的缘故，就在于《礼》使它变得明白易懂。

虽然这样，但明白就容易达到，容易达到就容易亵渎，亵渎了就容易废弃。圣人害怕他的道被废弃，天下重归于乱，然后就制作了《易》。圣人观察天地的形象而制作了阴爻和阳爻，通达阴阳的变化而制作了八卦和六十四卦，考察鬼神的情状而制作了卦辞和爻辞。探索易的奥秘，就像进入到茫茫大海，冥冥苍空，从儿童时就开始学习它，到了头发雪白还没有得到它的源头，所以天下人把圣人看得像神灵那样幽深，像苍天那样高远。因为尊崇圣人，所以对他的教义也跟着尊崇。圣人的道之所以被天下人尊崇而不敢废弃的缘故，就在于《易》使它显得幽深莫测。

但凡一个人之所以被信任，是因为他的内心中没有什么不可以看到的；一个人之所以获得尊崇，是因为那其中有些高深莫测的东西。同样，由于《礼》是没有什么不可窥测的，《易》是有不可窥测的，所以天下的人信任圣人的道又尊崇它。如果不是这样，那《易》难道是圣人特意制作出来新奇秘怪的东西来夸耀于后世吗？圣人不凭借天下最神秘的东西，就无法施行他的教化。龟卜和蓍筮，是天下最神秘的。龟卜是听从天意而人不参与的，蓍筮是由天来决定而靠人来操作的。龟甲的纹理是毫无规律的，用烧灼的荆条来钻它，出现"方"、"功"、"义"、"弓"各种不同的兆相，任凭老天来处理，而人能干预什么呢？圣人说：这纯粹是天意和技巧，技巧哪里能用来施行我的教化呢？于是采取蓍筮的办法。蓍筮的结果之所以或者为阳，或者为阴，一定是从把四十九根蓍策随意一分为二开始的；抽出其中的一根挂到左手小指间，我知道它是作为一而挂它的；把蓍策每四根为一组来分，我知道它是作为四而分组的；把分后多余的蓍策夹在手指间，我知道它是作为一、二、三、四的余数而夹在手指间的，这些都是人的作为。把四十九根蓍策随意分作两堆，我不知道这两堆蓍策各有几根而分开的，这是天意。圣人说：这是天和人都参与的，这就是道，道可以用来施行我的教化。于是借此来制作《易》，用来使天下人的耳目感到神秘，而圣人的道遂被尊崇而不废。这是圣人用他的权变手法来控制天下人的心，帮助他的道可以无穷地传下去。

礼 论

夫人之情，安于其所常为，无故而变其俗，则其势必不从。圣人之始作礼也，不因其势之可以危亡困辱之者以厌服其心，①而徒欲使之轻去其旧而乐就吾法，不能也。故无故而使之事君，无故而使之事父，无故而使之事兄；彼其初，非如今之人知君、父、兄之不事则不可也，而遂翻然以从我者：吾以"耻"厌服其心也。②

彼为吾君，彼为吾父，彼为吾兄，圣人曰：彼为吾君父兄，何以异于我？于是坐其君与其父以及其兄，而己立于其旁，且俛首屈膝于其前以为礼，③而谓之"拜"。率天下之人而使之拜其君、父、兄。夫无故而使之拜其君，无故而使之拜其父，无故而使之拜其兄，则天下之人将复嗤笑，以为迂怪而不从。而君父兄又不可以不得其臣、子、弟之拜，而徒为其君、父、兄。于是圣人者又有术焉以厌服其心，而使之肯拜其君、父、兄。然则圣人者，果何术也？"耻"之而已。

古之圣人将欲以礼治天下之民，故先自治其身，使天下皆信其言。曰：此人也，其言如是，是必不可不如是也。故圣人曰：天下有不拜其君、父、兄者，吾不与之齿。④而天下之人亦曰：彼将不与我齿也。于是相率以拜其君、父、兄，以求齿于圣人。

虽然，彼圣人者，必欲天下之拜其君、父、兄，何也？其微权也。⑤彼为吾君，彼为吾父，彼为吾兄，圣人之拜不用于世，吾与之皆坐于此，皆立于此，比肩而行于此，无以异也。吾一旦而怒，奋手举梃而搏逐之，⑥可也。何则？彼其心常以为吾侪也，⑦不见其异于吾也。圣人知人之安于逸而苦于劳，故使贵者逸而贱者劳，且又知坐之为逸，而立且拜者之为劳也，故举其君、父、兄坐之于上，而使之立且拜于下。明日彼将有怒作于心者，徐而自思之，必曰：此吾向之所坐而拜之，且立于其下者也。圣人固使之逸而使我劳，是贱于彼也。奋手举梃以搏逐之，吾心不安焉。刻木而为人，朝夕而拜之，他日析之以为薪，而犹且忌之。⑦彼其始，木焉，已拜之犹且不敢以为薪，故圣人以其微权而使天下尊其君、父、兄。而权者，又不可以告人，故先之以"耻"。

呜呼！其事如此，然后君、父、兄得以安其尊而至于今。今之匹夫匹妇，莫不知拜其君、父、兄。乃曰：拜起坐立，礼之末也。不知圣人其始之教民拜起坐立，如此之劳也。此圣人之所虑，而作《易》以神其教也。⑨

[题解]

本文是《六经论》中的第二篇。论述圣人制礼的方法和用意所在。《易论》、《乐论》、《诗论》三篇皆从本篇生发开去。礼仪制度是人类社会进入文明时代的标志，而圣人制礼的目的则在于使君父兄区别于臣子弟，圣人通过"拜起坐立"这些礼节彰显了君父兄的尊严不可侵犯的地位。为什么这些礼节会产生这样巨大的作用？因为它们确立了两者的高下、尊卑、劳逸的不同。圣人如何改变大家的习惯，使大家遵守这些礼节？其方法在于圣人以身作则，利用人们的羞耻之心，来镇服改造人类的原始野性。所以苏洵论古代礼仪制度的产生，通过"耻"、"拜"这两个小小的细节，就将圣人的"微权"（微妙的权变）揭示得淋漓尽致，这就是苏洵的高明之处。虽然这未必是圣人制礼作乐的本相或本意，但何尝不是揭开了所谓礼乐制度、君父尊严的神秘面纱呢？特别是苏洵所讲到的"刻木而为人，朝夕而拜之，他日析之以为薪，而犹且忌之"，形象而深刻地揭示了所谓的"偶像崇拜"的心理本质。而文章本身，仍然是无中生有，凭空揣想，变态百出。所以茅坤评论本文说："老苏以《礼》为强世之术，即荀子性恶之遗。文甚纵横而议论颇僻。"

[注释]

①厌服：厌服即压服、镇服。厌，即"压"。②以"耻"厌服其心：此意源于孔孟。《论语·学而》："恭敬于礼，远耻辱也。"《为政》："道之以德，齐之以礼，有耻且格。"《孟子·尽心上》："孟子曰：人不可以无耻。（注：人不可以无所羞耻也。《论语》曰：行己有耻。）无耻之耻，无耻矣。（注：人能耻己之无所耻，是为改行从善之人，终身无复有耻辱之累也。）"③俛首屈膝：俛，即"俯"。俯首屈膝，跪拜的动作。④不与之齿：不与其同列。齿，列也。⑤微权：微妙的权谋、机变。意为从微小的事情、从最简单的事情做起，建立起一套礼制秩序。《黄石公三略·中略》："《军势》曰：使智使勇使贪使愚。智者乐立其功，勇者好行其志，贪者邀趋其利，愚者不顾其死，因其至情而用之，此军之微权也。"刘寅注："微权，权之微妙者也。"⑥奋手举梃（tǐng）而搏逐之：举手拿着木棒来追打。梃，木棒。⑦吾侪（chái）：吾辈，同僚。⑧刻木而为人……而犹且忌之：木头刻的雕像，平日敬拜，一旦破开当柴烧，心里边尚且有忌讳。⑨作《易》以神其教：圣人制作《易》来使他的教义显得神秘。具体参见上篇《易论》。

[译文]

人的本性，安行于自己的日常习惯，无缘无故地改变人们的习俗，那人们是势必不会服从的。圣人刚开始制作礼法的时候，如果不凭借可以让人们感到危亡困辱的势力来压服人们的心，而只是白白地就想让人们轻易地抛弃旧习，从而愉快地遵从圣人的法令，那是不可能的。因此，无缘无故地就要让他们侍奉君主，无缘无故地就要让他们侍奉父亲，无缘无故地就要让他们侍奉兄长，尽管他们当初并不是像今天的人们知道不侍奉君主、父亲、兄长那是不行的，但还是能一下子服从圣人，原因就是圣人用耻辱来压服了他们的心。

他是我们的君主，他是我们的父亲，他是我们的兄长，圣人说："既然他是我们的君主、父亲、兄长，用什么方法使他与我们有区别呢？"于是，他让自己的君主和自己的父亲以及自己的兄长坐下，而自己站立在他们的旁边，而且低头屈膝，在他们面前行礼，就把这个举动叫做"拜"。率领天下的人，而让他们都要拜自己的君主、父亲、兄长。然而，如果无缘无故地就要让他们拜自己的君主，无缘无故地就要让他们拜自己的父亲，无缘无故地就要让他们拜自己的兄长，那天下人就会嗤笑，认为这太迂远古怪而不肯服从。但是君主、父亲、兄长又不能不得到自己的臣下、儿子、弟弟的跪拜而只是白白地做他们的君主、父亲、兄长，于是圣人又想出了办法来压服他们的心，而使他们愿意跪拜自己的君主、父亲、兄长。然而那圣人到底是用的什么办法呢？不过是让他们感到耻辱罢了。

古代的圣人准备用礼仪来治理天下的人民，所以首先从治理自身做起，使天下人都相信他的话，人们说："像他这样的人，既然如此说，这肯定是不能不如此的。"因此圣人说："天下如果有不拜自己的君主、父亲、兄长的人，那我就不和他同列！"从而让天下的人也说："他要不和我同列啦！"于是大家都相随去拜自己的君主、父亲、兄长，以求能够和圣人同列。

尽管如此，但圣人一定要让天下人拜自己的君主、父亲、兄长，是为什么呢？那是圣人的微妙的权变啊。尽管他是我们的君主，他是我们的父亲，他是我们的兄长，但如果圣人的跪拜礼不在社会上施行，那我和他们都坐在这里，都站在这里，肩并肩地走在这里，没有什么可以区别开的。我一旦发怒，举手拿着木棒来追打他们也是可能的。为什么呢？这是因为大家心里都常常把他们看成是与自己同类的人，看不出他们与自己有什么差异。圣人知道人们喜欢安逸而不喜欢劳苦，因此便让高贵的人安逸而让卑贱的人劳苦；而且又知道坐着是安逸的，而站着以及跪拜的人是劳苦的，所以就把他们的君主、父亲、兄长推尊坐到上面，而让他们在下面站着并跪拜。以后他们中如果有怒气在心中发作的人，慢慢地自己想想，必定会说：这是我以前让坐在上面并跪拜过的人，而且我是站在他们下面的人。圣人特意让他们安逸而让我劳累，我是比他们卑贱的人。如果挥手举起木棒来打跑他们，那我的心里就会不安。雕刻木头成人像，早晚向它跪拜，有一天把它劈开当柴烧，心里尚且有所忌讳。它开始不过是一块木头，已经向它跪拜了尚且不敢拿来当柴烧，所以圣人用他的微妙的权谋而让天下人尊重自己的君主、父亲、兄长。而权谋又不能直接告诉大家，所以圣人就先以羞耻心来教化人。

啊！这事情就是这样罢了，然而以后君主、父亲、兄长得以安享尊严直到今天。如今的男男女女，没有不知道要跪拜自己的君主、父亲、兄长的，于是就说，拜起坐立，这只是礼仪的细枝末节罢了。他们不知道圣人在一开始教民众拜起坐立的礼节时，是这样的辛劳。这是圣人所考虑的，因而他便制作了《易》来使他的教化显得神秘莫测。

乐 论

《礼》之始作也,难而易行。既行也,易而难久。

天下未知君之为君,父之为父,兄之为兄,而圣人为之君、父、兄;天下未有以异其君、父、兄,而圣人为之拜起坐立;天下未肯靡然以从我拜起坐立,①而圣人身先之以耻。呜呼!其亦难矣。天下恶夫死也久矣,圣人招之曰:来,吾生尔。②既而其法果可以生天下之人,天下之人视其向也如此之危,而今也如此之安,则宜何从?故当其时,虽难而易行。

既行也,天下之人视君、父、兄,如头足之不待别白而后识,③视拜起坐立如寝食之不待告语而后从事。虽然,百人从之,一人不从,则其势不得遽至乎死。④天下之人,不知其初之无礼而死,而见其今之无礼而不至乎死也,则曰圣人欺我。故当其时,虽易而难久。

呜呼!圣人之所恃以胜天下之劳逸者,独有死生之说耳。死生之说不信于天下,则劳逸之说将出而胜之。劳逸之说胜,则圣人之权去矣。酒有鸩,肉有堇,⑤然后人不敢饮食;药可以生死,然后人不以苦口为讳。去其鸩,彻其堇,则酒肉之权固胜于药。圣人之始作礼也,其亦逆知其势之将必如此也,曰:告人以诚,而后人信之。幸今之时吾之所以告人者,其理诚然,而其事亦然,故人以为信。吾知其理,而天下之人知其事;事有不必然者,则吾之理不足以折天下之口,此告语之所不及也。告语之所不及,必有以阴驱而潜率之。⑥于是观之天地之间,得其至神之机,而窃之以乐。

雨,吾见其所以湿万物也;日,吾见其所以燥万物也;风,吾见其所以动万物也;隐隐谹谹而谓之雷者,⑦彼何用也?阴凝而不散,物蹙而不遂,⑧雨之所不能湿,日之所不能燥,风之所不能动,雷一震焉而凝者散,蹙者遂。曰雨者,曰日者,曰风者,以形用;曰雷者,以神用。用莫神于声,故圣人因声以为乐。⑨为之君臣、父子、兄弟者,礼也。礼之所不及,而乐及焉。正声入乎耳,⑩而人皆有事君、事父、事兄之心,则礼者固吾心之所有也,而圣人之说,又何从而不信乎?

[题解]

《乐论》是《六经论》中的一篇。本文论述六经中《乐》的缘起和作用。苏洵认为乐是"阴驱而潜率",有一种潜移默化的作用,是圣人根据天地之间阴阳动静的变化中最为神妙的声音来制作的。天地间有日月风雨,这些是依靠有形的东西起作用的;而震雷之声,却是靠其神秘莫测的无形的东西起作用的。当有形的东西不能够压服人心,当《礼》不再为人信服的时候,圣人就靠神秘莫测的无形的东西来教化人们。前面的《易论》,讲的是圣人靠筮占这样一种天意和人谋互相作用的神秘的法术来使人们信服圣人的道,而《乐论》说的则是用一种能够潜移默化于人之心灵的东西来教化人类,让人们觉得圣人制作的《礼》,是人心中本然就有的东西,因此生出对礼仪的顺服。这就是所谓的礼乐文化吧。这样的看法和古人对于音乐的产生和作用的看法基本是一致的。《礼记·乐记》:"地气上齐,天气下降,阴阳相摩,天地相荡,鼓之以雷霆,奋之以风雨,动之以四时,暖之以日月,而百化兴焉。如此,则乐者天地之和也。""和顺积中而英华发外,唯乐不可以为伪。"本文在写作上也颇有特点:文章的主旨在于最后一段所说的"礼之所不及,而乐及焉",因此文章从一开始就不讲《乐》,而浓墨重彩地讲《礼》,讲"礼之所不及"。讲《礼》,

开篇明义，"《礼》之始作也，难而易行。既行也，易而难久"，于是下面分两段来分说"难而易行"和"易而难久"，这并非是为了说《礼》，而是要借《礼》来逼出《乐》。接下去并不就写《乐》，而是通过写"圣人之权去"，进行一个跌宕，然后使用酒肉和药的比喻，进一步来说《礼》之难以持久，这才逼出《乐》来。写到《乐》，则借日雨风雷为喻，形容《乐》之神秘与感人至深，归结到一篇的主旨。所以我们看苏洵本文的布局之妙，通篇说《礼》，实际上是步步为营，步步紧逼，最后水到渠成，得出结论。文章后一段借日雨风雷写《乐》，文字风驰雨骤，袅娜百折，具有无限烟波浩渺之意。

[注释]

①靡然：倒下的样子，这里指跪拜。②吾生尔：我使你们活下来。生，使动用法。③别白：分辨明白。④遽：立刻，马上。⑤酒有鸩（zhèn），肉有堇（jǐn）：鸩，传说中的一种毒鸟，用其羽毛浸酒，人饮之即死。堇，通"蓳"，即一种中药乌头，有剧毒。⑥阴驱而潜率：暗中驱遣，偷偷地率领，这里指音乐潜移默化的力量。《荀子·乐论》："夫声乐之入人也深，其化人也速，故先王谨为之文，乐中平则民和而不流，乐肃庄则民齐而不乱。"⑦隐隐鈜鈜（hóng）：象声词，雷声的宏大震耳。以上的比喻来自《周易·说卦传》："雷以动之，风以散之；雨以润之，日以烜（xuǎn）之。"（雷用来振奋鼓动万物，风用来散布流通万物；雨水用来滋润万物，太阳用来干燥万物。）⑧戁而不遂：戁缩而不舒展畅通。⑨因声以为乐：《易·豫卦》："《象》曰：雷出地奋，豫，先王以作乐崇德。"（《象传》说：雷声发出，大地振奋，象征欢乐。先代君王因此制作音乐用来赞美功德。）⑩正声：正确的音乐，不同于靡靡之音。儒家论诗乐有正声（雅乐）、郑声（俗乐，郑卫之音，靡靡之音）的区分。

[译文]

《礼》刚开始制作的时候，制作起来困难但推行起来容易；《礼》施行以后，容易施行但难于持久。

天下不知道君主之所以是君主，父亲之所以是父亲，兄长之所以是兄长，而圣人为他们区分出君主、父亲、兄长；天下没有什么东西来区分君主、父亲、兄长的不同，圣人为他们制定出拜起坐立的礼节来；天下不肯像顺风披靡一样跟从圣人拜起坐立，圣人就亲身先做来使他们觉得不做的羞耻。唉！制作《礼》也难啊！天下人长久以来都憎恶死亡，圣人招呼他们到跟前说："来！我使你们活下去。"这以后，他的方法果真可以使天下的人活着，天下的人看到过去是如此的危险，而现在是如此的平安，那他们应该何去何从呢？所以当那个时候，《礼》制作起来困难但推行起来容易。

《礼》施行以后，天下的人看君主、父亲、兄长就像头与脚的区分，不必等待分别然后才认识；看拜起坐立的礼节就像睡眠吃饭，不必等待告诉然后才去做。虽然这样，但是假如一百个人听从，一个人不从，那他势必不至于马上就会死掉。天下的人不知道他们开始时因没有礼仪（争斗）而死，却看到今天的没有礼仪也不至于死，就会说圣人欺骗我们。所以当那个时候，《礼》容易施行但难于持久。

唉！圣人所依靠来战胜天下人好逸恶劳的，只有使人死或生的道理罢了。天下的人不相信死或生的道理，那好逸恶劳的说法将要出来压过它。好逸恶劳之说得胜，圣人的权变就失去作用。酒里面有鸩毒，肉里面有堇毒，然后人才不敢喝这酒和吃这肉；药可以救活快要死去的人，然后人才不会忌讳药的苦味。如果去掉鸩毒，去掉堇毒，那酒肉的吸引力本来就是胜过药物的。圣人刚开始制作礼的时候，他也预先知道它的趋势必定会这样，他说：告诉人们真实的，然后人们才会相信它。幸亏现在我用来告诉人们的道理确实是这样，发生的事情也是这样，所以人们认为这道理可信。我懂得的是它的道理，而天下的人懂得的只是发生的事情。事情有时不必然这样，那我的道理不足以折服天下人的口，这是用语言劝说所不能够解决的。用语言劝说所不能够解决的，必定有一些能够让人潜移默化的方法，于是就在天地之间观察，得到天地间的阴阳动静极其神妙的变化，把它拿来制作《乐》。

雨，我看见它是用来润湿万物的。太阳，我看见它是用来晒干万物的。风，我看见它是用来吹动万物的。轰轰隆隆，我们称作雷的，它是用来做什么的呢？阴气凝结而不散开，阳气蹙缩而不通畅，雨不能使它湿，太阳不能使它干燥，风不能使它动，雷一震动它，凝结的散开了，蹙缩的舒展了。叫做雨的，叫做太阳的，叫做风的，用看得见的东西来起作用；叫做雷的，用它的神明来起作用。没有比声音更神妙的作用了，所以圣人凭借着这声音来制作《乐》。为大家区分开君臣、父子、兄弟的，是礼仪；礼仪所做不到的，那要靠音乐来达到。雅正的音乐进入耳中，人们都会有侍奉君主、侍奉父亲、侍奉兄长的心，那礼仪，本来就是我心中所具有的。这样圣人的说法，又凭什么不相信呢？

诗 论

人之嗜欲，好之有甚于生；而愤憾怨怒，有不顾其死。于是礼之权又穷。

礼之法曰：好色不可为也；为人臣，为人子，为人弟，不可以有怨于其君、父、兄也。使天下之人皆不好色，皆不怨其君、父、兄，夫岂不善？使人之情皆泊然而无思，和易而优柔，①以从事于此，则天下固亦大治。而人之情又不能皆然，好色之心驱诸其中，是非不平之气攻诸其外，炎炎而生，②不顾利害，趋死而后已。噫！礼之权止于死生，天下之事不至乎可以博生者，则人不敢触死以违吾法。③今也，人之好色与人之是非不平之心勃然而发于中，以为可以博生也，而先以死自处其身，则死生之机固已去矣。④死生之机去，则礼为无权。区区举无权之礼以强人之所不能，则乱益甚，而礼益败。

今吾告人曰：必无好色，必无怨而君、父、兄，⑤彼将遂从吾言而忘其中心所自有之情邪？将不能也。彼既已不能纯用吾法，将遂大弃而不顾吾法。既已大弃而不顾，则人之好色与怨其君、父、兄之心，将遂荡然无所隔限，而易内窃妻之变与弑其君、父、兄之祸，⑥必反公行于天下。圣人忧焉，曰：禁人之好色而至于淫，禁人之怨其君、父、兄而至于叛，患生于责人太

诗论　97

详。好色之不绝,而怨之不禁,则彼将反不至于乱。

故圣人之道,严于《礼》而通于《诗》。《礼》曰:必无好色,必无怨而君、父、兄。《诗》曰:好色而无至于淫,怨而君、父、兄而无至于叛。⑦严以待天下之贤人,通以全天下之中人。⑧吾观《国风》婉娈柔媚而卒守以正,好色而不至于淫者也;⑨《小雅》悲伤诟谇而君臣之情卒不忍去,怨而不至于叛者也。⑩故天下观之,曰:圣人固许我以好色,而不尤我之怨吾君、父、兄也。许我以好色,不淫可也;不尤我之怨吾君、父、兄,则彼虽以虐遇我,⑪我明讥而明怨之,使天下明知之,则吾之怨亦得当焉,⑫不叛可也。夫背圣人之法而自弃于淫、叛之地者,非断不能也。⑬断之始,生于不胜,⑭人不自胜其忿,然后忍弃其身。故《诗》之教,不使人之情至于不胜也。

夫桥之所以为安于舟者,以有桥而言也。水潦大至,⑮桥必解而舟不至于必败。故舟者,所以济桥之所不及也。吁!《礼》之权穷于易达,而有《易》焉;⑯穷于后世之不信,而有《乐》焉;⑰穷于强人,而有《诗》焉。⑱吁!圣人之虑事也盖详。

[题解]

本文为《六经论》之一,意在阐述圣人制作《诗》的用意,是为了"济《礼》之穷"。全文围绕"圣人之道,严于《礼》而通于《诗》"来论述。文章的格局和《易论》、《乐论》接近,仍然是主、客对应,以客形主。文章前一部分讲《礼》之穷,《礼》用生死来使人遵守,然而"所欲有甚于生者,所恶有甚于死者"(语出《孟子·告子上》,这里借用字面意思),当人们置生死于度外的时候,《礼》就到了山穷水尽的时候。这一段把《礼》之穷讲得非常透彻,为后段写以《诗》济《礼》之穷奠定了很好的基础。后段从《史记·屈原贾生列传》中"《国风》好色而不淫,《小雅》怨悱而不乱"的话生发出来,认为能够采用变通的办法,让人之大欲得到适当的满足和宣泄,"不使人之情至于不胜",也就能够使人的行为不至于超越礼法的规定。文章讲《礼》

之穷和《诗》之济,都是围绕着"色"、"怨"两个字来讲的,所以能够做到意多而不重,词烦而不杂。诚如杨慎所评:"语意如片云凌乱,长空风生,卷而为一。"(《三苏文范》)在文章结尾的部分苏洵总结了圣人制作《易》、《礼》、《乐》、《诗》是有其一以贯之的用意的。当然这只是苏洵自己的看法。苏洵从发生学的角度出发,认为四者具有主从的关系,《礼》是根本,而《易》、《乐》、《诗》则是从不同的方面来救助和弥补《礼》之不足,最终都是圣人维护"道"的"微权"和"机变",这当然是要被朱熹等人批评为"老苏《六经论》,则是圣人全是以术欺天下"的,不过这恐怕恰恰就是老苏自己对于"圣"和"经"的看法吧,也是与老苏一贯的思想相一致的。

[注释]

①泊然而无思:恬淡而没有欲望。和易而优柔:平和朴素,从容自得。②炎炎而生:像烈火一样生发出来。炎炎,火势旺盛。③博生:换取生命,这几句的意思是说如果不是有比死更重要的事情,人们就不会冒险触犯礼法。④以死自处其身:抱着必死的决心,不怕死。死生之机:使人或死或生的机巧权变。⑤而:通"尔",你的,你们的。⑥易内窃妻之变与弑其君、父、兄之祸:易内,即改换妻子,休妻再娶。窃妻,与别人的妻子偷情。易内和窃妻,是好色的行为表现。弑君,违背礼仪,以下犯上,杀掉君主。这是由怨愤而反叛的极端表现。⑦《诗》曰:好色而无至于淫,怨而君、父、兄而无至于叛:《论语·八佾》:"子曰:《关雎》乐而不淫,哀而不伤。"(孔安国注:乐而不至淫,哀而不至伤,言其和也。朱熹注:淫者,乐之过而失其正者也。伤者,哀之过而害于和者也。)《史记》卷八四《屈原贾生列传》:"《国风》好色而不淫,《小雅》怨悱而不乱。"⑧严以待天下之贤人,通以全天下之中人:用严格的礼仪来要求贤者,用变通的方法来成全一般的人。中人,普通人。⑨吾观《国风》婉娈柔媚而卒守以正:婉娈,年少美好的样子。柔媚,娇柔妩媚。这里指《国风》里有许多表现男女之情的诗歌,但最终它的情感都中正自守,没有流荡忘返。《论语·为政》:"子曰:《诗》三百,一言以蔽之,曰思无邪。"⑩"《小雅》悲伤诟谇(dú)"二句:诟谇,诟骂怨谤。《毛诗大序》有"变风变雅"的说法,认为当国家政治衰败、风俗腐化以后,就出现了一些表现怨愤的诗歌。这些诗歌有怨而不叛的特点。其中说:"变风发乎情,止乎礼

义。发乎情，民之性也；止乎礼义，先王之泽也。"虽然有怨怒，但仍然保持在礼仪之内。⑪以虐遇我：用暴虐对待我。⑫我明讥而明怨之，使天下明知之，则吾之怨亦得当焉：我公开地表示我的讥讽和怨愤，使天下人都知道，这就可以抵偿我的怨愤。《论语》："诗可以怨。"（孔安国注：怨刺上政。朱熹注：怨而不怒。）《国语·周语上》"厉王止谤"的故事恰恰说明压制人民的怨愤只能像是堵塞泛滥的河流，最后只能溃堤而出，造成更大的叛乱。⑬断：决断、决心，断然不顾一切。⑭不胜（shēng）：不能承受，承受不了。⑮水潦（lǎo）大至：洪水突然到来。⑯《礼》之权穷于易达，而有《易》焉：《礼》的力量穷尽于容易达到，所以圣人制作《易》来解救这种困境。具体参见《易论》一文。⑰穷于后世之不信，而有《乐》焉：《礼》的力量穷尽于人们不信服，所以圣人制作《乐》来解救这种困境。具体参见《乐论》一文。⑱穷于强人，而有《诗》焉：《礼》的力量穷尽于强人所不能，所以圣人制作《诗》来解救这种困境。

[译文]

　　人们的嗜好和欲望，喜好它有时胜过自己的生命；而且因为愤憾怨怒，有不顾及生死存亡的。因此礼法的权变又陷于困境啦。

　　礼制的规定说：喜好女色不可以。做臣子的，做儿子的，做弟弟的，不可以怨恨自己的君主、父亲、兄长。如果能让天下人都不喜好女色，都不怨恨自己的君主、父亲、兄长，那岂不更好？如果能让人的情感都恬淡安然无思无虑、谦和平易温顺宽容，以遵从礼法，那必定也会天下大治。然而人的情感又不能都是这样，喜好女色的欲望会在里面驱赶人的心，是是非非各种不平而引起的愤恨会从外面来扰乱人的心，怒火喷发出来，那人就会不顾利害，不死不罢休。啊！礼法的力量停留在使人或生或死上，如果天下的事情还不至于要用生命来交换的，那人就不敢冒死来违犯圣人的礼法。然而如今，人们喜好女色的欲望与因是是非非各种不平而引起的愤恨勃然从心中爆发出来，以为这些是值得用生命来换取的，从而先把自己置于死地。这样一来，使人或死或生的机巧权变的作用就完全丧失了。使人或死或生的机巧权变的作用一丧失，那礼法就没有力量了。如果用没有一点权威的礼法来强人之所难，那乱子就会更大，而礼法也就会更加衰败了。

如今我如果对大家说，一定不要喜好女色，一定不要怨恨你们的君主、父亲、兄长，他们就能听从我的话而忘掉他们心中所固有的情感吗？肯定不能！他们既然已经不能完全服从我的礼法，那他们就将会完全抛弃而不顾我的礼法了。既然他们已经完全抛弃而不顾我的礼法，那人们的喜好女色，与怨恨自己的君主、父亲、兄长的心，就将会荡然放纵而没有任何限制了，因而随便更换自己的妻子、偷窃别人的妻子，以及弑君弑父弑兄的祸害，就必将会公行于天下。圣人担忧这些，说：禁止人喜好女色反而使人走到了淫乱的地步，禁止人怨恨自己的君主、父亲、兄长反而使人走到了反叛的地步，这些灾祸就产生于对人的要求太严格了。如果不杜绝对女色的喜好，而且不禁止怨恨，那他们反倒不至于作乱。

所以圣人的理论，是严格施行《礼》但又用《诗》来作为变通。《礼》上说："一定不要喜好女色，一定不要怨恨你们的君主、父亲、兄长。"《诗》上说："喜好女色而不至于淫乱，怨恨你们的君主、父亲、兄长而不至于叛乱。"严格施行《礼》是用来要求天下的贤人的，变通是用来保全天下的普通人的。我看《诗经·国风》中的诗歌尽管有缠绵悱恻、温柔妩媚的，但最终也保持在正常的规范中，这就是喜好女色而不至于淫乱；《诗经·小雅》中的诗歌尽管有悲伤哀怨、诟骂诽谤的，但君臣的情分最终也不忍心断绝，这就是怨恨君主、父亲、兄长而不至于叛乱。因此天下人看到这些，就会说：圣人本来是准许我们去喜好女色，而且不责怪我们怨恨君主、父亲、兄长的。允许我们去喜好女色，那么不淫乱也是完全可以的；不责怪我们怨恨君主、父亲、兄长，那么他们即使以暴虐对待我们，但我们只要公开地讥讽、公开地抱怨他们，使天下人都公开地知道，那我们的怨恨也就能够抵偿了，那么不反叛也是完全可以的。那些违背圣人的礼法而自弃于淫乱、反叛地步的，不是断然不顾一切是不能做到的。决断的始因就是由于不能承受。人不能承受自己的愤怒，然后才会忍心去冒死。所以《诗》的教诲，就是不让人的情感达到不能忍受的程度。

　　人们之所以认为桥比船要安全，是因为有桥才这样说的。洪水暴至，那桥就必然会被冲垮，但船不至于必定会被冲坏。因而船，就能用来弥补桥所解决不了的问题。啊！《礼》的力量穷尽于容易达到，所以圣人制作《易》来解救这种困境；《礼》的力量穷尽于人们不信服，所以圣人制作《乐》来解救这种困境；《礼》的力量穷尽于强人所不能，所以圣人制作《诗》来解救这种困境。啊！圣人考虑事情大概是很周详的。

史论上

　　史何为而作乎？其有忧也。何忧乎？忧小人也。何由知之？以其名知之。楚之史曰《梼杌》。①梼杌，四凶之一也。②君子不待褒而劝，不待贬而惩；③然则，史之所惩劝者，独小人耳。仲尼之志大，故其忧愈大；忧愈大，故其作愈大。是以因史修经，④卒之论其效者，必曰"乱臣贼子惧"。⑤由是知史与经皆忧小人而作，其义一也。

　　其义一，其体二，⑥故曰史焉，曰经焉。大凡文之用四：事以实之，词以章之，道以通之，法以检之。⑦此经、史所兼而有之者也。虽然，经以道、法胜，史以事、词胜；经不得史无以证其褒贬，史不得经无以酌其轻重；经非一代之实录，⑧史非万世之常法；体不相沿，而用实相资焉。⑨

　　夫《易》、《礼》、《乐》、《诗》、《书》，言圣人之道与法详矣，然弗验之行事。仲尼惧后世以是为圣人之私言，故因赴告策书以修《春秋》，⑩旌善而惩恶，⑪此经之道也；犹惧后世以为己之臆断，故本《周礼》以为凡，⑫此经之法也。至于事则举其略，词则务于简。吾故曰：经以道、法胜。史则不然，事既曲详，词亦夸耀，⑬所谓褒贬，论赞之外无几。⑭吾故曰：史以事、词胜。

　　使后人不知史而观经，则所褒莫见其善状，所贬弗闻其恶实。吾故曰：经不得史，无以证其褒贬。使后人不通经而专史，则称谓不知所法，惩劝不知所祖。吾故曰：史不得经，无以酌其轻重。

经或从伪赴而书，⑮或隐讳而不书，⑯若此者众，皆适于教而已。⑰吾故曰：经非一代之实录。史之一纪、一世家、一传，其间美恶得失固不可以一二数，则其论赞数十百言之中，安能事为之褒贬，使天下之人动有所法如《春秋》哉？吾故曰：史非万世之常法。

夫规矩准绳所以制器，⑱器所待而正者也。然而不得器则规无所效其圆，⑲矩无所用其方，准无所施其平，绳无所措其直。史待经而正，不得史则经晦。吾故曰：体不相沿，而用实相资焉。

噫！一规，一矩，一准，一绳，足以制万器。后之人其务希迁、固，⑳实录可也，慎无若王通、陆长源辈，㉑嚣嚣然冗且僭，㉒则善矣。

[题解]

苏洵写有一组探讨史学理论的文章——《史论》，包括《史论引》、《史论》上、中、下。这一组文章是苏洵嘉祐元年（1056）出蜀之前家居时所作。写成后曾献给雅州太守雷简夫，雷简夫称赞说："《史论》，真良史才也。""《史论》，得史迁笔。"（见邵博《邵氏闻见后录》卷一五）并把苏洵推荐给当时的著名人物韩琦、张方平、欧阳修等，引起这些人物的关注。张方平也称赞苏洵具有"左丘明、《国语》、司马迁善叙事"的长处（《文安先生墓表》）。这些都说明苏洵对于历史著作是下过工夫，有自己的独到见解的，并且在写作中也吸收了很多史学著作的营养。他在《史论引》中说："夫知其难，故思之深；思之深，故有得。因作《史论》三篇。"这三篇文章是一个整体，比较全面地反映了苏洵对历史著作的认识。其中上篇着重论述经书和史书的异同关系，认为两者是"一义二体"，经书重在"道"和"法"，史书重在"事"和

"词",两者可以相资为用。其用意在于通过尊经来尊史,强调史书的重要价值。《史论》中篇指出《史记》、《汉书》作为史书的典范,既有事词之长,同时也兼具道法之义,是最能够得《春秋》之义的史学楷模。同时具体分析了《史记》、《汉书》的四项义理:隐而彰、直而宽、简而明、微而切。《史论》下篇则逐一批评了前四史的谬误之处。本文为其上篇,具有论点鲜明、结构严谨的特点。全文将经、史对举,条分缕析,两条线索互相发明,行文简切,气势充沛。

[注释]

①《梼杌》:春秋时期楚国史书的名称,取惩恶之义。《孟子·离娄下》:"晋之《乘》,楚之《梼杌》,鲁之《春秋》,一也。其事则齐桓、晋文,其文则史。孔子曰:'其义则丘窃取之矣。'"赵岐注:"此三大国史记之异名。《乘》者,兴于田赋乘马之事,因以为名。《梼杌》者,嚚凶之类,兴于记恶之戒,因以为名。《春秋》,以二始举四时,记万事之名。"②四凶:相传为尧舜时代四个恶名昭彰的部族首领,凶恶不悛,为舜所流放。《尚书·舜典》:"流共工于幽州,放驩(huān)兜于崇山,窜三苗于三危,殛(jí)鲧(gǔn)于羽山,四罪而天下咸服。"《左传注疏》卷二十:舜"流四凶族:浑敦、穷奇、梼杌、饕餮,投诸四裔,以御螭魅。"其中对梼杌的记载是:"颛顼有不才子,不可教训,不知话言。告之则顽,舍之则嚚,傲狠明德,以乱天常。天下之民谓之梼杌。""梼杌",顽凶无俦匹之貌。③劝:勤勉,努力。惩:惩戒。④因史修经:指孔子根据鲁国的国史修订作成《春秋》,为六经之一。⑤乱臣贼子惧:语出《孟子·滕文公下》:"世衰道微,邪说暴行有作,臣弑其君有之,子弑其父者有之,孔子惧,作《春秋》。《春秋》,天子之事也。是故孔子曰:'知我者其惟《春秋》乎?罪我者其惟《春秋》乎?'""孔子成《春秋》而乱臣贼子惧。"⑥体:文体,体制。⑦事以实之,词以章之,道以通之,法以检之:用事实来充满它,用文词来彰显它,用道理来贯通它,用礼法来规范它。⑧实录:如实地记录。实录是中国史学的优良传统之一。《汉书》卷六二《司马迁传》评《史记》说:"其文直,其事核,不虚美,不隐恶,故谓之实录。"⑨体不相沿,而用实相资焉:"体"、"用"是一对概念,指本体和功用。这里是说经和史是两种不同的文体,但它们的功用却是可以相

互补充的。⑩因赴告策书以修《春秋》：古代诸侯以崩薨祸福之事互相通告。策书，简策书牍。《春秋》一书是孔子根据各国赴告策书等历史资料加工而成的。杜预《春秋左氏传序》："周德既衰，官失其守，上之人不能使《春秋》昭明，赴告策书，诸所记注，多违旧章。仲尼因鲁史策书成文，考其真伪，而志其典礼，上以遵周公之遗制，下以明将来之法。"⑪旌：表彰。⑫本《周礼》以为凡：凡，即"凡例"，指通例、通则。是说孔子修《春秋》是以周公的《周礼》为义理的通则的。杜预《春秋左氏传序》："其发凡以言例，皆经国之常制，周公之垂法，史书之旧章。仲尼从而修之，以成一经之通体。"⑬词亦夸耀：指史书的文词比较夸饰。《论语·雍也》："子曰：'质胜文则野，文胜质则史。文质彬彬，然后君子。'"又《仪礼·聘礼》："辞多则史，少则不达。"史，有虚饰浮夸之意。⑭所谓褒贬，论赞之外无几：论，谓篇末论辞；赞，谓论后韵语。司马迁《史记》称"太史公曰"，班固《汉书》、范晔《后汉书》皆称"赞"，荀悦《汉纪》称"论"，名称不一。几，通"讥"，谴责，非议，褒贬。刘知几《史通·论赞》说："其名万殊，其义一揆，必取便于时者，则总归论赞。"这句的意思可以和下文所说的"则其论赞数十百言之中，安能事为之褒贬"相参，旨在说明经、史之别，史书以记事为主，不以褒贬为长。⑮从伪赴而书：赴，通"讣"。伪赴，即假的讣告。书，记录。指《春秋》有时并非实录，而更多的是出于教化的目的。如《春秋左氏传·隐公三年》："三月庚戌（十三日），天王崩。"注："周平王也。实以壬戌（二十五日）崩，欲诸侯之速至，故远日以赴。《春秋》不书实崩日，而书远日者，即传其伪以惩臣子之过也。"又如襄公七年十二月："郑伯髡顽如会，未见诸侯，丙戌，卒于鄵。"注："实为子驷所弑，以疟疾赴，故不书弑。"⑯隐讳而不书：有时为了避讳而不记载。《春秋公羊传·闵公元年》："《春秋》为尊者讳，为亲者讳，为贤者讳。"如《春秋左氏传·僖公十七年》："夏灭项。"注："项国，今汝阴项县。公在会，别遣师灭项，不言师，讳之。"⑰适于教：适用于教化、政教。⑱规矩准绳：规，圆规，做器皿时用以取圆。矩，用以取方的工具。准，取水平线的工具。绳，取垂直的工具。⑲效：验证，实现。⑳务：从事，致力。希：仰慕，希求。㉑王通（584—617）：字仲淹，绛州龙门（今山西稷山）人。隋代著名的思想家。门人私谥曰"文中子"。尝著《元经》以续《春秋》。又仿《论语》、《法言》著《中说》（又称《文中子》）。王通之书因模拟经典，受到后代批评。如晁公武《郡斋读书志》卷三《文中子中说十卷》："今观《中说》，其迹往往僭圣人，模拟窜窃，有深可怪笑者。"陆长源（？—799），字泳之，苏州吴人。唐德宗贞元十二年（796）为宣武军行军司马，后继董晋为宣武军节度留后，不久为乱军所杀。曾著《唐春秋》等。《旧唐书》卷一四五、《新唐书》卷一五一有传。㉒嚣嚣：洋洋自得的样子。冗且僭：冗长、僭越规矩。

[译文]

历史为什么而作？因为写历史的人有忧患。忧患什么呢？忧患小人。通过什么知道的呢？从史书的名字就知道。楚国的史书叫《梼杌》，而梼杌就是四大恶人之一。君子不用等到褒奖就能够劝勉，不用等到贬斥就能够惩戒。既然这样，那么史书所惩戒和激励的，就只是针对小人罢了。孔子的志向远大，因此他的忧患就越大；忧患越大，因此他的著述就越伟大。因此他便凭借历史材料来修撰经书。最终评论他的著述功效的，必然会说"使乱臣贼子感到害怕"。由此可知，史书与经书都是由于担忧小人而写出来的，它们的用意是一致的。

它们的用意一致，但体制却不同，所以一个叫做"史"，一个叫做"经"。大概说来，写文章的手法有四种：用事实来充实它，用文辞来彰显它，用道理来贯通它，用法度来约束它。这是经书、史书共同具有的东西。虽然这样，但经书的优长在于道理、法度，史书的优长在于事实、文辞；经书如果没有史书的襄助，就无法验证它的褒贬；史书如果没有经书的襄助，就无法斟酌它的轻重；经书不是一代历史的实录，史书不是万古不变的常法；尽管它们的体制不相沿袭，但在用途上确实是可以相互凭借的。

《易》、《礼》、《乐》、《诗》、《书》这五经，论述圣人的道理和法度已经很详尽了，但却没有用历史事实来验证。孔子害怕后世把这些书看成是圣人的个人言论，因此便凭借赴告、策书来撰写《春秋》，表彰善良而惩戒邪恶，这就是经书的道理。虽然这样，还是害怕后世把《春秋》看成是他自己的主观推断，因此又依据《周礼》来发凡起例、制定规范，这就是经书的法度。至于历史事件，那就仅仅列举它的梗概；至于文辞，那就务求简练。所以我说："经书的优长在于道理、法度。"史书就不一样了。事情既曲折详尽，文辞也夸张炫耀，所谓褒和贬，除了文末的"论"和"赞"之外就没有什么评论了。所以我说："史书的优长在于事实、文辞。"

假使后人不知道历史就去看经书，那经书所表彰的就看不出它有什么善事，所贬斥的就看不出它有什么恶行。所以我说："经书如果没有史书的襄助，就无法验证它的褒贬。"假使后人不精通经书就去专攻历史，那事物的称号就不知道根据的是什么，惩戒和劝勉就不知道来源于什么。所以我说："史书如果没有经书的襄助，就无法斟酌它的轻重。"

经书有的是依据虚假赴告而书写的，有的是由于隐瞒忌讳而不写的。像这样的情况是很多的，都只能是适宜于教化罢了。所以我说："经书不是一代历史的实录。"史书的一篇本纪、一篇世家、一篇列传，其中的美恶得失固然不是能够一一数清楚的，那么在它文末几百字"论"、"赞"中，又怎能对每一件事都进行褒贬，像《春秋》一样让天下人一举一动都有可遵循的准则呢？所以我说："史书不是万古不变的常法。"

圆规、方尺、水平仪、墨线是用来制造器物的，器物要靠着它们来确定。然而，没有器物圆规就无法发挥它量度圆的作用，方尺就无法使用它的量度方的作用，水平仪就无法施展它的量度平的作用，墨线就无法安排它的量度直的作用。史书需要依据经书来校正，然而没有史书经书就会晦涩难懂。所以我说："尽管它们的体制不相沿袭，但在用途上确实是可以相互凭借的。"

唉！一把圆规、一把方尺、一个水平仪、一条墨线，就足以制造各种各样的器物。后人希望达到司马迁、班固的水准，只要做到实录就可以了，千万不要像王通、陆长源等人那样扬扬自得、冗长而不知高低地模拟圣人的经书，那就很好了。

谏论上

古今论谏,常与讽而少直,其说盖出于仲尼。①吾以为讽、直一也,顾用之之术何如耳。伍举进隐语,楚王淫益甚;②茅焦解衣危论,秦帝立悟。③讽固不可尽与,直亦未易少之。吾故曰:顾用之之术何如耳。

然则仲尼之说非乎?曰:仲尼之说,纯乎经者也;吾之说,参乎权而归乎经者也。④如得其术,则人君有少不为桀、纣者,⑤吾百谏而百听矣,况虚己者乎?⑥不得其术,则人君有少不若尧、舜者,吾百谏而百不听矣,况逆忠者乎?⑦

然则奚术而可?曰:机智勇辩如古游说之士而已。夫游说之士,⑧以机智勇辩济其诈,吾欲谏者以机智勇辩济其忠。请备论其效。⑨周衰,游说炽于列国,自是世有其人。吾独怪夫谏而从者百一,说而从者十九,⑩谏而死者皆是,说而死者未尝闻。然而抵触忌讳,说或甚于谏。由是知不必乎讽,而必乎术也。⑪

说之术可为谏法者五:理谕之,势禁之,利诱之,激怒之,隐讽之之谓也。

触龙以赵后爱女贤于爱子,未旋踵而长安君出质;⑫甘罗以杜邮之死诘张唐,而相燕之行有日;⑬赵卒以两贤王之意语燕,而立归武臣:⑭此理而谕之也。

子贡以内忧教田常,而齐不得伐鲁;⑮武公以麋鹿胁顷襄,而楚不敢图周;⑯鲁连以烹醢惧垣衍,而魏不果帝秦:⑰此势而禁之也。

田生以万户侯启张卿,而刘泽封;⑱朱建以富贵饵闳孺,而辟阳赦;⑲邹阳以爱幸悦长君,而梁王释:⑳此利而诱之也。

苏秦以牛后羞韩,而惠王按剑太息;㉑范雎以无王耻秦,而昭王长跪请教;㉒郦生以助秦凌汉,而沛公辍洗听计:㉓此激而怒之也。

苏代以土偶笑田文,㉔楚人以弓缴感襄王,㉕蒯通以娶妇悟齐相:㉖此隐而讽之也。

五者,相倾险诐之论;㉗虽然,施之忠臣,足以成功。何则?理而谕之,主虽昏必悟;势而禁之,主虽骄必惧;利而诱之,主虽怠必奋;激而怒之,主虽懦必立;㉘隐而讽之,主虽暴必容。悟则明,惧则恭,奋则勤,立则勇,容则宽,致君之道尽于此矣。吾观昔之臣言必从,理必济,莫如唐魏郑公,其初实学纵横之说,㉙此所谓得其术者欤?

噫!龙逢、比干不获称良臣,㉚无苏秦、张仪之术也;㉛苏秦、张仪不免为游说,无龙逢、比干之心也。是以龙逢、比干,吾取其心,不取其术;苏秦、张仪,吾取其术,不取其心:以为谏法。

[题解]

《谏论》分上下篇,讨论如何让君主纳谏和如何让臣下进谏这一对矛盾的问题。上篇的中心在一"术"字。苏洵认为,要让君主纳谏,关键在于如何运用劝谏之"术"。下篇的中心在一"势"字。苏洵认为,要让臣下进谏,关键在于如何以"势"驱策他们。无论讲"术"、讲"势",都不是正统的儒家思想,而是战国以来韩非子、纵横家的思想,所以后人论苏洵的思想总是说他夹杂着战国纵横之风。这也是苏氏父子三人共同的思想学术背景，是三苏迥异于当时新儒学的地方。由此，我们往往能够发现苏洵会有一些异常之见解。这恐怕也是三苏在当时受一些人激赏而受一些人排斥的重要原因吧。

  本文为上篇。对于如何进谏，苏洵认为不在于讽谏或直谏，而在于运用的方法——"术"。苏洵围绕着"术"字做文章：起篇即点出"用之术"，紧接着将用"术"的效果赞叹一番；接下来点明此"术"就是"战国游说术"，又将游说赞叹一番。这样就让读者对于用"术"之说信服不已。然后方才转入正题，具体讲"术"之种类。先是总提五术：理、势、利、激、隐；然后每类各举三个历史典故，将五术写得淋漓尽致；再写五术之效果，以魏征作为例证；最后将龙逄、比干和苏秦、张仪作比，各取所长、各弃其短，心术合一，达到进谏必达、臣良君明的良好效果。全文或正写"术"字，或陪写"术"字，八面玲珑，无法不具。其立主意处，在"吾取其术"；其无破绽处，在"吾取其心"。照应前文提出的"参乎权而归乎经"的观点，既不同于传统看法，又不背离儒家规范。就行文而言，有意取法《战国策》的说客文风，结构缜密，说理周详；句为对偶，段用排比；气势磅礴，雄辩滔滔。特别是论述"五术"这一部分，连续使用十五个历史典实，铺张扬厉，纵横恣肆，具有无可置辩的雄强力量。

  [注释]

  ①常与讽而少直，其说盖出于仲尼：与，赞许。少，轻视。与讽而少直，赞许讽谏而轻视直谏。说见《孔子家语·辩政》："孔子曰：忠臣之谏君有五义焉：一曰谲（jué）谏（说话委婉隐约），二曰戆（zhuàng）谏（语无文饰，愚而刚直），三曰降谏（卑降其体，所以谏也），四曰直谏，五曰讽谏。唯度主而行之，吾从其讽谏乎（风诵依违远罪避害者也）？""五谏说"亦见刘向《说苑》卷九《正谏》，所谓五谏是"一曰正谏，二曰降谏，三曰忠谏，四曰戆谏，五曰讽谏"，也是出自孔子之口。《诗大序》也说："上以风化下，下以风刺上，主文而谲谏，言之者无罪，闻之者足以戒。"②伍举进隐语，楚王淫益甚：《史记》卷四〇《楚世家》：楚庄王即位三年（前611），荒淫无度，伍举以隐语劝谏说："有鸟在于阜，三年不蜚（飞）不鸣，是何鸟也？"庄王曰："三年不蜚，蜚将冲天；三年不鸣，鸣将惊人。举退矣，吾知之矣。"居

数月,淫益甚。隐语,也称廋词,也就是俗说的谜语。伍举,春秋时期楚国大夫,伍子胥的祖父。据《史记》的记载,楚庄王后来还是戒掉了逸乐,大有作为,成为春秋五霸之一。③茅焦解衣危论,秦帝立悟:据刘向《说苑》卷九《正谏》载:秦始皇母亲与人私通,生下两个孩子。秦始皇知道后,将他的母亲迁到萯阳宫禁锢起来,不准大家就此事进谏。大臣茅焦进危言,说秦始皇嫉妒、不慈爱、不讲孝道、狂暴,如此必致秦国人心涣散、土崩瓦解。说完解开衣服,伏在刑具上准备受死。秦始皇赶紧赦免了他,迎接母亲回咸阳居住。④参方权而归乎经:权和经是相对立的一组概念,权是权宜、权变,经是恒常不变的道。这句话的意思是,参用权宜之法而最终回到常理。⑤少不为桀、纣:少,通"稍",稍微。意思说一个稍微不如桀纣那样残暴的君王。⑥虚己者:虚心接受意见的君王。⑦逆忠者:拒绝忠言、拒绝纳谏的君王。⑧游说之士:即说客,指战国时期像苏秦、张仪等纵横家四处活动,凭借巧辩的语言打动别人,使之听从自己的主张、意见。⑨备论其效:详细地、一一地论说它的效果。⑩谏而从者百一,说而从者十九:进谏而被听从的百中有一,游说而被听从的十有八九。⑪不必乎讽,而必乎术:不决定于进谏的方式要用讽谏,而决定于进谏的技巧。⑫触龙以赵后爱女贤于爱子,未跬踵而长安君出质:事见《战国策·赵策四》。就是有名的"触龙说赵太后"的故事。当时秦国进攻赵国,赵向齐求救,齐要求赵以太后幼子长安君为人质,然后才肯出兵。太后不许。左师触龙进谏,说赵后爱子不如爱女,不懂得为长安君长远考虑,应该让长安君到齐国去,为国立功,也好使他将来有立足之地。太后省悟,遂将长安君送到齐国为质。旋踵,掉转脚后跟,形容时间很短。⑬甘罗以杜邮之死诘张唐,而相燕之行有日:事见《战国策·秦策五》,吕不韦使张唐相燕,张唐不肯去。甘罗劝张唐道:当年丞相范雎要白起出兵攻赵,白起称病不去,结果被贬为士卒,白起行到杜邮这个地方,秦昭王就赐他自杀。现在吕不韦比范雎权势更大,而你却比不上白起。张唐听了,立马便去相燕。又见《史记》卷七一《樗里子甘茂列传》。⑭赵卒以两贤王之意语燕,而立归武臣:事见《史记》卷八九《张耳陈余列传》。在秦末战争中,赵王武臣为燕军所俘,因之以求割地。有厮养卒(砍柴烧饭的役卒)往见燕将,曰:"赵将张耳、陈余亦各欲南面称王。今囚赵王,两君必分赵自立。夫以一赵尚易燕,况以两贤王右提左挈,而责杀王之罪,灭燕易矣。"燕乃归赵王。⑮子贡以内忧教田常,而齐不得伐鲁:事见《史记》卷六七《仲尼弟子列传》。当时齐国田常欲篡位,惮高、国、鲍、晏四家大夫。田常欲通过伐鲁来削弱四家势力。孔子派子贡说田常不如伐吴,吴国强大,不易战胜,这样才能达到削弱四家的目的。田常接受了子贡的游说,停止伐鲁。⑯武公以麋鹿胁顷襄,而楚不敢图周:事见《史记》卷四〇《楚世家》。楚顷襄王欲与齐、韩联合伐秦图周,周王使武公说楚相昭子:西周之地,不过百里,然为天下共主,攻周即有弑君之名;若楚得周之祭器(礼器,权力之象征),则天下必将随而攻之。"臣请譬之。夫虎肉臊,其兵(虎的爪牙)利身,人犹攻之也。若使泽中之麋蒙虎之皮,人之攻之必万于虎矣。"于是楚停止图周之谋。⑰鲁连以烹醢惧垣衍,而魏不果帝秦:事见《战国策·赵策三》。就是著名的"鲁仲连义不帝秦"之事。秦兵围邯郸,魏王使辛垣衍劝赵尊秦昭王为帝以求罢兵。鲁仲连激怒辛垣衍说"吾将使秦王烹醢梁(魏)王",说明帝秦之害,使他不敢再言奉秦为帝之事。⑱田生以万户侯启张卿,而刘泽封:事见《汉书》卷三五《荆燕吴传》。刘泽为高祖刘邦从父弟,初封营陵侯。刘泽与田生相善,使田生先去劝说吕后宠幸的内臣张卿暗示大臣请封吕后子侄为王。然后让张卿劝吕太后封刘泽为王,以平息大家对封诸吕为王的怨愤。⑲朱建以富贵饵闳孺,而辟阳赦:事见《汉书》卷四三《郦陆朱刘叔孙传》。辟阳侯审食其(yì jī)是吕太后的幸臣。他结交当时的义士朱建。后来惠帝欲诛辟阳侯,朱建乃求见惠帝的幸臣闳孺,让他劝惠帝赦免审食其,如此则"太后大欢,两主俱幸君,君富贵益倍矣"。闳孺从其说,惠帝果然赦免辟阳侯。⑳邹阳以爱幸悦长君,而梁王释:事见《汉书》卷五一《贾邹枚路传》。汉景帝的弟弟梁孝王派人刺杀大臣爰盎,事发恐诛,于是派邹阳到京城去游说。邹阳拜见景帝宠妃王美人的哥哥长君,对他说:因为梁孝王行刺的事,皇帝准备追究,如果孝王得罪,太后肯定很恼怒,你们这些近族就非常危险了!不如让王美人劝说皇帝不要深究。这样太后自然会感恩,你们的地位就会更加稳固。长君如计而行,后来皇帝果然没有再追究梁孝王这件事。㉑苏秦以牛后羞韩,而惠王按剑太息:事见《史记》卷六九《苏秦列传》。苏秦以合纵之策说六国,他说韩宣惠王:"臣闻鄙谚曰:'宁为鸡口,无为牛后(鸡口虽小,犹进食;牛后虽大,乃出粪也)。'

今西面交臂而臣事秦,何异于牛后乎?夫以大王之贤,挟强韩之兵,而有牛后之名,臣窃为大王羞之。"于是韩王勃然作色,攘臂瞋目,按剑仰天太息曰:"寡人虽不肖,必不能事秦。"㉒范雎以无王耻秦,而昭王长跪请教:事见《史记》卷七九《范雎蔡泽列传》。魏人范雎入见秦王,时宣太后擅权,宠任其弟穰侯、华阳君。范雎激怒秦昭王,故意对宦者说:"秦安得王?秦独有太后、穰侯耳。"昭王闻言,长跪(直身而跪,两膝着地,身子挺直,以示庄敬)请教,拜范雎为客卿。㉓郦生以助秦凌汉,而沛公辍洗听计:事见《史记》卷九七《郦生陆贾列传》。郦食其(yì jī)拜见刘邦,刘邦正坐在床边使两女子洗足,郦生说:"足下欲助秦攻诸侯乎?且欲率诸侯破秦也?""必聚徒合义兵诛无道秦,不宜倨见长者。"于是刘邦中止洗脚,提起衣服,请郦生上坐。㉔苏代以土偶笑田文:苏代,苏秦之弟。田文,即孟尝君。事见《史记》卷七五《孟尝君列传》。孟尝君欲入秦,宾客谏阻不果。苏代对孟尝君说:"今旦代从外来,见木偶人与土偶人相与语。木偶人曰:'天雨,子将败矣。'土偶人曰:'我生于土,败则归土。今天雨,流子而行,未知所止息也。'今秦,虎狼之国也,而君欲往,如有不得还,君得无为土偶人所笑乎?"孟尝君乃止。亦见《战国策·齐策三》。㉕楚人以弓缴感襄王:事见《史记》卷四〇《楚世家》。楚人有好以弱弓微缴(zhuó,系在箭上的丝绳)加归雁之上者,顷襄王闻,召而问之。楚人说:"王何不以圣人为弓,以勇士为缴,时张而射之?此六双者可得而囊载也。"于是顷襄王遣使于诸侯,约纵以伐秦。一说为楚人庄辛说楚襄王,见《战国策·楚策三》。㉖蒯(kuǎi)通以娶妇悟齐相:蒯通,楚汉之际的谋士。曹参做齐国丞相时,请他推荐人才。蒯通说:"妇人有夫死三日而嫁者,有幽居守寡不出门者。足下即欲求妇,何取?"曰:"取不嫁者。"通曰:"然则求臣亦犹是也。彼东郭先生、梁石君,齐之俊士也。隐居不嫁,未尝卑节下意以求仕也。愿足下使人礼之。"于是曹参将二人接来,以上宾礼待之。事见《汉书》卷四五《蒯伍江息夫传》。㉗相倾:互相倾侧、诋毁。险诐(bì):阴险邪僻。《孟子·公孙丑上》:"诐辞知其所蔽。"㉘虽懦必立:立,振作,振起。《孟子·万章下》:"故闻伯夷之风者,顽夫廉,懦夫有立志。"(顽贪之夫更思廉洁,懦弱之人更思有立义之志也。)㉙唐魏郑公,其初实学纵横之说:魏郑公即魏征。《旧唐书》卷七一《魏征传》:

谏论上　115

"魏征,字玄成,钜鹿曲城人也。征少孤贫,落拓有大志,不事生业,出家为道士,好读书,多所渐涉,见天下渐乱,尤属意纵横之说。"意思说魏征之所以后来成为历史上著名的谏臣,和他当年学习战国纵横家学说有密切关系。魏征《出关》(《全唐诗》卷一八)诗云:"中原还逐鹿,投笔事戎轩。纵横计不就,慷慨志犹存。"亦可见此点。㉚龙逄(páng)、比干不获称良臣:龙逄,即关龙逄,夏桀时候的大臣。据《帝王世纪》,诸侯叛桀,关龙逄引《皇图》谏,桀怒,焚《皇图》,杀龙逄。比干,殷纣王叔父。《史记》卷三《殷本纪》:殷纣王淫乱不止,比干强谏,纣王怒,曰:"吾闻圣人心有七窍。"遂剖比干,观其心。《旧唐书》卷七一《魏征传》:"良臣,稷、契、咎陶是也。忠臣,龙逄、比干是也。良臣使身获美名,君受显号,子孙传世,福禄无疆。忠臣身受诛夷,君陷大恶,家国并丧,空有其名。以此而言,相去远矣。"㉛苏秦、张仪:战国时期纵横家的著名人物。苏秦主张合纵,联合东方六国抗击秦国,曾佩六国相印。张仪主张连横,破坏六国的合纵,入秦为相,帮助秦国统一天下。

[译文]

古往今来谈论进谏,往往赞许委婉的讽谏而贬低直谏,这种说法大概出于孔子。我认为讽谏、直谏是一样的,但看运用它们的方法怎样罢了。伍举进献隐语来委婉地讽谏,结果楚庄王淫荡得更厉害;茅焦危言耸听然后脱衣就刑,秦始皇反倒立即省悟。委婉的讽谏当然不能一律赞许,直谏也不能轻易贬低,所以我说,但看运用它们的方法怎样罢了。

那么孔子的说法错了吗?回答说:孔子的说法,纯粹是不变的常道;我的说法,是参酌权变而归于常道的。如果得到我的这种方法,那君主只要稍微不如桀纣那样残暴,我百次进谏就会百次听从了,何况虚心听取规劝的君主呢?如果得不到我的这种方法,那君主只要稍微不如尧舜那样贤明,我百次进谏就会百次不听了,何况是那些拒绝忠言的君主呢?

那么怎样的方法才可以?回答说:机灵、聪明、勇敢、善辩像古代那些游说之士罢了。那些游说之士,用机灵、聪明、勇敢、善辩来达到他的奸诈的目的,我要进谏的人用机灵、聪明、勇敢、善辩来助成他尽忠的目的。请让我详细全面地论述它的效果。周朝衰落,游说的事情在列国中如火如荼地展开,从此世世代代都有这样的人。我只是奇怪进谏而听从的百中有一,游说而听从的十有八九;进谏而死的比比皆是,游说而死的闻所未闻。然而触犯忌讳,游说的或者比进谏的更厉害,由此可知不一定要用讽谏,而是一定要讲方法。

游说的技巧可以作为进谏方法的有五种:用说理来使他明白,用威势来禁止他,用利益来引诱他,设法激怒他,用隐约的话来讽刺他。

触龙认为赵太后爱女儿胜过爱儿子长安君,不旋踵之间长安君就去齐国做人质;甘罗用白起在杜邮被秦王赐剑自杀的事来反问张唐,张唐立马就定下到燕国去做国相的日期;赵国的小卒子把陈余、张耳要平分赵国各自为王的野心告诉燕国,燕国将领立即把赵王武臣放回去:这是用道理来晓谕他们的。

子贡用齐国国内有忧患来教导田常,齐国就不再准备进攻鲁国;东周武公用人家追逐蒙着虎皮的麋鹿来威胁楚顷襄王,楚国就不敢算计东周;鲁仲连用天子可以烹杀诸侯王来吓唬辛垣衍,使魏不敢奉秦为帝:这是用威势来禁止他们。

田生启发张卿劝说吕后用万户侯来封刘泽,刘泽得以封王;朱建用富贵来引诱闳孺,使辟阳侯审食其得到赦免;邹阳用得到宠幸来说得长君高兴,梁孝王得到赦免:这是用利益来引诱他们。

苏秦用强大的韩国要被当做牛后来使韩王羞耻,韩宣惠王按剑长叹,誓不事秦;范雎用秦国没有国王来使秦王恼羞成怒,秦昭王长跪向他请教;郦生说刘邦是在帮助秦朝来欺凌诸侯以激怒他,沛公刘邦停止洗脚来听他的计谋:这是用讽刺的办法激怒他们。

苏代用土偶和木偶的故事来嘲笑孟尝君田文，楚人用搭弓射箭的道理来打动楚襄王，蒯通用娶妇要娶贞女的事来使齐相曹参觉悟：这是用隐语来讽喻他们。

这五种方法，都是互相倾轧或者险怪偏颇的议论；虽然如此，但是忠臣用它们来进谏，可以保证能成功。为什么呢？用道理来晓谕他，君主虽然昏庸一定能觉悟；用威势来禁止他，君主虽然傲慢一定会恐惧；用利益来引诱他，君主虽然怠惰一定会奋起；用刺激来使他发怒，君主虽然懦弱一定会振作；用隐语来讽刺他，君主虽然暴虐一定会容纳。觉悟了就会明白，恐惧了就会恭敬，奋起了就会勤奋，振作了就会勇敢，容纳了就会宽恕，辅佐君主的方法全都在这里了。我看从前的臣子，说的话君王一定听从，讲的道理君王一定接受的，没有比得过唐朝魏征的，这是因为他以前确实是学习过纵横家的学说的，这就是所谓的得到了进谏的方法吧？

唉！龙逢、比干，没有获得良臣的称号，就是没有苏秦、张仪的方法；苏秦、张仪，不免是游说之士，就是没有龙逢、比干的忠心。因此对龙逢、比干，我取他们的忠心，不取他们的进谏方法；对苏秦、张仪，我取他们的方法，不取他们的私心：以此作为进谏的方法。

谏论下

夫臣能谏,不能使君必纳谏,非真能谏之臣;君能纳谏,不能使臣必谏,非真能纳谏之君。欲君必纳乎,向之论备矣;①欲臣必谏乎,吾其言之。

夫君之大,天也;其尊,神也;其威,雷霆也。人之不能抗天、触神、忤雷霆,亦明矣。圣人知其然,故立赏以劝之,《传》曰"兴王赏谏臣"是也。②犹惧其选耎阿谀,③使一日不得闻其过,故制刑以威之,《书》曰"臣下不正,其刑墨"是也。④人之情非病风丧心,⑤未有避赏而就刑者,何苦而不谏哉!赏与刑不设,则人之情又何苦而抗天、触神、忤雷霆哉!自非性忠义、不悦赏、不畏罪,谁欲以言博死者?人君又安能尽得性忠义者而任之?

今有三人焉:一人勇,一人勇怯半,一人怯。有与之临乎渊谷者,且告之曰:能跳而越,此谓之勇,不然为怯。彼勇者耻怯,必跳而越焉,其勇怯半者与怯者则不能也。又告之曰:跳而越者予千金,不然则否。彼勇怯半者奔利,必跳而越焉,其怯者犹未能也。须臾,顾见猛虎暴然向逼,则怯者不待告,跳而越之如康庄矣。⑥然则人岂有勇怯哉?要在以势驱之耳。君之难犯,犹渊谷之难越也。所谓性忠义、不悦赏、不畏罪者,勇者也,故无不谏焉。悦赏者,勇怯半者也,故赏而后谏焉。畏罪者,怯者也,故刑而后谏焉。先王知勇者不可常得,故以赏为千金,以刑为猛虎,使其前有所趋,后有所避,其势不得不极言规失,⑦此三代所以兴也。末世不然,迁其赏于不谏,迁其刑于谏,宜乎臣之噤口卷舌,⑧而乱亡随之也。间或贤君欲闻其过,亦不过赏之而已。呜呼!不有猛虎,彼怯者肯越渊谷乎?此无他,墨刑之废耳。三代之后,如霍光诛昌邑不谏之臣者,⑨不亦鲜哉!

今之谏赏,时或有之,不谏之刑,缺然无矣。苟增其所有,有其所无,则谀者直,佞者忠,况忠直者乎!诚如是,欲闻谠言而不获,⑩吾不信也。

[题解]

本文为《谏论》下篇,上篇论使君主纳谏之术,本篇论使臣下进谏之势。全文围绕一"势"字来写,根本的观点在于君主要通过刑法强使臣下进谏。但在具体论述时,则分为三方来说:性忠义者,赏而后谏者,刑而后谏者。三者表面上是平行来说的,但实际上,前两者只是后者的陪衬而已。在论述三者之时,又分正面论述和通过比喻论述两个层面。正如孙琮《山晓阁选宋大家苏老泉全集》评说的:"通篇只是以刑劝谏,一句便了,看他陪出一个悦赏人来,又陪出一个性忠义人来,以下层层分作三柱,便令文字不寂寞。"可见苏洵文笔之活泼,凭空幻化,有凌空而起之势。

[注释]

①向之论备矣:指《谏论》上篇的论述已经很完备了。②《传》曰"兴王赏谏臣":语出《国语·晋语》:"故兴王赏谏臣,逸王罚之。"兴王,指励精图治的君主。逸王,指安逸享乐不图进取的君主。③选耎(ruǎn)阿谀:选,通"巽"(xùn)。耎,即"软"。选耎意思是仁弱、怯懦。阿谀,诌媚奉承。④《书》曰"臣下不正,其刑墨":出自《尚书·伊训篇》。意思是臣子不匡正君主的失误,则对其使用墨刑。墨刑是五刑之一,刺字于犯人额上,染以墨。⑤病风丧心:即"失心疯"、丧心病狂,心理不正常。⑥康庄:四通八

达的大路。《尔雅·释宫》："五达谓之康，六达谓之庄。"⑦极言规失：竭尽全力去规劝君主过失。⑧噤口卷舌：闭口卷舌，不敢言语。⑨霍光诛昌邑不谏之臣：霍光（？—前68），汉平阳（今山西临汾南）人，字子孟，以大司马大将军受遗诏辅汉昭帝。昭帝死，立昌邑王刘贺，以贺淫乱废之。然后诛杀不劝谏昌邑王的臣子。《汉书》卷六八《霍光金日磾传》："昌邑群臣坐亡辅导之谊，陷王于恶，光悉诛杀二百余人。"⑩说言：直言。

[译文]

　　臣子能够对君主进行劝谏，但如果不能使君主必定听进劝谏，那就不是真正能对君主进行劝谏的臣子；君主能听进劝谏，但如果不能使臣下必定能对君主进行劝谏，那就不是真正能听进劝谏的君主。想让君主必定能听进劝谏，前面的论述已经很完备了。想让臣下必定能对君主进行劝谏，我现在来谈一谈。

　　君主的伟大，就像天；君主的尊贵，就像神；君主的威严，就像雷霆。人不能对抗天、不能触犯神、不能忤逆雷霆，这也是显然的。圣人知道这个缘故，所以设立赏格来激励臣下对君主进行规劝，这就是经传里所说的"励精图治的君主奖赏进谏的臣子"。但仍然担心他们怯懦驯顺、阿谀奉承，使自己有一天听不到自己的过失，所以又制定了刑罚来威慑他们。这就是《尚书》里所说的"臣下如不能匡正君主的过失，那就要处以墨刑"。从人们的常情上讲，只要不是丧心病狂，那就没有愿意逃避奖赏而甘受刑罚的，何苦不对君主进行劝谏呢？然而，如果不设立奖赏和制定刑罚，那从人们的常情上讲，又何苦去对抗天、触犯神、忤逆雷霆呢？如果自身不是生性忠义、不喜欢奖赏、不畏惧惩罚，那又有谁愿意用言语换取一死呢？君主又怎能全部得到生性忠义的人而任用他们呢？

　　现如今有三个人在这里：一个人勇敢，一个人勇敢、胆怯各占一半，一个人胆怯。有一个人和他们一起走到深渊边上，并且告诉他们说：能跳过这道深渊的就叫勇敢，不然就是胆怯。那个勇敢的人耻于背上胆怯的名声，必然会跳起越过深渊；而勇敢、胆怯各占一半的人和胆怯的人却不能跳越过去。那人又告诉他们说：跳越过去的人给他千两黄金，不然就不给。那个勇敢和胆怯各占一半的人为利益所驱使，必然会跳起越过深渊；但那个胆怯的人仍然不会跳越过去。一会儿，他回头看到一只猛虎突然向他逼过来，这时胆怯的人不等别人再说什么，一跃而过，就像走在康庄大道上一样。由此可见，人难道真的有勇敢和胆怯的区别吗？关键在于因势利导去驱策他们罢了。君主的难以冒犯，就像深渊的难以跳越一样。所谓生性忠义、不喜欢奖赏、不畏惧惩罚的人就是那个勇敢的人，所以他们在任何时候都能对君主进行规劝。喜欢奖赏的人就是那个勇敢、胆怯各占一半的人，所以要有了奖赏以后他们才会对君主进行劝谏。畏惧刑罚的人就是那个胆怯的人，所以要有了刑罚后他们才会对君主进行劝谏。先王知道勇敢的人不能经常得到，所以把奖赏作为使人越过深渊的千两黄金，把刑罚作为使人越过深渊的猛虎，使臣子前面有奔头、后面有怕头，势必不得不尽心竭力匡正君主之失。这就是夏商周三代所以兴盛的原因。衰落的时代则不这样，把奖赏改用在不匡正君主过失的人身上，把刑罚改用在对君主进行规劝的人身上，怪不得臣下都闭口卷舌不肯多说话，而混乱和灭亡也就随之来到。偶尔有少数贤明的君主想听到自己的过失，但也只不过是用奖赏来促成劝谏罢了。唉！不是有猛虎，那些胆怯的人哪里肯跳越深渊呢？这没有别的原因，就是墨刑被废除了！夏商周三代以后，像霍光诛杀昌邑王身边那些不对他进行规劝的臣子的那种事情，不也太少见了吗？

现今，进谏受赏，有时也有；不谏受刑，却完全没有了。假如加大已有的奖赏，再加上现在没有的刑罚，那么，阿谀奉承的人也就会变得正直,花言巧语的人也就会变得忠诚,更何况本来就忠诚正直的人呢!真能像这样,那君主想要听到直言却听不到,我才不相信呢!

明 论

天下有大知，有小知。①人之智虑有所及，有所不及。圣人以其大知而兼其小知之功，②贤人以其所及而济其所不及；愚者不知大知，而以其所不及丧其所及。故圣人之治天下也以常，而贤人之治天下也以时。既不能常，又不能时，悲夫殆哉！夫惟大知，而后可以常；以其所及济其所不及，而后可以时。常也者，无治而不治者也；时也者，无乱而不治者也。

日月经乎中天，大可以被四海，而小或不能入一室之下，彼固无用此区区小明也。故天下视日月之光，俨然其若君父之威。③故自有天地而有日月，以至于今，而未尝可以一日无焉。天下尝有言曰：叛父母，亵神明，则雷霆下击之。雷霆固不能为天下尽击此等辈也，而天下之所以兢兢然不敢犯者，④有时而不测也。⑤使雷霆日轰轰焉绕天下以求夫叛父母、亵神明之人而击之，则其人未必能尽，而雷霆之威无乃亵乎！⑥故夫知日月雷霆之分者，⑦可以用其明矣。

圣人之明，吾不得而知也。吾独爱夫贤者之用其心约而成功博也，吾独怪夫愚者之用其心劳而功不成也。是无他也，专于其所及而及之，则其及必精；兼于其所不及而及之，则其及必粗。及之而精，人将曰是惟无及，及则精矣。不然，吾恐奸雄之窃笑也。

齐威王即位,大乱三载,威王一奋而诸侯震惧二十年。⑧是何修何营邪?⑨夫齐国之贤者,非独一即墨大夫,明矣;乱齐国者,非独一阿大夫与左右誉阿而毁即墨者几人,亦明矣。一即墨大夫易知也,一阿大夫易知也,左右誉阿而毁即墨者几人易知也,从其易知而精之,故用心甚约而成功博也。

天下之事,譬如有物十焉,吾举其一,而人不知吾之不知其九也。历数之至于九,而不知其一,不如举一之不可测也,而况乎不至于九也。⑩

[题解]

本文是苏洵的一篇杂论文,作年不详。明就是明智,一个人的聪明才智。苏洵认为人的智慧有大知、大明,也有小知、小明,像孔子说的上智、中人和下愚一样。《论语·阳货》:"子曰:'唯上知与下愚不移。'"又《论语·述而》:"子曰:'我非生而知之者,好古,敏以求之者也。'"文章主旨在于说明一个贤者如何运用他的智慧,才可以达到"用其心约而成功博"。而大知和愚人是作为陪衬出现的。大知之人是无所不知、无所不能,所以可以垂衣而治,可以无治而无不治。而下愚之人永远只会用其所短而丧其所长。对于一个中人而言,对于一个贤者而言,他如何运用他的智慧的光明,关键在于用其所长而济其所短,专一而精深。苏洵即用了圣人和下愚之人作为贤人的参照和陪衬,又用了日月和雷霆这两个比喻来说明贤人的明和之运用。光明如日月,亦有所不及,但不及并不可怕。雷霆虽然不能将天下的恶人全部除去,但其却有不测之威,让天下人震惧。这是两个暗喻。后文又用了两个类比来说明这一道理。齐威王之所以能一奋而使诸侯惧,就在于专一而精,把能做的做好。而举一知十的故事旨在说明要保持高深莫测这样一个道理。这两个类比可以说是明喻。苏洵的观点就"专一而精,以所能济其不能"这一点而言,应该说是接触到了认识论的一些原理。但就其高深莫测这一角度而言,其本质在于要求一个统治者保持其神秘感,这实际上是古代帝王的一种统治术。"术"这个观念在苏洵的思想体系里面相当重要,讲权术、讲权变,可以说是苏洵从《战国策》、《孙子兵法》里面吸取的主要的东西。本文探讨君主治理国家该如何运用智力术数。所以《三苏文范》引吴兴弼的评论说："主意谓常人之明本是有限，所以用其明者，常示之以不测。虽未免挟数用术之说，然理亦如此。"清人蔡上翔说苏洵多"偏见独识"，像这些地方，可以说都是苏洵看破古今统治秘术，泄露天机的地方。当然客观上也告诉我们，帝王将相不过挟术而治，常人而已，并没有多么神秘。这恐怕也是中国自古就有的所谓"圣人神道设教"的传统吧。从写作技巧而言，本文善用比喻，笔势蹁跹，姿态无穷。

[注释]

①有大知（zhì），有小知：知，即"智"。大知、小知出于《庄子·逍遥游》："小知不及大知。"《齐物论》："大知闲闲（广博），小知间间（精微）。"《外物》："去小知而大知明，去善而自善矣。"②圣人以其大知而兼其小知之功：圣哲的人能够凭借他的大智兼及小智的功用，即用大知达到小知的目的。也就是说大知可以兼有小知，而小知不可兼有大知。③日月之光，俨然其若君父之威：古人将天道与人伦相联系，认为人间的统治者皇帝受上天之命来治理这个世界，代表着天的意志。日月为上天普照人类万物的明镜，也是天意的表现，因此对待日月应跟对待君王一样，慑服于它的威仪。君父，偏义复词，主要指君。④兢兢然：畏惧的样子。⑤有时而不测也：有时会受到难以预料的惩罚。不测，不可揣测，预料不到。⑥雷霆之威无乃亵：经常使用雷霆之威，则人习见而不畏，这种威力就会被亵渎。⑦分：职分，分内的事。⑧威王一奋而诸侯震惧二十年：威王，齐威王，前356年至前320年在位，在位共37年，齐威王烹阿大夫事在其即位九年（前348），而后齐国大治，二十多年诸侯不敢侵犯齐国。《史记》卷四六《田敬仲完世家》："威王初即位以来不治，委政卿大夫。九年之间，诸侯并伐，国人不治。于是威王召即墨大夫而语之曰：'自子之居即墨也，毁言日至。然吾使人视即墨，田野辟，民人给，官无留事，东方以宁。是子不事吾左右以求誉也。'封之万家。召阿大夫，语曰：'自子之守阿，誉言日闻。然使使视阿，田野不辟，民贫苦。昔日赵攻甄，子弗能救；魏取薛陵，子弗知。是子以币厚吾左右以求誉也。'是日烹阿大夫，及左右尝誉者皆并烹之。遂起兵西击赵、卫，败魏于浊泽，而围惠王。惠王请献观以和解，赵人归我长城。于是齐国震惧，人人不敢饰非，务尽其诚，齐国

大治。诸侯闻之,莫敢致兵于齐二十余年。"⑨何修何营:如何造化、如何经营。即何德何能。⑩况乎不至于九:何况举不到九件,意思是说十件事物你知道九件,只有一件不知道,人们就会说你有所不知。何况你未必能知道十之九,那人们就更要说你无知。所以不如只举一件,把一件做好,让人不测深浅,不敢小觑。

[译文]

天下有大智慧,有小智慧;人的智慧,有能达到的地方,有达不到的地方。圣人用他的大智慧来容纳那小智慧的功效;贤人用他能达到的来补救他所达不到的;愚人不知道大智慧,结果却用他的所短失掉了他的所长。所以圣人用不变的常道治理天下,贤人根据时代的变化来治理天下。愚人既不能用常道,又不能顺应变化,可悲啊!危险啊!只有拥有大智慧,然后可以用常道;只有用他知道的补救他不知道的,然后可以与时俱变。用常道的,没有哪种情况不可以治理;与时俱变的,没有什么乱不可以治理。

日月在天空中运行,它们的光,大可以普照四海,小或许不能进入一间房子的内部,它原本就不需要兼顾这小小的微光啊。所以天下人看到日月的光明,庄重得像看到了君王的威严。所以自从有了天地就有了日月,直到现在,未尝可以一天没有日月的。社会上曾经有这样的话:背叛父母,亵渎神明,雷霆就会下来劈死他。雷霆确实不能替天下人完全除尽这类人。但天下人之所以战战兢兢不敢触犯它,正是因为不知什么时候就会招来不测之祸。假使雷霆天天轰轰隆隆地来回绕着天下来寻找那些背叛父母、亵渎神明的人来打击他,不一定能把这些人打击净尽,而那雷霆的威严,不是也就被亵渎了吗?所以那些知道日月、雷霆的道理的人,可以运用他的智慧了。

圣人的睿智,我无从知道。我只是爱慕贤人的用心简约而成功博大,我只是奇怪愚人的用心劳苦却不成功。这没有其他的原因,专心用力于他能做到的并且完成它,那他达到的一定很精深;分散力量来做本来就做不到的而勉强达到它,那他达到的一定粗浅。做到而且做得精美,人们将会说:"这只是没有去做罢了,一旦去做一定可以做得很精美。"否则,我恐怕那些奸雄也会暗自得意、偷偷嘲笑的。

齐威王登上王位,大乱三年,威王一旦奋起,令其他诸侯国震动害怕二十年,这是如何治理如何经营的啊?齐国的贤人,不只一个即墨大夫,这是很显然的;扰乱齐国的,不只一个阿大夫以及大王左右赞美阿大夫而诋毁即墨大夫的几个人,这也是很显然的。一个即墨大夫容易看清楚,一个阿大夫也容易看清楚,大王左右赞美阿大夫而诋毁即墨大夫的几个人也容易看清楚。从容易知道的入手而把事情做得精细,所以用心很简约,成功却极博大。

天下的事,比方有十件东西,我举出其中的一件,人家并不知道我不知道其他的那九件。我从一数到九,仅仅不知道那剩下的一件,还不如只举出一件而使人不测深浅,况且未必能一直列举到第九件呢。

辨奸论

事有必至，理有固然，①惟天下之静者乃能见微而知著。②月晕而风，③础润而雨，④人人知之。人事之推移，理势之相因，其疏阔而难知，⑤变化而不可测者，孰与天地阴阳之事？⑥而贤者有不知，其故何也？好恶乱其中而利害夺其外也。

昔者山巨源见王衍，⑦曰："误天下苍生者，必此人也。"郭汾阳见卢杞，⑧曰："此人得志，吾子孙无遗类矣！"自今而言之，其理固有可见者。然以吾观之，王衍之为人，容貌言语固有以欺世而盗名者，然不忮不求，⑨与物浮沉，使晋无惠帝，⑩仅得中主，虽衍百千，何从而乱天下乎？卢杞之奸，固足以败国，然而不学无文，容貌不足以动人，言语不足以眩世，非德宗之鄙暗，⑪亦何从而用之？由是言之，二公之料二子，亦容有未必然也。

今有人口诵孔、老之言，⑫身履夷、齐之行，⑬收召好名之士、不得志之人，相与造作言语，私立名字，⑭以为颜渊、孟轲复出，⑮而阴贼险狠与人异趣，是王衍、卢杞合而为一人也，其祸岂可胜言哉？夫面垢不忘洗，衣垢不忘浣，此人之至情也。今也不然，衣臣虏之衣，⑯食犬彘之食，⑰囚首丧面而谈《诗》、《书》，⑱此岂其情也哉？凡事之不近人情者，鲜不为大奸慝，⑲竖刁、易牙、开方是也。[20]以盖世之名而济其未形之患，虽有愿治之主、好贤之相，犹将举而用之，则其为天下患必然而无疑者，非特二子之比也。

孙子曰："善用兵者无赫赫之功。"[21]使斯人而不用也，则吾言为过，而斯人有不遇之叹。孰知其祸之至于此哉？不然，天下将被其祸，而吾获知言之名，悲夫！

[题解]

本文言王安石之伪饰，预言其将为天下患。据张方平《乐全集》卷三九《文安先生墓表》："嘉祐初，王安石名始盛，党友倾一时。其命相制曰：'生民以来，数人而已。'造作语言，至以为几于圣人。欧阳修亦善之，劝先生与之游，而安石愿亦交于先生。先生曰：'吾知其人矣，是不近人情者，鲜不为天下患。'安石之母死，士大夫皆吊之，先生独不往，作《辨奸论》一篇……当时见者多不为然，曰：'嘻，其甚矣！'先生既没三年，而安石用事，其言乃信。夫惟有国者之患，尝由辨之不早，子言之，知风之自，见动之微，非天下之至精，其孰能至于此！尝试评之曰：'定天下之臧否，一人而已。'"本文当写于王安石母亲去世之时，据《长编》卷二〇八，王安石丁母忧在嘉祐八年（1063）八月，这应该是本文写作的时间。文章出来后，受到时人的质疑，认为言之过甚。苏轼《谢张太保撰先人墓碣书》（宋本《东坡集》卷二九，作于元丰初）说："《辨奸》之始作也，自轼与舍弟皆有'嘻其甚矣'之谏，不论他人。独明公一见，以为与我意合。公固已论之先朝，载之史册，今虽容有不知，后世决不可没。而先人之言，非公表而出之，则人未必信。信不信何足深计，然使斯人用区区小数以欺天下，天下莫觉莫知，恐后世必有秦无人之叹。"此文颇能反映老苏的"偏见独识"，见微而知著，是一篇手段高明的好论文。全文文风犀利，议论风生，作出"凡事之不近人情者，鲜不为大奸慝"的论断，足以为历代执政者所借鉴，可谓千古明论。行文纵横驰骤，雄辩畅达，体现了苏洵之文的特点，成为久经传诵的名篇。浦起龙《古文眉诠》卷六三说："援揣比例，情词危切，而寄意尤在起结间。神情遥照，以警夫倾信而误用者。"

[注释]

①事有必至，理有固然：有必至之事，有本然之理。语出《战国策·齐策四》："谭拾子曰：'事有必至，理有固然，君知之乎？'"②见微而知著：从微小的苗头就可预见显著的趋势和实质。班固等《白虎通义·情性节》："智者，知也。独见前闻，不惑于事，见微而知著也。"③月晕而风：月亮周围出现光环预示着将要起风。④础润而雨：柱子下面的石墩湿润，意味着将要下雨。胡瑗《周易口义》卷一："同气若天欲雨而柱础润。"⑤疏阔而难知：疏远广阔，渺茫难知。⑥孰与：用于比照，表示疑问口气，犹言"比……如何"。⑦山巨源见王衍：山涛（205—283），字巨源，西晋河内怀（今河南武陟）人，竹林七贤之一，长于鉴识，据选职十余年。王衍（256—311），字夷甫，琅琊临沂（今山东临沂）人，善玄谈，累居显职，官至尚书令、司空、司徒。石勒之乱，被俘而死。下文所言之事见《晋书》卷四三《王衍传》："衍字夷甫，神情明秀，风姿详雅。总角尝造山涛，涛嗟叹良久，既去，目而送之，曰：'何物老妪，生宁馨儿！然误天下苍生者，未必非此人也。'"⑧郭汾阳见卢杞：郭汾阳，即唐汾阳郡王郭子仪（697—781），因平定安史之乱立下大功，被称为唐室中兴再造之臣，唐德宗尊其为"尚父"。卢杞（？—785），字子良，唐滑州（今河南滑县）人。德宗朝任宰相，嫉贤妒能，搜刮聚敛，致怨声载道。下文所及之事见《旧唐书》卷一三五《卢杞传》："卢杞字子良，故相怀慎之孙。杞貌陋而色如蓝，人皆鬼视之。不耻恶衣粝食，人以为能嗣怀慎之清节，亦未识其心，颇有口辨。时尚父子仪病，百官造问，皆不屏姬侍，及闻杞至，子仪悉令屏去，独隐几以待之。杞去，家人问其故，子仪曰：'杞形陋而心险，左右见之必笑。若此人得权，即吾族无类矣。'"⑨不忮（zhì）不求：不嫉妒、不贪求。《诗经·邶风·雄雉》："不忮不求，何用不臧？"⑩惠帝：司马衷（259—306），西晋武帝司马炎之子，昏庸愚暗，天下荒乱，百姓饿死，他却说："何不食肉糜？"听任贾皇后专权，酿成八王之乱。相传为东海王司马越毒死。事见《晋书》卷四《惠帝纪》。⑪德宗之鄙暗：唐德宗李适（kuò），780—805年在位，信用卢杞，酿成乱阶，姚令犯京，朱泚僭号。事见《旧唐书》卷一二、卷一三《德宗纪》。《旧唐书》卷一三五《卢杞传》："上曰：'众人论杞奸邪，朕何不知？'（李）勉曰：'卢杞奸邪，天下

人皆知,唯陛下不知,此所以为奸邪也!'"⑫口诵孔、老之言:口里说着孔子、老子的言论。⑬身履夷、齐之行:身体力行伯夷、叔齐的高行。夷、齐,指伯夷、叔齐,商末孤竹君之二子,父死后相互推让王位。商亡,二人耻食周粟,采薇而食,饿死于首阳山。是儒家推崇的义士。详见《史记》卷六一《伯夷列传》。⑭造作言语,私立名字:张方平《乐全集》卷三九《文安先生墓表》:"嘉祐初,王安石名始盛,党友倾一时。其命相制曰:'生民以来,数人而已。'造作语言,至以为几于圣人。"⑮颜渊、孟轲复出:颜回、孟子再世。颜回,字子渊,是孔子最得意的学生,与孔子合称为"孔颜"。孟子,是孔子孙子子思的学生,被称为"亚圣"。王安石《酬永叔见赠》:"他日若能窥孟子,终身何敢望韩公。"也是以孟子自期。⑯衣臣虏之衣:代指穿着怪异的服装。臣虏,臣仆俘虏,偏义复词,主要指虏。叶梦得《石林燕语》卷一〇:"王荆公性不善缘饰,经岁不洗沐,衣服虽敝,亦不浣濯。与吴冲卿同为群牧判官。时韩持国在馆中,三数人尤厚善,无日不过从。因相约每一两月,即相率洗沐定力院。家各更出新衣,为荆公番,号拆洗王介甫。公出浴,见新衣,辄服之,亦不问所从来也。"⑰食犬彘(zhì)之食:犬彘,猪狗。邵伯温《邵氏闻见录》卷二:"仁宗皇帝朝,王安石为知制诰。一日,赏花钓鱼宴,内侍各以金楪盛钓饵药置几上,安石食之尽。"⑱囚首丧面:像囚犯一样不梳理头发,像居丧一样不洗脸。形容不修边幅,形象邋遢。邵伯温《邵氏闻见录》卷九:"韩魏公自枢密副使以资政殿学士知扬州,王荆公初及第为佥判,每读书至达旦,略假寐,日已高,急上府,多不及盥漱。魏公见荆公少年,疑夜饮放逸。一日从容谓荆公曰:'君少年,无废书,不可自弃。'荆公不答,退而言曰:'韩公非知我者。'"⑲鲜:少。⑳慝(tè):奸邪之人。㉑竖刁、易牙、开方:齐桓公的三个宠臣,管仲死后,三人乱齐政。《史记》卷三七《齐太公世家》:"管仲病,桓公问曰:'群臣谁可相者?'管仲曰:'知臣莫如君。'公曰:'易牙如何?'对曰:'杀子以适君,非人情,不可。'公曰:'开方如何?'对曰:'倍亲以适君,非人情,难近。'公曰:'竖刁如何?'对曰:'自宫以适君,非人情,难亲。'管仲死而桓公不用管仲言,卒近用三子,三子专权。"㉑善用兵者无赫赫之功:语出《孙子·形篇》:"故善战者之胜也,无智名,无勇功。"曹操注:"敌兵形未成,胜之,无赫赫之功也。"杜牧注:"胜于未萌，天下不知，故无智名；曾不血刃，敌国已服，故无勇功。"意在说明要消除灾害于萌芽时期。

[译文]

　　事有必然会到来的，理有本来如此的，只有天下那些心里宁静的人才能看到细微的苗头就预见到将来的大趋势。月亮周围有光晕意味着要刮风，柱石潮湿意味着要下雨，人人都是知道的。至于人事的推演变化，道理和大势的互为因果，这中间的疏远阔大难以预料、变化莫测，怎能和天地阴阳的奥秘相比呢？然而即使贤德的人有时候也不知道，它的原因何在呢？这是因为有喜好和讨厌的心理扰乱了他的内心，有利益和灾害牵制于外呀。

　　过去山涛见到王衍，说："危害天下苍生的，一定是这个人。"汾阳郡王郭子仪见到卢杞，说："这个人如果得志，我的子孙就要一个都不留啦！"现在看来，这中间的道理固然有可以预见的。然而在我看来，王衍的为人，他的俊朗的相貌和娓娓的谈吐固然可以让他欺世盗名，但他不嫉妒、不贪婪，与世无争。假使西晋不是惠帝当皇帝，哪怕只是个中等才能的人来当，即使有千百个王衍，又哪里能使天下大乱呢？卢杞的奸邪，固然足可以使国家乱亡，但是他不学无术，相貌丑陋可怕不能吸引人，语言无味不能够迷惑天下人，如果不是唐德宗鄙陋昏庸，哪里能得到重用呢？由此来说，山涛、郭子仪对王衍、卢杞的预见，也可能不是必然的。

　　现如今有人嘴里边诵读着孔子、老子的书，身体力行伯夷、叔齐的高行，收罗一些好名而不得志的人，聚在一起制造舆论，私下标榜，认为自己是颜回、孟子再世，然而却阴险狠毒，和一般人趣向不同，这是王衍、卢杞合而为一，那造成的灾祸是言不胜言啊！脸上有尘垢不忘清洁，衣服有尘垢不忘浣洗，这是人的起码的情理。现在（这个人）却不这样，穿着像奴仆一样奇怪的衣服，吃着猪狗吃的东西，像囚犯一样不梳头，像孝子一样不洗脸，却大谈《诗经》、《尚书》，这难道是他的真心吗？凡是做事不近人情的人，少有不是大奸大恶的，竖刁、易牙、开方就是这样的例子。（因为他）用盖世的名声掩盖了那还没有显露出来的灾患，即使有励精图治的君主、爱才若渴的丞相，也会选拔任用他，那他给天下造成灾患将是必然无疑的，恐怕不是王衍、卢杞两个能比得了的。

　　孙子说："善用兵的人不求赫赫战功。"假使这个人不被大用，那我的话算说错了，那这个人会有怀才不遇的感叹。谁会知道那灾祸会剧烈到什么程度呢？如果相反，天下人将会蒙受他的灾祸，而我却获得了善于识人的美名，那就太可悲啦！

管仲论

　　管仲相桓公,霸诸侯,①攘戎狄,终其身齐国富强,诸侯不叛。管仲死,竖刁、易牙、开方用,桓公薨于乱,五公子争立,其祸蔓延,讫简公,齐无宁岁。②

　　夫功之成,非成于成之日,盖必有所由起;祸之作,不作于作之日,亦必有所由兆。则齐之治也,吾不曰管仲,而曰鲍叔;③及其乱也,吾不曰竖刁、易牙、开方,而曰管仲。何则?竖刁、易牙、开方三子,彼固乱人国者,顾其用之者,桓公也。夫有舜而后知放四凶,④有仲尼而后知去少正卯。⑤彼桓公何人也?顾其使桓公得用三子者,管仲也。

　　仲之疾也,公问之相。当是时也,吾以仲且举天下之贤者以对。而其言乃不过曰竖刁、易牙、开方三子非人情,不可近而已。呜呼!仲以为桓公果能不用三子矣乎?仲与桓公处几年矣,亦知桓公之为人矣乎?桓公声不绝乎耳,色不绝乎目,而非三子者则无以遂其欲。彼其初之所以不用者,徒以有仲焉耳。一日无仲,则三子者,可以弹冠相庆矣。⑥仲以为将死之言,可以絷桓公之手足耶?⑦夫齐国不患有三子,而患无仲。有仲则三子者,三匹夫耳。不然,天下岂少三子之徒?虽桓公幸而听仲,诛此三人,而其余者,仲能悉数而去之邪?呜呼!仲可谓不知本者矣!

因桓公之问，举天下之贤者以自代，则仲虽死，而齐国未为无仲也，夫何患？三子者，不言可也。

五霸莫盛于桓、文。⑧文公之才不过桓公，其臣又皆不及仲，灵公之虐不如孝公之宽厚。⑨文公死，诸侯不敢叛晋，⑩晋袭文公之余威，得为诸侯之盟主者百有余年。何者？其君虽不肖，而尚有老成人焉。⑪桓公之薨也，一乱涂地。无惑也，彼独恃一管仲，而仲则死矣。夫天下未尝无贤者，盖有有臣而无君者矣。桓公在焉，而曰天下不复有管仲者，吾不信也。仲之书有记其将死，论鲍叔、宾胥无之为人，⑫且各疏其短，是其心以为是数子者皆不足以托国；而又逆知其将死，则其书诞谩不足信也。⑬

吾观史䲡以不能进蘧伯玉而退弥子瑕，故有身后之谏；⑭萧何且死，举曹参以自代：⑮大臣之用心，固宜如此也。夫国以一人兴，以一人亡，贤者不悲其身之死，而忧其国之衰。故必复有贤者而后可以死。彼管仲者，何以死哉！

[题解]

《管仲论》是苏洵的一篇著名的史论，作年不详。作为一篇史论，要想吸引读者，获得欣赏，就不能陈陈相因，了无新意。相反，一篇好的史论，往往要别出心裁，善做翻案文章，在铁定无疑的地方，一反常规，出奇制胜。本文可以说就是一篇这样的名作。《史记》称管仲"九合诸侯，一匡天下"，辅佐桓公建立了卓著的功勋。孔子更是讲："微管仲，吾其披发左衽矣。"而苏洵却说齐国大治是由于鲍叔牙，齐国大乱是因为管仲。这样的议论一下子就打破了成见，吸引读者观看下文。苏洵为了圆自己的说法，从齐国之乱源于竖刁、易牙、开方三个奸邪小人说起，而任用此三人的是齐桓公，齐桓公之所以任用这三个小人，是因为管仲临终没有向桓公荐举贤才，由此得出结论：管仲"可谓不知本者"，齐国之乱，管仲何以辞其咎！这正如老吏断狱，不惜深文周纳，作诛心之论，起管仲于地下，也将无言以对。这是议论上的生新独辟之处。而在行文上，也颇具匠心。文章主旨在于说明管仲不能荐贤，但入题却远远说起，逐节转换，逐层衬贴，处处拿治、乱，生、死，成、败来两两对证，又拿齐桓公和晋文公生前身后事来做对证,又拿史鳅、萧何荐贤来做对证,逐段翻驳,千呼万唤始出来,方才点到正题。收处以"彼管仲者,何以死哉"结尾,具有使人寻味不尽的余意。所以,刘大櫆评本文说:"袅娜百折,情态不穷。"作为一篇史论,乃是表现后人对历史的想当然的看法,虽然历史不可假设,但是历史的经验教训却可以借鉴。本文所论,实际上也是源于苏洵对北宋社会现实的感受,因而也具有一定的现实意义。

[注释]

①管仲相桓公,霸诸侯:《史记》卷六二《管晏列传》:"管仲既用,任政于齐。齐桓公以霸,九合诸侯,一匡天下,管仲之谋也。"②管仲死,竖刁、易牙、开方用:竖刁、易牙、开方,桓公的三个宠臣,竖刁自宫、易牙杀子、开方叛国以讨好桓公。管仲死后,三人使齐国大乱,桓公死于乱。详参《辨奸论》注⑳。桓公薨于乱……齐无宁岁:《史记》卷三七《齐太公世家》:"桓公病,五公子各树党争立。及桓公卒,遂相攻,以故宫中空,莫敢棺。桓公尸在床上六十七日,尸虫出于户。"宋襄公助孝公(桓公太子昭)立。孝公卒,公子潘杀孝公子而自立,是为昭公。昭公卒,公子商人杀昭公子而自立,是为懿公。其后直至齐简公,内忧外患不绝。③鲍叔:即鲍叔牙,齐国大夫,以善于知人著称。少年时和管仲友善。管仲说:"吾始困时,尝与鲍叔贾,分财利,多自与,鲍叔不以我为贪,知我贫也。吾尝为鲍叔谋事而更穷困,鲍叔不以我为愚,知时有利不利也。吾尝三仕三见逐于君,鲍叔不以我为不肖,知我不遭时也。吾尝三战三走,鲍叔不以我为怯,知我有老母也。"(《史记》卷六二《管晏列传》)所以后世也称莫逆之交为"管鲍之交"。在公子小白(即齐桓公)与公子纠争夺君位的斗争中,他辅佐小白,管仲辅佐公子纠。后小白即位为桓公,任命他为宰相,他辞谢而举荐管仲以自代。桓公重用管仲,日渐富强,终于称霸诸侯。④夫有舜而后知放四凶:见《史论上》注②。⑤有仲尼而后知去少正卯:孔子字仲尼。"孔子去少正卯"事见《史记》卷四七《孔子世家》:"定公十四年(前496),孔子年五十六,由大司寇行摄相事……于是诛鲁大夫乱政者少正卯。"⑥弹冠相庆:形容因即将掌权而互相庆贺。弹冠,拂除帽子上的灰尘,做好出仕的准备。⑦絷(zhí):羁绊。⑧五霸莫盛于桓、文:五霸,指春秋时期的五个霸主:齐桓公、宋襄公、晋文公、秦

穆公、楚庄公。五霸中最强盛的当数齐桓、晋文。⑨灵公：晋灵公，晋文公之孙，暴虐无常，后被将军赵穿射杀。孝公：齐孝公，齐桓公子，桓公卒后，奔宋，被宋襄公送回齐国即位，在位十年。⑩文公死，诸侯不敢叛晋：据《史记》载，晋文公死（前628）后，后继君主代有胜绩。晋襄公曾败秦师。晋灵公时赵盾为将，败秦师。晋成公与楚庄王争强，败楚师。晋悼公率诸侯大败秦师。直到晋平公时三家（魏、赵、韩）分晋（前531），晋国才败落衰亡，中间历时将近百年。⑪尚有老成人：老成人，指阅历丰富、练达世事之老臣。语出《诗经·大雅·荡》："虽无老成人，尚有典刑。"⑫仲之书有记其将死，论鲍叔、宾胥无之为人：仲之书，指管仲所著的《管子》。宾胥无，春秋时齐国大夫。事见《管子》卷十：管仲病，桓公问国家何人可托，管仲说："鲍叔之为人好直而不能以国诎（屈），宾胥无之为人也好善而不能以国诎。"向桓公推荐隰（xí）朋，但是预言隰朋将死："臣闻之消息盈虚，与百姓诎信，然后以国宁勿已者，朋其可乎？朋之为人也，动必量力，举必量技。""天之生朋以为夷吾舌也，其身死，舌焉得生哉？"⑬逆知其将死：预知隰朋将要死去。诞谩：荒唐欺瞒。⑭史鳅以不能进蘧（qú）伯玉而退弥子瑕，故有身后之谏：史鳅，也作史鲇，字子鱼，也叫史鱼，春秋时卫国大夫。蘧伯玉：名瑗，字伯玉，春秋卫国贤士大夫。孔子曾经称赞过这两个人，《论语·卫灵公》："子曰：'直哉，史鱼！邦有道如矢，邦无道如矢。君子哉！蘧伯玉！邦有道则仕，邦无道则可卷而怀之。'"身后之谏，就是所谓的尸谏。史鳅尸谏事见《韩诗外传》卷七："昔者，卫大夫史鱼病且死，谓其子曰：'我数言蘧伯玉之贤而不能进，弥子瑕不肖而不能退。为人臣，生不能进贤而退不肖，死不当治丧正堂，殡我于室，足矣。'卫君问其故，子以父言闻。君造然召蘧伯玉而贵之，而退弥子瑕。从殡于正堂，成礼而后去。生以身谏，死以尸谏，可谓直矣。"亦见《孔子家语》卷五。⑮萧何且死，举曹参以自代：萧何（？—前193），辅佐刘邦起义，功第一，后为汉朝丞相。曹参（？—前190），秦末从刘邦起义，屡立战功。汉朝建立，封平阳侯。后继萧何为丞相。《史记》卷五三《萧相国世家》："何素不与曹参相能，及何病，孝惠自临视相国病，因问曰：'君即百岁后，谁可代君者？'对曰：'知臣莫如主。'孝惠曰：'曹参何如？'何顿首曰：'帝得之矣，臣死不恨矣。'"曹参做丞相后，"举事无所变更，一遵萧何约束"，这就是有名的"萧规曹随"。

[译文]

　　管仲辅助齐桓公，称霸诸侯，抵御蛮族的侵扰。终其一生，齐国国富兵强，各诸侯国不敢背叛。管仲死后，竖刁、易牙、开方受到重用，齐桓公在祸乱中死去，桓公的五位公子争当君主，那灾祸蔓延，直到齐简公，齐国没有安宁的岁月。

　　一项功业的成就，并非是成功在成功的那一天，大概一定有个起因；一件灾祸的发作，并非是发作在发作的那一天，也必然会有个预兆。所以齐国治理得好，我不说是由于管仲，却说是来自于鲍叔牙；待到齐国大乱，我不说是由于竖刁、易牙、开方，却说是因为管仲。为什么呢？竖刁、易牙、开方三个人，他们确实是使齐国大乱的人，但重用他们的是齐桓公。因为有了大舜，然后知道把四个凶人流放；因为有了孔子，然后知道把少正卯除去。那齐桓公是什么人呢？但使得齐桓公能任用那三个人的，正是管仲。

　　管仲病重的时候，桓公问他身后谁可以做丞相。当这个时候，我认为管仲将会推举天下的贤才来回答桓公。可是他的话只不过说"竖刁、易牙、开方三个人，不近人情，不可亲近"罢了。唉！管仲认为桓公果真能够不用这三个人吗？管仲与桓公相处多年，也该知道桓公的为人了吧？桓公耳不能绝于靡靡之音，眼不能绝于靡曼之色，如果不是这三个人，就没人能够去顺遂他的欲望。他开始时之所以不用这三个人，只是因为有管仲在罢了。一旦没有了管仲，那三个人就可以弹着帽子互相庆祝要高升了。管仲认为临终遗言，可以束缚住桓公的手脚吗？齐国不怕有这三个小人，却怕没有管仲。有了管仲，那三个小人就不过是三个普通的家伙罢了。如果不是这样，天下难道会缺少竖刁、易牙、开方之流吗？即使桓公侥幸听从管仲的话，杀了这三个小人，但其他的小人，管仲能够把他们全部除掉吗？唉！管仲可以说是不懂得什么是根本呀！借着桓公的

管仲论　139

询问，荐举天下的贤才来代替自己，那么管仲即使死了，齐国也不会没有另一个管仲，那还害怕什么呢？这三个人，不说也罢。

　　春秋五霸中最兴盛的就是齐桓公和晋文公。晋文公的才能比不过齐桓公，他的大臣又都比不上管仲，晋文公的孙子晋灵公暴虐无道，不像齐桓公的儿子齐孝公那么宽厚。晋文公死后，各诸侯国不敢背叛晋国。晋国承袭晋文公的余威，得以作为各诸侯国的盟主长达一百多年。这是为什么呢？晋国的君主虽然不好，但还有很多持重的老臣在。齐桓公死后，国家一败涂地。没什么奇怪的，（因为）他独独靠一个管仲，但管仲已死了。天下未尝没有贤才，大概贤才常有而明君难遇罢了。桓公在，却说天下不会再有管仲那样的，我是不信的。管仲的书里记载他临死时评价鲍叔牙、宾胥无的为人，并且分说各人的缺点，是他的心里认为这几个人都不足以托付国事；却又预知唯一可以继承他的大臣隰朋也将要死去。由此可见他的书荒诞不经，不值得相信。

　　我看到史鳅因为生前不能荐举蘧伯玉而斥退弥子瑕，所以有死后的尸谏；萧何将死，举荐曹参来代替自己：大臣的用心，本来就应该这样呀。国家因为一个人而振兴，因为一个人而衰亡。贤者不悲痛他自身的死亡，却担忧他的国家的衰落。所以一定要再有贤者继任然后才可以安心去死。那管仲，凭什么就这样死去了呢！

审 势

治天下者定所上,^①所上一定,至于万千年而不变,使民之耳目纯于一,^②而子孙有所守,易以为治。故三代圣人,其后世远者至七八百年。^③夫岂惟其民之不忘其功,以至于是,盖其子孙得其祖宗之法而为据依,^④可以永久。夏之上忠,商之上质,周之上文,^⑤视天下之所宜上而固执之,^⑥以此而始,以此而终,不朝文而暮质,以自溃乱。故圣人者出,必先定一代之所上。周之世,盖有周公为之制礼,^⑦而天下遂上文。后世有贾谊者说汉文帝,^⑧亦欲先定制度,而其说不果用。今者天下幸方治安,子孙万世帝王之计,不可不预定于此时。然万世帝王之计,常先定所上,使其子孙可以安坐而守其旧。至于政弊,然后变其小节,而其大体卒不可革易。故享世长远,而民不苟简。^⑨

今也考之于朝野之间,以观国家之所上者,而愚犹有惑也。何则?天下之势有强弱,圣人审其势而应之以权。^⑩势强矣,强甚而不已则折;势弱矣,弱甚而不已则屈。圣人权之,而使其甚不至于折与屈者,威与惠也。夫强甚者,威竭而不振;弱甚者,惠亵而下不以为德。^⑪故处弱者利用威,而处强者利用惠。^⑫乘强之威以行惠,则惠尊;乘弱之惠以养威,则威发而天下震慄。故威与惠者,所以裁节天下强弱之势也。然而不知强弱之势者,有杀人之威而下不惧，有生人之惠而下不喜。何者？威竭而惠亵故也。故有天下者，必先审知天下之势，而后可与言用威惠。不先审知其势，而徒曰我能用威，我能用惠者，末也。⑬故有强而益之以威，弱而益之以惠，以至于折与屈者，是可悼也。譬之一人之身，将欲乳药饵石以养其生，⑭必先审观其性之为阴、其性之为阳，⑮而投之以药石。药石之阳而投之阴，药石之阴而投之阳，故阴不至于涸，而阳不至于亢。⑯苟不能先审观己之为阴与己之为阳，而以阴攻阴，以阳攻阳，则阴者固死于阴，而阳者固死于阳，不可救也。是以善养身者，先审其阴阳；而善制天下者，先审其强弱以为之谋。

昔者周有天下，诸侯太盛。⑰当其盛时，大者已有地五百里，而畿内反不过千里，其势为弱。⑱秦有天下，散为郡县，聚为京师，守令无大权柄，伸缩进退无不在我，其势为强。⑲然方其成、康在上，⑳诸侯无小大莫不臣伏，弱之势未见于外。及其后世失德，而诸侯禽奔兽遁，各固其国以相侵攘，而其上之人卒不悟，区区守姑息之道，而望其能以制服强国，是谓以弱政济弱势，故周之天下卒毙于弱。㉑秦自孝公，其势固已骎骎焉日趋于强大，㉒及其子孙已并天下，而亦不悟，专任法制以斩挞平民，㉓是谓以强政济强势，故秦之天下卒毙于强。周拘于惠而不知权，秦勇于威而不知本，二者皆不审天下之势也。

吾宋制治，有县令，有郡守，有转运使，以大系小，丝牵绳联，总合于上。㉔虽其地在万里外，方数千里，拥兵百万，而天子一呼于殿陛间，三尺竖子驰传捧诏，㉕召而归之京师，则解印趋走，惟恐不及。如此之势，秦之所恃以强之势也。势强矣，然天下之病，常病于弱。噫！有可强之势如秦而反陷于弱者，何也？习于惠而怯于威也，㉖惠太甚而威不胜也。夫其所以习于惠而惠太甚者，赏数而加于无功也；[27]怯于威而威不胜者，刑弛而兵不振也。[28]由赏与刑与兵之不得其道，是以有弱之实著于外焉。何谓弱之实？曰官吏旷惰，职废不举，而败官之罚不加严也；[29]多赎数赦，不问有罪，而典刑之禁不能行也；[30]冗兵骄狂，负力幸赏，而维持姑息之恩不敢节也；[31]将帅覆军，匹马不返，而败军之责不加重也；羌胡强盛，陵压中国，而邀金缯、增币帛之耻不为怒也。[32]若此类者，大弱之实也。久而不治，则又将有大于此，而遂浸微浸消，释然而溃，[33]以至于不可救止者乘之矣。然愚以为弱在于政，不在于势，是谓以弱政败强势。今夫一舆薪之火，众人之所惮而不敢犯者也，举而投之河，则何热之能为？是以负强秦之势，而溺于弱周之弊，而天下不知其强焉者以此也。

虽然，政之弱，非若势弱之难治也。借如弱周之势，必变易其诸侯，而后强可能也。天下之诸侯固未易变易，此又非一日之故也。若夫弱政，则用威而已矣，可以朝改而夕定也。夫齐，古之强国也；而威王，又齐之贤王也。当其即位，委政不治，诸侯并侵，而人不知其国之为强国也。一旦发怒，裂万家，封即墨大夫，召烹阿大夫与常誉阿大夫者，而发兵击赵、魏、卫，赵、魏、卫尽走请和，而齐国人人震惧，不敢饰非者，彼诚知其政之弱，而能用其威以济其弱也。[34]况今以天子之尊，借郡县之势，言脱于口而四方响应，其所以用威之资固已完具。且有天下者患不为，焉有欲为而不可者？今诚能一留意于用威，一赏罚，一号令，一举动，无不一切出于威，严用刑法而不赦有罪，力行果断而不牵于众人之是非，用不测之刑，用不测之赏，而使天下之人视之如风雨雷电，遽然而至，截然而下，不知其所从发而不可逃遁。[35]朝廷如此，然后平民益务检慎，[36]而奸民猾吏亦常恐恐然惧刑法之及其身而敛其手足，不敢辄犯法。此之谓强政。政强矣，为之数年，而天下之势可以复强。愚故曰：乘弱之惠以养威，则威发而天下震慄。然则以当今之势，求所谓万世为帝王而其大体卒不可革易者，其上威而已矣。

或曰：当今之势，事诚无便于上威者。然孰知夫万世之间其政之不变，而必曰威邪？愚应之曰：威者，君之所恃以为君也。一日而无威，是无君也。久而政弊，变其小节，而参之以惠，使不至若秦之甚，可也。举而弃之，过矣。或者又曰：王者"任德不任刑"。㊲任刑，霸者之事，非所宜言。此又非所谓知理者也。夫汤、武皆王也，㊳桓、文皆霸也。㊴武王乘纣之暴，出民于炮烙斩刖之地，苟又遂多杀人、多刑人以为治，则民之心去矣，故其治一出于礼义。㊵彼汤则不然，桀之德固无以异纣，然其刑不若纣暴之甚也，而天下之民化其风，淫惰不事法度，《书》曰："有众率怠弗协。"㊶而又诸侯昆吾氏首为乱，㊷于是诛锄其强梗、怠惰、不法之人，以定纷乱。故《记》曰：商人"先罚而后赏"。㊸至于桓、文之事，则又非皆任刑也。桓公用管仲，仲之书好言刑，㊹故桓公之治常任刑。文公长者，其佐狐、赵、先、魏皆不说以刑法，㊺其治亦未尝以刑为本，而号亦为霸。而谓汤非王而文非霸也得乎？故用刑不必霸，而用德不必王，各观其势之何所宜用而已。然则今之势，何为不可用刑？用刑何为不曰王道？彼不先审天下之势，而欲应天下之务，难矣！

[题解]

《审势》与下篇《审敌》在苏洵《嘉祐集》中合称《几策》。《审敌》中说"方今匈奴之君有内难，新立"，指辽国新君即位事。据《长编》卷一八〇：至和二年（1055）八月"己丑，契丹主宗真卒……子洪基立"。又雷简夫向韩琦推荐苏洵的书信中说："《审势》、《审敌》、《审备》三篇，皇皇有忧天下心……会今春将二子入都谋就秋试，幸其东去，简夫因约其暇日，令自袖所业求见节下。"（邵博《邵氏闻见后录》卷一五）苏洵携二子入京在嘉祐元年

(1056)春天，因此，《几策》的写作时间应在至和二年的八月以后，嘉祐元年之前。苏洵写有二十二篇策论，包括《几策》两篇、《权书》十篇、《衡论》十篇，是一个有着完整体系的施政纲领。"几"、"权"、"衡"这三个概念，比较鲜明地体现了苏洵的政治策略。所谓的"几"，如《周易·系辞下》所说的："子曰：知几，其神乎。几者，动之微，吉凶之先见者也。君子见几而作，不俟终日。"（孔子说：能够预知几微的事理应该算是达到深妙的境界了吧？几微的事理，是事物变动的微小征兆，吉凶的结局先有所隐约的显现。君子发现几微的事理就迅速行事，不等候一天终竟。）因而苏洵的《几策》，就是关于国家大政方针的预见，是最关键、最重要的部分。《权书》则是属于政策中可以变通的部分，苏洵说："《权书》，兵书也，而所以用仁济义之术也。""故仁义不得已，而后吾《权书》用焉。然则'权'者，为仁义之穷而作也。"从这里我们也可以体会到"权变"的观念是贯穿苏洵思想的一根重要线索。《衡论》则是关于日常施政的一些重要策略。衡是常、是经，而权则是变、是时。苏洵的这一组策论作品在当时受到很高的评价，欧阳修《荐布衣苏洵状》中说："其所撰《权书》、《衡论》、《几策》二十篇，辞辩闳伟，博于古而宜于今，实有用之言，非特能文之士也。"

《几策》共两篇，其中《审势》讲国内局势，《审敌》则讲对外政策，提出应对国内外局势的方针策略。本文《审势》着重讲国内的局势和应该采取的策略。文章虽然很长，但其主意只在本朝应该"尚威"二字，应该使用"不测之赏，不测之刑"，改变赏滥刑弛兵不振的弱势局面。文章在进入正题之前进行了充分的铺垫，开门见山提出论点："治天下者定所上。"然后指出"所上"应该审势，根据不同的情况采取或用"威"或用"惠"的施政方针。国势有强弱，施政有威惠，应该对症下药，不然就会像周朝的以弱势行弱政，或像秦朝的以强势行强政，结果造成亡天下的后果。然后转入本题，分析本朝的形势。苏洵认为，宋朝是强势弱政，为了改变这种局面，必须尚威，用"威"来改变弱政，真正做到强势和强政。然后根据历史事实来证明用"威"未必就不是王道，王道也未必就不用"威"，以证实自己的观点。文章引古论今，鞭辟入里，取譬设喻，酣畅明晰，雄辩地说明了自己的观点，是一篇优秀的策论文。

[注释]

①上：通"尚"，尊尚，崇尚。这里指国家的基本国策，也就是下文所讲的祖宗家法。②使民之耳目纯于一：使人民的思想见闻统一。③后世远者至七八百年：指夏商周三代，其中夏代十七君十四世，四百七十一年；商代三十一世，五百余年；周凡三十七王，近八百年。④祖宗之法：开国君主所定下的基本国策，这是宋代经常讨论的一个重要问题。⑤夏之上忠，商之上质，周之上文：《史记》卷八《高祖本纪》："太史公曰：夏之政忠，忠之敝，小人以野。（忠，质厚也。野，少礼节也。）故殷人承之以敬，敬之敝，小人以鬼。（多威仪，如事鬼神。）故周人承之以文，文之敝，小人以僿。（文，尊卑之差也。僿，苟习文法，无悃诚也。）故救僿莫若以忠。三王之道若循环，终而复始。周秦之间可谓文敝矣，秦政不改，反酷刑法，岂不缪乎？故汉兴，承敝易变，使人不倦，得天统矣。"⑥固执：坚定地持有，坚定不移地推行。⑦周公为之制礼：《礼记·明堂位》："武王崩，成王幼弱，周公践天子之位以治天下。六年，朝诸侯于明堂，制礼作乐，颁度量，而天下大服。"⑧贾谊者说汉文帝：《史记》卷八四《屈原贾生列传》："贾生以为，汉兴至孝文二十余年，天下和洽，而固当改正朔，易服色，法制度，定官名，兴礼乐。乃悉草具其事仪法，色尚黄，数用五，为官名，悉更秦之法。孝文帝初即位，谦让未遑也。诸律令所更定，及列侯悉就国，其说皆自贾生发之……于是天子后亦疏之，不用其议。"⑨苟简：苟且简率粗略。⑩权：权变。⑪惠袭而下不以为德：袭，袭渎。意思是说频繁地赐予恩惠则百姓不再感恩。⑫利用：利于使用。⑬末：末枝，本末倒置，下策。⑭乳药饵石：乳、饵，动词，服食。石，指用来针砭的石针。药、石，代指药物。⑮阴、阳：中国古代医学把人体的构成分为阴、阳两种属性，致病的缘由在于阴阳失调，所以治病就是调节人体的阴阳，根据人体阴阳的情况，使用阴性或阳性的药物。《黄帝内经·素问》："从阴阳则生，逆之则死。从之则治，逆之则乱。"⑯阴不至于涸，而阳不至于亢：阴气不至于干涸，阳气不至于亢奋。⑰周有天下，诸侯太盛：《史记》卷四《周本纪》："武王追思先圣王，乃襃封神农之后于焦，黄帝之后于祝，帝尧之后于蓟，帝舜之后于陈，大禹之后于杞。于是封功臣谋士，而师尚父为首封。封尚父于营丘，曰齐；封弟周公旦于曲阜，曰鲁；封召公奭于燕，封弟叔鲜于管，弟叔度

于蔡,余各以次受封。"⑱当其盛时,大者已有地五百里:《周礼·秋官·大行人》:"邦畿方千里。其外方五百里谓之侯服,岁壹见其贡祀物。"⑲"秦有天下"六句:《史记》卷六《秦始皇本纪》:"始皇曰:'天下共苦战斗不休,以有侯王。赖宗庙,天下初定,又复立国,是树兵也。而求其宁息,岂不难哉?廷尉议是。'分天下以为三十六郡。郡置守、尉、监。更名民曰黔首。大酺。收天下兵,聚之咸阳,销以为钟镰。"⑳成、康:周成王(周武王子)、周康王。成康在位时期,天下安宁,不用刑法四十余年,是古代著名的太平盛世。㉑"后世失德"以下:周康王去世后,接续的几任君主,政治开始衰微。当周厉王统治时期,厉王暴虐,诸侯不朝。周幽王时,犬戎入侵,杀死幽王。诸侯拥戴幽王子东迁洛阳,建立东周。这个时候,周室衰微,诸侯强盛。㉒秦自孝公,其势固已骎骎焉日趋于强大:骎骎,渐渐。秦孝公任用商鞅变法,开阡陌,奖耕战,国势渐强,屡次战胜韩国、魏国。㉓斩挞:杀戮鞭挞。㉔"吾宋制治"七句:宋代地方行政制度分路、州(府、军)、县三级。路一级没有统一的行政机构,而由转运使司(漕司)、安抚使司(帅司)、提点刑狱司(宪司)三司分掌,其行政长官分别是转运使、安抚使、提点刑狱;州一级有知州(府、军);县一级有知县。没有藩镇割据以及诸侯封国一类的弊病。㉕驰传(zhuàn)捧诏:传,传舍,驿站。驱驰驿站的车马传递皇帝的诏书。㉖习于惠而怯于威:习惯于施舍恩惠而不敢施加威严。㉗赏数而加于无功:奖赏频繁而且赏赐给那些没有功劳的人。㉘刑弛而兵不振:刑罚弛堕而兵威不振(军队没有战斗力)。㉙败官之罚不加严:对官吏腐败的惩罚没有更加严格。㉚典刑之禁不能行:令行禁止、刑罚的实施不能贯彻执行。《宋史》卷二一一《刑法志》:"恩宥之制,凡大赦及天下,释杂犯死罪以下,甚则常赦所不原罪皆除之。"㉛负力幸赏:凭借力气希望获得额外非分的赏赐。维持姑息之恩不敢节:不敢节俭省去用来维持姑息将帅士卒的恩典。㉜邀金缯、增币帛:辽国、西夏要挟请求增加金钱布匹。景德元年(1004)澶渊之盟,宋每年给辽银十万两、绢二十万匹。庆历二年(1042)每年增加银十万两、绢十万匹。庆历四年宋夏议和,岁赐西夏银、绢、茶等二十余万。㉝浸微浸消,释然而溃:逐渐侵蚀削弱,悄然崩溃。㉞"威王"以下:齐威王,前356年至前320年在位,在位共37年。齐威王烹阿大夫事在其即位九年(前348),而后齐国大治，二十多年诸侯不敢侵犯齐国。事见《史记》卷四六《田敬仲完世家》。参《明论》注⑧。㉟"一留意于用威"以下：一赏罚，一号令，一举动；指统一赏罚、号令、举动。使用令人无法猜测的刑赏，就像雷霆的高深莫测，震惊天下。这一思想参见《易论》的相关论述。㊱检慎：约束自己，行动谨慎。㊲任德不任刑：《汉书》卷五六《董仲舒传》："天道之大者在阴阳。阳为德，阴为刑，刑主杀而德主生。是故阳常居大夏而以生育养长为事，阴常居大冬而积于空虚不用之处，以此见天之任德不任刑也。"㊳汤、武皆王：商汤王、周武王皆是三代有名的圣王。㊴桓、文皆霸：齐桓公、晋文公是春秋时期著名的霸主。㊵"武王乘纣之暴"六句：商纣王淫虐暴乱，宠爱妲己，做酒池肉林，炮烙之刑，剖比干心，武王乃革殷之暴政，施行礼制。具体见《史记》卷三《殷本纪》、卷四《周本纪》。炮烙：亦称炮格，殷纣王施行的一种酷刑。刖（yuè）：古代一种酷刑，砍掉脚或脚趾。㊶有众率怠弗协：《尚书·汤誓》："有众率怠弗协，曰：'时日曷丧，予及汝皆亡！'"（众下相率为怠惰，不与上和合。比桀于日，曰："是日何时丧，我与汝俱亡！"欲杀身以丧桀。）㊷诸侯昆吾氏首为乱：《史记》卷三《殷本纪》："当是时，夏桀为虐政淫荒，而诸侯昆吾氏为乱。是汤乃兴师率诸侯，伊尹从汤，汤自把钺，以伐昆吾，遂伐桀。"昆吾氏，夏、商时一部落名，封地在今河南濮阳。夏衰，迁于旧许（今河南许昌），作乱，为商汤所灭。㊸商人"先罚而后赏"：《礼记·表记》："子曰：殷人尊神，率民以事神；先鬼而后礼，先罚而后赏。"㊹仲之书好言刑：《管子》，旧题管仲所著，其中多记管仲言行，言刑名赏罚，历代皆视为刑名之学（法家）。后人多认为是伪托或参杂他书之作。㊺文公长者：晋文公是宽厚长者，任德而不任刑。狐、赵、先、魏：指晋文公的辅佐者狐偃、赵衰、先轸、魏犨。

[译文]

治理天下的人要确定所推崇的（原则），所推崇的（原则）一旦确定下来后，直到千万年以后也不改变，使民众的视听都能够保持统一，使子孙后代有能够遵守的原则，（这样才）容易把天下治理好。因此夏商周三代的圣王，他们的后世统治最长久的竟达到了七八百年。难道仅仅是他们的民众不忘记开国者的功绩，才做到这样的吗？

这大概是因为他们的子孙得到了祖宗留下的法度，以此作为行政的根据，才得以永久。夏朝推崇忠诚，商朝推崇质朴，周朝推崇礼仪，审视天下所应该推崇的原则，而牢固地持有它，从这里开始，由这里终结，不朝三暮四，一会儿崇尚礼仪，一会儿又推崇质朴，以至于自我溃败。所以圣人出现后，必然首先确定出一代所推崇的（原则）。周朝一代，因为有周公为它制礼作乐，所以天下便把崇尚文治作为根本的原则。后世有贾谊劝说汉文帝，也想让文帝先确定基本制度，但他的主张最终没有被采用。如今，天下有幸刚刚安定，子孙千秋万代为帝王的大计，不可不预先在这个时候确定下来。然而，子孙千秋万代为帝王的大计，常常要首先确定出所推崇的（原则），使子孙后代稳坐而奉行那定下来的制度；等到政治出现弊端，然后才改变那小的枝节的地方，但根本制度却始终不可以变革，因而统治的年代能够长远，而民众也不会苟且粗率地生活。

如今，考察在朝在野之间，来察看国家所推崇的（原则），愚笨如我者感到迷惑不解。为什么呢？因为天下的形势有强有弱，圣人观察不同的形势而用不同的权变措施来应对。形势强盛了，强盛得太过分而不停止就会折断；形势衰弱了，衰弱得太过分而不转变就会弯曲。圣人权衡形势，使它过分而不至于折断也不至于弯曲的手段，就是威压和恩惠。强盛过头，威压就会用尽而一蹶不振；衰弱过头，恩惠亵渎而下面的人就会不再因此而感恩戴德。所以处在衰弱形势的利于使用威压，而处在强盛形势的利于使用恩惠。秉承强盛的威力来施行恩惠，那恩惠就会变得尊严；承袭衰弱的恩惠来涵养权威，那权威一旦产生效力，天下就会震惊。所以，权威和恩惠这两种手段是用来调节天下强弱形势的。然而，不明白强弱形势的人，有杀人的权威，但下面的人却不惧怕；有活人之命的恩惠，但下面的人却不感戴。为什么呢？这是由于权威用尽、恩惠亵渎的缘故。所以拥有天下的人，必须先要精确地了解天下的形势，然后才可以和他们讲是运用权威或恩惠。不先精确地了解天下形势，而凭空说我能运用权威、我能运用恩惠，那是本末倒置！所以出现那种处于强势而增加权威、处于弱势而施加恩惠，以至于折断和弯曲的情况，是多么令人痛惜啊！譬如人的身体，将要准备通过吃药针灸来保养生命，就必须先要确切地观察身体状态是属阴性还是属阳性，从而对症下药。阳性药物用在阴性症状上，阴性药物用在阳性症状上，那么阴气才不至于极度衰竭，阳气才不至于极度亢奋。假如不能事先确切地观察好自己是属于阴性还是属于阳性，而用阴性药物治疗阴性症状、用阳性药物治疗阳性症状，那么，属阴性的就一定会死在阴性药上，而属阳性的就一定会死在阳性药上，无法挽救了！所以，善于保养身体的人，事先要确切地观察体性的阴阳；而善于治理天下的人，事先要确切地明了形势的强弱，制定相应的谋略。

  以前，周朝拥有天下的时候，诸侯过于强盛。在诸侯最强盛的时候，大的诸侯已有土地五百里，而王都的周围面积反而不过千里，周朝的形势相对较弱。秦朝拥有天下以后，把诸侯国分散划为郡县，把权力集中到了京师，郡守县令没有多大的权力，一举一动都由天子来决定，秦朝的形势非常强大。然而，当周成王和周康王在位时，无论大小诸侯都臣服于周天子，周朝衰弱的形势还没有显现出来。等到后来天子丧失统治天下的美德，诸侯都像鸟兽一样四散而去，各自巩固自己的国家，相互侵略争夺，而在上的人最终也没有醒悟，谨小慎微地遵守姑息的策略，而指望以此来制服强国，这就叫用软弱的统治来救助衰弱的形势，所以周朝的天下最终灭亡于弱势中。秦国从秦孝公开始，它的形势就已经日渐趋于强大，等到他的子孙已兼并了天下，却也没有醒悟，专用刑法以杀戮鞭挞百姓，这就叫用强暴的统治来帮助强大的形势，所以秦朝的天下最终灭亡于强势中了。周朝拘泥于恩惠而不知道权变，秦朝敢于使用威势而不知道根本,两者都不曾确切地明了天下的形势。

　　我大宋朝制度完善,地方上有县令、有郡守、有转运使,用大的系住小的,丝牵绳联,权力总归于中央。虽然他们辖地在万里之外,方圆数千里,拥有百万军队,天子只要在朝廷中招呼一声,三尺高的小孩乘坐驿站车马、手捧诏令召他们回到京师,那他们就会立即解下官印小步快跑,唯恐不能按时赶到。这样的国家形势,是秦朝凭借它来达到强盛的国家形势。形势强盛了,然而天下的问题却经常表现出一种衰弱之势。哎呀!有像秦朝一样强盛的形势却反而陷入了弱势,这是为什么呢?这是因为习惯于颁赐恩惠而害怕使用威压,恩惠太过分而威压不能胜过它。之所以习惯于颁赐恩惠而恩惠太过分,是因为奖赏太频繁而且是赏赐给了没有功劳的人;之所以害怕施加威压而且威压不能胜过恩惠,是因为刑法松弛堕坏而且军队不能振作。由于奖赏、刑法、军队的运用不合理,所以有衰弱的事实表现到外面。什么叫衰弱的事实?就是官吏荒废懒惰,职务废弃不做,而且对败坏官事者的惩罚也没有更加严厉;允许大量赎罪、频频地赦免,不过问有罪的人,而刑法不能令行禁止;冗滥士兵骄横猖狂,仗恃武力要挟奖赏,却不敢节俭省去用来维持姑息将帅士卒的恩典;将帅致使全军覆没,匹马不返,但对其败军的责任却没有加重追究;西夏、契丹强盛,欺压中国,但对他们要求增加金缯、增加钱财的耻辱却毫不动怒。像这一类的事情,就是过分弱势的实在表现。长久不治,那又将会有比这更严重的事情,而且逐渐侵蚀削弱,悄然崩溃,最后便会导致那不能挽救的灾难的到来。然而,我认为衰弱是由于政治,不是因为形势,这就叫由于衰弱的政治败坏了强大的形势。如今有整车木柴燃起的大火,大家都会忌惮而不敢冒犯。如果连车一起把它扔到河里,那它还能热得起来吗?所以拥有强大的秦朝那样的形势却陷在衰弱的周朝的弊端中,而且天下人反而不知道自身强大的,就是因为这个缘故。

审　势　151

虽然这样，但是政治的弱势并不如形势的弱势那样难以治理。假如像周朝那样柔弱的形势，必须改变更换那些诸侯国，然后才可能强大起来。但天下的诸侯国的确不容易改变更换，这又不是一朝一夕的缘故。至于软弱的政治，那只需要运用威压就行，可以做到朝改而夕定。如齐国，是古代的强国；而齐威王，又是齐国贤明的君主。当齐威王即位时，把国事丢到一边国家没有很好地治理，诸侯都来进犯，而人们忘记了齐国本来是一个强国。忽然有一天，齐威王发怒了，割出万户人家封给即墨大夫，召见并烹煮了阿大夫和经常赞誉阿大夫的人，而且出兵攻打赵国、魏国、卫国。赵国、魏国、卫国急忙派出使节向齐国请求和解，而齐国人人震惊害怕，不敢掩过饰非。齐威王确实知道齐国政治软弱，从而能够运用自己的权威来救助自己政治上的软弱。更何况如今凭借天子的尊严、借助郡县的力量，天子话刚出口，四方就立即响应，大宋运用威压的资本已经完全具备。而且拥有天下的人只怕不作为，哪有欲有作为而做不成的呢？现在如果确实能够完全留心来运用权威，统一赏罚、统一号令、统一行动，所有的一切全部使用威压来管理，严格实施刑法，不赦免有罪的人，行动力求果断，不要受众人的是非议论的牵制，使用高深莫测的刑法、使用高深莫测的奖赏，让天下的人把这种赏罚看得像风雨雷电一样，猛然来到、断然下来，不知道它是从哪里发出的，从而无法遁逃。朝廷这样做，然后百姓行为才能越发谨慎，自我约束，从而作奸犯科的人和狡猾的官吏才能常常心怀恐惧，害怕刑法落到他们身上，收敛他们的行为，不敢轻易犯法。这就叫做强大的政治。政治强大有力，实施数年后，天下的形势就可以恢复强盛。所以我说：承袭衰弱形势的恩惠来涵养权威，那权威一旦发作，天下就会震动战栗。既然如此，那么根据当今的形势，寻求可以成就千秋万代为帝王的大业，那根本的并且是永远不用变革的体制，就只能是推崇施行权威罢了。

有人或许会说:"当今的形势,确实再没有比推崇威势更方便的办法啦。然而,谁能知道万世不变的政治策略,一定得是崇尚威权呢?"我的回答是:"威权,是君主之所以为君主的依靠。(假如)有一天失去了威权,那就是不再是君主了。时间长了政治上出现了弊端,可以进行小的调整,参用恩惠,让它不至于像秦朝那样威权太过分就行了;完全抛弃威权,那就错了。"有人或许又会说:"仁义的君王用德不用刑。使用刑法,是霸主所做的事,是不应该提倡的。"这又不是所谓知道事理的人了。商汤王、周武王都是明王,齐桓公、晋文公都是霸主。周武王承袭残暴的商纣王留下的局面,把人民从炮烙、斩首、断足的苦难境地拯救出来,假如又使用多杀人、多用酷刑折磨人的手段来进行统治,那民心就会失去了。所以他的统治完全是从礼义出发的。那商汤王就不是这样了。夏桀的凶恶固然与商纣王没有什么差异,但他的刑法不如商纣王那样残酷至极,而且天下的民众受到他的作风的感化,淫荡懒惰、不守法纪,《尚书》说:"民众大都懒惰不协和。"而又有诸侯昆吾氏首先起来作乱,于是,商汤王诛灭除掉那些强横梗阻的、倦怠懒惰的、不遵守法纪的人,以平定混乱。因此,《礼记》说:商朝人"先行惩罚,后行奖赏"。至于齐桓公、晋文公的事情,那也不是全部都用刑法的。齐桓公任用管仲,管仲的书《管子》中喜好说刑名,因此齐桓公的统治常常使用刑法。晋文公是一位仁厚长者,辅佐他的大臣狐偃、赵衰、先轸、魏犨都不对他讲刑法,所以晋文公的统治也从来没有把刑法作为根本,但他也号称霸主。说商汤王不是明王、晋文公不是霸主,行吗?所以用刑的不一定是霸主,而用德的不一定是明王,各自观察自己所处的形势如何而采用适宜自己的措施罢了。既然如此,那在当今的形势下,为什么不能用刑法?用刑法为什么不能说是王道呢?那些人不先确切地观察天下的形势而想要应对天下的事务的,难啊!

审 敌

中国内也,四夷外也。①忧在内者,本也;忧在外者,末也。夫天下无内忧,必有外惧。②本既固矣,盍释其末以息肩乎?③曰未也。古者夷狄忧在外,今者夷狄忧在内。④释其末可也,而愚不识方今夷狄之忧为末也。古者,夷狄之势,大弱则臣,小弱则遁,大盛则侵,小盛则掠。吾兵良而食足,将贤而士勇,则患不及中原,如是而曰外忧可也。今之蛮夷,姑无望其臣与遁,求其志止于侵掠而不可得也。北胡骄恣为日久矣,岁邀金缯以数十万计。⑤曩者,幸吾有西羌之变,出不逊语以撼中国,天子不忍使边民重困于锋镝,是以虏日益骄,而贿日益增,迨今凡数十百万而犹慊然未满其欲,视中国如外府。⑥然则,其势又将不止数十百万也。夫贿益多,则赋敛不得不重;赋敛重,则民不得不残。故虽名为息民,而其实爱其死而残其生也。⑦名为外忧,而其实忧在内也。外忧之不去,圣人犹且耻之;内忧而不为之计,愚不知天下之所以久安而无变也。

古者,匈奴之强,不过冒顿。⑧当暴秦刻剥,刘、项战夺之后,中国溢然矣。⑨以今度之,彼宜遂入践中原,如决大河,溃蚁壤。⑩然卒不能越其疆以有吾尺寸之地。何则?中原之强,固百倍于匈奴,虽积衰新造,⑪而犹足以制之也。五代之际,中原无君,石晋苟一时之利,以子行事匈奴,割幽、燕之地以资其强大。⑫孺子继立,大臣外叛,匈奴扫境来寇,兵不血刃而京师不守,天下被其祸。⑬匈奴自是始有轻中原之心,以为可得而取矣。及吾宋景德中大举来寇,章圣皇帝一战而却之,遂与之盟以和。⑭夫人之情胜则狃,⑮狃则败,败则惩,惩则胜。匈奴狃石晋之胜,而有景德之败;惩景德之败,而愚未知其所胜,甚可惧也。

虽然,数十年之间,能以无大变者,何也?匈奴之谋必曰:我百战而胜人,人虽屈而我亦劳。驰一介入中国,以形凌之,以势邀之,岁得金钱数十百万。⑯如此数十岁,我益数百千万,而中国损数百千万;吾日以富,中国日以贫,然后足以有为也。天生北狄,谓之犬戎。⑰投骨于地狺然而争者,⑱犬之常也。今则不然,边境之上,岂无可乘之衅?使之来寇,大足以夺一郡,小亦足以杀掠数千人,而彼不以动其心者,此其志非小也。将以蓄其锐而伺吾隙,以伸其所大欲,故不忍以小利而败其远谋。古人有言曰:"为虺弗摧,为蛇奈何?"⑲匈奴之势,日长炎炎。⑳今也柔而养之,㉑以冀其卒无大变,其亦惑矣。且今中国之所以竭生民之力,以奉其所欲,而犹恐恐焉惧一物之不称其意者,非谓中国之力不足以支其怒也。然以愚度之,当今中国虽万万无有如石晋可乘之势者,匈奴之力虽足以犯边,然今十数年间,吾可以必无犯边之忧。何也?非畏吾也,其志不止犯边也。其志不止犯边,而力又未足以成其所欲为,则其心惟恐吾之一旦绝其好,以失吾之厚赂也。然而骄傲不肯少屈者,㉒何也?其意曰邀之而后固也。㉓鸷鸟将击,必匿其形。㉔昔者冒顿欲攻汉,汉使至,辄匿其壮士健马。㉕故《兵法》曰:"词卑者进也,词强者退也。"㉖今匈奴之君臣，莫不张形势以夸我，㉗此其志不欲战明矣。阖庐之入楚也因唐、蔡，㉘勾践之入吴也因齐、晋。㉙匈奴诚欲与吾战耶？曩者陕西有元昊之叛，㉚河朔有王则之变，㉛岭南有智高之乱，㉜此亦可乘之势矣。然终以不动，则其志之不欲战又明矣。呼！彼不欲战，而我遂不与战，则彼既得其志矣。《兵法》曰："用其所欲，行其所能，废其所不能。于敌反是。"㉝今无乃与此异乎？

且匈奴之力，既未足以伸其所大欲，而夺一郡，杀掠数千人之利，彼又不以动其心，则我勿赂而已。勿赂，而彼以为辞，则对曰：尔何功于吾？岁欲吾赂，吾有战而已，赂不可得也。虽然，天下之人必曰：此愚人之计也。天下孰不知赂之为害而无赂之为利，顾势不可耳。愚以为不然。当今夷狄之势，如汉七国之势。昔者高祖急于灭项籍，故举数千里之地以王诸将，项籍死，天下定，而诸将之地因遂不可削。当是时，非刘氏而王者八国，㉞高祖惧其且为变，故大封吴、楚、齐、赵同姓之国以制之。㉟既而信、越、布、绾皆诛死，㊱而吴、楚、齐、赵之强反无以制。当是时，诸侯王虽名为臣，而其实莫不有帝制之心，胶东、胶西、济南又从而和之，于是擅爵人，赦死罪，戴黄屋，刺客公行，匕首交于京师。㊲罪至章也，势至逼也。然当时之人，犹且徜徉容与，㊳若不足虑，月不图岁，朝不计夕，循循而摩之，煦煦而吹之，㊴幸而无大变。以及于孝景之世，有谋臣曰晁错，始议削诸侯地以损其权。天下皆曰：诸侯必且反。错曰："固也。削亦反，不削亦反。削之则反疾而祸小，不削则反迟而祸大。吾惧其不及今反也。"㊵天下皆曰晁错愚。呼！七国之祸，㊶期于不免。与其发于远而祸大，不若发于近而祸小。以小祸易大祸，虽三尺童子皆知其当然。而其所以不与错者，㊷彼皆不知其势将有远祸；与知其势将有远祸，而度己不及见，谓可以寄之后人，以苟免吾身者也。然则错为一身谋则愚，而为天下谋则智。人君又安可舍天下之谋，而用一身之谋哉！今日匈奴之强不减于七国，而天下之人又用当时之议，因循维持以至于今，方且以为无事。而愚以为天下之大计不如勿赂。勿赂则变疾而祸小，赂之则变迟而祸大。畏其疾也，不若畏其大；乐其迟也，不若乐其小。天下之势，如坐弊船之中，骎骎乎将入于深渊，不及其尚浅也舍之，而求所以自生之道，而以濡足为解者，是固夫覆溺之道也。㊸圣人除患于未萌，然后能转而为福。今也不幸养之以至此，而近忧小患又惮而不决，则是远忧大患终不可去也。赤壁之战，惟周瑜、吕蒙知其胜；㊹伐吴之役，惟羊祜、张华以为是。㊺然则宏远深切之谋，固不能合庸人之意，此晁错所以为愚也。

虽然，错之谋犹有遗憾。何者？错知七国必反，而不为备反之计，山东变起，而关内骚动。㊻今者匈奴之祸，又不若七国之难制。七国反，中原半为敌国；匈奴叛，中国以全制其后。此又易为谋也。然则谋之奈何？曰：匈奴之计不过三：一曰声，二曰形，三曰实。匈奴谓中国怯久矣，以吾为终不敢与之抗，且其心常欲固前好而得厚赂以养其力。今也遽绝之，彼必曰战而胜，不如坐而得赂之为利也。华人怯，吾可以先声胁之，彼将复赂我。于是宣言于远近，我将以某日围某所，以某日攻某所。如此谓之声。命边郡休士卒、偃旗鼓，寂然若不闻其声。声既不能动，则彼之计将出于形。除道剗棘，㊼多为疑兵以临吾城，如此谓之形。深沟固垒，清野以待，寂然若不见其形。形又不能动，则技止此矣，将遂练兵秣马以出于实。实而与之战，破之易尔。彼之计必先出于声与形，而后出于实者：出于声与形，期我惧而以重赂请和也；出于实，不得已而与我战，以幸一时之胜也。夫勇者可以施之于怯，不可以施之于智。今夫叫呼跳踉以气先者，㊽世之所谓善斗者也。虽然，蓄全力以待之，则未始不胜。彼叫呼者，声也；跳踉者，形也。无以待之，则声与形者亦足以乘人于卒;[49]不然，徒自弊其力于无用之地，是以不能胜也。韩许公节度宣武军，李师古忌公严整，使来告曰："吾将假道伐滑。"公曰："尔能越吾界为盗邪？有以相待，无为虚言！"滑帅告急，公使谓曰："吾在此，公安无恐。"或告除道剪棘，兵且至矣。公曰："兵来不除道也。"师古诈穷，迁延以遁。[50]愚故曰：彼计出于声与形而不能动，则技止此矣。与之战，破之易耳。方今匈奴之君有内难，新立，意其必与。[51]邻国之难，霸王之资也。[52]且天与不取，将受其弊。[53]贾谊曰："大国之王，幼弱未壮，汉之所置傅相，方握其事。数年之后，大抵皆冠，血气方刚，汉之傅相以病而赐罢。当是之时而欲为安，虽尧舜不能。"[54]呜呼！是七国之势也。

[题解]

　　本文是《几策》的第二篇，前一篇《审势》论内政，本篇《审敌》论外交。文章着重讨论宋朝对辽的外交政策。澶渊之盟中，宋以绢二十万匹、银十万两和辽议和；庆历中，辽国又以宋夏战事为借口向宋朝索求关南故地，最终以增加二十万币帛媾和。庆历四年（1044）宋夏达成和议，宋朝每年赐予西夏绢银茶等共二十五万两。文章正是针对这样的局势提出"勿赂有战"的鲜明主张。文章一开头就提出契丹对于宋朝而言不仅仅是外患更是内忧，因为每年大量的岁币造成国内税赋的极端沉重，"虽名为息民，而其实爱其死而残其生"，"名为外忧，而其实忧在内"。然后分析契丹心理，苏洵认为契丹的野心大欲在于"灭宋"，所以贪图贿赂以养其力量而不欲战，契丹志不欲战，所以一方面虚张声势来要挟，一方面不贪小利不愿轻举妄动。据此，苏洵指出，宋朝对待契丹的政策应该是停止贿赂。苏洵认为贿赂契丹等于养虎为患，早一日停止贿赂，祸害就会减低到最小，这正如七国之乱一样。如果契丹为此而挑起战争，则宋朝也有必胜的把握。苏洵指出契丹必将采用"一声二形三实"的策略，对于虚张声势者，可以以静制动；对于实战，则宋朝亦将一战破之。最后指出，要趁契丹新君方立，国势不稳之时，抓住时机，解决历史遗留问题。所谓"邻国之难，霸王之资；天与不取，将受其弊"也。苏洵提出的策略，具有一定的现实意义，特别是指出契丹之不欲战和以声形相要挟非常切合当时的实际情况。至于宋辽一旦交战，宋朝能否一战而胜，那就不得而知了。但就行文而言，文章议论剀切，采用大量历史事实和比喻，使得论证层层深入，思路清晰，说理周详。明人杨慎称赞本文说："篇中议论精明，且断制斩切；文势联络，且婉转委曲。抑扬顿挫之妙，节节自见。"(《三苏文范》)

[注释]

①中国内也，四夷外也：古代儒家思想内中国而外夷狄，贵中国而贱夷狄。《春秋公羊传·成公十五年》："《春秋》内其国而外诸夏，内诸夏而外夷狄。"《尚书·毕命篇》："四夷左衽，罔不咸赖。"孔安国传：言东夷，西戎，南蛮，北狄。②无内忧，必有外惧：《孟子·告子下》："出则无敌国外患者，国恒亡。"《左传·成公十六年》："自非圣人，外宁必有内忧，盍释楚以为外惧乎？"意思是说，治理天下，一定要战战兢兢，如履薄冰，如果国内安定，就会有外来的忧患作为统治者的醒世警钟。③盍：何不。释：放下。末：外患。息肩：卸去负担，比喻解除忧患。④今者夷狄忧在内：指契丹岁取金帛，给宋朝人民造成沉重负担，引发国内政治的隐患，所以虽为外患，实为内忧。⑤"北胡骄恣"二句：指辽国在澶渊之盟中索要的岁贡。《长编》卷五八：景德元年（1004）十二月癸未"曹利用与韩杞至契丹寨，契丹复以关南故地为言，利用辄沮之……利用许遗绢二十万匹，银一十万两，议始定。"又："以殿直、阁门祗候曹利用为东上阁门使、忠州刺史。利用之再使契丹也，面请岁赂金帛之数，上曰：'必不得已，虽百万亦可。'利用辞去，寇準召至幄次，语之曰：'虽有敕旨，汝往，所许不得过三十万。过三十万勿来见準，準将斩汝。'利用果以三十万成约而还。入见行宫，上方进食，未即对，使内侍问所赂，利用曰：'此机事，当面奏。'上复使问之，曰：'姑言其略。'利用终不肯言，而以三指加颊。内侍入曰：'三指加颊，岂非三百万乎？'上失声曰：'太多！'既而曰：'姑了事，亦可耳。'宫帷浅迫，利用具闻其语。及对，上亟问之，利用再三称罪，曰：'臣许之银绢过多。'上曰：'几何？'曰：'三十万。'上不觉喜甚，故利用被赏特厚。"⑥"囊者，幸吾有西羌之变"以下：

西羌之变,指西夏国主元昊叛乱事。辽国乘此索要关南之地,借机要求增加岁币。外府,外库,辽人把中国当做其政府的财赋来源。事见《长编》卷一三五:庆历二年(1042)三月"己巳,契丹遣刘六符来致书曰:'弟大契丹皇帝谨致书兄大宋皇帝:窃缘瓦桥关南是石晋所割,迨至柴氏,以代郭周,兴一旦之狂谋,掠十县之故壤,人神共怨,庙社不延。至于贵国祖先,肇创基业,寻与敝境继为善邻。遂至移镇国强兵,南北王府并内外诸军,弥年有戍境之劳,继日备渝盟之事,始终反复,前后谙尝。窃审专命将臣往平河右,炎凉屡易,胜负未闻。兼李元昊于北朝久已称藩,累曾尚主,克保君臣之道,实为甥舅之亲,设罪合加诛,亦宜垂报。傥或思久好,共遣疑怀,曷若以晋阳旧附之区,关南元割之县,俱归当国,用康黎人。如此则益深兄弟之怀,长守子孙之计。"卷一三七:庆历二年九月,富弼使契丹,定和议,许增币帛二十万。⑦爱其死而残其生:哀痛人民死亡,想通过和议免却人民的死亡却残害了人民的生活。⑧冒顿(mò dú)(?—前174),姓挛鞮(luán dī),于公元前209年(秦二世元年)杀父头曼单于而自立。秦汉时经常侵扰边境。⑨溘(kè)然:指突然死亡,这里指中国经过秦末暴政和楚汉战争,国势衰微至极。⑩溃蚁壤:冲决白蚁蛀蚀的堤岸。⑪积衰新造:经过长期衰落,刚刚建立的新国家。⑫"五代之际"五句:五代,指后梁、后唐、后晋、后汉、后周五个朝代。石晋,指石敬瑭建立的后晋。割幽、燕之地,指石敬瑭臣事契丹,割幽燕十六州,借兵灭后唐一事。《资治通鉴》卷二八〇:后唐清泰三年(936)七月"石敬瑭遣间使求救于契丹,令桑维翰草表称臣于契丹主,且请以父礼事之,约事捷之日,割卢龙一道及雁门关以北诸州与之。刘知远谏曰:'称臣可矣,以父事之太过。厚以金帛赂之,自足致其兵,不必许以土田,恐异日大为中国之患,悔之无及。'敬瑭不从。"是年十一月丁酉"契丹主作册书,命敬瑭为大晋皇帝,自解衣冠授之,筑坛于柳林,是日,即皇帝位。割幽、蓟、瀛、莫、涿、檀、顺、新、妫、儒、武、云、应、寰、朔、蔚十六州以与契丹,仍许岁输帛三十万匹"。这是关系中原和北方民族国家兴衰存亡的一件大事。后周柴进和宋太宗都曾御驾亲征,希望收复失地,均未成功。⑬"孺子继立"五句:指天福七年(942)石敬瑭死,兄子石重贵即位,后晋和契丹失和,后晋平卢节度使杨光远反,招契丹入寇。两国多次交战。开运三年

(946)契丹大兵南下,十二月攻破开封,后晋亡。次年春,契丹国主耶律德光入开封。事见《资治通鉴》卷二八五、二八六。⑭"及吾宋景德中"三句:指宋真宗景德元年(1004)契丹入侵,深入宋境,直至澶州(今河南濮阳)黄河北岸,真宗御驾亲征,打败契丹,最后签订澶渊之盟。章圣皇帝,宋真宗的谥号。⑮狃(niǔ):习以为常而不重视。⑯一介:一个使节,一个传递消息的人。以势邀之:以强势相要挟。⑰天生北狄,谓之犬戎:北狄,所谓四夷之一,亦称猃狁,北方民族之一种。《左传·闵公二年》:"虢公败犬戎于渭汭。"杜预注:犬戎,西戎别在中国者。⑱狺(yín)然:犬吠的样子。⑲为虺(huǐ)弗摧,为蛇奈何:虺,小蛇。此句意思是说,不趁其小的时候摧毁掉,长大了就无法对付。这本是伍子胥劝吴王夫差趁越国战败灭掉越国的话。《国语·吴语》:"吴王夫差乃告诸大夫曰:'孤将有大志于齐,吾将许越成而无拂吾虑。若越既改,吾又何求?若其不改,反行,吾振旅焉。'申胥谏曰:'不可许也。夫越非实忠心好吴也,又非慑畏吾兵甲之强也。夫越王好信以爱民,四方归之,年谷时孰,日长炎炎,及吾犹可以战也,为虺弗摧,为蛇将若何?'"⑳日长炎炎:像夏天的太阳一样,气盛越来越盛大。可参上注。炎炎,进貌。㉑柔:指用怀柔政策来笼络。㉒少屈:稍微屈服、屈尊。㉓邀之而后固:通过请求、要挟来巩固自己的地位。㉔鸷鸟将击,必匿其形:《六韬·发启》:"鸷鸟将击,卑飞敛翼;猛兽将搏,弭耳俯伏;圣人将动,必有愚色。"又《吴越春秋》卷五《勾践归国外传》:"猛兽将击,必弥毛帖伏;鸷鸟将搏,必车飞戢翼;圣人将动,必顺辞和众。"㉕"昔者冒顿"三句:事参见《送石昌言为北使引》注⑪。㉖"词卑者进也"二句:《孙子·行军第九》:"辞卑而益备者进也,辞强而进驱者退也。"㉗张形势以夸我:虚张声势以向我夸耀。㉘阖庐之入楚也因唐、蔡:因,假借,依靠。指吴王阖庐联合唐国、蔡国攻打楚国,进入楚国国都郢之事。见《史记》卷三一《吴太伯世家》。㉙勾践之入吴也因齐、晋:指勾践借着吴王攻打齐国、晋国的机会,灭掉吴国之事。见《史记》卷六七《仲尼弟子列传》。㉚陕西有元昊之叛:宝元元年(1038)十月,西夏元昊称帝(《长编》卷一二二),叛宋;以后屡次兴兵犯宋,挑起西北宋夏战争。㉛河朔有王则之变:《长编》卷一六一:庆历七年(1047)十一月戊戌"是日,贝州宣毅卒王则据城反。僭号东平郡王"。朝廷派文彦博为河北宣抚使，六十五日后平之。㉜岭南有智高之乱：《宋史》卷一一、卷一二《仁宗本纪》：皇祐元年（1049），九月乙巳，广源州蛮侬智高寇邕州。皇祐四年（1052），广源州蛮侬智高反。到至和二年（1055）六月，侬智高母侬氏、弟智光、子继宗、继封伏诛。这次叛乱基本上被扑灭。㉝"用其所欲"四句：出自《司马法·定爵第三》："用其所欲，行其所能，废其不欲不能，于敌反是。"㉞非刘氏而王者八国：指汉初所封的八个异姓王（燕王臧荼、卢绾，楚王韩信，韩王信，赵王张敖，梁王彭越，淮南王英布，长沙王吴芮）。详见《史记》卷八《高祖本纪》："皇帝曰：义帝无后，齐王韩信习楚风俗，徙为楚王，都下邳。立建成侯彭越为梁王，都定陶。故韩王信为韩王，都阳翟。徙衡山王吴芮为长沙王，都临湘。番君之将梅鋗有功，从入武关，故德番君。淮南王布、燕王臧荼（后改封卢绾）、赵王敖，皆如故。天下大定。"㉟大封吴、楚、齐、赵同姓之国：《史记》卷一七《汉兴以来诸侯年表》："高祖子弟同姓为王者九国。"《史记集解》：徐广曰：齐、楚、荆（吴）、淮南、燕、赵、梁、代、淮阳。㊱信、越、布、绾皆诛死：楚王韩信于高祖十一年为吕后、萧何所擒，斩于长安长乐宫。梁王彭越十一年废被杀。淮南王英布十一年反，战败被杀。燕王卢绾十一年逃入匈奴，死去。㊲"当是时"以下：《史记》卷一一八《淮南衡山列传》："及孝文帝初即位，淮南王自以为最亲，骄蹇数不奉法。上以亲故，常宽赦之。三年，入朝，甚横，从上入苑囿猎，与上同车，常谓上大兄。厉王有材力，力能扛鼎，乃往请辟阳侯。辟阳侯出见之，即自袖铁椎椎辟阳侯，令从者魏敬刭之。""厉王以此归国，益骄恣，不用汉法，出入称警跸，称制，自为法令，拟于天子。""居处无度，为黄屋盖乘舆，出入拟于天子。""赦免罪人，死罪十八人，城旦舂以下五十八人。赐人爵，关内侯以下九十四人。"胶东，指胶东王雄渠。胶西，指胶西王卬。济南，指济南王辟光。㊳倘佯容与：从容不迫。㊴循循而摩之，煦煦而吹之：缓缓地按摩，暖暖地吹拂，形容不顾危险，安然享受的样子。㊵"有谋臣曰晁错"以下：晁错（？—前154），西汉政论家。晁错建议削平诸侯，引致七国之乱。后被汉景帝杀掉。现存文章九篇。《史记》卷一〇六《吴王濞列传》：晁错说汉景帝云："（吴王）即山铸钱，煮海水为盐，诱天下亡人，谋作乱。今削之亦反，不削之亦反。削之，其反亟，祸小；不削，反迟，祸大。"㊶七国之祸：指汉景帝时七个同姓诸侯国的叛乱。七国,吴王濞、楚王戊、赵王遂、胶西王卬、济南王辟光、淄川王贤、胶东王雄渠。在晁错提出削藩王的建议后,七国发动以"请诛晁错,以清君侧"为名的叛乱。景帝杀晁错以安抚,七国仍不止。后派大将窦婴、周亚夫讨平,七王皆死,废掉七国。㊷不与错:不赞成晁错。㊸骎骎(qīn qīn):迅疾的样子。濡足:湿脚。覆溺:颠覆淹溺。㊹赤壁之战,惟周瑜、吕蒙知其胜:《三国志·吴书·周瑜鲁肃吕蒙传》:曹操南侵,众人欲迎降,独周瑜、鲁肃料曹军必败,劝孙权联刘抗曹。"权曰:老贼欲废汉自立矣,徒忌二袁、吕布、刘表与孤耳。今数雄已灭,惟孤尚存,孤与老贼势不两立。君(周瑜)言当击,甚与孤合,此天以君授孤也。""权叹息曰:'此诸人持议甚失孤望,今卿(鲁肃)廓开大计,正与孤同,此天以卿赐我也。'""评曰:曹公乘汉相之资,挟天子而扫群杰。新荡荆城,仗威东夏。于时议者,莫不疑贰。周瑜、鲁肃,建独断之明,出众人之表,实奇才也。"可能因为周瑜、鲁肃、吕蒙三人合传,苏洵误记为周瑜、吕蒙。㊺伐吴之役,惟羊祜、张华以为是:《晋书》卷三六《张华传》:"初,帝潜与羊祜谋伐吴,而群臣多以为不可,唯华赞成其计。"羊祜(221—278),字叔子,泰山南城(今山东枣庄)人。西晋时历任都督荆州诸军事、征南大将军。张华(232—300),字茂先,范阳方城(今河北固安)人,位至司空,后被赵王伦杀害。西晋著名的文学家,著有《博物志》。㊻山东:秦汉时指崤山以东。代指七国叛乱之地。关内:函谷关以西,指西汉都城长安地区。㊼除道:整治道路。翦棘:剪除荆棘。均指为出兵做准备。㊽叫呼跳踉(liáng):狂呼大叫,上蹿下跳。㊾卒:通"猝",仓促之间。㊿"韩许公节度宣武军"以下:韩许公,指韩弘(765—822),颍川(今河南许昌)人,为宣武军节度使,封许国公,元和十四年(819)入朝,册封司徒、中书令。李师古(?—806),平卢节度使。文中所言当唐德宗卒(805),李师古欲借国丧略地,假道宣武军攻打义成军节度使李元素,受到韩弘的阻止。韩愈《司徒兼侍中中书令赠太尉许国公神道碑铭》:"李师古作言起事,屯兵于曹,以吓滑帅,且告假道。公使谓曰:'汝能越吾界而为盗邪?有以相待,无为空言。'滑师告急,公使谓曰:'吾在此,公无恐。'或告曰:'翦棘夷道,兵且至矣,请备之。'公曰:'兵来不除道也。'不为应。师古诈穷变索,迁延旋军。"(《韩昌黎文集校注》卷七)㊿匈奴之君有内难:《长编》卷一八〇:至和二年(1055)八月"己丑,契丹主宗真卒……子洪基立"。㊼邻国之难,霸王之资:《管子·霸言》:"君人者有道,霸王者有时。国修而邻国无道,霸王之资也。夫国之存也,邻国有焉。(虽存而国小弱,必事邻国以为安,故曰邻国有焉。)国之亡也,邻国有焉。(因其亡,而取之。)"㊽天与不取,将受其弊:《国语·越语》:"得时无怠,时不再来,天予不取,反为之灾。"㊾"贾谊曰"以下:语见《汉书》卷四八《贾谊传》:"然而天下少安,何也?大国之王,幼弱未壮。汉之所置傅相,方握其事。数年之后,诸侯之王大抵皆冠,血气方刚。汉之傅相,称病而赐罢。彼自丞尉以上,遍置私人。如此有异淮南、济北之为邪?此时而欲为治安,虽尧、舜不治。"

[译文]

中国是国家内部,四周的夷族是国家外部。处在国家内部的忧患,是根本的;在国家外部的忧患,是末枝的。天下如果没有内部的忧患,一定会有外部的忧惧。根本已经巩固了,何不抛开末枝问题来休养生息呢?答道:还不可以啊。古时候夷狄造成的忧患在外部,现在夷狄造成的忧患在内部。抛开末枝问题是可以的,但我不认为当今夷狄造成的忧患是末枝问题。古代夷狄的形势是,大弱就臣伏,小弱就逃跑,大盛就入侵,小盛就掠夺。如果我方兵精粮足,将贤士勇,那么忧患就不会进到中国内部,像这样说是外部忧患是可以的。现在的蛮夷,姑且不奢望他的臣伏与遁逃,希求其志向止于入侵与掠夺都不可得到。北方的契丹骄横恣肆,时间已经很久了,每年索要金银绢帛,用数十万匹两来计算。前时,欣幸我国有西夏的变乱,说出很不恭敬的话,来动摇中国,天子不忍心使边境的百姓重新遭受战争的折磨,因此敌人一天天越发骄横,而索取的贿赂一天天越发增加,到现今约有数十百万还不能满足其欲望,把中国看成其外边的财库。这个样子,哪里是止于数十百万的势头呢?索取财物越多,向民间征收的赋税就不得不重;赋税重,人民就不得不受到残害。所以虽然名义上是使民休养生息,其实是吝惜他们的死亡而残害他们的生活。名义上是外部的忧患，实际上是内部的忧患啊。外部的忧患不除，圣人尚且以之为耻辱；内部的忧患倘若不去谋划解决，我不知道天下凭什么能够长治久安不发生变故呢。

古代匈奴最强大的，莫过于冒顿。刚经过暴虐的秦朝的残酷剥夺，以及刘邦、项羽你争我夺以后，中国极其衰落不振。以今度古，匈奴应该乘机侵入践踏中原，那就会像黄河决口，堤岸因蚁穴溃坏一样容易，然而匈奴最终不能越过其国界来占有吾国尺寸的土地。为什么呢？中原的强大，确实胜过匈奴百倍，虽然积衰积弱，刚刚建立新的国家，尚且足以制服他们。五代之际，中原没有明王，后晋石敬瑭苟且求一时的利益，用儿子辈的礼节来奉事契丹，割让幽燕十六州的土地来帮助契丹更加强大。石敬瑭的兄子继位后，大臣叛变招引契丹，契丹倾全境的兵力来侵犯，兵不血刃，而京城失守，整个天下都受到它的祸害。契丹从此开始有轻视中原的想法，认为中原唾手可得了。到了我们大宋景德年间，契丹大举来犯，真宗皇帝一仗就打退了他们，于是和他们结盟讲和。人之常情，胜利后就习以为常，习以为常就遭到失败；失败后就会严加惩戒，严加惩戒后就会再次取胜。契丹习以为常于后晋的胜利，就遭到景德年间的失败；假如他们吸取景德年间失败的教训，我却不知道他们的胜利在什么时候，真是很可怕的啊。

虽然这样，但是几十年来能够没有大的变故，这是为什么呢？匈奴的谋划中肯定会说："我通过很多次的战争而战胜对方，对方虽然屈服但我也很劳苦。我派一个使节到中国，用形势来压迫它，用势力来胁迫它，每年得到金钱数十百万。这样几十年下来，我增加了数百千万的财富，而中国损失了数百千万财富。我一天天富强，中国一天天贫穷，然后足够可以有所作为。"天生下北狄，叫做犬戎。把骨头抛在地上，狗就会狂吠着争夺，这是狗的常态。现在却不这样,难道(是因为)在边境上没有可趁的衅隙(可钻的空子)?假使他们来侵犯,大可以夺取一个州郡,小也能够杀伤掳掠几千人;而他们不因此而动心,由此可见他们的野心不小啊。将要用以蓄积锐气,窥伺我们的衅隙来施展他们的大野心,所以不忍心因小利而破坏他们的远大的谋划。古人说:"小蛇不除,大蛇奈何?"契丹的势力,一天天旺盛。现在用怀柔的政策笼络它,以希望它最终不发生大变故,这也太执迷不悟啦!况且现在中国所以耗尽人民的财力,就是为了满足匈奴的欲望,(这样做)尚且惶恐惧怕有一样东西不称其心意,不就是说中国的力量不足以抵抗契丹的怒火吗?然而根据我的推测估算,当今中国虽然衰败,但万万没有像石氏后晋那样的可乘之机,契丹的力量虽足以侵犯边境,然而现今十几年间,我可以肯定没有边境受侵犯的忧患。为什么呢?不是因为怕我们,而是因为他们的野心不只是侵犯边境而已。他们的野心不只是侵犯边境而力量又不足以完成他们所想做的,那他们的心里只怕我方一旦断绝与他们的和好因而失去我们优厚的贿赂。然而他们的骄蛮高傲却不肯稍稍屈尊,为什么呢?他们心想只有通过胁迫才能巩固现状。猛禽将要搏击,一定隐匿它的身影。从前冒顿想要攻击汉军,汉朝的使者一到来,冒顿就隐藏起他们壮健的战士和强壮的马匹。所以《孙子兵法》上说:"话说得卑怯的,是要进攻;话说得强硬的,是要退却。"现在契丹的君臣,没有不虚张声势来向我夸耀的,这明显地表明他们不想打仗啊。阖庐攻入楚国,是联合了唐国和蔡国;勾践攻入吴国,是利用了吴国和齐国、晋国的战争。契丹真的要和我们打仗吗?前些时候陕西有元昊的反叛,河北有王则的谋反,岭南有侬智高的叛乱,这些也是可乘之机啊。然而契丹始终一动不动,这又明显地表明他们并不想打仗啊!唉!他们不想打,我们于是就不和他们打,那就正合他们的心意啦!《兵法》上说:"利用他想的,施行他能的,避开他不能的;对于敌人则反其道而行之。"现在不正与此相反吗？

况且契丹的力量既不够用来伸展其大野心，而夺一郡、杀戮掠夺几千人的好处又不足以打动其心，那我们不贿赂它也就罢了。不贿赂它，它以此为借口，那我们就回答说：你对我们有什么功劳？每年都要我们送上贿赂，我们只有打仗而已，贿赂是得不到的。虽然这样，但是天下人一定会说：这是蠢人的计谋啊。天下谁不知贿赂的害处和不贿赂的好处，但形势不可不贿赂罢了。我认为情况不是这样。现在边塞的形势，就像汉朝七国时的形势。过去汉高祖刘邦急于灭掉项羽，所以拿数千里的广大土地分封众将为王。项羽死后，天下安定，众将的封地因此也就不可削弱。在这个时候，不是刘姓而封王的有八个诸侯国。汉高祖怕他们将来作乱，所以广封吴、楚、齐、赵这些同姓的诸侯国来制约他们。后来韩信、彭越、英布、卢绾都被诛杀死亡，吴、楚、齐、赵同姓侯国的强盛反而无从制约。在这个时候，同姓诸侯王虽然名义上是臣子，而他们实际上莫不有称帝的野心。胶东王、胶西王、济南王又跟着应和他们，于是擅自给人封爵，赦免死罪，坐着黄伞车盖的车，派刺客公然行刺，拿着匕首在京城里横行。罪恶极其昭著，形势极其紧迫。然而当时的人，尚且从容不迫，无忧无虑，得过且过，朝不保夕，缓缓地按摩，暖暖地吹嘘，安然享受，侥幸不会发生大的变故。一直到了孝景帝的时代，有个谋臣叫晁错，开始建议削减诸侯国的封地来减损他们的权力。天下人都说："这样一来诸侯国一定要反。"晁错说："本来如此！削地也要反，不削地也要反。削了他们的土地就反得快而祸害小，不削他们的土地就会反得迟而祸害更大。我就怕他们不马上造反！"天下人都说晁错愚蠢。唉！七国的祸乱，料想是免不了的，与其发生在将来而祸大，不如发生在近时而祸小。用小祸来代替大祸，即使是三尺童子都知道应当这样。然而大家之所以不赞成晁错，是因为他们都不知道那形势会引起将来的灾祸，或者知道那形势会引起将来的灾祸，但料想自己等不到那一天，认为可以托付给后来的人，以图苟且幸免身受其祸。然而晁错替自身谋划那是愚蠢的，为天下谋划则是聪明的。君主又怎么可以放弃为天下的谋划却用为一己的谋划啊！今天契丹的强盛不下于七国，而天下人又用当时的策略，保守维持以至于如今，侥幸认为正好没有事变。但我认为考虑天下的大计不如不给贿赂。不给贿赂就会事变来得快，而灾祸小，给它贿赂就会事变来得晚而灾祸更大。与其怕那事变来得快，不如怕那灾祸大；与其乐于事变来得晚，不如乐于灾祸小。天下的形势，就像坐在一只破败的船里，渐渐地将要沉入深渊，不趁着船还在浅水中离开它，求得保全生命的方法，却用水刚进船不过才打湿脚来辩解，这实在是走向船覆人溺的路啊。圣人在灾患没有萌发时除去它，然后能够转祸为福。现在不幸助长它到这地步，又因惧怕眼前的小灾小祸而犹疑不决，那这样远忧大患就终究不可除去。赤壁之战，只有周瑜、鲁肃知道他们会胜；西晋讨伐东吴的战役，只有羊祜、张华认为是对的。由此可见远大深切的谋略，确实不能合于庸人的见解，这就是晁错所以被称为愚蠢的原因啊。

虽然这样，但是晁错的谋划还是有缺憾。为什么？晁错知道七国一定要造反，却没有做好防备造反的准备。崤山以东的变乱起来，引得关内长安振动骚乱。现在契丹的祸害，又不像七国动乱那样难以制服。七国反叛，中原地区一半被敌国据有；契丹反叛，中国可以用全力来制服它，这又是容易谋划的。然而该如何谋划它呢？对策是：契丹的计策不过三步：一是声，二是形，三是实。契丹认为中国怯懦久了，认为我方是终究不敢和它对抗的；并且其心思是总想着要巩固以前的和好从而得到优厚的贿赂来培养其力量。现在断然不给它贿赂，它一定会说："战而胜不如坐着得到厚赂有利。中华人怯懦，我可以先造声势来威胁他们，他们就会再贿赂我。"于是到处宣扬说:"我将要在某天围某处,某天攻某处。"像这样就叫做"声"。命令我们边城休养士兵,偃旗息鼓,寂然不动,像没有听见他们的声息。先用声威胁既然不能动摇我们,那其计策将接着施展形。清除道路,拔去棘刺,多设疑兵来迫近我们的城池,像这样就叫做"形"。挖深壕沟,加固堡垒,坚壁清野来等待,寂然不动,像没有看见其形迹。形又不能动摇我,那其技巧就止于此了。于是将会厉兵秣马,拿出实在行动来。实实在在来跟他们作战,击破他们就容易了。他们的计谋一定先使用声与形,然后才拿出实来。出于声和形,希望我们害怕而用重赂来请和;拿出实来,不得已而和我们开战,来侥幸一时的胜利。勇敢的人可以施加于怯懦的人,但不可以施加于有智慧的人。现在那些叫呼跳跃以气势为先声的,是世人所说的善斗的人。虽然如此,但是我们积聚全身力量来对待他们,那未必胜不过他们。他们狂呼乱叫就是声,上蹿下跳就是形。没有好方法来对付他们,那么声和形也足够在仓猝中压倒对手;如果达不到效果,那只是徒然将自己的力量耗费在无用的地方,这样是不能取胜的。韩弘做宣武节度使,李师古忌怕他的军纪严整,派使节来通告说:"我将要借路去攻打滑州。"韩弘说:"你能够越过我的地界去掠夺吗?我准备好了等着你,不要只说空话。"滑州军队统帅向韩弘告急。韩弘派使节去说:"我在这里,您尽可安居不用害怕。"有人报告李师古在清除道路,砍伐荆棘,军队快要到了。韩弘说:"军队进发的时候是不会清除道路的。"李师古计穷,拖延了一段时间只好逃回去了。所以我说:他们的计谋从声和形开始,却不能动摇我方,那伎俩就止于此了。和他们打仗,击破他们很容易。当今契丹君主国内有难,新君刚刚即位,料想必定容易对付。邻国有难,是我国称王称霸的好机会。况且天所赐予的我们却不取,就会受到它的祸害。贾谊说:"大诸侯国国王,年幼未壮大,汉朝所设置任命的傅相,正掌握他的国事。数年以后,差不多都加冠成人,血气方刚,汉朝任命的傅相因病而罢职。在这个时候,国家要想安定,就是尧舜做天子也办不到。"唉!这就是那七国的形势啊。

权书引

人有言曰：儒者不言兵。①仁义之兵，无术而自胜。使仁义之兵无术自胜也，则武王何用乎太公？②而牧野之战，"四伐、五伐、六伐、七伐，乃止齐焉"，③又何用也？

《权书》，兵书也，而所以用仁济义之术也。吾疾夫世之人不究本末，而妄以我为孙武之徒也。④夫孙氏之言兵，为常言也。⑤而我以此书为不得已而言之之书也。⑥故仁义不得已，而后吾《权书》用焉。然则"权"者，为仁义之穷而作也！⑦

[题解]

《权书》、《衡论》、《几策》是苏洵政论文的主体，也是苏洵完整的政治思想的体现。其中《几策》写作最晚，当在至和二年（1055）八月至该年年底，《权书》最早，《衡论》次之，时间在皇祐三、四年（1051、1052）至至和二年间。《权书》是论兵之作。苏洵学从纵横家入，颇喜言兵。曾巩《苏明允哀辞》中说："好为策谋，务一出己见，不肯蹑故迹。颇喜言兵，慨然有志于功名者也。"王安石说："苏明允有战国纵横之学。""洵机论衡策，文甚美，然大抵兵谋、权利、机变之言也。"（邵博《邵氏闻见后录》卷一四）这些话都颇中肯綮。马真卿《懒真子》卷五："眉山苏氏文集著《权书》、《衡论》。《衡论》世皆知出处，独《权书》人少知之。汉哀帝时，欲辞匈奴使不来朝，黄门郎扬雄上书谏曰：'高皇后尝怒匈奴，群臣廷议，樊哙请以十万众横行匈奴中。季布曰："哙可斩也！"于是大臣权书遗之。'注曰：以权道为书，顺辞以答之。《权书》之名，盖出于此。衡取其平，权取其变。衡为一定之论，权乃变通之书。"对于权、衡的解释非常准确。正因为苏洵善学纵横家，所以《权书》更鲜明地反映了苏洵的见识和思想。

[注释]

①儒者不言兵：意思说儒家行仁义，不谈论战争之事。因为兵以诈立，欺诈、权变、术数等思想和儒家提倡的仁义道德相对立。《孟子·梁惠王上》："孟子对曰：仲尼之徒，无道桓文之事者，是以后世无传焉，臣未之闻也。"《荀子·议兵》："临武君曰：'不然。兵之所贵者，势利也；所行者，变诈也。善用兵者，感忽悠暗，莫知其所从出。孙吴用之无敌于天下，岂必待附民哉？'孙卿子曰：'不然。臣之所道，仁人之兵，王者之志也。君之所贵，权谋势利也；所行，攻夺变诈者，诸侯之事也。仁人之兵，不可诈也。'"②武王何用乎太公：武王，周武王。太公，即太公望，吕尚，姓姜名子牙。辅佐周武王灭商，建立周朝，被尊为师尚父，分封于齐。事见《史记》卷四《周本纪》、卷三二《齐太公世家》。《齐太公世家》云："周西伯昌之脱羑里，归与吕尚阴谋修德以倾商政。其事多兵权与奇计，故后世之言兵及周之阴权，皆宗太公为本谋。"《汉书·艺文志》：兵权谋十三家有太公二百三十七篇，谋八十一篇，言七十一篇，兵八十五篇。③牧野之战，"四伐……乃止齐焉"：是周武王率领诸侯军队在商都朝歌南七十里牧野和商朝军队的决战，此一战役，灭掉商纣王，建立周朝。语见《尚书·牧誓》："夫子勖哉！不愆于四伐、五伐、六伐、七伐，乃止齐焉。"（将士们，要努力啊！刺击时不超过四次、五次、六次、七次，就要停下来整顿一下。）④孙武：生卒年不详，春秋时期齐国人。曾以《兵法》十三篇见吴王阖庐，被任为将，率吴军攻破楚国，显名诸侯。著有《孙子》十三篇，号称"兵家之祖"。事迹详见《史记》卷六五《孙子吴起列传》。⑤孙氏之言兵，为常言：意思是说孙武的兵法，是兵法的通则。⑥不得已而言：意思是说自己的《权书》是为了对付契丹和西夏，这是仁义之言所行不通的，所以不得已而讲兵法。⑦"权"者，为仁义之穷而作：权，秤锤，和衡（秤上的刻度）相对，一个表示变化，一个表示恒常。苏洵说自己的《权书》乃是为了弥补仁义道德所不及，"参乎权而归乎经"（《谏论》上），二者殊途同归。

[译文]

有人曾说过：儒者不谈论兵家之事。仁义的军队，不讲权术自能战胜。假使仁义的军队不讲权术就可以战胜的话，那周武王何必重用姜太公呢？而在牧野之战中，又何必说"刺击时不超过四次、五次、六次、七次，就要停下来整顿一下"呢？

《权书》，是一部讲兵法的书，而且是用来完成仁义道德的权术。我憎恨世人不深究本末，却误把我当做孙武一类的人。孙武所论兵法，是兵法的通则；而我把这本书当做是不得已而说的话。因此当用仁义行不通的时候，我的《权书》就可以使用了。既然这样，所谓的"权"，是为了弥补仁义道德的困境而作的啊！

心 术

为将之道,当先治心,①泰山崩于前而色不变,麋鹿兴于左而目不瞬,②然后可以制利害,可以待敌。

凡兵上义,③不义,虽利勿动。非一动之为害,而他日将有所不可措手足也。④夫惟义可以怒士,士以义怒,可与百战。

凡战之道,未战养其财,将战养其力,既战养其气,既胜养其心。⑤谨烽燧,严斥堠,⑥使耕者无所顾忌,所以养其财。丰犒而优游之,⑦所以养其力。小胜益急,小挫益厉,⑧所以养其气。用人不尽其所欲为,所以养其心。⑨故士常蓄其怒,怀其欲而不尽。怒不尽则有余勇,欲不尽则有余贪,故虽并天下而士不厌兵。此黄帝之所以七十战而兵不殆也。⑩不养其心,一战而胜,不可用矣。

凡将欲智而严,凡士欲愚。⑪智则不可测,严则不可犯,故士皆委己而听命,夫安得不愚?夫惟士愚,而后可与之皆死。

凡兵之动,知敌之主,知敌之将,而后可以动于险。⑫邓艾缒兵于穴中,非刘禅之庸,则百万之师可以坐缚。⑬彼固有所侮而动也。⑭故古之贤将,能以兵尝敌,而又以敌自尝,⑮故去就可以决。

凡主将之道,知理而后可以举兵,知势而后可以加兵,知节而后可以用兵。知理则不屈，知势则不沮，知节则不穷。⑯见小利不动，见小患不避，小利小患，不足以辱吾技也，⑰夫然后可以支大利大患。⑱夫惟养技而自爱者，⑲无敌于天下。故一忍可以支百勇，一静可以制百动。

兵有长短，敌我一也。敢问吾之所长，吾出而用之，彼将不与吾校；⑳吾之所短，吾蔽而置之，彼将强与吾角，㉑奈何？曰：吾之所短，吾抗而暴之，使之疑而却；㉒吾之所长，吾阴而养之，使之狎而堕其中。㉓此用长短之术也。

善用兵者，使之无所顾，有所恃。无所顾，则知死之不足惜；有所恃，则知不至于必败。尺箠当猛虎，㉔奋呼而操击；徒手遇蜥蜴，㉕变色而却步：人之情也。知此者，可以将矣。袒裼而按剑，则乌获不敢逼；㉖冠胄衣甲，据兵而寝，㉗则童子弯弓杀之矣。故善用兵者以形固；㉘夫能以形固，则力有余矣。

[题解]

本文是《权书》的第一篇，也是讲论用兵之道最关键的一篇。《权书》十篇，前五篇讲战术，后五篇讲战例。本篇着重论述作为军队的统帅应该具备什么样的心理素质。特别强调将帅应该有高超的心性修养，熟知战争敌我双方，熟知将和兵的各种心理和虚实，这样才能做到"知己知彼，百战不殆"。文章不是前后贯穿，有条不紊的论说文，而是采用了古代兵书与传注那样的体裁，逐节自为起讫，各不相属，但围绕着一个中心来布局，这是苏洵学习《孙子》文体的结果。文章显得非常精粹，深得孙吴之简切。元李淦《文章精义》中说："《老子》、《孙武子》，一句一语，如串八宝珍瑰，间错而不断，文字极难学，惟苏老泉数篇近之。《心术》、《春秋论》之类是也。"所论颇合实际。

[注释]

①为将之道，当先治心：治心，修治心思，探讨人的心理，加强心性修养。《管子·心术》："心之在体，君之位也。""心安是国安也，心治是国治也。治也者心也，安也者心也。"此为苏洵所本。在这里，苏洵特别提出作为

将帅首要的是要有良好的心性修养。②泰山崩于前而色不变,麋鹿兴于左而目不瞬:兴,跃起。左,左右。瞬,眨眼。这两句说心不为外物所动。《孟子·公孙丑上》:"不动心有道乎?曰:有,北宫黝之养勇也,不肤挠,不目逃。"(人刺其肌肤,不为挠却;刺其目,目不转睛;逃,避之矣。)③凡兵上义:上,通"尚",崇尚。凡兵家之事,最崇尚正义。《孙膑兵法·将义》:"义者,兵之首也。"④不可措手足:不知如何安置手脚。这几句说贪图不义之利,不仅是一时之利害,更会造成将来无法应付的局面。⑤既战养其气,既胜养其心:战争打响后要注意蓄养士气,战胜之后要注意保持斗志。《孙子·军争》说:"三军可夺气,将军可夺心。是故朝气锐,昼气惰,暮气归。善用兵者,避其锐气,击其惰归,此治气者也。以治待乱,以静待哗,此治心者也。以近待远,以逸待劳,以饱待饥,此治力者也。无邀正正之旗,无击堂堂之阵,此治变者也。"⑥谨烽燧,严斥堠(hòu):烽燧,古代边境用于报警的信号,白天放烟叫烽,夜间举火叫燧。斥堠,又作"斥候"。斥,远。斥堠有二义:一为侦察、候望,也指侦察、候望的人;二为用以瞭望敌情的土堡。谨烽燧,严斥堠是说要严谨地做好报警、侦察工作。⑦丰犒而优游之:给予丰盛的犒赏,使其悠闲自在,养精蓄锐。⑧小胜益急,小挫益厉:小胜之后要更加紧迫,小挫折后要更加激励士气。⑨用人不尽其所欲为,所以养其心:《后汉书》卷一五〇《刘袁吕列传》:"譬如养鹰,饥即为用,饱则飏去。"⑩黄帝之所以七十战而兵不殆:《帝王世纪》:"黄帝讨蚩尤,凡七十二战。"殆,倦怠,懈怠。⑪凡将欲智而严,凡士欲愚:大凡将帅,需要有智谋而且能治军严厉。一般的士兵,则要使他们愚昧无知。《孙子·计篇》:"将者,智信仁勇严也。"《九地篇》:"将军之事,静以幽,正以治,能愚士卒之耳目,使之无知。"杜牧注:"言使军士非将军之令,其他皆不知,如聋如瞽也。"⑫知敌之主,知敌之将,而后可以动于险:《孙子·谋攻》:"知彼知己,百战不殆。"指战争中应该了解敌方的君主和敌方的将领,这样才可以冒险行动。⑬"邓艾缒兵于穴中"三句:邓艾(197—264),字士载,义阳棘阳(今河南新野境内)人,三国时仕魏,官至镇西将军。魏景元四年(263),司马昭遣邓艾伐蜀,艾知蜀后主刘禅暗弱,遂出奇兵,绕过剑阁,自阴平行无人之地七百余里,"艾以毡自裹,推转而下。将士皆攀木缘崖,鱼贯而进",直抵江油,降蜀将马邈,长驱直入,大破蜀军,降后主刘禅,灭蜀。事见《三国志·魏书·邓艾传》。⑭有所侮:有可以被轻侮的,指蜀国军队本来有缺陷之处。⑮以兵尝敌:拿自己的军队去试探敌人。以敌自尝:用敌人的军队来测试自己的军队。尝,试其难易也。⑯知势则不沮,知节则不穷:势,形势,态势。一种动态的力量,势要强大。节,节奏。战斗的节律、节奏要迅疾,速战速决。《孙子·势篇》:"激水之疾,至于漂石者,势也。鸷鸟之疾,至于毁折者,节也。故善战者其势险,其节短。势如弩(guō,拉开)弩,节如发机。"(态势犹如张满的强弩,节奏犹如扣动扳机。)⑰不足以辱吾技:指小利小害不值得屈尊动用我的主要的计谋策略。⑱支:支撑,应付。⑲养技而自爱:蓄谋而不轻举妄动。⑳校(jiào):对抗,较量。㉑角:角斗。㉒抗而暴之,使之疑而却:抗,高举。暴,显露。指把己方的短处故意暴露给对方,使对方产生怀疑而退却。《孙子·计篇》:"兵者,诡道也。故能而示之不能,用而示之不用。"下面所举李广的事迹就是很好的战例。《史记》卷一九〇《李将军列传》:"(李)广乃遂从百骑……望匈奴有数千骑,见广,以为诱骑,皆惊上山陈。广之百骑皆大恐,欲驰还走,广曰:'吾去大军数十里,今此以百骑走,匈奴追射我立尽。今我留,匈奴必以我为大军诱之,必不敢击我。'广令诸骑曰:'前!'前未到匈奴陈二里所止,令曰:'皆下马解鞍。'其骑曰:'敌多且近,即有急,奈何?'广曰:'彼将以我为走,今且解鞍以示不走,用坚其意。'于是胡骑遂不敢击。有白马将出护其兵,李广上马与十余骑奔射杀胡白马将,而复还至其骑中。解鞍,令士皆纵马卧。是时,会暮,胡兵终怪之,不敢击。夜半时,胡兵亦以为汉有伏军于旁,欲夜取之,胡皆引兵而去。平旦,李广乃归其大军。"㉓阴而养之:暗中隐藏养护。㉔狎:轻忽,轻慢。㉔尺箠(chuí)当猛虎:尺箠,一尺长的马鞭子。喻指有恃则无恐。㉕徒手:空手。㉖袒裼(tǎn xī):袒开衣服,露出上身。乌获:战国时秦国的大力士,能力举千钧。㉗据兵而寝:枕着兵器睡觉。㉘形固:指有所依靠,有所凭借,利用地形、装备、形势等使我方非常坚固。

[译文]

　　做将帅的道理,应当首先培养良好的心性。泰山崩塌于面前而神色不变,麋鹿从身旁蹿出而眼皮不眨,然后才可以控制事物的利益灾害，才可以对付敌人。

大凡兵家之事最为崇尚正义。不义的战争，即便是有利也不能出动。并不是一次战斗会有什么害处，而是以后的局面将无法应对。只有正义才可以使士兵义愤填膺；士兵因正义而发怒，就可以使他们进行成百次的战斗。

大凡战争的基本道理在于：战争没有开始时要积蓄财力，战斗将要开始时要蓄积体力，战斗打响后要提升士气，战争胜利后要维持斗志。谨慎地照看好烽火，严密地进行侦察瞭望，使耕作的人没有后顾之忧，这可以用来积蓄财力；给予丰厚的犒赏，而且让士兵悠闲自在，这可以用来蓄积体力；取得小胜越发不松懈，遭到小败越发要激励斗志，这可以用来提升士气；用人不让他的欲望一下子得到完全满足，这可以用来维持斗志。因此士兵就会经常满腹怒火，充满无法满足的欲望。怒火不尽就会有不尽的勇气，欲望不尽就会有进一步的贪求。因此，即便是统一了天下，士兵也不会厌倦战争。这就是黄帝之所以经历七十余场战争后，军队士气依然毫不懈怠的原因。不维持斗志，一战获胜之后，军队就不能再战了。

大凡做将帅的要既机智又严厉，做士兵的要愚忠。将帅机智就会显得高深莫测，将帅严厉就不可冒犯，因此，士兵都会把自己交托将帅支配而俯首听命，这样，士兵怎能不愚忠呢？只有士兵愚忠了，然后才能跟随将帅出生入死。

大凡是军队采取军事行动，在了解敌方的君主、了解敌方的将领后，才可以在险要的地方行动。邓艾出兵蜀地，从山上用绳子把士兵缒下去，如果不是后主刘禅昏庸，那么，可以轻而易举地俘获邓艾的百万军队。邓艾一定是看出蜀中有可轻慢之处，才敢出兵冒险的。因此，古代的优秀将领能用兵试探敌军的虚实，又能利用敌军试探出己方的虚实，因此对军队的进退可以作出正确的决断。

大凡做主将的原则是：懂得事理曲直后才可以起兵，懂得形势利弊后才可以部署兵力，懂得节制后才可以用兵。懂得事理曲直就不会理亏，懂得形势利弊那就不会沮败，懂得节制就不会陷入困境。看到小利不轻动，看到小害不躲避；小利和小害不值得屈尊动用我方的主战策略。这样然后才能对付大利大害。只有蓄谋而不轻举妄动的人才能无敌于天下。所以，一时隐忍可以对付各种蛮勇，一静可以制百动。

军队有长处和短处，敌我都一样。敢问我军的长处，我们如果拿出来运用，敌军却不跟我们较量；我军的短处，我们掩盖起来放置一边，敌军却强行要跟我们角斗，那该怎么办呢？回答说：我军的短处，故意暴露给对方，使对方产生怀疑而退却；我军的长处，我们暗中隐藏养护，使敌军轻视我们，从而落入我军的圈套。这就是运用长处和短处的战术。

善于用兵的人，应该让士兵无所顾忌而有所仗恃。无所顾忌，那他们就知道死亡不值得可惜；有所仗恃，那他们就知道不一定必败。手中拿着一尺长的马鞭，即便是碰上猛虎，也敢大声呼叫操起短鞭猛打；如果两手空空，那么即便是遇到蜥蜴，也会吓得面无人色惊慌失措：这是人之常情。知道这个道理，就可以带兵打仗了。脱去衣服赤裸上身而手却按着利剑，那即便是像乌获那样的勇士也不敢逼近；穿戴盔甲，但却靠着兵器睡着，那么即便是小孩也敢弯弓射箭把他杀死。因此善于用兵的人要利用形势来巩固自身。只要能利用形势来巩固自身，那就会有充足的战斗力。

法 制

将战,必审知其将之贤愚:与贤将战,则持之;①与愚将战,则乘之。②持之则容有所伺而为之谋,③乘之则一举而夺其气。④虽然,非愚将勿乘。乘之不动,⑤其祸在我。分兵而迭进,所以持之也;并力而一战,所以乘之也。

古之善军者,以刑使人,以赏使人,以怒使人,而其中必有以义附者焉。不以战,不以掠,而以备急难。故越有君子六千人。⑥韩之战,秦之斗士倍于晋,而出穆公于淖者,赦食马者也。⑦

兵或寡而易危,或众而易叛,莫难于用众,莫危于用寡。治众者法欲繁,繁则士难以动;治寡者法欲简,简则士易以察。不然,则士不任战矣。惟众而繁,虽劳不害为强。⑧

以众入险阻,必分军而疏行。夫险阻必有伏,伏必有约,军分则伏不知所击,而其约携矣。⑨险阻惧蹙,疏行以纾士气。⑩

兵莫危于攻,莫难于守,客主之势然也。故城有二不可守,兵少不足以实城,城小不足以容兵。夫惟贤将能以寡为众,以小为大。当敌之冲,人莫不守,我以疑兵,彼愕不进,⑪虽告之曰此无人,彼不信也。度彼所袭,潜兵以备。彼不我测,谓我有余,夫何患兵少?偃旗仆鼓,寂若无气。严戢兵士,敢哗者斩。[12]时令老弱登埤示怯,[13]乘懈突击,其众可走,夫何患城小?

背城而战,阵欲方、欲踞、欲密、欲缓。[14]夫方而踞,密而缓,则士心固,固则不慑。[15]背城而战,欲其不慑。面城而战,阵欲直、欲锐、欲疏、欲速。[16]夫直而锐,疏而速,则士心危,危则致死。[17]面城而战,欲其致死。

夫能静而自观者,可以用人矣。吾何为则怒,吾何为则喜,吾何为则勇,吾何为则怯?夫人岂异于我?天下之人,孰不能自观其一身?是以知此理者,途之人皆可以将。

平居与人言,一语不循故,犹且瞋而忌。[18]敌以形形我,恬而不怪,[19]亦已固矣。是故智者视敌有无故之形,[20]必谨察之勿动。疑形二:可疑于心,则疑而为之谋,心固得其实也;可疑于目,勿疑,彼敌疑我也。是故心疑以谋应,目疑以静应。彼诚欲有所为邪,不使吾得之目矣。

[题解]

本文是《权书》的第二篇,论述行军打仗中治军应敌的各种方法,充满了权变和辩证的观点。文章总共论述了八种情形,提出了各自的处理应对策略。第一论制敌将之法,作者分敌将为贤、愚二类,提出相持、乘势压制两种相应的方法。第二论制军之法,认为将领可以通过"刑"、"赏"、"怒"来驱使士卒,而在这背后必须有"义"为根本保证。第三论御众、御寡之法,强调御众法令须繁,御寡法令宜简。第四论行军险阻之法,指出率部历险,须分军疏行,以避免伏击,纾缓士气。第五论守城之法,虚实杂用,以少胜多。第六论攻守城池之法,主张因背城、面城,守、战不同,分兵布阵各别,守城之阵宜坚固,攻城之阵宜锋利。第七论静观自审之法,以得人情,识军心。第八论识破敌情虚实之法,将敌人的计谋分为心疑和目疑两种,认为心疑者要慎重,要深思熟虑;目疑者,则以静制动。文章的写法和《心术》相似,都是各成片段,无首无尾。文章语言精练,又多用虚字,多用骈行,使得文章每一节都气势充分,深得"孙吴之简切",在苏洵散文中自成一格。

[注释]

①持之：与敌相持、对峙，沉着持重，相机而动。②乘之：乘，即压，薄，迫近。以大军掩压而胜之。③容有所伺而为之谋：或许能有所窥伺，并因而找出取胜之道。伺，观察，伺机而动。为之谋，窥察后作出相应的对策。④乘之则一举而夺其气：大军疾速压迫，一鼓作气而胜敌。⑤不动：不被猛烈的攻势所动。下面的例子可以解释"乘"、"夺气"、"动"等词的意思。《左传·宣公十二年》：晋楚邲之战：潘党望其尘，使骋而告曰："晋师至矣！"楚人亦惧王之入晋军也，遂出陈。孙叔曰："进之！宁我薄人，无人薄我。《诗》云：'元戎十乘，以先启行。'先人也。《军志》曰：'先人有夺人之心'，薄之也。"遂疾进师，车驰卒奔，乘晋军。桓子不知所为，鼓于军中曰："先济者有赏！"中军、下军争舟，舟中之指可掬也。晋师右移，上军未动。⑥越有君子六千人：《国语·吴语》："越王军于江南。越王乃中分其师以为左右军，以其私卒君子六千人为中军。"（私卒君子，王所亲近有志行者。犹吴所谓贤良，齐所谓士也。）⑦"韩之战"四句：据《史记》卷五《秦本纪》：鲁僖公十五年（前645），秦晋战于韩原，晋惠公车陷于泥淖，秦缪（穆）公追击，反为晋军所围，"缪公伤。于是岐下食善马者三百人驰冒晋军，晋军解围，遂脱缪公，而反生得晋君。初，缪公亡善马，岐下野人共得而食之者三百余人，吏逐得，欲法之。缪公曰：'君子不以畜产害人。吾闻食善马肉，不饮酒，伤人。'乃皆赐酒而赦之。三百人者，闻秦击晋，皆求从。从而见缪公窘，亦皆推锋争死，以报食马之德。"据此，陷于泥淖的是晋惠公而非秦穆公，苏洵记忆有误。⑧虽劳不害为强：虽然烦劳但不损害其强大。⑨其约携：携，离散。这里指敌方伏击的约定不能互相照应。⑩险阻惧蹙，疏行以纾士气：行军于险难阻隔之地怕的是军队聚集在一起，所以要行列稍为疏松以使士气得到舒缓。⑪愕：惊愕疑惧。⑫偃旗仆鼓：收卷军旗，停止击鼓。偃，向后倒。仆，向前倒。这里泛指倒下，意即收拾不用。严戢：严格地约束。⑬登埤（pí）示怯：让老弱者守城以示怯弱。埤，城上呈凹凸形的矮墙。⑭阵欲方、欲踞、欲密、欲缓：和下面的"阵欲直、欲锐、欲疏、欲速"化用《孙膑兵法》中的《十阵》一篇。其中说："凡阵有十：有方阵，有圆阵，有疏阵，有数阵，有锥行之阵。"这里所说的欲方欲踞类似于方阵，欲密欲缓类似于数阵。"方阵者，

所以刬（专，统一指挥）也。""方阵之法，必薄（博，广）中厚方（旁），居阵（方阵后用来防守之阵）在后。"（方阵外厚中虚，将帅居中，便于统一指挥。方阵后面有用于防守的居阵。）"数（密集）阵者，为不可掇（剟，割）。""数阵之法，毋疏钜（距）间，咸（蹙，密集）而行首积刃而信（伸，阵）之，前后相葆（保）。"（密阵间距紧密，行伍之首多持兵刃向外伸展，前队后队互相照应。数阵持重，不容易被分散割截。）⑮固则不慴：士心有所依恃则不会被震慑。⑯阵欲直、欲锐、欲疏、欲速：这里所说的欲直欲锐类似于锥行之阵，欲疏欲速类似于疏阵。"疏（稀疏）阵者，所以吠也。""（疏阵）故必疏钜（距）间，多其旌旗羽旄，砥刃以为旁。疏而不可蹙（蹙，缩小）数而不可军（屯）者，在于慎。""凡疏阵之法，在为数丑（类，群），或进或退，或击或廒（击），或与之征，或要（邀击）其衰。然则疏可以取兑（锐）矣。"（疏阵间距比较宽阔，人少，多用旌旗壮军威，锋刃外向，疏阵分做几个小阵，进退击刺，比较方便。）"锥行之阵者，所以夬（决）绝也。""锥行之阵，卑（俾，使）之若剑，末（剑锋）不兑（锐）则不入，刃不溥（薄）则不刬（割），本（剑之后部）不厚则不可以列（裂）阵。是故末必兑（锐），刃必溥（薄），木必鸿（大）。然则锥行之阵可以夬（决）绝矣。"（锥行之阵像剑一样锋利，利于撕裂对方阵势。）⑰危则致死：士心危惧就会拼命死战。⑱睁：通"愕"，惊愕而忌怕。⑲敌以形形我：敌人把他们的阵形显示给我方。第一个"形"为名词，指阵形。第二个"形"为动词，即显形，显示出来。恬而不怪：安然处之，不以为怪。⑳无故之形：不平常的阵形（表现）。

[译文]

　　将要交战时，必须确切地了解对方将领是贤明的还是蠢笨的。和贤明的将领交战，就采用相持的办法；和蠢笨的将领交战，就要全力压上去。相持中，或许能窥见他的漏洞，并因而找出取胜之道；全力压上去，就能一下子压垮对方士气。尽管如此，如果对方不是愚笨的将领就不能全力压上去。全力压上去，但冲击不动，那灾难就在我方了。分兵轮番进攻，是用来相持的战法；并力一击，是用来压垮对方的战法。

古代善于带兵的人，用刑法来驱使人，用奖赏来驱使人，用激怒的手段来驱使人。但这些手段中间必定有正义的因素相依附。不拿它来战斗，不拿它来掳掠，而是拿它来预备应对急难。因此，越国有义兵六千人。在秦晋韩原之战中，秦军的勇士比晋军多一倍，但把秦穆公救出泥淖（包围）的，却是秦穆公以前所赦免的曾捕杀、吃掉秦穆公良马的那些人。

　　有时士兵人数少了就容易发生危险，有时人数多了就容易发生叛乱。用兵最难的莫过于治理大军，最危险的莫过于治理少数人马。治理大批人马，军法要繁多详细才行，军法繁多详细，那士兵就难以随意行动；治理少数人马，军法要简单明了才行，军法简明，那士兵就容易明确自己的责任。不然的话，那士兵就没有战斗力了。只有人数多而军法繁杂，尽管辛劳，但却不失为强大。

　　带领大军进入地势险要复杂的地段，必须把部队分开并且拉开距离行进。那地势险要复杂的地段必定会有埋伏，埋伏必定有发起攻击的约定。军队一分开，那伏兵就不知道到底攻击哪一路，而他们的约定也就会失效。在地势险要复杂的地段就害怕军队挤在一起，而拉开距离行进可以用来缓解士兵紧张的心情。

　　用兵最危险的莫过于进攻，最困难的莫过于防守，这是主客之间的客观形势所造成的。所以城池有两种情况不能坚守：士兵人数少不足以完全把守城池，城池狭小不足以容纳防守的士兵。只有贤能的将领能够以寡为众，化小为大。位于敌人的要冲之地，人们没有不设兵防守的，因此我方只消在这种地方布下疑兵，对方就会感到惊愕而不敢进攻了，即使是告诉他们说这里没人把守，他们也不会相信。估量他们将会袭击的地方，暗中布兵加以防备。他们摸不清我们的意图和布局，就会认为我们的兵力绰绰有余，这样还怕什么兵少呢？偃旗息鼓，寂无声息；严厉约束士兵，敢于喧哗者斩；不时命令老弱士兵登上城头，向对方示弱，乘对方松懈突然发起攻击，再多的敌人也可以打退。这样还怕什么城池狭小呢？

背靠城池作战，阵形要方正、要稳固、要密集、要持重。阵形方正而稳固，密集而持重，那军心就稳定；军心稳定了，那士兵就不会感到威慑。背靠城池作战，就得让士兵不感到威慑才行。面向城池作战，阵形要笔直、要锐利、要疏朗、要迅疾。阵形笔直而锐利，疏朗而迅疾，那士兵心中就会不安；士兵心中不安，那就会拼死作战。面向城池作战，就得让士兵拼死作战才行。

能够平静地自我审视的人，就可以驱使别人了。怎么做我会发怒？怎么做我会高兴？怎么做我会奋勇？怎么做我会胆怯？他人难道和我不同？天下之人，谁不能自己审视自己？因此（只要）知道这个道理，路人都可以带兵打仗。

平时和人说话，要是有一句话说得离谱了，别人尚且会惊愕而猜度；敌人把他们的阵形显示给我方，而他们却安然处之，不以为怪，这说明他们的阵势已经很坚固了。所以，机智的人看到敌人有不平常的阵形，就必须小心谨慎地观察，不要轻举妄动。可疑的情形有两种：心里觉得可疑的，就要怀疑它而且仔细思量，用心深思必定可以得到实情；一眼看穿的伪装，就用不着去怀疑它，那是敌人在迷惑我们。因此，心里觉得可疑的就要深思熟虑，眼里觉得可疑的就要以静制动。如果对方真的要有什么行动的话，那他们是不会让我们一眼看穿的。

强 弱

知有所甚爱，知有所不足爱，可以用兵矣。故夫善将者，以其所不足爱者，养其所甚爱者。

士之不能皆锐，马之不能皆良，器械之不能皆利，固也，处之而已矣。①兵之有上、中、下也，是兵之有三权也。②孙膑有言曰："以君下驷与彼上驷，取君上驷与彼中驷，取君中驷与彼下驷。"③此兵说也，非马说也。下之不足以与其上也，吾既知之矣，吾既弃之矣。中之不足以与吾上，下之不足以与吾中，吾不既再胜矣乎？得之多于弃也，吾斯从之矣。彼其上之不得其中、下之援也，乃能独完耶？故曰：兵之有上、中、下也，是兵之有三权也。三权也者，以一致三者也。

管仲曰："攻坚则瑕者，坚；攻瑕则坚者，瑕。"④呜呼！不从其瑕而攻之，天下皆强敌也。汉高帝之忧在项籍耳，虽然，亲以其兵而与之角者，盖无几也。随何取九江，韩信取魏、取代、取赵、取齐，然后高帝起而取项籍。⑤夫不汲汲于其忧之所在，而彷徨乎其不足恤之地，⑥彼盖所以孤项氏也。秦之忧在六国，蜀最僻，最小，最先取；楚最强，最后取，非其忧在蜀也。⑦诸葛孔明一出其兵，乃与魏氏角，其亡宜也。⑧取天下，取一国，取一阵，皆如是也。

范蠡曰："凡阵之道，设右以为牝，益左以为牡。"⑨春秋时楚伐隋，季梁曰："楚人上左，君必左，无与王遇。且攻其右，右无良焉，必败。偏败，众乃携。"⑩盖一阵之间，必有牝牡左右，要当以吾强攻其弱耳。唐太宗曰："吾自兴兵，习观行阵形势。每战，视敌强其左，吾亦强吾左；弱其右，吾亦弱吾右。使弱常遇强，强常遇弱。敌犯吾弱，追奔不过数十百步，吾击敌弱，常突出自背反攻之，以是必胜。"⑪后之庸将，既不能处其强弱以败，而又曰：吾兵有老弱杂其间，非举军精锐，以故不能胜。不知老弱之兵，兵家固亦不可无。无之，是无以耗敌之强兵而全吾之锐锋，败可俟矣。

故智者轻弃吾弱，而使敌轻用其强，忘其小丧，而志于大得，夫固要其终而已矣。⑫

[题解]

本文是《权书》第三篇，着重讲述战争中用我方之强攻击对方之弱以取得最终胜利的战术。本篇引史为鉴，从正、反两面阐明了这一道理，可见作者具有朴素的唯物辩证法思想。文章首先引用著名的田忌赛马的故事，指出这个故事不仅仅适用于赛马，更重要的在于说明了一个排兵布阵的方法。然后引用历代军事理论家的名言和正反两方面的战例，来阐述这个问题，特别是针对宋代军队老弱精锐互相掺杂的现实，指出没有哪支军队是举军精锐的，老弱自有老弱的作用，关键在于将领如何合理调配布局而已。文章一意到底，阐述酣畅淋漓，举证丰富，论证严密有据，具有很强的说服力。

[注释]

①处之而已：意思是对于前面说的一些必然的状况安之若素，想法处置就可以了。②三权：三种权重，三种等次。③"以君下驷与彼上驷"三句：这就是著名的田忌赛马的故事。《史记》卷六五《孙子吴起列传》："（田）忌数与齐诸公子驰逐（赛马）重射（下重金打赌）。孙子见其马足不甚相远，马有上中下辈。于是孙子谓田忌曰：'君弟重射，臣能令君胜。'田忌信然之，与王及诸公子逐射千金。及临质（临赛），孙子曰：'今以君之下驷与彼上驷，

取君上驷与彼中驷，取君中驷与彼下驷。'既驰三辈毕，而田忌一不胜而再胜，卒得王千金。于是忌进孙子于威王，威王问兵法，遂以为师。"④"攻坚则瑕者"四句：语出《管子·制分篇》："故凡用兵者，攻坚则韧（牢固，受挫），乘瑕（瑕疵，弱点）则神。攻坚则瑕者，坚；乘瑕则坚者，瑕。故坚其坚者，瑕其瑕者。"意在说明打仗要避开对方的长处，打击对方的弱点。⑤"汉高帝之忧在项籍耳"以下：意在说明虽然楚汉战争中，刘邦的对手是项羽，但刘邦很少和项羽直接较量，而是打击分化西楚联盟中薄弱的部分，孤立项羽，最后取得胜利。公元前205年，楚汉彭城之战，汉军大败。刘邦派随何游说九江王英布背楚助汉。后来刘邦又以韩信为左丞相，俘虏魏王，北伐击代，又引军击赵，擒赵王歇，致使燕国望风披靡，于是楚国势单力孤，终于在公元前202年垓下之战中，项籍被迫自刎。事见《史记》卷八《高祖本纪》及卷九二《淮阴侯列传》等。⑥汲汲：急于求成，急切寻求。彷徨：悠游，游荡，徘徊。不足恤：不足惜，不值得担忧。⑦"秦之忧在六国"七句：意在说明秦统一天下不是从其最强劲的对手入手，而是从最弱小的入手。据《史记》卷五《秦本纪》，秦惠文王于公元前316年派司马错灭蜀；据《史记》卷六《秦始皇本纪》，秦始皇于公元前223年派王翦灭楚。⑧"诸葛孔明"三句：谓诸葛亮一再出兵汉中，和强敌曹魏挑战，病死五丈原，最后力量不敌，导致蜀国先亡。事见《三国志·蜀书·诸葛亮传》。⑨"凡阵之道"三句：语见《国语·越语下》。韦昭注说："阵有牝牡，使相受也。在险为牝，在阳为牡。"所谓的牝牡也就是雌雄、强弱之意。古人尚左，所以左阵是牡、是雄、是阳、是强，右阵是牝、是雌、是阴、是弱。⑩春秋时楚伐隋：事见《左传·桓公八年》，楚国和随国在汉水、淮水之间发生战役。隋，即随国，西周、春秋时诸侯国，姬姓，位于今湖北随县。季梁：随国大夫。携：离散、离心。在这次战役中，季梁告诉随国国君，楚国尚左，楚王必在左军，而右军较弱，所以建议随国军队攻打楚国右军，右军败，就会造成楚军军心涣散。可惜随国国君不听忠告，最后败绩。⑪"吾自兴兵"以下：见《册府元龟》卷四三"帝王部"。⑫要其终：关键是最终的结局。

[译文]

知道有非常值得珍爱的，知道有不值得珍爱的，就可以带兵打仗了。所以善于带兵的，拿那不值得珍爱的，来保护那非常值得珍爱的。

士兵不可能都是精锐的，马匹不可能都是优良的，兵械不可能都是锋利的，本来如此，看如何运用它们罢了。士兵有上、中、下，这是士兵的三种权重。孙膑说过："拿您的下等马跟他的上等马比赛，拿您的上等马跟他的中等马比赛，拿您的中等马跟他的下等马比赛。"这说的是用兵打仗，而不仅仅是赛马啊！下等马比不过他的上等马，我早就知道了，我已经输掉了。他的中等马比不过我的上等马，他的下等马比不过我的中等马，我不是已经胜了两场吗？我得胜的多过失败，我就这样做了。他的上等马得不到他的中等马、下等马的帮助，他能够独善其身吗？所以说：兵士有上、中、下，这是士兵的三种权重。所谓三种权重，就是弃一来保三。

管仲说："攻坚，对方薄弱的部分也会变得坚固；攻弱，则对方坚固的部分也会变得薄弱。"唉！不从敌人的软弱部分去进攻，全天下的都是强敌。汉高祖担忧的人是项籍罢了，虽然如此，但是汉高祖亲自用他的军队与项籍角斗，大概是没有几次。他派随何说服英布夺取九江；派韩信去夺取魏，夺取代，夺取赵，夺取齐，然后高祖刘邦才出来灭掉项羽。不是急急忙忙地去对付他所担忧的对象，却徘徊悠游在不值得他担忧的地方，他大概是用这样的方法来孤立项羽吧。秦国所忧在东方六国，蜀国最偏僻，最弱小，却最先攻取；楚国最强大，却最后攻取；并不是其所忧在蜀才先攻打蜀。诸葛亮一出兵，就和魏国角力，他的先亡是自然的啦。夺取天下，夺取一国，夺取一个阵地，都是这样的。

范蠡说："排兵布阵的方法在于，加强左翼作为雄阵，设置右翼作为雌阵。"春秋时楚军进攻隋（随）国，随国大夫季梁说："楚人尚左，楚王一定在左军，不要跟楚王遭遇；先攻击楚国右军，右军没有精兵，一定可以把它打败；偏军战败了，大军就会离散逃遁。"大概一个阵地中间，必有雌雄、左右，要点在于用我方的强兵攻击敌方的弱点罢了。唐太宗说："我从起兵以来，习惯观察敌军阵地形势。每次作战，看到敌人加强它的左翼，我也加强我的左翼；敌人削弱它的右翼，我也削弱我的右翼。使弱军经常遭遇强敌，强军经常遭遇弱敌。敌军进犯我的弱军，敌军乘胜追击不过数十百步；我攻击敌人弱军，经常突破敌军阵地，从敌军背后反击它：用这种办法必然取胜。"后来平庸的将领，既不能正确处理强弱问题而遭遇失败；却又说："我的军队中夹杂有老弱，不是全军精锐，因此不能取胜。"不知老弱的士兵，用兵打仗也离不了。如果没有他们，那就没法用来消耗敌人的强兵，保全我们的精锐，那失败就在等着了。

所以聪明人轻松地抛出自己的弱军，使敌人轻易地使用其强军；忘记小挫，至于大胜。打仗本来要的是最终的结果罢了！

攻 守

古之善攻者，不尽兵以攻坚城；善守者，不尽兵以守敌冲。①夫尽兵以攻坚城，则钝兵、费粮而缓于成功；②尽兵以守敌冲，则兵不分，而彼间行袭我无备。③故攻敌所不守，守敌所不攻。④

攻者有三道焉，守者有三道焉。三道：一曰正，二曰奇，三曰伏。坦坦之路，车毂击，人肩摩，⑤出亦此，入亦此，我所必攻，彼所必守者，曰正道。大兵攻其南，锐兵出其北；大兵攻其东，锐兵出其西者，曰奇道。⑥大山峻谷，中盘绝径，潜师其间，不鸣金，不挝鼓，突出乎平川以冲敌人腹心者，曰伏道。⑦故兵出于正道，胜败未可知也；出于奇道，十出而五胜矣；出于伏道，十出而十胜矣。何则？正道之城，坚城也；正道之兵，精兵也。奇道之城，不必坚也；奇道之兵，不必精也。伏道则无城也，无兵也。攻正道而不知奇道与伏道焉者，其将木偶人是也。守正道而不知奇道与伏道焉者，其将亦木偶人是也。

今夫盗之于人，抉门斩关而入者有焉，⑧他户之不扃键而入者有焉，⑨乘坏垣坎墙趾而入者有焉。⑩抉门斩关而主人不之察，几希矣；⑪他户之不扃键而主人不之察，大半矣；乘坏垣坎墙趾而主人不之察，皆是矣。为主人者宜无曰门之固，而他户墙隙之不恤焉。[12]夫正道之兵，抉门之盗也；奇道之兵，他户之盗也；伏道之兵，乘垣之盗也。

所谓正道者，若秦之函谷，吴之长江，蜀之剑阁是也。昔者六国尝攻函谷矣，[13]而秦将败之；曹操尝攻长江矣，而周瑜走之；[14]钟会尝攻剑阁矣，[15]而姜维拒之。何则？其为之守备者素也。刘濞反，攻大梁，田禄伯请以五万人别循江淮，收淮南、长沙以与濞会武关。[16]岑彭攻公孙述，自江州溯都江，破侯丹兵，径拔武阳，绕出延岑军后，疾以精骑赴广都，距成都不数十里。[17]李愬攻蔡，蔡悉精卒以抗李光颜而不备愬，愬自文成破张柴，疾驰二百里，夜半到蔡，黎明擒元济。[18]此用奇道也。汉武攻南越，唐蒙请发夜郎兵，浮船牂牁江，道番禺城下，以出越人不意。[19]邓艾攻蜀，自阴平由景谷攀木缘磴，鱼贯而进，至江油而降马邈，至绵竹而斩诸葛瞻，遂降刘禅。[20]田令孜守潼关，关之左有谷曰禁而不知之备，林言、尚让入之，夹攻关而关兵溃。[21]此用伏道也。

吾观古之善用兵者，一阵之间，尚犹有正兵、奇兵、伏兵三者以取胜，况守一国、攻一国，而社稷之安危系焉者，其可以不知此三道而欲使之将耶？

[题解]

本篇是《权书》第四篇，讨论战争中进攻和防守的三条道路。主旨在于说明要善用奇道和伏道。苏洵说用正道，胜败未知，用奇道胜算在五成以上，用伏道几乎可以有十成胜算。因为正道乃兵家必争之地，无论攻守双方，都会派精锐部队，这是攻坚战，取决于双方的硬实力。苏洵在上一篇《强弱》中已经提出要攻击敌人的弱点，避免直接和敌人的强兵打遭遇战。而走奇道和伏道，更多的是出其不意，避实就虚，会事半而功倍。所以《孙子兵法》说："凡战者以正合，以奇胜。故善出奇者，无穷如天地，不竭如江海。"文章观点鲜明，论证严密，体现了很高的论说技巧。作者主要使用比喻和历代战例，从正反两个方面进行了深入浅出的论述。运用窃贼的比喻,使问题显得生动而浅显;运用历代战例,每一种情况排比历史上的三个著名战例,使论证显得充实而有力。文章整体上显得纵横驰骋,酣畅淋漓。林俊评论本文说:"大凡文字缓证固难,叠叠缓证尤难。盖叠叠缓证,惧伤于枯淡无味。此篇中考证凡几,言错而辩,文宕而严,妆点得精采焕发,非若今之剿袭旧文者。"(《三苏文范》卷二)

[注释]

①"古之善攻者"四句:尽兵,全部兵力。坚城,坚固的城池。敌冲,敌人必取之地,要冲之地。②"尽兵以攻坚城"二句:钝兵、费粮,使士气老钝,粮食虚耗。《孙子·作战篇》:"其用战也,胜久则钝兵挫锐,攻城则力屈,久暴师则国用不足。夫钝兵挫锐,屈力殚货,则诸侯乘其弊而起,虽有智者,不能善其后矣。"③间(jiàn)行:乘间隙而行,潜行偷袭。④攻敌所不守,守敌所不攻:《孙子·虚实篇》:"攻而必取者,攻其所不守也;守而必固者,守其所不攻者。"按银雀山汉简本《孙子兵法》"守其所不攻者"作"守其所必攻者",从文义上说是正确的。⑤坦坦之路:平坦的大路。车毂击,人肩摩:车毂与车毂相撞击,人肩与人肩相摩擦,形容人来车往,繁华要道。车毂(gǔ),车轮子中间安装车轴的部分。⑥奇道:虚实结合、奇正结合,声东击西、攻其不备,出奇制胜的进攻策略。苏洵将进攻的部队分为大军和锐兵,所谓锐兵,就是奇兵。《孙子·始计篇》:"兵者,诡道也。故能而示之不能,用而示之不用,近而示之远,远而示之近。……攻其无备,出其不意。"《虚实篇》:"兵形象水,水之形避高而趋下,兵之形避实而击虚。"⑦鸣金:鸣锣。挝(zhuā)鼓:击鼓。伏道:指偷袭、潜行、间道出兵。《孙子·军争篇》:"军争之难者,以迂为直,以患为利。故迂其途而诱之以利,后人发,先人至……卷甲而趋,日夜不处,倍道兼行。"杜牧注:"言欲争夺,先以迂远为近,以患为利,诈给敌人,使其慢易,然后急趋也。"又云:"以迂为直,是示敌人以迂远。故意已怠,后诱敌以利,使敌心不专。然后倍道兼行,出其不意,故能后发先至,使得所争之要害也。"⑧抉:撬开。关:门闩。抉门斩关,即撬门斩门。⑨他户:旁门。扃(jiōng)键:门窗、箱柜上的机关插销,这里作动词用,关锁之意。⑩乘坏垣:越过坏却的墙壁。坎墙趾:挖墙脚。上

述几种情况是化用《庄子·胠箧》中的话。《庄子·胠箧》："将为胠箧、探囊、发匮之盗而为守备，则必摄缄滕、固扃鐍，此世俗之所谓知也。"⑪不之察：没有觉察这种情况。几希：很少。⑫不恤：不顾。⑬六国尝攻函谷：函谷关，战国时期秦国设置，位于今河南灵宝，是入秦的咽喉要道。事见《史记·楚世家》，前318年，以楚怀王为纵约长，联合齐、楚、燕、韩、赵、魏等国攻击函谷关，无功而返。⑭曹操尝攻长江，而周瑜走之：指赤壁之战，孙刘联军在周瑜指挥下大败曹军。⑮钟会尝攻剑阁：剑阁，由秦入蜀的栈道，在今四川剑阁县东北大剑山、小剑山之间，相传为三国时诸葛亮所建造，是川陕间主要通道，也是历史上军事戍守要冲。事见《三国志·蜀书·姜维传》，262年，魏军三路伐蜀，钟会带兵直逼汉中，姜维退守剑阁，钟会进攻，不克而退。⑯"刘濞反"以下：汉景帝时，发生了以吴王刘濞为首的七国之乱。吴王出兵先攻大梁。《史记》卷一〇六《吴王濞世家》："吴王之初发也，吴臣田禄伯为大将军。田禄伯曰：'兵屯聚而西，无它奇道，难以就功。臣愿得五万人，别循江淮而上，收淮南、长沙，入武关，与大王会。此亦一奇也。'吴王太子谏曰：'王以反为名，此兵难以藉人。藉人亦且反，奈何？且擅兵而别，多它利害，未可知也，徒自损耳。'吴王即不许田禄伯。"武关，位于今陕西商洛西南丹江北岸，是古代由襄樊入关中的要道。⑰"岑彭攻公孙述"以下：指东汉光武帝时，派大将岑彭（？—35）攻取蜀王公孙述（？—36）一事。《后汉书》卷四七《岑彭传》："彭到江州（四川江北），以田戎食多难卒拔，留冯骏守之，自引兵乘利直指垫江（今四川忠县），攻破平曲，收其米数十万石。公孙述使其将延岑、吕鲔、王元及其弟恢悉兵拒广汉及资中，又遣将侯丹率二万余人拒黄石。彭乃多张疑兵，使护军杨翕与臧宫拒延岑等，自分兵浮江下，还江州，溯都江（今岷江）而上，袭击侯丹，大破之。因晨夜倍道兼行二千余里，径拔武阳（今四川彭山），使精骑驰广都（今四川双流），去成都数十里，势若风雨，所至皆奔散。初，述闻汉兵在平曲，故遣大兵逆之。及彭至武阳，绕出延岑军后，蜀地震骇。述大惊，以杖击地曰：'是何神也！'"⑱"李愬攻蔡"以下：就是有名的李愬雪夜入蔡州的故事。元和十二年（817）七月，宰相裴度率兵讨淮西节度使吴元济，裴度节下陈许节度使李光颜勇冠诸军，所以吴元济派精兵对抗他。李愬乘其不备，突袭吴元济老巢蔡州,生擒吴元济。《资治通鉴》卷二四〇:"行六十里,夜至张柴村,尽杀其戍卒及烽子,据其栅。命士少休,食干糒(bèi,干粮),整羁靮(dí,马缰),留义成军五百人镇之,以断洄曲及诸道桥梁。复夜引兵出门,诸将请所之,愬曰:'入蔡州取吴元济。'诸将皆失色。监军哭曰:'果落李祐奸计。'时大风雪,旌旗裂,人马冻死者相望。天阴黑,自张柴村以东,道路皆官军所未尝行,人人自以为必死,然畏愬,莫敢违。夜半,雪愈甚,行七十里至州城。近城有鹅鸭池,愬令击之以混军声。自吴少诚拒命,官军不至蔡州城下三十余年,故蔡人不为备。壬申四鼓,愬至城下,无一人知者。李祐、李忠义钁其城为坎以先登,壮士从之。守门卒方熟寐,尽杀之而留击柝者,使击柝如故。遂开门纳众,及里城亦然,城中皆不之觉。鸡鸣雪止,愬入居元济外宅。"文成,即文城栅,一名铁城,在今河南遂平西南。张柴,村名,在今河南遂平东南。⑲"汉武攻南越"五句:建元六年(前135),汉武帝征讨南越,唐蒙建议发奇兵攻打南越。《汉书》卷九五《西南夷列传》:"(唐)蒙乃上书说上曰:'南粤王黄屋左纛,地东西万余里,名为外臣,实一州主。今以长沙、豫章往,水道多绝难行。窃闻夜郎所有精兵可得十万,浮船牂柯,出不意,此制粤一奇也。诚以汉之强,巴蜀之饶,通夜郎道为置吏,甚易。'上许之。"夜郎,今贵州西境。牂柯(zāng kē)江,在贵州省。番禺,在广州附近。⑳"邓艾攻蜀"六句:详见《心术》注⑬。㉑"田令孜守潼关"五句:唐广明元年(880),黄巢军攻打潼关,朝廷令田令孜总督神策军及关内各军共十万守关。潼关左有禁谷,可通行人。田令孜未能设防,黄巢派大将林言、尚让统军从禁谷入,与黄巢夹击,破关入长安。见《旧唐书》卷二〇〇下《黄巢传》:"关之左有谷可通行人,平时捉税,禁人出入,谓之禁谷。及贼至,官军但守潼关,不防禁谷,以为谷既官禁,贼无得而逾也。尚让、林言率前锋由禁谷而入,夹攻潼关,官军大溃。"

[译文]

  古代善于进攻的,不会使用全部兵力来进攻坚固的城池;善于防守的,不会使用全部兵力来把守敌人必夺的要冲。因为使用全部兵力来进攻坚固的城池,就会使士气老钝、粮食耗费,而且延迟成功;使用全部兵力来扼守敌军的要冲就会导致不能分兵,而敌军就会潜行袭击我们没有防备的地方。因此，要进攻敌军没有防守的地方，扼守敌军没有进攻的地方。

进攻有三条路，防守有三条路。这三条路是：第一种叫"正道"，第二种叫"奇道"，第三种叫"伏道"。平坦的路面，车毂相撞，人肩相摩，出去要走这里，进来要走这里，我方必定从这里去进攻，敌方必定从这里去防守，这条路就叫"正道"。重兵进攻这条路的南面而精兵从这条路的北面出动，重兵进攻这条路的东面而精兵从这条路的西面出动，这条路就叫"奇道"。高山深谷，中间盘绕着绝密的通道，部队潜行其间，不鸣金、不敲鼓，突然出现在平川来冲击敌方的腹心要地，这条路就叫"伏道"。因此，由正道出兵，胜负难以预料；由奇道出兵，十次有五次可以获胜；由伏道出兵，十次而十次都可以获胜。这是为什么呢？因为位于正道上的城池，都是坚固的城池；位于正道上的军队，都是精锐的军队；位于奇道上的城池，不一定都是坚固的城池；位于奇道上的军队，不一定都是精锐的军队；而伏道上就根本没有城池、没有军队。进攻正道而不知道还有奇道与伏道的，他们的将领就是木偶人；把守正道而不知道还有奇道和伏道的，他们的将领也是木偶人。

现在那些窃贼对于被窃者而言，有撬开正门或砍断门闩而进去的，有趁旁门没上锁而进去的，有爬断墙、挖墙脚而进去的。撬开正门、砍断门闩而主人不能觉察的情况，几乎没有；旁门没上锁而主人不能觉察的情况，占一大半；爬断墙、挖墙脚主人不能觉察的情况，在在而有。作为主人的，不要说大门坚固就不顾旁门、坏墙了。走正道的军队，就是那撬门的强盗；走奇道的军队，就是那从旁门而入的盗贼；走伏道的军队，就是爬墙头的盗贼。

所谓的正道，就是像秦国时的函谷关、东吴时的长江、蜀国时的剑阁之类。从前，六国联军曾经进攻函谷关，但秦将却击败了他们；曹操曾经进攻长江，但周瑜却击退了他；钟会曾经进攻剑阁，但姜维却阻挡住了他。这是为什么呢？因为这些地方平时就做好了守备。汉景帝时吴王刘濞反叛，大军进攻大梁，他的大将军田禄伯请求率领五万人另外顺着江淮，征服淮南、长沙，然后与吴王刘濞在武关会师；东汉光武帝的大将岑彭进攻蜀王公孙述，从江州溯江而上到达都江，击破侯丹的军队，直接攻拔武阳，绕到延岑军队的后方，疾速派精锐骑兵赶赴广都，离成都不到数十里地；李愬进攻蔡州吴元济，蔡州以全部精锐军队抵抗李光颜而没有防备李愬，李愬从文城出发攻破张柴，疾驰二百里，半夜到达蔡州，黎明便擒获了吴元济。这些就是运用奇道的战例。汉武帝攻打南越，唐蒙请求征发夜郎军队，乘船沿牂牁江而下，直达番禺城下，出于越人的意料之外；邓艾进攻西蜀，从阴平经由景谷，攀着树木、沿着石阶，鱼贯前进，直至江油降服了马邈，攻打绵竹斩了诸葛瞻，乘势降服了西蜀后主刘禅；唐末田令孜把守潼关，潼关的左侧有一条山谷叫禁谷，却不知道把守防备，黄巢的大将林言和尚让于是从这里进入，和黄巢夹攻潼关，守关的军队溃败了。这些就是运用伏道的战例。

　　我看古代善于作战的人，在一次战斗中，尚且有用正兵、奇兵、伏兵这三种手段来取胜的，更何况守卫一个国家、进攻一个国家，是国家的安危之所系，岂可不知道这三条路而担任将领？

用 间

孙武既言五间,①则又有曰:"商之兴也,伊挚在夏;周之兴也,吕牙在商。故明君贤将,能以上智为间者,必成大功。此兵之要,三军所恃而动也。"②

按《书》:伊尹适夏,丑夏归亳。③《史》:太公尝事纣,④去之归周。所谓在夏在商诚矣,然以为间,何也?汤、文王固使人间夏、商邪?伊、吕固与人为间耶?桀、纣固待间而后可伐耶?是虽甚庸,亦知不然矣。

然则,武意天下存亡寄于一人。⑤伊尹之在夏也,汤必曰:桀虽暴,一旦用伊尹,则民心复安,吾何病焉。⑥及其归亳也,汤必曰:桀得伊尹不能用,必亡矣,吾不可以安视民病。遂与天下共亡之。吕牙之在商也,文王必曰:纣虽虐,一旦用吕牙,则天禄必复,⑦吾何忧焉。及其归周也,文王必曰:纣得吕牙不能用,必亡矣,吾不可以久遏天命。⑧遂命武王与天下共亡之。然则夏、商之存亡,待伊、吕用否而决。

今夫问将之贤者,必曰:能逆知敌国之胜败。问其所以知之之道,必曰:不爱千金,故能使人为之出万死以间敌国。或曰:能因敌国之使而探其阴计。呜呼!其亦劳矣。伊、吕一归而夏、商之国为决亡。使汤、武无用间之名与用间之劳,而得用间之实,此非上智,其谁能之?

夫兵虽诡道,⑨而本于正者,终亦必胜。今五间之用,其归于诈,成则为利,败则为祸。且与人为诈,人亦将且诈我。故能以间胜者,亦或以间败。吾间不忠,反为敌用,一败也;不得敌之实,而得敌之所伪示者以为信,二败也;受吾财而不能得敌之阴计,惧而以伪告我,三败也。夫用心于正,一振而群纲举;⑩用心于诈,百补而千穴败。⑪智于此,不足恃也。

故五间者,非明君贤将之所上。明君贤将之所上者,上智之间也。是以淮阴、曲逆,⑫义不事楚,而高祖擒籍之计定;左车、周叔不用于赵、魏,而淮阴进兵之谋决。⑬呜呼!是亦间也。

[题解]

《用间》是《权书》的第五篇。本篇是针对《孙子·用间篇》的观点进行的辩驳和发挥。在《孙子·用间篇》中,孙武提出了"五间"说,即"因间"、"内间"、"反间"、"死间"、"生间"。孙武把用间看做是军事斗争的重要手段,他说:"故三军之事,莫亲于间,赏莫厚于间,事莫密于间。非圣智不能用间,非仁义不能使间,非微妙不能得间之实。微哉微哉!无所不用间也!"《孙子·用间篇》最后提出伊尹、吕牙是商汤、周文王派到夏、商去的间谍,但这是"上智为间",是最高超也是成功最大的用间。苏洵针对孙武此论作出辩驳,认为伊尹、吕牙并不是间谍,商周的兴起也不是用间的结果。即使认为用伊尹、吕牙是用间,那也是上智之间,其实质就是用贤。苏洵又进一步说明孙武所说的"五间"有"三败",就如一把双刃剑,是不值得谋国谋军者推崇的。应该说,苏洵的意见是对孙武用间说的补充和延伸。孙武既强调"五间"的重要性,也指出更高层次是"上智为间",并且指出"非圣智不能用间,非仁义不能使间";而苏洵更侧重于后一个方面,对此进行了比较深入的阐述。文章强调战争的正义性是胜利的根本保证,用贤是更高层次的用间。这在苏洵崇尚权变的思想中显得别具一格。所以杨慎在《三苏文范》卷二中说:"此篇议论甚正,笔仗甚爽。末引高祖、淮阴事,见上智之间,巧心妙手,可爱可诵。"

[注释]

①孙武既言五间:《孙子·用间篇》:"故用间有五:有乡(因)间,有内间,有反间,有死间,有生间。""乡间者,因其乡人(敌国乡野之人)而用之。内间者,因其官人(敌国官员)而用之。反间者,因其敌间(使敌国间谍为我所用)而用之。死间者,为诳事于外,令吾间知之而传于敌国也(用假情报使敌人中计,我方间谍被杀)。生间者,反报(探得情报而能生还)也。"②"则又有曰"以下:出自《孙子·用间篇》。③伊尹适夏,丑夏归亳:《尚书·胤征》:"伊尹去亳适夏(传:伊尹,字氏。汤进于桀)。既丑有夏,复归于亳(传:丑恶其政,不能用贤,故退还)。"伊尹,商汤相,助汤灭夏桀。《尚书》的意思是说商汤贡献伊尹于夏桀,使其辅佐夏桀,但伊尹感于夏桀之不可匡扶,于是返回亳都,辅佐商汤灭掉夏桀。而孙武则认为伊尹是商汤派到夏桀那里的间谍。④太公尝事纣:《史记》卷三二《齐太公世家》:"或曰太公博闻,尝事纣。纣无道,去之,游说诸侯,无所遇,而卒西归周西伯。"太公、吕牙,均指姜子牙。⑤然则,武意天下存亡寄于一人:然则,既然如此……那么……。武,孙武。武意,孙武认为。⑥病:担忧,忧虑。⑦天禄必复:天赐的福禄必然复归于他。指商纣作为天子的天命。⑧久遏天命:遏,阻止。长时间地阻止上天的天意,也就是上天让文王兴周灭商、救民于水火的天意。⑨兵虽诡道:《孙子·计篇》:"兵者,诡道也。"⑩一振而群纲举:振,振起,举起。纲举,即纲举目张,纲指网中的粗绳,纲举起,网的众孔目都张开。比喻抓住要害,一切都会顺利。⑪百补而千穴败:多次弥补又多次出现漏洞,千疮百孔、防不胜防的意思。败,溃败,坍塌。⑫淮阴:指淮阴侯韩信。曲逆:指曲逆侯陈平,汉朝建立后,曾任丞相,是刘邦的重要谋士。据《史记》卷九二《淮阴侯列传》和卷五六《陈丞相世家》记载,韩信、陈平二人在归汉之前,都曾是项羽的部下。韩信数次献计都不为所用,最后背楚归汉,因萧何推荐,拜为上将军,帮助刘邦定三秦、攻魏、破赵、定燕、取齐,使楚势孤力单,最终为刘邦所灭。陈平归汉之前也曾助项羽定殷,后来殷地被刘邦击破,陈平惧怕获罪,归汉,并以反间计使项羽疏远其谋士范增。⑬"左车、周叔不用于赵、魏"二句:据《汉书》卷三四《韩彭英卢吴传》载,楚汉相争中,高祖使韩信带兵击魏,韩信问郦食其魏国大将是不是周叔,

郦食其说不是周叔,而是柏直。韩信认为柏直乃竖子,不足惧,于是率兵击魏,虏魏王豹。魏破,韩信东下井陉攻击赵国。赵国广武君李左车向陈余建议,利用井陉之险来对付韩信,深沟高垒以图坚守,同时出奇兵从小道深入,切断其辎重军饷,使之不战而疲。陈余不用其计。韩信最终灭亡赵国,并拜李左车为师。

[译文]

孙武论述了五种间谍后,接着又说道:"从前殷商的兴起,是因为伊尹在夏朝;周朝的兴起,是因为姜子牙在殷商。因此,英明的君主和优秀的将领如果能凭高超的智慧来使用间谍,那必然就能成大功。这是用兵的关键,三军依仗这个来决定行动。"

据《尚书》上记载:伊尹到夏朝去,因看不惯夏朝的朝政又回到商都亳城。据《史记》上记载:太公曾经为商纣效力,后来因为商纣无道而离开商朝投奔周国。说伊尹曾在夏朝朝廷、姜子牙曾在商朝朝廷,确实如此。然而却把他们当做间谍,这是为什么呢?商汤、周文王确实派人去夏朝廷、商朝廷当间谍了吗?伊尹、姜子牙确实替人当间谍了吗?夏桀、商纣确实要等待间谍回来才能讨伐吗?即使是那些非常平庸的人也知道事情并不是这样的。

既然如此,那么孙武的用意在于说明天下的存亡寄托在一个人身上。伊尹在夏朝朝廷,商汤就必然会说:"夏桀虽然残暴,但当他一旦重用伊尹,那民心就会重新安定下来,我还忧虑什么呢?"等到伊尹回到了亳城,商汤就必然会说:"夏桀得到伊尹却不能重用,必定会灭亡了。我不能就这样看着民众受难!"于是,他便与天下的人一道灭亡了夏朝。姜子牙在商朝朝廷,周文王就必然会说:"商纣王虽然暴虐,但当他一旦重用子牙,那天命就还会回到他的身上。我有什么可担忧的呢?"等到姜子牙投奔周国,周文王就必然会说:"商纣王得到子牙却不能重用,必定会灭亡了。我不能长久地阻止天命!"于是,他便命令周武王与天下的人一道灭亡了商朝。既然这样，那么夏朝、商朝的存亡，取决于伊尹、姜子牙是否被重用。

如今如果要问怎么样才算是贤能的将领，人们就必然会说："能够预先知道敌国的胜败。"问他们知道这些的方法，必然会说："不吝惜重金，因此能让人为他万死不辞去敌国当间谍。"或者说："能利用敌国的使者而刺探到他们的阴谋。"唉！这用心也太辛劳了。伊尹、姜子牙一归顺，而夏朝、商朝的国家就必亡无疑，使得商汤王、周武王没有背上使用间谍的名声，也没有使用间谍的辛劳，然而却得到了使用间谍的实际效果。这除了具有最高智慧的人，又有谁能做得到呢？

用兵虽然崇尚诡诈的手段，但源于正义的，最终也必定会胜利。如今五种间谍的使用，都可以归结为欺诈，成功了就有利，失败了就成为灾祸。而且对别人进行欺诈，那别人也将会来欺诈我们。所以能够因使用间谍而取胜的，有时也会因使用间谍而失败。我方的间谍不忠诚，反倒会被敌方利用，这是第一种失败的情况；不能得到敌方的真实情况，反而得到了敌方假意暴露出来的情况，并信以为真，这是第二种失败的情况；拿了我方的钱财却不能得到敌方的阴谋，因为害怕而捏造假情报来向我方报告，这是第三种失败的情况。如果把心用在正道上，那一振奋就能做到纲举目张；如果把心用在欺诈上，那补住了一百个窟窿又会有上千个窟窿溃决。把心计用在这上面，那是完全靠不住的。

所以使用五间，不是英明的君主和贤能的将领所应推崇的。英明的君主和贤能的将领所应推崇的，是凭最高的智慧来使用间谍。因此，由于淮阴侯韩信、曲逆侯陈平出于正义而不为楚王项羽效力，因而汉高祖擒拿项籍的计划便一举而定；由于李左车、周叔不被赵国、魏国重用，因而淮阴侯韩信进兵攻打两国的计谋便得以决定。唉！这些也是用间谍啊！

六 国

六国破灭,非兵不利,战不善,弊在赂秦。①赂秦而力亏,破灭之道也。

或曰:六国互丧,率赂秦耶?②曰:不赂者以赂者丧。盖失强援,不能独完,故曰:弊在赂秦也。

秦以攻取之外,小则获邑,大则得城。较秦之所得,与战胜而得者其实百倍;诸侯之所亡,与战败而亡者,其实亦百倍。则秦之所大欲,诸侯之所大患,固不在战矣。思厥先祖父暴霜露、斩荆棘以有尺寸之地。③子孙视之不甚惜,举以予人,如弃草芥。④今日割五城,明日割十城,然后得一夕安寝。起视四境,而秦兵又至矣。然则诸侯之地有限,暴秦之欲无厌,奉之弥繁,侵之愈急,故不战而强弱胜负已判矣。至于颠覆,理固宜然。古人云:"以地事秦,犹抱薪救火,薪不尽,火不灭。"⑤此言得之。

齐人未尝赂秦,终继五国迁灭,⑥何哉?与嬴而不助五国也。⑦五国既丧,齐亦不免矣。燕、赵之君,始有远略,能守其土,义不赂秦。是故燕虽小国而后亡,斯用兵之效也。至丹以荆卿为计,始速祸焉。⑧赵尝五战于秦,二败而三胜。⑨后秦击赵者再,李牧连却之。⑩洎牧以谗诛,邯郸为郡,惜其用武而不终也。

且燕、赵处秦革灭殆尽之际,⑪可谓智力孤危,战败而亡,诚不得已。向使三国各爱其地,齐人勿附于秦,刺客不行,良将犹在,则胜负之数,存亡之理,当与秦相较,或未易量。

呜呼!以赂秦之地封天下之谋臣,以事秦之心礼天下之奇才,并力西向,则吾恐秦人食之不得下咽也。悲夫,有如此之势,而为秦人积威之所劫,⑫日削月割,以趋于亡。为国者无使为积威之所劫哉!

夫六国与秦皆诸侯,其势弱于秦,而犹有可以不赂而胜之之势。苟以天下之大,下而从六国破亡之故事,⑬是又在六国下矣。

[题解]

本文是《权书》的第八篇,《权书》前五篇论战术,后五篇则评析历代战事、人物之得失。本文讲六国亡于秦的历史教训,借古讽今,是苏洵的一篇名文。

本文之所以是一篇古今传诵的名作,有两点可讲:其一是对于六国灭亡原因所下的断言鞭辟入里,令人信服;其二是作品的用意在于借古讽今,但表达得极其巧妙含蓄。

就第一点而言,关于六国的灭亡,古往今来议论纷纷,而苏洵的"赂亡"说,可谓使人耳目一新,又可谓确切不移。苏洵将东方六国对于秦国的态度分为三个类型:割地赂秦的楚、韩、魏三国,义不赂秦、坚持抗战的燕、赵两国,与秦连横的齐国。结果是赂者先亡,不赂者因赂者而亡,与秦者也迁灭消亡。但是燕赵小国,战而后亡,这说明抗战是对付暴秦的最有效的办法。有力地阐明了文章开头提出的观点:"六国破灭,非兵不利,战不善,弊在赂秦。"

就第二点来说,这才是本文的真正用意。苏洵的《权书》皆是有为而作,不尚空论。本文正是针对北宋时期国家形势提出的应对之策。《唐宋文醇》卷三四说:"宋仁宗增岁币于契丹,当时皆谓契丹无厌之求,奚其可从?竭中国膏血,不足以为赂矣,于是志士扼腕耻之。洵作《几策·审敌篇》,极言当绝其使,勿与岁币,而《权书》内又作《六国论》,以先发其端焉。"这段话颇为准确地指出,《六国论》笔锋所指正是针对当时国家的外交大计。后来苏洵在其《审敌》一文中明确提出"勿赂有战"的对敌策略,正是从秦亡六国中得出的历史教训。当然,苏洵以古讽今,在技巧上表现得巧妙而含蓄。首先,文章开头提出六国破亡,"弊在赂秦",但下文所说的贿赂实际上只是割地而已。但文章开头为什么不说六国破亡,弊在割地呢?因为大宋并没有割地之耻而只有贿赂之耻,这就是苏洵的巧妙影射之处。下文讲六国子孙弃"厥先祖父暴霜露、斩荆棘以有尺寸之地"如草芥,其感叹、嘲讽的意味就强烈而明显,但是又非宋朝事实,所以可谓"言之者无罪,闻之者足以戒"。文章中强调抗战的良好效果,也是为了给宋朝决策者们以鼓励。后面提出封天下之谋臣,礼天下之奇才,无为积威之所劫的对策,更是具有现实针对性。文章结尾部分,苏洵特意将六国和"天下之大"作比,指出作为一个统一的王朝,如果再蹈六国覆亡之故辙,岂不为天下后世笑吗?其刺时事的用意,可谓表露无遗了!

文章一气呵成,条理清晰,说理透辟,文字简洁,形象生动,气势纵横,不愧为史论名篇。

[注释]

①"六国破灭"四句:六国指魏、赵、韩、燕、齐、楚。六国破灭,秦始皇十七年(前230)灭韩,十九年(前228)灭赵,二十二年(前225)灭魏,二十四年(前223)灭楚,二十五年(前222)灭燕,二十六年(前221)灭齐。弊在赂秦,指魏、韩、楚三国割地赂秦之事。②互丧:相继灭亡。率:都,一概。③思:发语词。厥:其。先祖父:开创国家的列祖列宗。暴霜露、斩荆棘:冒着霜雪雨露,披荆斩棘。④举以予人,如弃草芥:全都拱手送人,像丢弃一棵小草一样。举,全,都。芥,小草。⑤"以地事秦"四句:《战国策·魏策四》:孙臣谓魏王曰:"以地事秦,譬犹抱薪而救火也,薪不尽则火不止。今大王之地有尽,而秦之求无穷,是薪火之说也。"又《史记》卷四四《魏世家》:"苏代谓魏王曰:'欲玺者段干子也,欲地者秦也。今王使欲地者制玺,使欲玺者制地,魏氏地不尽,则不知已。且夫以地事秦,譬犹抱薪救火,薪不尽,火不灭。'"⑥迁灭:秦兵攻入齐国国都临淄,把齐王建迁到共地,齐国灭亡。⑦与:亲附,依附。嬴:指秦国。秦,嬴姓。⑧至丹以荆卿为计,始速祸焉:丹,指燕太子丹。荆卿,荆轲。燕太子丹派荆轲往刺秦王,未

成,秦大怒,发兵灭燕,事见《史记》卷八六《刺客列传》。⑨赵尝五战于秦,二败而三胜:《史记》卷六九《苏秦列传》:"秦赵五战,秦再胜而赵三胜。"⑩李牧:战国赵人,为赵国北境良将,曾大破匈奴,使得匈奴十余年不敢南下牧马。后曾率军于肥下(今河北藁城)、番吾(今河北平山)两败秦军。后秦军使用反间计,赵国杀掉李牧。随后,赵国破灭,邯郸成为秦国一郡。事见《史记》卷四三《赵世家》。⑪革灭:消灭,灭亡。⑫积威之所劫:历年积累的威势所胁迫。⑬故事:旧事,前例。

[译文]

六国的破灭,不是武器不锐利、仗打得不好,弊病在于贿赂秦国。由于贿赂秦国而致使国力亏损,这是六国走向破亡的路啊。

有人说:"六国相继灭亡,全都是因为贿赂秦国吗?"回答是:"不贿赂秦国的因为贿赂秦国的而灭亡。"因为这些国家失去了强有力的援助,因而不能独自保全。所以我说:弊病在于贿赂秦国。

秦国除了靠军事进攻之外,还能通过他国的贿赂,小则得到城邑,大则得到城市。拿贿赂得到的和打胜仗得到的比较,实际上要超过一百倍;诸侯因贿赂而失去的和因战败失去的相比,实际上也超过一百倍。由此可见,秦国最大的欲望、诸侯国最大的灾祸,的确不在交战上。他们的列祖列宗冒着风霜雨露、披荆斩棘,才得来了一尺一寸的土地;子孙却对这些土地毫不吝惜,整个拿来给了别人,如同丢弃草芥一样,今天割让五座城池,明天割让十座城池,然后换来一个晚上的安稳觉。第二天起来环视四境,而秦国的军队却又到了。然而诸侯国的土地是有限的,而残暴的秦国的欲望却是无法满足的;奉送给秦国的土地越多,秦国对六国的侵夺就越急促,所以不用交战而双方的强弱胜负就已经判然分明了。最终六国落得覆亡的下场,是理所当然的。古人说:"用土地去侍奉秦国,就如同抱着木柴去救火一样;木柴没有用尽,火就不会熄灭。"这话说到点子上了。

齐国人从来没有拿土地去贿赂过秦国，但最终也跟在五国之后而被秦国灭亡，这是为什么呢？因为齐国结交嬴秦而不去援助五国的缘故。五国覆亡以后，齐国也就免不掉了。燕国、赵国的国君一开始时有长远的战略，能够守住他们的国土，坚持正义不去贿赂秦国。因此燕国尽管是一个小国，但灭亡的时间却靠后，这就是用兵对抗秦国的功效。到燕太子丹以荆轲刺杀秦王作为国家大计后，才招来燕国的灾祸。赵国曾经与秦国五次交战，两次失败，三次获胜。后来，秦国两次进攻赵国，但都被李牧连连击退。等到李牧被谗言害死之后，赵国的都城邯郸这才变成了秦国的一个郡，可惜赵国用武力抵抗秦国却没有能坚持到最后。况且燕国和赵国处于秦国已经快要将其他几国消灭殆尽的时候，可以说是计谋和力量都已经到了孤立无援的危险境地了，它们因战败而灭亡，确实是不得已的事情啊。假如以前韩、魏、楚三国各自珍爱自己的土地，齐国人不去依附秦国，燕国不派遣刺客，赵国的良将依然还在，那么几率上是胜是负，理论上是存是亡，六国和秦国相较量，结果也就很难估量了。

　　唉！如果六国把贿赂秦国的土地用来分封天下的谋士，用侍奉秦国的心来礼待天下的奇才，大家合力西进，那么恐怕秦国人吃饭也是不得下咽的。可悲呀！有这样的势力，但却被秦国人长久积累起来的威势所胁迫，天天消减月月割剥，以至于走向灭亡。治国的人不要被日渐积累起来的威势所胁迫呀！

　　六国与秦国都是诸侯国，六国的势力要比秦国弱小，但却仍然具有可以不用贿赂就能战胜秦国的形势。假如凭借天下一统之势，却又重蹈六国灭亡的覆辙，那就又在六国之下了。

高　祖

汉高祖挟数用术，以制一时之利害，不如陈平；①揣摩天下之势，举指摇目以劫制项羽，不如张良。②微此二人，则天下不归汉，而高帝乃木强之人而止耳。③然天下已定，后世子孙之计，陈平、张良智之所不及，则高帝常先为之规画处置，以中后世之所为，晓然如目见其事而为之者。盖高帝之智，明于大而暗于小，至于此而后见也。

帝尝语吕后曰："周勃厚重少文，然安刘氏必勃也。可令为太尉。"④方是时，刘氏既安矣，勃又将谁安邪？故吾之意曰：高帝之以太尉属勃也，知有吕氏之祸也。⑤

虽然，其不去吕后，何也？势不可也。昔者武王没，成王幼，而三监叛。⑥帝意百岁后，将相大臣及诸侯王有武庚禄父者，⑦而无有以制之也。独计以为家有主母，而豪奴悍婢不敢与弱子抗。吕后佐帝定天下，为大臣素所畏服，独此可以镇压其邪心，以待嗣子之壮。⑧故不去吕后者，为惠帝计也。

吕后既不可去，故削其党以损其权，使虽有变而天下不摇。是故以樊哙之功，⑨一旦遂欲斩之而无疑。呜呼！彼岂独于哙不仁耶！且哙与帝偕起，拔城陷阵，功不为少矣。方亚父嗾项庄时，微哙诮让羽，⑩则汉之为汉，未可知也。一旦人有恶哙欲灭戚氏者，⑪时哙出伐燕，立命平、勃即斩之。夫哙之罪未形也，恶之者诚伪未必也，且高帝之不以一女子斩天下之功臣，亦明矣。彼其娶于吕氏，吕氏之族若产、禄辈皆庸才不足恤，⑫独哙豪健，诸将所不能制，后世之患，无大于此矣。夫高帝之视吕后也，犹医者之视堇也，⑬使其毒可以治病，而无至于杀人而已矣。樊哙死，则吕氏之毒将不至于杀人，高帝以为是足以死而无忧矣。彼平、勃者，遗其忧者也。⑭哙之死于惠之六年也，天也。使其尚在，则吕禄不可给，太尉不得入北军矣。⑮

或谓哙于帝最亲，使之尚在，未必与产、禄叛。夫韩信、黥布、卢绾皆南面称孤，而绾又最为亲幸，然及高祖之未崩也，皆相继以逆诛。⑯谁谓百岁之后，椎埋屠狗之人，⑰见其亲戚乘势为帝王而不欣然从之邪？吾故曰：彼平、勃者，遗其忧者也。

[题解]

本文是《权论》的第十篇，论述汉高祖的大明之智，善于预知处理身后之事。本文的特点在于以史实为基础，又不为史实所限制，善于架空立意，将无作有，以虚为实，表现出苏洵对于历史事件的独特感悟。

文章善于叙事和论辩，抑扬反复，环环相扣。首段论高祖之大智慧，先抑后扬，先以"二不如"（不如陈平、张良）起头，说如果非此二人，汉高祖将一事无成，这就是抑；然后讲高祖平定天下之后，处置天下大事，晓畅明白，而陈、张不能赞一辞、画一谋，这是扬。通过抑扬起伏，突出文章的主题：高祖之大明在善于处置天下身后之大事。

下文以安刘除吕这一事件为论据来证明高祖之大智大明。但这一论证过程同样起伏曲折，环环相扣，往复辩难。先说高祖使周勃为太尉来安刘，然后说刘氏已安，安刘何意？推论出高祖预知将有吕氏之祸。既然预知有吕氏之祸，何以不除去吕后？高祖乃是留吕后来镇压将相大臣诸侯的邪心。不去吕后，正是为了安刘。吕后既不可去，又如何避免吕氏之祸？办法在于削弱吕氏的权势，除去其羽翼。吕党之中，最为豪健难以制服的就是吕后的妹婿樊哙，所以高祖临终一定要除去樊哙,并且将这样的任务交给了陈平和周勃。除去樊哙是本文的中心环节,在这一点上,苏洵表现出了极其高超的论述技巧。作者为了说明高祖欲斩樊哙的真正用意,反复假说:"彼岂独于哙不仁耶!""夫哙之罪未形也,恶之者诚伪未必也,且高帝之不以一女子斩天下之功臣,亦明矣。"另一方面又反复说明樊哙所立下的汗马功劳,极尽抑扬之能事。然后轻轻一接:"彼其娶于吕氏。"这才是高祖一定要斩掉樊哙的原因:一则和吕后是亲戚,一则豪健难制。他是高祖心中最大的忧虑所在,最可能威胁到刘氏天下的人。苏洵的论辩不止于此,又设辞进一步辩论。或许有人会说樊哙和高祖最亲近,未必会反。苏洵以韩信等的反叛为证,又从人之常情来论,樊哙反叛的可能性完全存在,所以高祖的判断是明智的。但陈平、周勃并没有完成高祖交给的任务,遗留下最大的祸根,幸亏樊哙早死,否则后果难料!

所以本文最大的特点就是架空立论,窥入一点,而证成己说,表现了苏洵擅长揣摩、擅长论辩的策士之风。

[注释]

①挟数用术:即运用术数,运用各种谋略计策。挟,掌握。术数,权谋,策略。陈平(?—前178):阳武(今河南原阳)人,高祖刘邦的主要谋士之一,后以功封曲逆侯,为汉朝丞相。事迹见《史记》卷五六《陈丞相世家》:"太史公曰:陈丞相平少时本好黄帝老子之术……常出奇计,救纷纠之难,振国家之患。及吕后时,事多故矣,然平竟自脱,定宗庙,以荣名终称贤相,岂不善始善终哉!非知谋,孰能当此者乎?"②揣摩:分析,思考。举指摇目:形容谈论分析敌策略时自若的神情。劫制:控制。张良(?—前186):字子房,其先世相韩,高祖刘邦的主要谋士之一,后封留侯。事迹见《史记》卷五五《留侯世家》:"高祖离困者数矣,而留侯常有功力焉,岂可谓非天乎?上曰:'夫运筹策(cè,策)帷帐之中,决胜千里外,吾不如子房。'"③微:非,无。木强(jiàng):质直倔强如木石。④"帝尝语吕后"以下:《史记》卷八《高祖本纪》,高祖临死前告诉吕后说:"周勃重厚少文,然安刘氏者,必勃也。可令为太尉。"周勃(?—前169),沛人,从刘邦起兵,屡立战功,封绛侯,后为太尉、丞相。事见《史记》卷五七《绛侯周勃世家》。"勃为人木强敦厚,高帝以为可属大事。勃不好文学,每召诸生说士,东乡坐而责之,

趣为我语,其椎少文如此。"⑤吕氏之祸:指刘邦之子汉惠帝卒,吕后临朝称制,封诸吕为王,吕后崩,以赵王吕禄为上将军,居北军,吕王吕产居南军,诸吕欲为乱,危及刘氏社稷。事见《史记》卷九《吕后本纪》。⑥三监:《汉书》卷二八下《地理志》:"河内,本殷之旧都。周既灭殷,分其畿内为三国,《诗·风》邶、庸、卫国是也。邶,以封纣子武庚。庸,管叔尹之。卫,蔡叔尹之。以监殷民,谓之三监。"⑦武庚禄父:武庚,商纣王子,亦称禄父,周武王灭商后,封其为王,管理殷地遗民,后谋反,被周公平定。⑧吕后佐帝定天下:吕后(?—前180),名雉,字娥姁(xǔ),刘邦皇后,佐刘邦定天下,刘邦死后,辅佐惠帝,为皇太后。惠帝死,临朝称制八年。事见《史记》卷九《吕后本纪》。"吕后为人刚毅,佐高祖定天下,所诛大臣,多吕后力。"嗣子:指汉惠帝刘盈(前210~前188),即位时(前195)年方十六岁。⑨樊哙(?—前189):沛人,从刘邦起兵,屡立战功,封舞阳侯。娶吕后妹吕媭(xū),所以较他将为亲。《史记》卷九五《樊郦滕灌列传》:"舞阳侯樊哙者,沛人也。以屠狗为事,与高祖俱隐,初从高祖起丰,攻下沛。"⑩亚父嗾项庄时,微哙诮让羽:这是指在著名的鸿门宴上,亚父范增使项庄舞剑,意在沛公(刘邦),危急之时,樊哙闯入,责备项羽,使得刘邦借机脱身。嗾,嗾使。诮让,责备。⑪人有恶哙欲灭戚氏者:戚氏,刘邦的宠姬戚夫人。此事据本传云:"其后卢绾反,高帝使哙以相国击燕。是时,高帝病甚,人有恶哙党于吕氏,即上一日宫车晏驾,则哙欲以兵尽诛灭戚氏、赵王如意之属。高帝闻之,大怒,乃使陈平载绛侯代将,而即军中斩哙。陈平畏吕后,执哙诣长安。至,则高祖已崩。吕后释哙,使复爵邑。孝惠六年,樊哙卒。"⑫吕氏之族若产、禄辈:吕产为吕后兄吕泽子,封吕王,改封梁王。吕禄为吕后兄吕释之子,封赵王。两人在吕后卒后,分居南北军,欲为乱,后被诛。⑬堇:中草药名,即乌头,有剧毒。⑭遗其忧者:留下了他所担忧的人(即樊哙)。⑮吕禄不可绐,太尉不得入北军:据《史记》卷九《吕后本纪》:"赵王禄、梁王产各将兵居南北军,皆吕氏之人。列侯群臣莫自坚其命,太尉绛侯勃不得入军中主兵。曲周侯郦商老病,其子寄与吕禄善。绛侯乃与丞相陈平谋使人劫郦商,令其子寄往给说吕禄……吕禄信然其计,欲归将印,以兵属太尉。使人报吕产及诸吕老人。或以为便,或曰不便,计犹豫未有所决。吕禄信郦寄,时与出游

高祖 211

猎，过其姑吕媭，媭大怒曰：'若为将而弃军，吕氏今无处矣。'乃悉出珠玉宝器散堂下，曰：'无为他人守也。'" ⑯"韩信、黥布、卢绾皆南面称孤"四句：楚王韩信于高祖十一年为吕后、萧何所擒，斩于长安长乐宫。淮南王黥布十一年反，战败被杀。燕王卢绾十一年逃入匈奴，死去。⑰椎埋屠狗之人：指樊哙。椎埋，劫杀人而埋其尸。屠狗，樊哙早年以杀狗为业。

[译文]

汉高祖刘邦在运用权术来控制一时的利害这一方面，不如陈平；在揣摩天下的形势，举起手指筹划，摇头闭目思谋，来劫持制服项羽这一方面，不如张良。没有这两个人，那天下就不会归刘汉所有，而汉高祖刘邦也就只不过是一个质木无文的人罢了。然而当天下已经安定，为后代子孙长远谋划，陈平、张良的智慧却是达不到的，而高帝就经常先规划处理，使之能够符合后来发生的事情，明白得就像亲眼看见那件事而作出的决策一样。大概高祖刘邦的智慧，明于处理大事而暗于处理小事，到了这个时候才显现出来。

高祖刘邦曾经对吕后说："周勃厚道持重缺少文采，然而使刘姓皇室安定的，必定是周勃，可以命令他做太尉。"在这个时候，刘姓王朝已经安定了，周勃又将要为谁安定呢？所以我的看法是：高帝拿太尉的官留给周勃来做，是知道将来会有吕姓一家的祸乱。

既然这样，刘邦却不除掉吕后，这是为什么呢？是因为形势不允许啊！从前周武王死了，成王还小，结果纣王之子武庚和成王的叔父管叔、蔡叔起来反叛。汉高祖可能以为他寿终后，假使将相大臣和诸侯王有像武庚禄父那样的人出来反叛，就没有人能够制服他们了。他独自思谋，认为家里如果有主母，那么豪纵的奴仆、骄悍的婢女就不敢与弱小的主子抗衡。吕后辅佐高祖平定天下，是大臣向来害怕服从的，只有她可以压制他们邪恶的念头，来等待继位的小儿子的长大。所以不除去吕后，是替惠帝打算啊！

吕后既然不可以除掉，所以就削弱她的党羽来减损她的权势，使得即使有变乱而刘氏的天下也不会动摇。因此以樊哙那么大的功劳，一旦想要斩掉他就毫不犹豫。唉！高祖难道是独独对樊哙没有仁慈之心吗？况且樊哙和高祖一同起兵，攻城陷阵，功劳不可谓少呀。当亚父范增指使项庄舞剑，想趁机杀掉刘邦时，如果不是樊哙责备项羽，那汉朝能否成为汉朝，恐怕难以预料啦。一旦有人憎恨樊哙，诬陷他要杀掉戚夫人，这时樊哙正在外讨伐燕国，高帝立即命令陈平、周勃去军队中斩掉他。樊哙的罪状没有显露，憎恨他的人说的话真假还没有确定。况且高帝不会因为一个女子斩杀天下的功臣，这点也是很明白的。樊哙娶了吕后的妹妹做妻子，吕氏族内像吕产、吕禄等，都是庸才，不值得顾虑。只有樊哙豪纵强悍，诸将都不能制服他，后世的祸患，没有比这个更大的了。高帝看待吕后，就好像医生看待堇草一样，使它的毒可以治病而不至于杀人罢了。樊哙死了，那吕后的毒害将不至于倾覆刘氏天下，高祖认为做到这一点就可以死而无忧了。那陈平、周勃（没有杀掉樊哙），是留下了高祖所担忧的人啊。樊哙死于惠帝即位的第六年，这是天意啊！假使他还活着，吕禄就不会受骗，太尉周勃就不能进入北军啦！

　　有人说樊哙和高祖最亲近，假使他还活着，未必与吕产、吕禄一同叛乱。那韩信、黥布、卢绾，都是南面称孤的诸侯王，而且卢绾又是最受宠幸的，然而在高祖尚未死的时候，都先后因为叛逆被诛杀。谁说高祖去世以后，早年劫人杀狗的人，看到他的亲戚趁势做了帝王而不会欣然相随、步其后尘呢？所以我说：那陈平、周勃（没有杀掉樊哙），是留下了高祖所担忧的人啊。

衡论引

事有可以尽告人者，有可告人以其端而不可尽者。①尽以告人，其难在告；告人以其端，其难在用。今夫衡之有刻也，于此为铢，于此为石，②求之而不得，曰是非善衡焉，可也，曰权罪者，③非也。始吾作《权书》，以为其用可以至于无穷，而亦可以至于无用，于是又作《衡论》十篇。呜呼！从吾说而不见其成，乃今可以罪我焉耳。

[题解]

《衡论》是苏洵的一组政论文章，总共十篇，当写于《权书》之后。《权书》论兵，兵者，诡道也，所以更多的是一些权宜之计、变通之术，所以苏洵说"其用可以至于无穷"，但如果没有开明政治的支撑，"亦可以至于无用"，故而苏洵又写作了《衡论》，着重论述治国安邦的恒常之道。二者纵横交错，构成了苏洵比较完整的政治思想体系。

[注释]

①端：开头，开始。②刻：刻度。铢、石：古代度量单位。二十四铢为一两，一百黍为一铢，铢是很小的重量单位。一百二十斤为一石，石是很大的重量单位。③权罪：权的过错。权，秤锤。

[译文]

事情有的可以完全告诉别人，有的可以把它的端绪告诉别人，但不能全部告诉别人。可以完全告诉别人的，它的难处在于如何告诉；把事情的端绪告诉别人，它的难处在于如何运用。犹如秤有刻度，到这个地方是一铢，到这个地方是一石，找它的刻度却找不到，说这不是根好秤是可以的，说秤锤有过错是不对的。开始我写作《权书》，认为它的用处可以达到无限，但也可能毫无作用，因此又写作了《衡论》十篇。唉！如果按照我讲的道理去做却看不见成果，那现在可以怪罪我了。

远 虑

圣人之道，有经，有权，有机；①是以有民，有群臣，而又有腹心之臣。曰经者，天下之民举知之可也；曰权者，民不得而知矣，群臣知之可也；曰机者，虽群臣亦不得而知矣，腹心之臣知之可也。夫使圣人而无权，则无以成天下之务；无机，则无以济万世之功。然皆非天下之民所宜知。而机者，又群臣所不得闻。群臣不得闻，谁与议？不议不济。然则所谓腹心之臣者，不可一日无也。

后世见三代取天下以仁义，而守之以礼乐也，则曰：圣人无机。夫取天下与守天下，无机不能。顾三代圣人之机，不若后世之诈，故后世不得见耳。

有机也，是以有腹心之臣。禹有益，汤有伊尹，武王有太公望。②是三臣者，闻天下之所不闻，知群臣之所不知。禹与汤、武倡其机于上，而三臣共和之于下，以成万世之功。下而至于桓、文，有管仲、狐偃为之谋主；③阖庐有伍员；④勾践有范蠡、大夫种。⑤高祖之起也，大将任韩信、黥布、彭越，裨将任曹参、樊哙、滕公、灌婴，游说诸侯任郦生、陆贾、枞公，至于奇机密谋，群臣所不与者，惟留侯、酂侯二人。⑥唐太宗之臣多奇才，而委之深、任之密者,亦不过曰房、杜。⑦

夫君子为善之心与小人为恶之心,一也。君子有机以成其善,小人有机以成其恶。有机也,虽恶亦或济;无机也,虽善亦不克。是故腹心之臣不可以一日无也。司马氏,魏之贼也,有贾充之徒为之腹心之臣以济;⑧陈胜、吴广,秦民之汤、武也,无腹心之臣以不克。⑨何则?无腹心之臣者,无机也,有机而泄也。夫无机与有机而泄者,譬如虎豹食人而不知设陷阱,设陷阱而不知以物覆其上者也。

或曰:机者,创业之君所假以济耳;守成之世,其奚事机而安用夫腹心之臣?呜呼!守成之世,能遂熙然如太古之世矣乎?⑩未也。吾未见机之可去也。且夫天下之变,常伏于燕安,⑪田文所谓"主少国危,大臣未附",⑫如此等事,何世无之。当是之时,而无腹心之臣,可为寒心哉!昔者,高祖之末,天下既定矣,而又以周勃遗孝惠、孝文。⑬武帝之末,天下既治矣,而又以霍光遗孝昭、孝宣。⑭盖天下虽有泰山之势,而圣人常以累卵为心,⑮故虽守成之世,而腹心之臣不可去也。

《传》曰:"百官总己以听于冢宰。"⑯彼冢宰者,非腹心之臣,天子安能举天下之事委之三年,⑰而不置疑于其间邪?又曰:"五载一巡狩。"⑱彼无腹心之臣,五载一出,捐千里之畿,⑲而谁与守邪?今夫一家之中,必有宗老;⑳一介之士,必有密友:以开心胸,以济缓急。奈何天子而无腹心之臣乎?

近世之君抗然于上,而使宰相眇然于下。㉑上下不接,而其志不通矣。臣视君如天之辽然而不可亲,而君亦如天之视人,泊然无爱之之心也。㉒是以社稷之忧,彼不以为忧;社稷之喜,彼不以为喜。君忧不辱,君辱不死。㉓一人誉之则用之,一人毁之则舍之。宰相避嫌畏讥且不暇,何暇尽心以忧社稷?数迁数易,

远虑 217

视相府如传舍。㉔百官泛泛于下,而天子惸惸于上,一旦有卒然之忧,吾未见其不颠沛而殒越也。㉕

圣人之任腹心之臣也,尊之如父师,爱之如兄弟,握手入卧内,同起居寝食,知无不言,言无不尽,百人誉之不加密,百人毁之不加疏,尊其爵,厚其禄,重其权,而后可以议天下之机,虑天下之变。太祖之用赵中令也,得其道矣。㉖近者寇莱公亦诚其人,㉗然与之权轻,故终以见逐,而天下几有不测之变。然则其必使之可以生人杀人而后可也。

[题解]

本文为《衡论》首篇,主要论证帝王守成之术在于信任腹心大臣,可与《任相》一篇相参证。文章指出事物有经、有权、有机。所谓经,乃万古不变之常法,可以与万民共之;所谓权,则是变通之术、权宜之计,这只能让群臣知道;所谓机(几),则是"动之微,吉凶之先见者也"(《周易·系辞下传》),是事关国家长治久安、生死存亡的核心机密,这只能让所谓的腹心大臣知道,参与谋划。帝王御天下必有机,故必有腹心大臣,君主必须与腹心之臣同心同德,使他们能透晰时局,高瞻远瞩,国家才能化险为夷,国运昌盛。所谓的腹心大臣就是丞相,苏洵意在强调丞相之重要,希望帝王真正能够赋予丞相充分的地位和信任,"接之以礼而责之重"。对近世帝王高高在上,丞相渺然在下的状况深感忧虑。这是因为缺乏腹心之臣,以至于机事外漏,造成国家政局的倾危。这应该是苏洵从庆历新政失败中得出的教训。

文章谈古论今,广征博引,从历代君臣事迹中,列举大量正面、反面的实例,反反复复,围绕"不可无腹心之臣"来论证,申明主意。文章落落抒写,绝无一点沾滞。章法变换,引证层叠,议论翻驳处,有万草千花之朦胧。故茅坤评本文说:"文如怒马奔逸绝尘而不可羁制。大略老苏之文,有此一段奇迈奋迅之气,故读之往往令人心掉。"(《唐宋八大家文钞》卷一一四)

[注释]

①有经,有权,有机:经,常也,不变的恒常的道理,儒家所持的仁义礼乐。权,权变,权宜。在特殊条件下虽有违正道而实际效果为善良的称为

权。《春秋公羊传·桓公十一年》:"权者何?权者,反于经然后有善者也。"机,即下文说的"奇机密谋",机密、机要之事。经、权、机三者可以说构成了苏洵的思想体系,同时也恰好和苏洵的策论三书相对应:经对应于《衡论》,权对应于《权书》,机对应于《几策》。②禹有益,汤有伊尹,武王有太公望:益,即伯益,一作伯翳,又称大费,古代嬴姓各族的祖先。相传辅佐大禹治水有功。事见《尚书·舜典》。伊尹,辅佐商汤建立商朝的大臣,见《用间》注③。太公望,即姜子牙,见《权书引》注②。③桓、文:即齐桓公、晋文公,春秋五霸之一。管仲:辅佐齐桓公称霸的大臣,具体参见《管仲论》一文。狐偃:字子犯,晋文公舅父,随文公流亡十九年,后辅佐晋文公称霸诸侯。事见《国语·晋语》。④阖庐:名光,吴王诸樊子。诸樊死后,吴王僚即位,公子光派专诸刺杀吴王僚,即位为吴王阖庐。伍员:即伍子胥(?—前484),楚大夫伍奢次子。楚平王杀伍奢,伍员逃亡入吴,助阖庐刺杀吴王僚,夺取王位,不久攻破楚国,以功封于申,又称申胥。吴王夫差时,赐剑命其自杀。⑤勾践有范蠡、大夫种:范蠡、文种都是越王勾践的佐命大臣。两人辅佐勾践卧薪尝胆,最终灭掉吴国。事见《史记》卷四一《越王勾践世家》。⑥"高祖之起也"以下:韩信、黥布、彭越,都是楚汉战争时期的著名将领,韩信封楚王,黥布封淮南王,彭越封梁王。裨将,偏将。曹参、樊哙、滕公、灌婴,都是刘邦手下的大将,曹参后继萧何为汉丞相,滕公即夏侯婴。郦生、陆贾、枞公,都是刘邦的谋士,郦生即郦食其,自称高阳酒徒,曾为刘邦说下齐七十余城;陆贾,西汉时期有名的政论家;枞(cōng)公,刘邦谋士,后为项羽杀死。留侯,即张良。酂侯,即萧何。西汉建立后,刘邦论功,萧何第一。⑦房、杜:即房玄龄、杜如晦。两人辅佐秦王李世民,参与机密,太宗即位后,两人先后为相,史称"房谋杜断",均为一代良相。⑧司马氏:三国时曹魏大臣司马懿及其子司马师、司马昭。后司马昭之子司马炎篡魏建立晋朝,为晋武帝。贾充(217—282):字公闾,平阳襄陵(今山西襄汾)人,为司马氏心腹,帮其篡位。晋建立后,任司空、侍中、尚书令。⑨陈胜、吴广,秦民之汤、武:指陈胜、吴广起义就像商汤、周武王救民于夏桀、商纣的暴虐统治之下一样。⑩熙然:和乐的样子。太古之世:上古之世。⑪燕安:即"宴安",安乐、安逸。⑫田文所谓"主少国危,大臣未附":田文即战国四公子之一的孟尝君。魏文侯卒,其子武侯即位,田文为相,吴起不满,与田文论功曰:"将三军,使士卒乐死,敌国不敢谋,子孰与起?"文曰:"不如子。"起曰:"治百官,亲万民,实府库,子孰与起?"文曰:"不如子。"起曰:"守西河而秦兵不敢东乡,韩赵宾从,子孰与起?"文曰:"不如子。"起曰:"此子三者皆出吾下,而位加吾上,何也?"文曰:"主少国疑,大臣未附,百姓不信,方是之时,属之于子乎?属之于我乎?"起默然良久,曰:"属之子矣。"文曰:"此乃吾所以居子之上也。"吴起乃自知弗如田文。(《史记》卷六五《孙子吴起列传》)⑬以周勃遗孝惠、孝文:指高祖刘邦临终嘱托周勃为太尉,安刘氏,也就是把周勃留给汉惠帝、汉文帝做心腹大臣。参见《高祖》一文。⑭以霍光遗孝昭、孝宣:霍光(?—前68),字子孟,河东平阳(今山西临汾)人,霍去病异母弟。武帝去世前,昭帝年幼,遗诏令霍光辅政。昭帝早卒,霍光迎立昌邑王刘贺为帝,因其荒诞而废。再迎立宣帝,霍光全力相辅,政绩斐然。见《汉书》卷六八《霍光传》。⑮泰山之势:《汉书》卷六四上《严助传》:"天下之安,犹泰山而四维之也。"累卵:摞起来的蛋,喻极其危险。《韩非子·十过》:"故曹,小国也,而迫于晋楚之间,其君之危,犹累卵也。"⑯百官总己以听于冢宰:语出《尚书·伊训》。冢宰,统领百官之首相。总己,总摄其职。⑰委之三年:《论语·子张》:"子张曰:《书》云:'高宗谅阴,三年不言。'何谓也?子曰:何必高宗,古之人皆然。君薨,百官总己以听于冢宰三年。"("子张道:《尚书》说:'殷高宗守孝,住在凶庐,三年不言语。'这是什么意思?孔子道:不仅仅高宗,古人都是这样:国君死了,继承的君王三年不问政治,各部门的官员听命于宰相。")⑱五载一巡狩:语出《尚书·舜典》。巡狩,巡省守土之诸侯。⑲捐:离开,丢下。千里之畿:指王畿,国都,天子的直接领地。⑳宗老:家族中主持礼仪的家臣。㉑抗然:高高在上的样子。眇然:渺小遥远的样子。㉒辽然:辽远之貌。泊然:冷漠无关貌。㉓君忧不辱,君辱不死:《史记》卷四一《越王勾践世家》:范蠡上书越王勾践说:"主忧臣劳,主辱臣死。"亦见《吴越春秋》卷六。《吴越春秋》卷五作勾践语:"主忧臣辱,主辱臣死。"㉔传舍:古代供来往行人休息住宿的处所。㉕泛泛:众多的样子。惸惸(qióng qióng):孤独的样子。卒然:即"猝然",突然、仓促。颠沛:倾覆,仆倒。殒越:殒落,引申为死亡。㉖太祖之用赵中令：赵中令，即中书令赵普（922—992），蓟（今天津蓟县）人，参与陈桥兵变，为太祖赵匡胤腹心大臣，在太祖、太宗两朝均做过宰相。《宋史》二五六《赵普传》："自古创业之君，其居潜旧臣，定策佐命，树事建功，一代有一代之才，未尝乏也。求其始终一心，休戚同体，贵为国卿，亲若家相，若宋太祖之于赵普，可谓难矣。"㉗寇莱公：即寇準，封莱国公。参《上富丞相书》注⑬。

[译文]

圣人的道术，有恒常不变的叫做经，有随宜变通的叫做权，有微妙深奥秘密的叫做机；因此相应地有民众，有群臣，又有腹心大臣。恒常不变叫做经的，让天下民众全都知道也可以；随宜变通叫做权的，民众不能知道，群臣知道是可以的；微妙深奥秘密叫做机的，即便是群臣也不得而知，让腹心大臣知道是可以的。假如作为圣人却不懂权变，那他就不能处理好天下的事务；缺少机密，那他就不能成就千秋万代的功勋。然而，这些都不是天下的民众所应当知道的。而机密，又是连群臣也不可以参与的。群臣不能与闻，那谁来参议呢？不讨论事情就做不成。既然如此，那所谓腹心大臣就一天也不能缺少了。

后世的人见夏商周三代用仁义取得天下，用礼义治理国家，便说：圣人没有机密。夺取天下和治理天下，没有机密是不可能的。只不过三代圣人的机密，不像后世的狡诈，因此后世的人看不出来罢了。

有机密，因此也就有腹心大臣。大禹有伯益，商汤有伊尹，周武王有太公望。这三位大臣，能听到天下人所不能听到的，能知道群臣所不知道的。大禹、商汤、周武王在上提出机密大计，而三位大臣就在下应和，从而建立了千秋万代的功勋。往下到了齐桓公、晋文公时候，又有管仲、狐偃成为他们的主要谋士；吴王阖庐有伍子胥；越王勾践有范蠡和文种。汉高祖兴起，任用韩信、黥布、彭

远虑　221

越做大将，任用曹参、樊哙、滕公夏侯婴、灌婴做裨将，让郦食其、陆贾、枞公来游说诸侯，至于群臣所不能参与的那些奇机密谋，则只有留侯张良、酂侯萧何两人知道。唐太宗的大臣中有许多奇才，但委任最深、信任最密的，也只不过是房玄龄和杜如晦两人。

　　君子行善的心与小人作恶的心是一样的。君子严守机密就可以办成好事，小人严守机密就可以做成坏事。有机密，即便是坏事或许也能干成；没有机密，即便是好事也不能办成。因此，腹心大臣是一天也不能缺少的。司马氏是曹魏的窃国之贼，有贾充之流的人做腹心大臣，所以完成了篡魏的事；陈胜、吴广就像秦朝民众的商汤王和周武王，但他们却没有腹心大臣，所以没能获得成功。这是为什么呢？因为没有腹心大臣的人，就没有机密，即使有机密也会泄露。没有机密以及有机密而泄露了的，就好像虎豹要吃人，但人却不知道设置陷阱，或设置了陷阱但却不知道用东西盖在它上面一样。

　　有人说："机密只不过是创业的君主所借以成功创业的；在守业的时代，何必要有机密又何必用腹心大臣呢？"唉！守业的时代，难道就能和睦快乐得如同太古时代吗？不能啊！我没有看到机密可以去掉。况且天下的变故常常就潜伏在太平无事之中，就像孟尝君田文所说的"君主年幼、国家危急、大臣不附"那种事情，哪一个朝代没有呢？遇到那种事情的时候而没有心腹大臣，那真让人为之寒心啊！从前，在汉高祖晚年，天下已经安定了，但高祖却还把周勃留给孝惠帝和孝文帝；在汉武帝晚年，天下已经大治了，但武帝还把霍光留给孝昭帝和孝宣帝。大概天下虽然稳如泰山，但圣人却经常怀着天下如累卵之危那样的心思。所以即便是在守业的时代，腹心大臣也不能去掉。

　　《尚书》上说："各部门的官员听命于冢宰。"那冢宰，如果不是腹心大臣,那天子又怎敢把天下所有的事务都交付给他管理三年,在这期间对他毫不猜疑呢?《尚书》又说:"天子五年一巡守天下。"天子如果没有腹心大臣,五年出巡一次,丢下千里王畿,那谁来给他守卫呢?如今,一家之中必定要有宗族的长老,一个士人必定要有亲密的朋友:用来推心置腹,用来解危救难。何况天子又怎能没有腹心大臣呢?

近代的君主高高在上,而让宰相渺渺在下,上下不能相接,因而意志心愿不能相通。大臣看待君主就像上天一样遥远而不可亲近,而君主也像上天看待下民一样漠然没有爱心。所以国家的忧患,臣下不以为忧;国家的喜乐,臣下不感到喜乐。君主发愁,臣下不觉得耻辱;君主被侮辱,臣子不会为此去死。有一个人说好话那君主就会任用某人,有一个人说坏话那君主就会舍弃某人。宰相躲避嫌疑害怕讥讽还来不及呢,又怎么会有空暇尽心为国家分忧呢?屡屡提拔又屡屡更换,宰相把相府看成像旅店一样。百官在下面敷衍应付,而天子在上面孤独无助。一旦猝然发生事变,我没看到天下不颠覆陨落的理由。

圣人任用腹心大臣,尊敬他就如同尊敬父亲和老师,爱护他就如同爱护兄弟一样。握着他的手进入卧室之内,吃饭起居都在一起;知无不言,言无不尽。有一百个人赞誉他,也不会更加亲近他;有一百个人诋毁他,也不会更加疏远他。尊崇他的爵位,加厚他的俸禄,加重他的权力,然后才可以和他商讨天下的大计、预谋天下的大变。太祖皇帝任用中书令赵普,就合乎任用心腹大臣的道理。最近的莱国公寇準也的确是那种腹心大臣,然而给他的权力太轻,所以最终被放逐,致使天下几乎发生不可预料的大变。既然如此,那就必须得让心腹大臣有生杀大权然后才可以啊!

御 将

人君御臣，相易而将难。将有二：有贤将，有才将。而御才将尤难。御相以礼，御将以术，御贤将之术以信，御才将之术以智。不以礼，不以信，是不为也。不以术，不以智，是不能也。①故曰：御将难，而御才将尤难。

六畜，②其初皆兽也。彼虎豹能搏、能噬，而马亦能蹄，牛亦能触。先王知能搏、能噬者不可以人力制，故杀之；杀之不能，驱之而后已。蹄者可驭以羁绁，触者可拘以楅衡，③故先王不忍弃其才而废天下之用。如曰是能蹄，是能触，当与虎豹并杀而同驱，则是天下无骐骥，终无以服乘耶？④

先王之选才也，自非大奸剧恶如虎豹之不可以变其搏噬者，未有不欲制之以术，而全其才以适于用。况为将者，又不可责以廉隅细谨，⑤顾其才何如耳。汉之卫、霍、赵充国，唐之李靖、李勣，⑥贤将也。汉之韩信、黥布、彭越，唐之薛万彻、侯君集、盛彦师，才将也。⑦贤将既不多有，得才者而任之可也。苟又曰是难御，则是不肖者而后可也。结以重恩，示以赤心，美田宅，丰饮馔，歌童舞女，以极其口腹耳目之欲，而折之以威，此先王之所以御才将也。

近之论者或曰：将之所以毕智竭虑、犯霜露、蹈白刃而不辞者，冀赏耳。为国家者，不如勿先赏以邀其成功。⑧或曰：赏所以使人，不先赏，人不为我用。是皆一隅之说，非通论也。将之才固有小大：杰然于庸将之中者，才小者也；杰然于才将之中者，才大者也。才小志亦小，才大志亦大，人君当观其才之大小，而为之制御之术以称其志。一隅之说，不可用也。

夫养骐骥者，丰其刍粒，洁其羁络，居之新闲，⑨浴之清泉，而后责之千里。彼骐骥者，其志常在千里也，夫岂以一饱而废其志哉。至于养鹰则不然，获一雉，饲以一雀；获一兔，饲以一鼠。彼知不尽力于击搏，则其势无所得食，故然后为我用。才大者，骐骥也，不先赏之，是养骐骥者饥之而责其千里，不可得也。才小者，鹰也，先赏之，是养鹰者饱之而求其击搏，亦不可得也。是故先赏之说，可施之才大者；不先赏之说，可施之才小者。兼而用之，可也。

昔者，汉高祖一见韩信而授以上将，解衣衣之，推食哺之；⑩一见黥布而以为淮南工，供具饮食如王者；⑪一见彭越而以为相国。⑫当是时，三人者未有功于汉也。厥后追项籍垓下，与信约期而不至，捐数千里之地以畀之，如弃敝屣。⑬项氏未灭，天下未定，而三人者已极富贵矣。何则？高帝知三人者之志大，不极于富贵，则不为我用。虽极于富贵而不灭项氏，不定天下，则其志不已也。至于樊哙、滕公、灌婴之徒则不然，拔一城、陷一阵，而后增数级之爵，否则，终岁不迁也。项氏已灭，天下已定，樊哙、滕公、灌婴之徒，计百战之功，而后爵之通侯。⑭夫岂高帝至此而啬哉？知其才小而志小，虽不先赏，不怨，而先赏之，则彼将泰然自满，而不复以立功为事故也。

噫！方韩信之立于齐，蒯通、武涉之说未去也。⑮当此之时而夺之王，汉其殆哉。夫人岂不欲三分天下而自立者？而彼则曰："汉王不夺我齐也。"故齐不捐,则韩信不怀;⑯韩信不怀,则天下非汉之有。呜呼!高帝可谓知大计矣。

[题解]

本文为《衡论》第二篇,讨论御将之术。其中心在于讨论如何根据将才特点,合理使用奖赏的问题。苏洵认为任相以礼,御将以术;将有贤将、有才将;才将有大才、有小才;对于大才者宜先赏,对于小才者宜后赏。古往今来,贤将可遇不可求,大才者亦少有,所以御将之中心问题是如何驾驭小才之将。对于小才者,应该使用养鹰的方法,饥之而后可用。按《后汉书》卷七五《吕布传》陈登对吕布说:"登见曹公(曹操),言养将军(吕布)譬如养虎,当饱其肉。不饱,则将噬人。(曹)公曰:'不如卿言。譬如养鹰,饥即为用,饱则飏去。'其言如此。"这也成为后代驾驭之术的一条重要原则。苏洵的观点即引申发挥曹操的这一段话。同时,文章所论也是针对当时朝廷"赏数加于无功"的时弊而发。文章论证技巧颇有特点,那就是层层引起,层层深入。所谓层层引起,文章一起以相引出将;既出"将"字,随即从将中分出贤将、才将两义,而侧重于才将。下文又从才将中,分出才大、才小两义来,以养马、养鹰为喻,侧重于御大才之将。从相引出将,从将引出才将,这样层层引出,头头是道,引人入胜。所谓层层深入,从将中分出贤将、才将,又从才将中分出才大、才小,如剥笋见心,直至最紧要之处,达到鞭辟入里的论证功效。文章又善于引证和比喻,贴切而富情趣。正如杨慎所评:"此篇有格局,一步进一步,不似他篇,各为片段。"(《三苏文范》卷二)

[注释]

①不为:能做得到却不做。不能:没有能力做到。语本《孟子·梁惠王上》:"挟太(泰)山以超北海,语人曰我不能,是诚不能也。为长者折枝,语人曰我不能,是不为也,非不能也。"②六畜:马、牛、羊、鸡、犬、豕。③羁绁:马笼头、马缰绳,约束马的用具。楅(bī)衡:缚在牛角、牛鼻上防止其触人、便于牵引的横木。④骐骥:即麒麟,古代传说中的仁兽,雄的叫麒,雌的叫麟,其身如麈,牛尾,狼蹄,一角。这里指良马。服乘:可骑的马,可驾车的牛。⑤廉隅:棱角。比喻人的行为、品性端方正直,不苟且。细谨:指谨小慎微。⑥卫:卫青(?—前106),字仲卿,河东平阳(今山西临

汾）人，曾七败匈奴，官至大将军。霍：霍去病（前140—前117），卫青姊子，六击匈奴，官至骠骑大将军。两人传见《史记》卷一一一《卫将军骠骑列传》。赵充国（前137—前52）：字翁孙，陇西上邽（今甘肃天水）人，武帝时出击匈奴，勇敢善战，拜为中郎将。宣帝时封营平侯，将四万骑屯缘边九郡，屯田就食，以安国家。事见《汉书》卷六九《赵充国传》。李靖（571—649）：唐初军事家。本名药师，京兆三原（今属陕西）人。唐高祖时任行军总管，太宗时历任兵部尚书、尚书右仆射，先后击败东突厥、吐谷浑，封卫国公。著有《李卫公兵法》。事见新旧《唐书》本传。李勣（jì）（594—669）：即徐懋公，名世勣，后赐姓李，避太宗讳，称李勣，曹州离狐（今山东东明县东南）人。隋末，附李密，以奇计破王世充。后归唐，授黎阳总管，从秦王平窦建德，降王世充，又从破刘黑闼、徐圆朗，累迁左监门大将军。太宗即位，拜并州都督，封英国公。事见新旧《唐书》本传。⑦韩信、黥布、彭越：均为楚汉战争时的著名将领，参见《上韩枢密书》注⑬。薛万彻：本敦煌人，后迁雍州咸阳。隋末从李渊起事，以军功不断升迁，又娶丹阳公主，拜为驸马都尉。后谋反被诛。侯君集：幽州三水人。初随秦王征战，太宗继位后封潞国公。因参与太子废立事，被诛。盛彦师：宋州虞城人，以战功封葛国公，拜武卫将军。征徐圆朗时，没于敌，后以罪诛。三人新旧《唐书》均有传。⑧邀：要，要求。⑨丰其刍粒：丰富它的草料。洁其羁络：洁净它的缰绳和笼头。居之新闲：居住在新的马厩。⑩"汉高祖一见韩信"三句：据《史记》卷九二《淮阴侯列传》，韩信投奔刘邦，萧何劝刘邦封韩信为大将军，韩信对刘邦甚为感戴，后来韩信说："汉王授我上将军印，予我数万众，解衣衣我，推食食我，言听计用，故吾得以至于此。"⑪"一见黥布"二句：《史记》卷九一《黥布列传》，淮南王黥布投奔刘邦，"淮南王至，上方踞床洗。召布入见，布甚大怒，悔来，欲自杀。出就舍，帐御饮食从官如汉王居，布又大喜过望"。⑫一见彭越而以为相国：《史记》卷九〇《彭越列传》：彭越率领三万余人归汉，汉王拜他为魏王豹的相国。⑬与信约期而不至：《史记》卷七《项羽本纪》：汉五年（前202），汉王追项王至阳夏南，与韩信、彭越期会击楚军。至固陵，而信、越之兵不会。与楚军战，败。汉王乃用张良计，发使者告韩信、彭越曰："并力击楚，楚破，自陈以东傅海与齐王（韩信），睢阳以北至穀城与彭相国。"韩信乃从齐往,皆会师垓下,灭项羽。畀(bì):给予。敝屣:破旧的鞋子。⑭通侯:即彻侯,因避汉武帝刘彻讳,改称通侯。本为秦国设立的爵位,为第二十级,是最高的一级爵位。⑮蒯(kuǎi)通:汉范阳人,本名彻,史书中因避汉武帝讳改称通。蒯通于楚汉之际以善辩著称,有权变,韩信曾用其计定齐。在项羽派武涉说韩信背汉助楚时,蒯通也说当时天下权势在韩信,助汉则汉胜,与楚则汉亡,不如两方面都不投靠,三分天下。但韩信终因刘邦待他不薄,又自以为于汉功高,不愿背弃刘邦,还说"汉王不夺我齐也"之类的话。于是蒯通佯狂遁去。武涉:项羽派去游说韩信的说客。事见《史记》卷九二《淮阴侯列传》。⑯怀:感念,感怀。

[译文]

　　君主驾驭臣子,丞相容易而将军很难。将军有两种:有德才兼备的,有才干超群的。而驾驭才干超群的将军尤其困难。驾驭丞相用礼法,驾驭将军用权术。驾驭德才兼备的将军的权术是用诚信,驾驭才干超群的将军的权术是用智谋。不用礼法,不用诚信,是不去做;不用权术,不用智谋,是不能做。所以说:驾驭将军困难,而驾驭才干超群的将军尤其困难。

　　六畜,刚开始都是野兽。那老虎和豹子能搏击、能撕咬,而那马也能踢,牛也能抵。先王知道能搏击、能撕咬的野兽是不可以用人力来制服的,所以就杀掉它们;不能杀掉它们,就把它们驱赶跑为止。踢人的野兽可以用笼头缰绳来驾驭它们,用角抵人的野兽可以用横木绑在角上来约束它们,所以先王不忍心遗弃它们的才能而不让天下人使用。如果说它们能踢人,它们能用角抵人,就应该与虎豹一起杀掉、一同赶跑,那这样一来天下就不会有良马,最终人们也就不能用它们骑坐拉车了!

　　先王选拔人才,只要不是大奸大恶像老虎和豹子一样不能改变其搏击、撕咬习性的人,未尝不想用权术来制服他们,从而保全他们的才能以发挥他们的作用。更何况做将军的,更不能用行为端方、小心谨慎来要求他们,但看他们的才能如何罢了。汉朝的卫青、霍去病、赵充国,唐朝的李靖、李勣,是德才兼备的将军;汉朝的韩信、黥布、彭越,唐朝的薛万彻、侯君集、盛彦师,是才干超群的将军。德才兼备的将军既然不多见,那得到才干超群的将军而加以任用也是可以的。假如又说这些人难以驾驭,那么只有那些无才无德的人才可以任用了。用重恩来笼络他们,用诚心来感化他们,赐给良田大宅、丰盛的酒食、歌童舞女,在最大程度上满足他们吃喝玩乐的欲望,而又用威力来折服他们。这就是先王用来驾驭才干超群的将军的权术。

近来有的人说:"将军之所以愿意竭尽心力、顶风霜、冒雨露、踏着白刃而不辞,只是希望得到奖赏罢了。治理国家的人,不如先别赏赐来等待他们的成功。"有的人说:"奖赏是用来驱使人的。不先奖赏,那人家就不会为我出力。"这些都是一隅之见,不是通达的见解。将军的才能本来有小有大:在平庸的将领中杰出的,是才能小的;在有才干的将领中杰出的,是才能大的人。才能小志愿也就小,才能大志愿也就大。君主应当考察他们才能的大小,从而制定驾驭他们的权术以适应他们的志愿。一隅之见,不能采用。

养千里马的,丰富它的草料,洁净它的缰绳和笼头,使它居住在新的马厩,用清洁的泉水为它洗浴,然后要求它日行千里。那些千里马,它们的志向常常在日行千里,岂能因为一顿饱餐而丧失了自己的志向呢!至于养鹰就不一样了。它捕获一只野鸡,就喂它一只麻雀;它捕获一只兔子,就喂它一只老鼠。它知道如果自己不尽力去搏击,那就势必没有办法获得食物,所以这以后就会为我所用。才能大的人,就像千里马,如果不先奖赏他们,那就像养千里马的人用饥饿的手段来责令它日行千里,是不可得到的;才能小的人,就像猎鹰,如果先奖赏他们,那就像养鹰的人让鹰吃饱了而要求鹰去搏击,也是不可得到的。因此,先奖赏的说法,可以施行于才能大的人;不先奖赏的说法,可以施行于才能小的人。兼而用之就可以了。

　　从前,汉高祖一见到韩信便授予他上将军印,脱下自己的衣服给他穿,把自己吃的让给他吃;一见到黥布就任命他为淮南王,用具和饮食都和刘邦一个样;一见到彭越便任命他为魏王的相国。当这个时候,这三人对汉国还没有立下功劳。后来,汉高祖追赶项羽到了垓下,与韩信、彭越约定了会师的日子,但他们却没有来,于是汉高祖拿出了数千里的地方割让给韩信,就像扔掉破鞋一样。项羽还没有消灭,天下还没有平定,但这三人却已经富贵至极。为什么这样?因为汉高祖知道这三人的志向远大,不富贵至极,那他们就不会为我所用。虽然富贵已极而不消灭项羽,不平定天下,那他们的志向就不会满足。至于樊哙、滕公夏侯婴、灌婴之流却不一样,他们夺取一城,攻陷一阵,然后才能增加几级爵位,否则,一年到头也不予以升迁。项羽已经消灭,天下已经平定,樊哙、滕公夏侯婴、灌婴之流,累计百战的功劳,然后才被封为通侯。难道是汉高祖到这个时候就吝啬起来了吗?汉高祖知道他们才能小志气也小,即使不先给奖赏,也不会抱怨;但如果先奖赏他们,那他们就将会心满意足,而不再以立功为事业,所以才如此啊!

　　唉!当韩信被立为齐王时,正是蒯通、武涉来游说还没有离去的时候。在这种时候而夺取韩信的王位,那汉国可就危险了!人哪有不愿三分天下而自立的呢?而韩信却说:"汉王是不会夺取我齐王王位的。"因此,如果不舍弃齐地,那韩信就不会感怀汉恩;如果韩信不感怀汉恩,那天下就不是汉王所有了。唉!汉高祖可以算得上知道大计啊!

任 相

古之善观人之国者，观其相何如人而已。议者常曰：将与相均。将特一大有司耳，非相侔也。①国有征伐，而后将权重；有征伐无征伐，相皆不可一日轻。相贤邪，则群有司皆贤，而将亦贤矣；将贤邪，相虽不贤，将不可易也。故曰：将特一大有司耳，非相侔也。

任相之道与任将不同。为将者大概多才而或顽顿无耻，非皆节廉好礼不可犯者也。②故不必优以礼貌，而其有不羁不法之事，③则亦不可以常法御。何则？豪纵不趋约束者，亦将之常态也。武帝视大将军，往往踞厕；④而李广利破大宛，侵杀士卒之罪，则寝而不问，⑤此任将之道也。若夫相，必节廉好礼者为也，又非豪纵不趋约束者为也，故接之以礼而重责之。

古者相见于天子，天子为之离席起立；在道，为之下舆；有病，亲问；不幸而死，亲吊：待之如此其厚。⑥然其有罪，亦不私也。⑦天地大变，天下大过，而相以不起闻矣；相不胜任，策书至而布衣出府免矣；相有他失，而栈车牝马归以思过矣。⑧夫接之以礼，然后可以重其责而使无怨言。责之重，然后接之以礼而不为过。礼薄而责重，彼将曰：主上遇我以何礼，而重我以此责也，甚矣。责轻而礼重，彼将遂弛然不肯自饬。⑨故礼以维其心,而重责以勉其怠,而后为相者,莫不尽忠于朝廷而不恤其私。

吾观贾谊书,至所谓"长太息"者,⑩常反复读不能已。以为谊生文帝时,文帝遇将相大臣不为无礼,独周勃一下狱,谊遂发此。⑪使谊生于近世,见其所以遇宰相者,则当复何如也?

夫汤、武之德,三尺竖子皆知其为圣人,而犹有伊尹、太公者为师友焉。伊尹、太公非贤于汤、武也,而二圣人者,特不顾以师友之,以明有尊也。噫!近世之君姑勿责于此,⑫天子御坐,见宰相而起者有之乎?无矣。在舆,而下者有之乎?亦无矣。天子坐殿上,宰相与百官趋走于下,掌仪之官名而呼之,若郡守召胥吏耳。⑬虽臣子为此亦不为过,而尊尊贵贵之道,不若是亵也。⑭

夫既不能接之以礼,则其罪之也,吾法将亦不得用。何者?不果于用礼而果于用刑,则其心不服。故法曰:有某罪而加之以某刑。及其免相也,既曰有某罪,而刑不加焉,不过削之以官而出之大藩镇,⑮此其弊皆始于不为之礼。贾谊曰:"中罪而自弛,大罪而自裁。"⑯夫人不我诛,而安忍弃其身,此必有大愧于其君。故人君者,必有以愧其臣,故其臣有所不为。武帝尝以不冠见平津侯,⑰故当天下多事,朝廷忧惧之际,使石庆得容于其间而无怪焉。⑱然则必其待之如礼,而后可以责之如法也。

且吾闻之,待以礼,而彼不自效以报其上;重其责,而彼不自勉以全其身,安其禄位,成其功名者,天下无有也。彼人主傲然于上,不礼宰相以自尊大者,孰若使宰相自效以报其上之为利?宰相利其君之不责而丰其私者,⑲孰若自勉以全其身,安其禄位,成其功名之为福?吾又未见去利而就害、远福而求祸者也。

[题解]

本文是《衡论》的第三篇,和上篇《御将》相应,来讨论如何任用宰相的问题。苏洵的观点极其明确,他认为任相之道在于"接之以礼而重责之",一方面要对宰相给予崇高的礼节和地位,另一方面也要使宰相负起极大的责任,如果失职则给予严厉的惩罚。苏洵的看法实际上是有感而发,针对的是宋代如寇準、范仲淹等人,因为相权有限,导致政治革新方面的失败。本文在写作上表现出高度的技巧,主要表现在两个方面,即"有层次,有间架"(孙琮《山晓阁选宋大家苏老泉全集》评语)。所谓"有层次",是指论证过程层层深入,环环相扣。文章上去并没有直接挑明观点,而是先从将相权力说起,认为将只是国家的一个职能部门,而相则事关全局,其权力完全不是将所能匹敌的。既然相权重于将权,因此待将之道和待相之道就完全不一样,由此引出文章的中心观点:待相之道在于"接之以礼而重责之"。然后方说出古今待相之道的不同,而重点在于是否"接之以礼"。这样层层深入,将论点充分展开,层次极其明晰。所谓"有间架",是指文章通篇使用对比手法,结构极其巧妙。第一段说相权,用将权作陪衬,主客对举;第二段说待相之道,也用待将之道作陪衬,也是主客对举。三、四段讲古代天子待相之道,言接之以礼和责之之重,分两路来写;五、六段写今天子待相之道,同样从接之不以礼和责之之轻两路来写。三、四段写完古天子待相之道后,引贾谊以寄感慨,引汤、武以寓尊崇,是两番引证;五、六段写完今天子待相之道后,同样引贾谊以志劝勉,引汉武以示垂戒,也是两番引证。结尾处又用人主和宰相的利害关系,两两相比较。由以上分析,我们可以看出苏洵文章写作的用心精微之处,值得读者仔细揣摩学习。

[注释]

①特:仅仅,只不过。大有司:大的职官。有司,古代设官分职,事各有专司,故称有司。相侔:相等,相当。②顽顿:即顽钝,圆滑没有气节。节廉好礼:廉洁有气节懂礼仪。《史记》卷五六《陈丞相世家》:"陈平曰:'项王为人,恭敬爱人,士之廉节好礼者多归之。至于行功,爵邑重之,士亦以此不附。今大王慢而少礼,士廉节者不来。然大王能饶人以爵邑,士之顽钝嗜利无耻者亦多归汉。'"③优以礼貌:优待以礼节。不羁不法:不受约束,不守

任相 233

法律。④武帝视大将军，往往踞厕：汉武帝接见大将军卫青，经常踞坐床边，不以礼待之。《史记》卷一二〇《汲黯列传》："上曰：'然古有社稷之臣，至如黯近之矣。'大将军青侍中，上踞厕而视之。（《集解》：古者见大臣，则御坐为起。然则踞厕者，轻之也。）丞相（公孙）弘燕见，上或时不冠。至如黯见，上不冠不见也。上尝坐武帐中，黯前奏事，上不冠，望见黯，避帐中，使人可其奏。其见敬礼如此。"⑤李广利：中山（今河北定县）人。妹李夫人为汉武帝宠幸，因封广利为贰师将军，起兵攻西域大宛贰师城取汗血马。第一次失败，第二次得宝马归。《汉书》卷六一《李广利传》："后行非乏食，战死不甚多，而将吏贪，不爱卒，侵牟（侵牟，言如牟贼之食苗也）之，以此物故（物故，谓死也）者众，天子为万里而伐不录其过。"寝而不问：压下不追问。⑥"古者相见于天子"以下：按杜佑《通典》卷二一："《春秋》之义，尊上公，谓之宰，言海内无不统焉。故丞相进，天子御座，为起；在舆，为下（皇帝见丞相，起，谒者赞称曰：'皇帝为丞相起。'起立，乃坐，赞称曰：'敬谢行礼。'皇帝在道，丞相某迎，谒者称曰：'皇帝为丞相下舆。'下，立，乃升车也）。""丞相有病，皇帝法驾亲至问疾。"《太平御览》卷二〇四："《汉旧仪》曰：丞相薨，即移于第中，赐棺赙。"⑦私：徇私。⑧"天地大变"以下：对丞相礼重责亦重，所以国家出现大的事故，丞相首先要承担责任。《艺文类聚》卷四五："《汉旧仪》曰：有天地大变，天下大过，皇帝使侍中持节，乘四白马，赐上尊酒十斛，牛一头，策告殃咎。使者去半道，丞相追，上病。使者还，未白事，尚书以丞相不起病闻。若丞相不胜任，使者策书，驾骆马，实时布衣步出府，免为庶人。若丞相有他过，使者奉策书，驾骓駹马，实时步出府，乘栈车牝马，赐归田里思过。"不起，卧病不起。栈车，柴车，用散材制的车。⑨弛然：松弛的样子。自饬：自我警戒。饬，整治，告诫。⑩长太息：指贾谊所著《治安策疏》，文中有"臣窃惟事势，可为痛哭者一，可为流涕者二，可为长太息者六"之语。⑪周勃一下狱：据《汉书》卷四八《贾谊传》："是时丞相绛侯周勃免就国，人有告勃谋反，逮系长安狱治，卒亡事，复爵邑，故贾谊以此讥上，上深纳其言，养臣下有节。是后大臣有罪，皆自杀，不受刑。"⑫姑勿责：姑且不去责备。⑬胥吏：官府中办理文书的小吏。⑭尊尊贵贵：使尊者尊，使贵者贵。亵：亵渎，轻贱。⑮大藩镇：宋代执政大臣罢免后一般到地方上做大府的知府，一路之首府知府兼任安抚使，其权力如藩镇之节度使。⑯中罪而自弛，大罪而自裁：《汉书》卷四八《贾谊传》："其有中罪者，闻命而自弛（师古曰：中罪非大非小也。弛，废也，自废而死）。上不使人颈盩（lì）而加也（苏林曰：不戾其颈而亲加刀锯也）。其有大罪者，闻命则北面再拜跪而自裁（师古曰：裁，谓自刑杀也）。上不使捽（zuó）抑而刑之也（师古曰：捽，持头发也。抑，谓按之也）。"⑰平津侯：指汉武帝时丞相公孙弘（前200—前121），封平津侯。参见本文注④。⑱石庆（？—前103）：万石君石奋子，武帝时为丞相。《史记》卷一〇三《万石君传》："是时汉方南诛南越，东击朝鲜，北逐匈奴，西伐大宛，中国多事。""事不关决于丞相，丞相醇谨而已。在位九岁，无能有所匡言。"⑲丰其私：年取大量的私人利益。

[译文]

古代善于观察别人国家情况的人，不过是观察那个国家的宰相是什么样的人罢了。议论的人经常说："将和相同等重要。"将，只不过是一个大的职官罢了，是不能够和宰相等同的。国家有了战争讨伐，然后将军的权力才会加重；有战争还是没有战争，宰相都是一天也不可小看的。宰相贤明，那各部门的官员都会贤明，而且将军也会贤明了；将军贤明，宰相即使不贤明，将军也无法替换宰相。所以说将只不过是一个大的职官罢了，是不能够和宰相等同的。

任用宰相的方法与任用将军不同。担任将军的人，大多是富有才干，但也有圆滑无耻的，并不都是廉洁有气节懂礼仪的人，因此不必用礼仪来优待他们；而如果他们不受拘束做出违法之事，也不能用通常的制度来驾驭他们。这是为什么呢？因为豪放不羁、不喜欢受人约束，也是将军通常的态度。汉武帝接见大将军卫青，往往蹲踞在床边；而贰师将军李广利攻破大宛，侵犯和杀害士兵的罪过，也搁置在一边不再追究。这就是任用将军的方法。至于宰相，那必定是由廉洁有气节懂礼仪的人来担任的，而不是由豪放不羁、不喜欢受约束的人来担任的，所以既要以礼相待又要严厉要求。

　　古时候，宰相和天子相见，天子要为他离开座席，站起来；在道路上相遇，天子要为他下车；宰相有了病，天子要亲临慰问；宰相不幸而死亡，天子要亲临吊唁。天子对待宰相的礼节是这样的厚重。但他有了罪过，天子也不会徇私情。天地有了大的变化，天下有了大的过错，宰相就要以生病不起为理由报告给皇帝；宰相不胜任，天子的诏书一到，宰相就得穿起老百姓的衣服离开相府，免去职务；宰相有其他的过失，也得乘坐用母马拉的柴车回家去反思过失。用厚礼相待，然后就可以对其严厉要求而且使他没有怨言；对其严厉要求，然后以礼相待也就不过分了。对待他礼节轻薄而又要求严厉，那他就会说："主上是用什么礼数来对待我的？但却对我这样严厉要求，这太过分了！"责罚轻而礼遇重，那他就会松懈下来不肯自我整饬；因此，要用礼数来维系他的心，而用严厉的责罚来勉励他们不要懈怠。这样那担任宰相的，就没有不效忠于朝廷而不顾个人私利的。

　　我读贾谊的书，读到所谓的"可为长太息者六"那里，常常反复诵读而不能停下来。我认为贾谊生活在汉文帝时，汉文帝对待将相大臣不能说是没有礼貌，只因周勃一被送进监狱，贾谊便发出了"长叹息"的感叹。如果让贾谊生活在近代，见到近代是用什么礼数来对待宰相的，那他又会怎么样呢？

　　那商汤王、周武王的道德，连三尺高的小孩子都知道他们是圣人，但他们仍然还有伊尹、太公望做老师和朋友呢。伊尹、太公望并不是比商汤王、周武王还要贤明，但两位圣人却执意不顾，把他们当做老师和朋友，以明确表示有可以尊重的人。啊！近代的君主，姑且先不要这样来要求他们。天子坐在宝座上，看见宰相而有为宰相起立的吗？没有了。坐在车上，见到宰相有为宰相下车的吗？也没有了。天子坐在大殿上，宰相与百官在殿下快步小跑，司仪官指名道姓地呼叫他们,就像州郡的太守召唤胥吏一样。虽然对臣子这样也不过分,但尊重尊者、贵重贵者的道理,也不能像这样去亵渎啊!

　　既然对宰相不能待之以礼,那要处罚他们,我的方法也将不能用了。为什么呢?因为不在用礼上果敢而在用刑上果敢,那他们的心里就会不服。所以,法律上说:有某种罪过而处以某种刑罚。等到罢免宰相时,既说他有某种罪过,但却不施加某种刑罚,不过是削去一级官职而出任大藩镇的职务罢了。这样的弊端都是始于对待宰相没有礼数。贾谊说:"犯了不大不小的罪就引咎辞职,犯了大罪就自裁。"人家不杀我,我又怎忍心自我废弃呢?这一定是因为心里觉得非常对不起君主啊!所以,君主必须得有些让臣下感愧的,因而他的臣下才会有所不为。汉武帝曾经不戴帽子就接见平津侯公孙弘,所以正当天下多事、朝廷担忧害怕的时候,醇谨而无所作为的宰相石庆却能够容身其间,就不值得奇怪了。既然如此,那就必须依照礼法来对待他们,然后才能依照法律来要求他们。

　　而且我听说:待之以礼而他们不自效力来报答皇上,严厉责罚而他们不自勉来保全自身,能够安享他的官位、成就他的功名的,天下没有啊。那君主骄傲地处在上面,不用礼数接待宰相而自尊自大,哪里比得上使宰相自效来报答君主那样有利呢?宰相以他的君主不责备而来加重自己的私心为便利,哪里比得上通过自勉来保全自己,安享官位、成就功名为有福呢?我还没有见过躲避利益而亲近危害、远离幸福而追求灾祸的人呢!

养 才

夫人之所为，有可勉强者，有不可勉强者。煦煦然而为仁，孑孑然而为义，①不食片言以为信，②不见小利以为廉，虽古之所谓仁与义、与信、与廉者，不止若是，而天下之人亦不曰是非仁人，是非义人，是非信人，是非廉人，此则无诸己而可勉强以到者也。③在朝廷而百官肃，在边鄙而四夷惧，④坐之于繁剧纷扰之中而不乱，⑤投之于羽檄奔走之地而不惑，⑥为吏而吏，为将而将，若是者，非天之所与，性之所有，不可勉强而能也。道与德可勉以进也，才不可强揠以进也。⑦今有二人焉，一人善揖让，⑧一人善骑射，则人未有不以揖让贤于骑射矣。然而揖让者，未必善骑射；而骑射者，舍其弓以揖让于其间，则未必失容。何哉？才难强而道易勉也。吾观世之用人，好以可勉强之道与德，而加之不可勉强之才之上，而曰我贵贤贱能。⑨是以道与德未足以化人，而才有遗焉。⑩

然而为此者，亦有由矣。有才者而不能为众人所勉强者耳。何则？奇杰之士，常好自负，⑪疏隽傲诞，⑫不事绳检，⑬往往冒法律，触刑禁，叫号欢呼，以发其一时之乐而不顾其祸，嗜利酗酒，⑭使气傲物，⑮志气一发，则倜然远去，⑯不可羁束以礼法。然及其一旦翻然而悟，折节而不为此，⑰以留意于向所谓道与德可勉强者，则何病不至？奈何以朴樕小道加诸其上哉！⑱

夫其不肯规规以事礼法，而必自纵以为此者，乃上之人之过也。古之养奇杰也，任之以权，尊之以爵，厚之以禄，重之以恩，责之以措置天下之务，而易其平居自纵之心，⑲而声色耳目之欲又已极于外，故不待放恣而后为乐。今则不然，奇杰无尺寸之柄，位一命之爵，食斗升之禄者过半，⑳彼又安得不越法、逾礼而自快邪？我又安可急之以法，使不得泰然自纵邪？今我绳之以法，亦已急矣。急之而不已，而随之以刑，则彼有北走胡，南走越耳。㉑

噫！无事之时既不能养，及其不幸，一旦有边境之患，繁乱难治之事，而后优诏以召之，丰爵重禄以结之，则彼已憾矣。㉒夫彼固非纯忠者也，又安肯默然于穷困无用之地而已邪？

周公之时，天下号为至治，四夷已臣服，卿大夫士已称职。当是时，虽有奇杰无所复用，而其礼法风俗尤复细密，举朝廷与四海之人无不遵蹈，而其八议之中犹有曰议能者。㉓况当今天下未甚至治，四夷未尽臣服，卿大夫士未皆称职，礼法风俗又非细密如周之盛时，而奇杰之士复有困于簿书米盐间者，则反可不议其能而恕之乎？所宜哀其才而贳其过，无使为刀笔吏所困，则庶乎尽其才矣。㉔

或曰：奇杰之士有过得以免，则天下之人孰不自谓奇杰而欲免其过者，是终亦溃法乱教耳。㉕曰：是则然矣。然而奇杰之所为，必挺然出于众人之上，苟指其已成之功以晓天下，俾得以赎其过；而其未有功者，则委之以难治之事，而责其成绩，则天下之人不敢自谓奇杰，而真奇杰者出矣。

[题解]

本文是《衡论》第六篇，论述选拔培养任用人才，特别是对于奇特杰出之士，不应以庸常之道德拘束之，而应该不拘一格，创造条件，大力提拔，以使其充分发挥才能。文章所论德才关系，继承了《汉书·武帝纪》"盖有非常之功，必待非常之人。故马或奔踶（dì）而致千里，士或有负俗之累而立功名。夫泛驾（不循轨辙）之马，跅（tuò）弛（废逐）之士，亦在御之而已"以及曹操《求贤令》所说的"若必廉士而后可用，则齐桓其何以霸世"、"唯才是举"的观点，表现出苏洵卓特不群的识见。苏洵本文的写作，有两点可议：一是本文有强烈的现实针对性，苏洵说对于奇特之士"急之而不已，而随之以刑，则彼有北走胡，南走越耳"，这是针对当时宋夏关系有感而发的。宋代史书笔记中记载有不少科举落第、豪纵不羁之士投奔西夏，为西夏侵扰边境出谋划策者，这也引起了当时一些有识之士的担忧。二是苏洵一生以奇杰自负，本文的写作明显包含了苏洵自己的人生阅历和人生感悟。其《祭亡妻文》（《嘉祐集笺注》卷一五）说："昔予少年，游荡不学。子虽不言，耿耿不乐。我知子心，忧我泯没。感叹折节，以至今日。"《送石昌言为北使引》说："吾以壮大，乃能感悔，摧折复学。"苏洵二十七岁始发愤读书，一改以往的操行，终成大器。同时文章也有为其友人如史经臣等鸣不平的用意。苏洵的好友史经臣（字彦辅），"子以气豪，纵横放肆，隼击鹏鸶。奇文怪论，卓若无敌，悚怛旁观。忆子大醉，中夜过我，狂歌叫谨"（《嘉祐集笺注》卷一五《祭史彦辅文》）。后以病废，"无尺寸之柄"（《嘉祐集笺注》卷一三《与吴殿院书》）。所以本文虽为政论，但却笔锋充满感情，议论发越，锋芒四露，为奇杰之士扬眉吐气一场。

[注释]

①煦煦然：小恩小惠的样子。孑孑然：小心谨慎的样子。韩愈《原道》："彼（老子）以煦煦为仁，孑孑为义，其小之也则宜。"②不食片言：一点诺言也不违背。③是非：这不是。无诸己而可勉强以到者：自己本来没有，但可以通过努力拥有、达到的。④边鄙：边地，边境。⑤繁剧纷扰：纷繁复杂。⑥羽檄奔走之地：指紧急或危难之地。羽檄，插上羽毛的紧急军事文书。⑦强揠（yà）：强行拔起，即揠苗助长之意。⑧揖让：指各种礼仪动作。⑨贵贤贱能：贵重道德，鄙视技能。⑩化人：感化人们。才有遗：遗漏人才。⑪自负：自恃才能，自认为了不起。⑫疏隽傲诞：疏朗超脱，高傲放诞，不拘礼节。

⑬不事绳检：不受束缚，不遵约束。⑭嗜利酗酒：好利纵酒。⑮使气傲物：意气用事，轻视别人。⑯倜（tì）然远去：倜傥潇洒地远离而去。⑰折节：改变往日的操守和行为。这一点可以和苏洵自己的人生经历参照，详见《送石昌言为北使引》注④。⑱何病不至：何愁办不到。病，忧虑。朴樕（sù）小道：浅陋平庸的道理。朴樕，本指丛杂小木，多比喻才能平庸。⑲易：改变，变换。平居：平素，平时。⑳无尺寸之柄：没有一点权柄。位一命之爵：位于最低等的官爵。爵，爵位。命，官阶。周代官阶从一命到九命，一命为最低一级。食斗升之禄：领取微薄的俸禄。古代俸禄一部分用粮食支付。㉑北走胡，南走越：这里指逃亡国外。《史记》卷一〇〇《季布栾布列传》："且以季布之贤而汉求之急如此，此不北走胡即南走越耳。"宋代多有不得志而逃亡契丹、西夏者。《长编》卷一二四：富弼奏议云："顷年灵州屯戍军校郑美奔戎，德明用之持兵，朝廷终失灵武。元昊早蓄奸险，务收豪杰。故我举子不第，贫贱无归，如此数人，自投于彼。元昊或授以将帅，或任之公卿，推诚不疑，倚为谋主。彼数子者，既不得志于我，遂奔异域。观其决策背叛，发愤包藏，肯教元昊为顺乎？其效郑美必矣。"陈鹄《耆旧续闻》卷六："华山狂子张元，天圣间坐累终身，尝作《雪诗》云：'七星仗剑搅天池，倒卷银河落地机。战退玉龙三百万，断鳞残甲满天飞。'又《鹰诗》云：'有心待搦月中兔，更向白云头上飞。'其诗怪谲多类此。韩魏公在鄜延日，元以策干公，不用。后流落，窜西夏，教元昊为边患。"㉒优诏：优待、褒奖的诏书。憾：遗憾，失望。㉓八议：指《周礼·小司寇》中所列八种犯罪可以通过大家讨论来减轻刑罚的制度。八议之中，其四即"议能之辟"，注疏说："若能者，惟有道艺，未必兼有德也。"也就是说有才能而未必有道德的人犯法可以讨论减轻刑罚。㉔贳（shì）其过：贳，通"赦"。赦免他的罪过。刀笔吏：主办文书的小吏，亦指讼师狱吏一类人。古时书写用竹简，写错，则用刀刮去。故称文书小吏为刀笔吏。庶乎：庶几。㉕渍法乱教：破坏法律，扰乱教化。

[译文]

人的作为，有可以通过努力达到的，有的即使通过努力也达不到。小恩小惠的所谓仁慈，小心谨慎的所谓义气，履行诺言的所谓守信，不贪图小利的所谓廉洁，尽管古人所说的仁慈、义气、守信、廉洁，不止是像这样，但天下的人也不会说这样的人就不是仁慈的人，就不是有义气的人，就不是守信的人，就不是廉洁的人。这些即使是自己本来没有的，但是可以通过努力拥有、达到的。在朝廷而能让百官整肃，在边地而能让四方夷狄畏惧；坐镇于纷繁复杂的事务之中，却能方寸不乱，置身于十万火急的军情之中，却能不惶惑；当官吏就能当好官吏，当将领就能当好将领：像这样的人，如果不是上天赐予、生性固有，那不是通过努力就能具备的。道德可以通过努力而得到长进，才能却不能靠强行拔高而得到长进。现有两个人：一个人善于作揖礼让，一个人善于骑马射箭，那人们没有不认为作揖礼让的比骑马射箭的要强。然而，能作揖礼让的未必善于骑马射箭；但骑马射箭的丢下弓箭，作揖礼让于人们中间，那也未必就会失去仪态。为什么呢？因为才能无法勉强而道德却容易通过努力得到。我看世上用人，喜好把可以通过努力而具备的道德强加在不能通过努力而具备的才能之上，却说：我尊重道德而鄙视才能。因而，道德不足以感化人们，反而把有才能的人也遗漏了。

然而这样做，也是有原因的。有才能的人不能做众人所勉强做的罢了。这是为什么呢？因为奇特杰出的人，常常喜好自恃才高，疏朗超脱，高傲放诞，行为无拘无束，往往冒犯法律，触犯禁令，叫号欢呼，以发泄心中一时的快乐，而不顾带来的灾祸，喜好功利，无节制地饮酒，意气用事，轻视他人，一朝立志，便飘然远去，不能用礼法来约束。然而等他们一旦翻然醒悟，改变操守和德行，不再做这些事情，而留心于前面所说的所谓的可以通过努力而具备的道德，那何愁达不到呢？为什么一定要把浅陋的小道理强加在他们头上呢！

他们不肯规规矩矩地遵礼守法，反而一定要自我放纵地做出这些事，都是上面的人的过错啊！古代养育奇特杰出的人才，赋予权力来重用他们,赐予爵位来尊宠他们,给予俸禄来厚待他们,加以恩惠来重视他们;要求他们来处置天下大事,从而改变他们平时自我放纵的性格,而他们的声色欲望又全都得到了充分的满足,所以用不着靠自我放纵才感到快乐。如今却不一样,奇特杰出的人才没有一点权力、位于最低等的官职、领受一升半斗的俸禄的超过了一半,他们又怎能不冒犯法律、逾越礼仪而寻欢作乐呢?我们又怎能用法令来逼迫他们,使他们不能安然放纵自我呢?现在我们对他们绳之以法,也已经够急迫了。急迫地对待他们还不止,又接着动用刑法,那他们就只有往北逃奔胡房,往南逃往南越了。

　　唉!太平无事的时候已经不能养育他们,等到国家发生不幸,一旦边境发生灾患,出现繁乱难治的事情后,然后用褒美嘉奖的诏书来召用他们,用高官厚禄来笼络他们,那时他们已经心怀怨望了。他们本来就不是全然忠诚的人,又怎肯默默无闻地处于穷困无用的地方而甘心呢?

　　周公的时代,天下号称极其太平昌盛,四方夷狄已经臣服,卿、大夫、士已经称职。在这个时候,即使有奇特杰出的人才没有用武之地,而且那时的礼法风俗特别细密,整个朝廷和四海的人们没有不遵守履行的,然而在它的"八议"中,却仍然有"讨论有才能的人的减刑"这一条。何况当今天下还不是非常昌盛,四方夷狄还没有全部臣服,卿、大夫、士并非全都称职,礼法风俗又不是细密得像周朝鼎盛时期那样,然而奇特杰出的人才反倒有被束缚在簿书米盐杂务中的,这样反倒可以不讨论他们的才能而宽恕他们吗?所应该做的是怜惜他们的才能而赦免他们的过错,不要让他们被刀笔小吏所困扰,如此差不多能够竭尽他们的才华。

　　有人或许会说:奇特杰出的人才有过错能够得到赦免,那么天下的人谁不自称为奇特杰出以求赦免他们的过错,这最终也不过是破坏法律、扰乱名教罢了。回答是:这样说是有道理的。然而奇特杰出的人的所作所为，一定明显超出众人之上，假如指出他们已经建立的功业让天下的人都明白，就能够赎免他们的过失；而对那些没有功绩的人，则把难办的事情交给他们办理，并且要求他们拿出成绩：那天下的人就不敢自称为奇特杰出了，而真正的奇特杰出的人就会显现出来了。

广 士

古之取士，取于盗贼，取于夷狄；古之人非以盗贼、夷狄之事可为也，以贤之所在而已矣。夫贤之所在，贵而贵取焉，贱而贱取焉。是以盗贼下人，夷狄异类，虽奴隶之所耻，而往往登之朝廷，坐之郡国，而不以为怍。①而绳趋尺步，华言华服者，往往反摈弃不用。②何则？天下之能绳趋而尺步，华言而华服者众也，朝廷之政，郡国之事，非特如此而可治也。彼虽不能绳趋而尺步，华言而华服，然而其才果可用于此，则居此位可也。

古者，天下之国大而多士大夫者，不过曰齐与秦也。而管夷吾相齐，贤也，而举二盗焉；③穆公霸秦，贤也，而举由余焉。④是其能果于是非而不牵于众人之议也，未闻有以用盗贼、夷狄而鄙之者也。今有人非盗贼、非夷狄，而犹不获用，吾不知其何故也。

夫古之用人，无择于势，布衣寒士而贤则用之，公卿之子弟而贤则用之，武夫健卒而贤则用之，巫医方技而贤则用之，⑤胥史贱吏而贤则用之。⑥今也，布衣寒士持方尺之纸，书声病剽窃之文，而至享万钟之禄；⑦卿大夫之子弟饱食于家，一出而驱高车，驾大马，以为民上；⑧武夫健卒有洒扫之力，奔走之旧，久乃领藩郡，执兵柄；⑨巫医方技一言之中，大臣且举以为吏。⑩若此者，皆非贤也，皆非功也，是今之所以进之之途多于古也。而胥史贱吏，独弃而不录，使老死于敲搒趋走，⑪而贤与功者不获一施，吾甚惑也。不知胥吏之贤，优而养之，则儒生武士或所不若。

昔者汉有天下，平津侯、乐安侯辈皆号为儒宗，而卒不能为汉立不世大功。⑫而其卓绝隽伟、震耀四海者，乃其贤人之出于吏胥中者耳。夫赵广汉，⑬河间之郡吏也；尹翁归，⑭河东之狱吏也；张敞，⑮太守之卒史也；王尊，⑯涿郡之书佐也：是皆雄隽明博，出之可以为将，而内之可以为相者也，而皆出于吏胥中者，有以也。夫吏胥之人，少而习法律，长而习狱讼，老奸大豪，畏惮慑伏，吏之情状、变化、出入无不谙究，⑰因而官之，则豪民猾吏之弊，表里毫末毕见于外，无所逃遁。而又上之人择之以才，遇之以礼，而其志复自知得自奋于公卿，故终不肯自弃于恶以贾罪戾，⑱而败其终身之利。故当此时，士君子皆优为之，而其间自纵于大恶者，大约亦不过几人，而其尤贤者，乃至成功如是。

今之吏胥则不然，始而入之不择也，终而遇之以犬彘也。⑲长吏一怒，不问罪否，袒而笞之；喜而接之，乃反与交手为市。⑳其人常曰：长吏待我以犬彘，我何望而不为犬彘哉？是以平民不能自弃为犬彘之行，不肯为吏矣，况士君子而肯俛首为之乎！㉑然欲使之谨饰可用如两汉，亦不过择之以才，待之以礼，恕其小过，而弃绝其大恶之不可贳忍者，㉒而后察其贤有功而爵之、禄之、贵之，勿弃之于冗流之间。则彼有冀于功名，自尊其身，不敢匄夺，㉓而奇才绝智出矣。

夫人固有才智奇绝而不能为章句名数声律之学者，㉔又有不幸而不为者。苟一之以进士、制策，㉕是使奇才绝智有时而穷也。

使吏胥之人，得出为长吏，是使一介之才无所逃也。[26]进士、制策网之于上，此又网之于下，而曰天下有遗才者，吾不信也。

[题解]

本文是《衡论》的第五篇，讨论广泛选拔人才的问题。文章的重点在于提出吏胥之可用，应该从吏胥中选择提拔官员。宋代社会有一个重要的弊端就是冗官问题。这是由宋代的铨选制度造成的。宋代的取士途径较多，主要有科举取士、恩荫补官、胥吏出职、军功补授、进纳补官等，其中最主要的方式是科举。宋代科举考试录取人数远远多于唐代，并且升迁较快，是一般读书人出仕的最佳方式。其次是荫补、任子，一定级别的文武官员因为圣节、郊祀、致仕、遗表、去世等原因都可以获得荫补子弟、亲属甚至门客的机会，这是造成宋代冗官充斥的重要原因。苏洵正是针对这样的社会现实，高声疾呼，希望能够给予下层吏胥进身的机会。宋代吏胥并不是完全没有成为官员的机会，但是这种机会不多，并且有各种限制。首先，只有各州、路以上的吏胥才有资格成为官员，县、乡的胥吏必须升为州、路以上才行；其次，吏胥升为官员需要较长的年限，往往需要二三十年；再次，吏胥升任官员的职务一般相当低，并且有所谓的止法，往往升至八品左右即停止。所以在宋代，胥吏是不可能成为卿士大夫，出将入相的。苏洵认为吏胥明习法律，熟悉狱讼，谙究官场的各种弊端，深知民情冷暖，如果能够择之以才，待之以礼，其中必将有能成大功业者出现。并且认为，选拔任用吏胥，是科举取士的重要补充，两者结合，才能做到人尽其才，网无漏鱼。苏洵的观点既具有现实针对性，同时也和他自己的切身体验有关。苏洵一生多次参加科举考试，均铩羽而归，因此他认为一些才智奇绝之士或者不能或者不愿从事章句声律这类举业，社会应该给这类人才以出路。所以这篇文章中寄寓了苏洵强烈的身世之感。文章广泛地运用对比论证的手法，古今对比，处处映衬，环环相扣，层层深入，波澜跌宕。

[注释]

①坐：坐守，镇守。怍（zuò）：愧疚。②绳趋尺步：一趋一步，一举一动，皆合规矩。摈弃：抛弃，排斥。③"管夷吾相齐"三句：管夷吾即管仲。参见《管仲论》一文。《礼记·杂记下》："孔子曰：管仲遇盗，取二人焉，上以为公臣。曰：'其所游，辟也；可人也。'"（"孔子说：从前管仲遇到一伙盗

广士　247

贼，从中挑取二人，荐给齐桓公，任用他们为臣，说：'他们所交游的人是邪恶的，其实二人是可用的人才。'")④"穆公霸秦"三句：据《史记》卷五《秦本纪》载，由余本为晋人，因事逃亡入戎国，在戎为官，后又被秦穆公重用，助穆公称霸诸侯。⑤巫医方技：指从事星、相、卜、医等活动的人，这些人当时都是地位比较低贱的。⑥胥史贱吏：办理文书、从事各种差役的小吏。⑦方尺之纸：指科举考试的试卷。声病剽窃之文：声病，即所谓的四声八病，指写作诗歌讲究的格律形式。剽窃，指写作文章因袭模拟古人。声病剽窃之文泛指当时科举考试所采用的各种文体。苏洵《上田枢密书》中说的"曩者见执事于益州，当时之文，浅狭可笑。饥寒穷困乱其心，而声律记问又从而破坏其体，不足观也已"，就是指这一类文章。《宋史·选举志》："凡进士，试诗、赋、论各一首，策五道，帖《论语》十帖，对《春秋》或《礼记》墨义十条。"万钟之禄：优厚的俸禄。钟，容量单位，六斛四斗为一钟。本句指通过科举考试致身通显。⑧"卿大夫之子弟"四句：指当时官僚子弟通过父祖恩荫等手段取得官位，这是当时除科举之外最重要的一条入仕之路，也是造成宋代冗官弊端的一个重要原因。苏洵《上皇帝书》云："今之用人最无谓者，其所谓任子乎？因其父兄之资以得大官，而又任其子弟，子将复任其孙，孙又任其子，是不学而得者尝无穷也。"⑨"武夫健卒"四句：指达官贵人提拔私人门客等的行为。领藩郡，指做地方大郡的长官。执兵柄，指执掌兵权。⑩"巫医方技"二句：指一些技术官如医官、道术之士受到崇任重用的行为。⑪敲榜（péng）：敲打，鞭笞。趋走：执行差役，四处奔走。⑫平津侯：即公孙弘（前200—前121），菑川（今山东）人，习《春秋》，年六十余以贤良征为博士，汉武帝元朔五年（前124）拜为丞相，封平津侯。乐安侯：即匡衡，东海承人，少好学，善说《诗》，汉元帝时为博士，建昭三年（前36）拜为丞相。《汉书》卷八一《匡张孔马传》："赞曰：自孝武兴学，公孙弘以儒相，其后蔡义、韦贤、玄成、匡衡、张禹、翟方进、孔光、平当、马宫及当子晏，咸以儒宗，居宰相位，服儒衣冠，传先王语，其酝藉可也。然皆持禄保位，被阿谀之讥。彼以古人之迹见绳，乌能胜其任乎？"不世：不世出，不常见，非凡的。⑬赵广汉：字子都，涿郡蠡吾（今河北博野）人，少为郡吏、州从事，为人廉明，精于吏治，不避权豪，为京兆尹，参与立汉宣帝，赐爵关内侯，地节三年(前67)被腰斩。⑭尹翁归(？—前62)：字子兄，河东平阳(今山西临汾)人，少为狱小吏，晓习文法。后拜东海太守、入守右扶风，按治黠吏豪民，京师畏其威严。清廉自守，死后家无余财。⑮张敞(？—前47)：字子高，本河东平阳人。少补太守卒史，为甘泉仓长。后迁为京兆尹，直言敢谏，所至有治绩。以为妇画眉，遭人非议，不得大用。⑯王尊：字子赣，涿郡高阳(今河北高阳)人，年十三求为狱小吏，数岁给事太守府，除补书佐，署守属监狱。后为安定太守，抑强扶弱，威震郡中。后迁京兆尹，以刚直著称。以上四人事迹均见《汉书》卷七六《赵尹韩张二王传》。⑰谙究：熟悉至极。⑱以贾(gǔ)罪戾：招致罪过。⑲犬彘(zhì)：狗、猪。⑳袒而笞之：剥去衣服鞭打他们。交手为市：在公开场合拱手礼让。㉑俛首：即俯首。㉒贳忍：赦免，宽恕，容忍。㉓匄(gài)夺：匄，通"丐"。匄夺，即强夺，巧取豪夺。㉔章句名数声律之学：章句，分章析句以解释经书的学问。名数，名物数理之学。声律，诗歌声韵格律之学。这些都是进士、明经等科举考试所需的学问。㉕一之以：全部地用，统一地用。进士、制策：科举考试的科目。制策又称制科、制举。《宋史·选举志一》："宋之科目，有进士，有诸科，有武举。常选之外，又有制科，有童子举。"《选举志二》："制举无常科，所以待天下之才杰，天子每亲策之。然宋之得才，多由进士，而以是科应诏者少。"㉖长吏：指级别较高的官员。汉代六百石以上官员称为长吏。一介之才：指微小的人才。

[译文]

　　古代选拔人才，有从盗贼中选取的，有从外族中选取的。古代人并非认为盗贼、外族的行为是可取的，是因为贤人在那里罢了。那贤人所在的地方，在高贵者中间就从高贵者中间选取，在低贱者中间就从低贱者中间选取；因此盗贼这些低下的人，外族这些非我族类者，即使连奴仆也感到羞耻的，却常常让他们登上朝堂，坐镇一方，而不以此为愧疚。而那些中规中矩、言辞辩丽、衣裳华美的人，反而常常被摈弃不用。为什么呢？因为天下能够中规中矩、言辞辩丽、衣裳华美的人很多；而朝廷的大政、地方的治理，并非仅仅这个样子就能治理好的。而那些虽然不能中规中矩、言辞辩丽、衣裳华美的，但他们的才能如果确实可以用在这里，就可以让他们居于这个位置。

古时候，全天下国家最大而士大夫最多的，莫过于齐国和秦国。然而管仲做齐相，推荐贤人，却举荐了两个盗贼；秦穆公使秦国称霸诸侯，提拔贤人，却提拔了戎国的由余。这说明他们能够明断是非而不受众人议论的影响，没有听说过有谁因为他们任用盗贼和外族而鄙薄他们。现今有一些人并非盗贼和外族，然而尚且不能获得任用，我不知道那是什么缘故。

古时候选用人才，不依据权势，平民寒族而贤能的就选用，公卿子弟而贤能的就选用，武夫健卒而贤能的就选用，巫师、医生、相士、术士而贤能的就选用，文书小吏而贤能的就选用。现如今，平民寒士在一尺见方的纸上，书写规避声病和东拼西凑的诗文，就能够享有高官厚禄；公卿大夫的子弟在家里饱食终日，一出仕就能驱驾高车大马，高居民上；武夫健卒出一点清道洒扫的力，效一些奔走的劳，时间长了就可以掌管大郡、执掌兵权；巫师、医生、相士、术士有一句话说中的，大臣就会举荐他们做官。像这些人，都并不是贤能的，都不是立功的，由此可见现今进用人才的路子多于古代。然而文书小吏，却独独被抛弃不用，任他们老死于鞭笞奔走的差事上，而他们中贤能和有功的不能获得一点恩典，我感到非常疑惑不解。人们不能识别文书小吏中的贤者，给予优待培养，那读书人和武士或许还不如他们呢。

过去汉朝的时候，平津侯公孙弘、乐安侯匡衡等人号称一代儒家宗师，但最终不能够为汉朝立下非凡的功劳；而那些卓绝俊伟、功业震动光耀四海的，却是出身于文书小吏中的贤能者。赵广汉，曾经是河间郡的小吏；尹翁归，曾经是河东的狱吏；张敞，曾经是太守的书吏；王尊，曾经是涿郡的书佐：他们都是雄伟、俊朗、明达、博大的，出去就可以做将帅，进入朝廷就可以做丞相，然而都是出身于文书小吏中，确实是有原因的。那些做文书小吏的人，年轻时明习法律，长大时熟悉诉讼，老奸巨猾豪强大户都对他们害怕忌惮慑服，对于吏员的各种内情、变化、出入无不熟悉至极，以此来做官，那豪民猾吏的各种弊端，内外细微之处无不显现出来，无所逃遁。如果上面的人又能选择他们中有才能的，用礼节来对待他们，而且他们心里又自知能够奋力做到公卿将相，因而终究不愿意自暴自弃于罪恶之地而招致罪过，从而败坏他们一生的功名。所以在那个时候，知书君子都高兴做文书小吏，而他们中间自我放纵酿成大恶的，大约也不过有几个人而已，而他们中间最贤能的，却能够作出如此巨大的成功。

现在的文书小吏则不一样，开始接纳他们的时候不加选择，后来对待他们就像对待猪狗一样。长官一旦发怒，不管有没有罪过，就扒下衣服鞭笞他们；长官高兴的时候就和他们交往，反而在大庭广众之下和他们拱手礼让。这些人经常说：长官对待我们就像对待猪狗一样，我们还有什么希望不做猪狗呢？因此平民百姓不甘心自暴自弃作出猪狗那样行为的，不愿意做文书小吏，何况知书君子怎会愿意俯首来做呢？然而想要使他们谨慎自饰可以任用像两汉时候那样，也不过选择有才能的，用礼节对待他们，宽恕他们小的过失，而把那些犯下十恶不赦大罪的彻底清除，然后考察那些贤能又有功劳的赐予他们官爵、俸禄和地位，不要把他们扔到庸碌冗余的人中。那样他们有希望建立功名，自尊自重，不敢巧取豪夺，然后具有奇特才能和绝顶聪明的人就会冒出来。

人们当中本来就有才智奇特非凡但却不能寻章摘句、记诵名物术数、吟诵诗歌的，又有些不幸不去做这些的。假使全都用进士、制策考试来选拔人才，这就会使得那些才智奇特非凡的人在这个时候陷入困境。让文书小吏这类人，能够升迁做长官，这就使得有一点才能的人都不会被埋没。用进士、制策类考试网罗人才于上，用这种办法网罗人才于下，却说天下有遗漏的人才，我是不相信的。

彭州圆觉禅院记

人之居乎此也,其必有乐乎此也。居斯乐,不乐,不居也。居而不乐,不乐而不去,为自欺,且为欺天。盖君子耻食其食而无其功,耻服其服而不知其事①,故居而不乐,吾有吐食、脱服,以逃天下之讥而已耳。天之畀我以形,而使我以心驭也。今日欲适秦,明日欲适越,天下谁我御?②故居而不乐,不乐而不去,是其心且不能驭其形,而况能以驭他人哉?

自唐以来,天下士大夫争以排释老为言,故其徒之欲求知于吾士大夫之间者,往往自叛其师以求其容于吾。而吾士大夫亦喜其来,而接之以礼。灵师、文畅之徒,③饮酒食肉以自绝于其教。呜呼!归尔父子,复尔室家,而后吾许尔以叛尔师。父子之不归,室家之不复,而师之叛,是不可以一日立于天下。《传》曰:"人臣无外交。"④故季布之忠于楚也,⑤虽不如萧、韩之先觉,⑥而比丁公之贰则为愈。⑦

予在京师,彭州僧保聪来求识予甚勤。⑧及至蜀,闻其自京师归,布衣蔬食以为其徒先,凡若干年,而所居圆觉院大治。一日为予道其先师平润事,⑨与其院之所以得名者,请予为记。予佳聪之不以叛其师悦予也,故为之记曰:

彭州龙兴寺僧平润讲《圆觉经》有奇,⑩因以名院。院始弊不葺,润之来,始得隙地以作堂宇。凡更二僧,而至于保聪,聪又合其邻之僧屋若干于其院以成。是为记。

[题解]

本文写作时间应在嘉祐元年(1056)苏洵出蜀之前乡居期间,具体见注⑧。彭州,今四川彭州市。圆觉禅院,或在龙兴寺内。本文属于宋代寺院记一类的文章,但写作构思布局上则颇为巧妙。文章开头一段并没有涉及佛教寺院,而是空中布景,用很大的篇幅阐述人生应该身心合一,而不应该行为和思想背离。次段方转入佛教,批评灵师、文畅等佛教徒为了得到士大夫的接引,不惜违背教义,不忠不信,不但为佛家之叛徒,且为世俗信义所不许。最后才转入正题,褒赏彭州僧保聪能恪守佛家戒规,兴建寺院,故自己也乐于为其寺院写记。如此布局,议论正大,气势充沛,风神婉转,言简意赅,可谓尽得文章之妙。明人茅坤《唐宋八大家文钞》评论本文说:"翻案格议论,有一段风致。"

[注释]

①食其食、服其服:指从事某种职业,因而吃哪家饭穿哪家衣。②天下谁我御:天下谁能阻止我。御,阻止。③灵师、文畅:唐时与韩愈同时有交往的僧人。灵师,韩愈《送灵师》:"灵师皇甫姓,胤胄本蝉联。少小涉书史,早能缀文篇。""逸志不拘教,轩腾断牵挛。围棋斗白黑,生死随机权。六博在一掷,枭卢叱回旋。争战谁与敌,浩汗横戈铤。饮酒尽百盏,嘲谐思愈鲜。有时醉花月,清唱高且绵。""方将敛之道,且欲冠其颠。"(《韩昌黎诗系年集释》卷二)文畅,韩愈有《送文畅师北游》诗,见《韩昌黎诗系年集释》卷五。又有《送浮屠文畅师序》,见《韩昌黎文集校注》卷四,说浮屠文畅喜文章,好诗歌,是佛名而儒行者。④人臣无外交:语出《礼记·郊特牲》,意思是凡诸侯国国君或卿大夫等做臣子的人,不得擅自与地位相同的人有外交往来,这是古时的礼法规定。⑤故季布之忠于楚:《史记》卷一○○《季布栾布列传》:"季布者,楚人也。为气任侠,有名于楚。项籍使将兵,数窘汉王。及项羽灭,高祖购求布千金,敢有舍匿,罪及三族。"后经人从中开解说"臣各为其主用。季布为项籍用,职耳",高祖方才赦免季布,拜为郎中。⑥萧、韩:指萧何和韩信。⑦丁公之贰:贰,贰臣,叛逆之臣。《史记》卷一

○○《季布栾布列传》:"季布母弟丁公,为楚将。丁公为项羽逐窘高祖彭城西,短兵接,高祖急,顾丁公曰:'两贤岂相厄哉!'于是丁公引兵而还,汉王遂解去。及项王灭,丁公谒见高祖。高祖以丁公徇军中:'丁公为项王臣,不忠。使项王失天下者,乃丁公也。'遂斩丁公,曰:'使后世为人臣者,无效丁公。'"⑧予在京师,彭州僧保聪来求识予甚勤:苏洵在庆历五、六年间游学京师。此时,僧保聪也正在京师游历。韩琦《志石盖记》(作于1045年)云:"琦始谋奉考妣归葬相州,不敢远祖茔而忘故里也。得释保聪,善地理学,遣侄公彦同往视焉。不旬日,得地于安阳县新安村之水冶为吉。"(《安阳集编年笺注》卷四六)王素《彭州埚口镇新修塔记》(作于1060年)云:"天彭有镇曰埚口,埚口有寺曰镇国……净慧大师保聪,郡人也,嗣平润大师住福昌禅院,严持戒行,广兴佛事……乃与邑人耿符等议,建无垢净光法舍利塔一座。自甲午(1054)至庚子(1060)告成……净慧向游都下,乃予故人。"(《全宋文》卷六六一)王素的塔记,一方面让我们对于僧保聪有了更多的了解,另一方面对我们确定本文的写作时间亦颇有意义。由《塔记》可知僧保聪游历京师在至和元年(1054)之前,而据《长编》所记王素的仕历,王素正是在庆历年间在京任谏官,参与庆历新政,而在庆历三年(1043)十月外任淮南都转运按察使(《长编》卷一四四)。⑨平润:北宋彭州龙兴寺僧人,具体情况不详。⑩彭州龙兴寺僧平润讲《圆觉经》有奇:龙兴寺,彭州城东佛寺。唐陈会《彭州九陇县再建龙兴寺碑》(《全唐文》卷七八八):"郡之雄东方万楹,横空屹然,丽谯之欲造乎天倪者,某名曰再建龙兴之佛寺焉。厥初寺号大空,天授二年为大云,我唐开元中诏号龙兴,会昌五年废为闲地……未经岁,我皇驭九土,怀八荒,以为我之提大化也……而复诏天下,使率土郡府,各复其寺。寺之数,郡府有差。释之数,男女一致。其于夫彭为郡,得复寺之二焉。二之数,龙兴居一。一寺度僧三十,精选洁行能臻不二之门者,居其右焉。"《圆觉经》,佛经名,全称《大方广圆觉修多罗了义经》,记释迦答文殊、普贤之问。有奇,讲得奇妙,或者讲经而现奇迹。

[译文]

　　一个人居住在此地,他必然有喜欢此地的原因。居住在这个地方是因为高兴;不高兴,就不会居住在此地。居住在这个地方却不高兴，不高兴却不离开，这不但是自欺，并且是欺天。这大概是因为君子耻于吃着人家的饭而没有功劳，耻于穿着人家的衣服而不懂得人家要做的事，所以居住在这里却不高兴，我只能是吐出吃的饭、脱掉穿的衣，来免掉天下人的讥讽呀！上天给我身体，而且让我的心来驾驭它。今天想去秦国，明天想去越国，天下人谁能阻止我呢？所以居住在这个地方却不高兴，不高兴却不离开，这说明心连自己的身体都不能驾驭，何况去驾驭他人呢？

自从唐代以来，天下的士大夫争着以排斥佛教、道教作为自己的言论，所以佛教徒、道教徒中想从我们士大夫中间获得名声的，往往背叛自己的师门以求为我们所容纳。而我们这些士大夫也乐意他们的到来，用儒家的礼教来接引他们。像灵师、文畅等人，喝酒吃肉，自绝于他们的教门。唉！恢复你们的父子关系，恢复你们的夫妻家庭关系，然后我才能认可你们是真的背叛了你们的师门。不能恢复父子关系，不能恢复夫妻家庭关系，却背叛师门，这是一天也不能立足于天下的。《礼》经传注说："做臣子的不能私下有外交活动。"所以，季布的一心忠于楚王，虽然比不上萧何、韩信的先知先觉，但却胜过丁公的三心二意。

我在京师的时候，彭州的僧人保聪很频繁地来求和我结识。等我回到蜀地，听说他也从京师归来，穿粗布衣吃素菜饭来给他的徒弟作表率，过了若干年，他所居住的圆觉禅院治理得很好。一天，他给我讲他的老师僧人平润的事迹，以及圆觉禅院得名的缘由，请我给写一篇寺院记。我赞赏保聪和尚不通过背叛师门来取悦于我，因此给禅院写了一篇记说：

彭州龙兴寺僧人平润讲《圆觉经》有奇迹，因而用来命名禅院。禅院开始时破败没有修葺，平润来了以后才开始选择空地修建庙宇。总共经过两个僧人，才传到保聪，保聪又把它临近的若干间僧屋合并到禅院，禅院才完成。这就是我写的记文。

张益州画像记

至和元年秋,蜀人传言,有寇至。边军夜呼,野无居人。妖言流闻,京师震惊。方命择帅,天子曰:"毋养乱,毋助变。众言朋兴,朕志自定。外乱不作,变且中起。不可以文令,又不可以武竞。惟朕一二大吏,孰为能处兹文武之间,其命往抚朕师?"乃推曰:"张公方平其人。"天子曰:"然。"公以亲辞,不可,遂行。冬十一月至蜀。至之日,归屯军,撤守备,使谓郡县:"寇来在吾,无尔劳苦。"明年正月朔旦,蜀人相庆如他日,遂以无事。①

又明年正月,相告留公像于净众寺,公不能禁。②眉阳苏洵言于众曰:"未乱,易治也;既乱,易治也;有乱之萌,无乱之形,是谓将乱。将乱难治,不可以有乱急,亦不可以无乱弛。是惟元年之秋,如器之欹,③未坠于地。惟尔张公,安坐于其旁,颜色不变,徐起而正之。既正,油然而退,无矜容,为天子牧小民不倦。惟尔张公,尔繄以生,④惟尔父母。且公尝为我言:'民无常性,惟上所待。人皆曰蜀人多变,于是待之以待盗贼之意,而绳之以绳盗贼之法,重足屏息之民,而以砧斧令。⑤于是民始忍以其父母妻子之所仰赖之身,而弃之于盗贼,故每每大乱。夫约之以礼,驱之以法,惟蜀人为易。至于急之而生变,虽齐、鲁亦然。吾以齐、鲁待蜀人，而蜀人亦自以齐、鲁之人待其身。若夫肆意于法律之外，以威劫齐民，⑥吾不忍为也。'呜呼！爱蜀人之深，待蜀人之厚，自公而前，吾未始见也。"皆再拜稽首曰："然。"苏洵又曰："公之恩在尔心，尔死，在尔子孙；其功业在史官；无以像为也。且公意不欲，如何？"皆曰："公则何事于斯？虽然，于我心有不释焉。今夫平居闻一善，必问其人之姓名与乡里之所在，以至于其长短大小美恶之状，甚者或诘其平生所嗜好，以想见其为人，而史官亦书之于其传。意使天下之人，思之于心，则存之于目。存之于目，故其思之于心也固。由此观之，像亦不为无助。"苏洵无以诘，遂为之记。⑦

公，南京人，为人慷慨有大节，以度量雄天下。天下有大事，公可属。⑧系之以诗曰：

天子在祚，岁在甲午。

西人传言，有寇在垣。⑨

庭有武臣，谋夫如云。

天子曰嘻，命我张公。

公来自东，旗纛舒舒。⑩

西人聚观，于巷于途。

谓公暨暨，公来于于。⑪

公谓西人：安尔室家，

无敢或讹，讹言不祥。⑫

往即尔常，春尔条桑，秋尔涤场。⑬

西人稽首：公我父兄。

公在西囿，草木骈骈。⑭

公宴其僚，伐鼓渊渊。⑮

西人来观，祝公万年。

有女娟娟，闺闼闲闲。⑯
有童哇哇，亦既能言。
昔公未来，期汝弃捐。⑰
禾麻芃芃，仓庾崇崇。⑱
嗟我妇子，乐此岁丰。
公在朝廷，天子股肱。
天子曰归，公敢不承？
作堂严严，有庑有庭。⑲
公像在中，朝服冠缨。
西人相告，无敢逸荒。
公归京师，公像在堂。

[题解]

　　本文作于嘉祐元年（1056）正月，乃是颂扬张方平治蜀政绩的。张方平生平事迹见前《上张侍郎第二书》注①。益州即成都，时张方平知益州，故称张益州。当时流言益州将有寇乱，人心惶惶，故朝廷特遣张方平镇蜀。张方平以静制动，卒得无事。本文既要颂扬张方平的政绩，又要回护蜀人之遘乱，措辞颇具难度。文章以未乱既乱为易治，以将乱为难治，是以见出张之有功于蜀人。文章又论以待齐鲁之人待蜀人则蜀人不乱，见得善于回护蜀人。写画像之可有可无处，三四转折，先抑后扬，殊为深妙。文章叙事古劲，措辞高浑，诗亦具大雅遗韵，文入西汉，类《史记》之法。

[注释]

　　①"至和元年秋"至"遂以无事"：据苏轼《张文定公墓志铭》（《苏轼文集》卷一四）：以公为"户部侍郎，移镇西蜀。始，李顺以甲午岁（994）叛，蜀人记之，至是方以为忧。而转运使摄守事，西南夷有邛部川首领者，妄言蛮贼侬智高在南诏，欲来寇蜀。摄守妄人也，闻之大惊，移兵屯边郡，益调额外弓手，发民筑城，日夜不得休息，民大惊扰，争迁居城中。男女昏（婚）会，不复以年，贱鬻谷帛市金银，埋之地中。朝廷闻之，发陕西步骑戍蜀，兵仗络绎相望于道。诏促公行，且许以便宜从事。公言：'南诏去蜀二千余里，

道险不通，其间皆杂种，不相役属，安能举大兵为智高寇我哉？此必妄也，臣当以静镇之。'道遇戍卒兵仗，辄遣入境。下令邛部川曰：'寇来吾自当之，妄言者斩。'悉归屯边兵，散遣弓手，罢筑城之役。会上元观灯，城门皆通夕不闭，蜀遂大安。"至和元年（甲午年，1054）七月甲戌知渭州端明殿学士礼部侍郎张方平为户部侍郎知益州（《长编》卷一七六）。方平于本年十一月到成都。嘉祐元年（1056）八月癸亥（十四日）端明殿学士兼龙图阁学士吏部侍郎知益州张方平为三司使（《长编》卷一八三）。②净众寺：《蜀中广记》卷二成都府"西门之胜：张仪楼、石笋街、笮桥、琴台、浣花溪、青羊宫、净众寺、少陵草堂，其最著者"。"苏明允集有《张文定方平公祠碑记》，亦在净众寺矣。《高僧传》云：僧无相，新罗国人，开元十六年至成都，募化檀越，造净众寺。"净众寺南宋后改称净因寺，俗称万佛寺。③欹：（qī）：倾斜。④尔繄（yì）以生：繄，是。你们赖是以生。⑤重足：叠足而立，不敢移动。《汉书》卷五〇："令天下重足而立，仄目而视矣。"屏息：不敢出声。砧斧：砧板与斧头，古代杀人的刑具。⑥齐民：平民百姓。⑦遂为之记：王巩《文定张公乐全先生行状》（《全宋文》卷一八四一）："蜀人图公像于净众寺，眉州苏洵，西蜀名儒，为公祠堂记。秘阁校理知卬州李大临，方雅士也，为公画像赞。所述皆足传信矣。"⑧属：通"嘱"，嘱托。⑨祚：帝位。垣：墙，指边境。⑩旗纛（dào）：军队或仪仗队的旗帜。舒舒：徐缓的样子。⑪暨暨：果断刚毅貌。《礼记·玉藻》："戎容暨暨。"于于：行动舒缓貌。《庄子·应帝王》："其卧徐徐，其觉于于。"⑫讹言：谣言。⑬条桑、涤场：《诗经·豳风·七月》："蚕月条桑。"郑玄笺："条桑：枝落之，采其叶也。"又："九月肃霜，十月涤场。"朱熹注："涤，扫也。于是场功毕。"⑭骈骈：并列密集的样子。⑮伐鼓渊渊：语见《诗经·小雅·采芑》，毛传："渊渊，鼓声也。"伐，敲击。⑯闲闲：闲暇。闲闲：从容自得貌。⑰期：料定。⑱芃芃（péng péng）：茂密貌。《诗经·鄘风·载驰》："我行其野，芃芃其麦。"仓庾：仓库。崇崇：高峻的样子。⑲严严：庄严肃穆。庑：房廊。

[译文]

　　至和元年秋，蜀地人传言有敌寇到了边境。边境的军队夜里狂呼乱叫，四野里的人家都跑光了。谣言到处流传，震动京师。朝廷正打算下令选任将帅的时候，天子说："不要养成祸乱，不要加助变乱。众意纷纷，朕自有见。外患不生，变乱却从内部出现。既不能用一纸政令来感化，又不能用武力来镇压。只有朕身边的一两位大臣，谁能够处理好这件夹杂在文武之间的事，就命谁前去抚定朕的军队。"于是推举说："张公方平就是这样的人。"天子说："允当！"张公以不能迎侍老父亲为由推辞，天子不准，于是便上路赴任。冬十一月，张公到了蜀地。他到任的那一天，便命令屯守的军队回到军营，解除了守备，使人通告各州县："敌寇来了，由我处理，不须麻烦你们。"来年正月初一，人们和往年一样相互庆贺春节，由此得以平安无事。

又明年正月，人们相告要把张公的画像留在净众寺里供养，张公无法禁止。眉阳苏洵对众人说："还没有乱起来的时候容易治理，乱起来以后也容易治理。有了动乱的萌芽，而又没有具体的乱象，这叫做将乱。将乱最难治理，既不能按已乱来紧急处置，又不能按未乱而松弛不管。这就是至和元年之秋，就好像一件器皿已经倾斜，但还没有坠落到地上一样。正是你们的张公，安稳地坐在它的旁边，脸色不变，慢慢地站起来把它扶正。扶正后，又慢慢悠悠地退回去，没有一点骄矜的表情。替天子管理小民而不厌倦的，正是你们的张公。你们赖张公活了下来，张公就是你们的父母。而且张公曾经对我说：'民众没有一成不变的性情，只在于上面的人怎么对待他们。大家都说蜀人多变乱，于是就拿对付盗贼的心来对待他们，用惩罚盗贼的办法来惩罚他们。对那些叠足而立、屏息不敢喘气的民众，却拿杀头的手段去强迫他们。于是，民众才忍心把这要养活父母妻儿的身体，豁出去沦为盗贼，所以常常大乱。如果用礼义来约束、按法律来驱遣，那就只有蜀人最容易支使了。至于把人们逼急而生乱，那即使是齐鲁礼仪之邦的人们也一样。我用对待齐鲁之地人们的心来对待蜀人，那蜀人自然也就会以齐鲁人为榜样来要求他们自己。至于越法肆意妄为，用残酷的手段来胁迫平民，我是不忍心做的。'哎呀！爱蜀人如此之深，待蜀人如此之厚，在张公以前，我还从来没见过呢。"众人全都再次跪拜，说："是这样。"苏洵又说："张公的恩德在你们心中，你们死了，在你们子孙的心中；张公的功业在史官的记载中。用不着画像供养。况且，张公也不愿意，这如何是好？"大家都说："张公哪里用得着这样？虽则张公不用，但我们心里还是觉得过意不去呀。如今人们平时听到谁做了一件善事，必定会去打听那人的姓名，以及他的乡里所在，以至于他的模样是高是矮是胖是瘦是俊是丑。甚至于还会有人询问他平生的嗜好，以便揣测他的为人。而且史官也会把这些写进他的传记中，意图让天下人在心里思念他的时候，眼里便会有他的相貌。由于眼里有了他的相貌，所以在心中对他的思念也就能更加牢固。由此看来，画像也不是没有益处的。"苏洵无法反驳，于是就为他们写下了这篇画像记。

张公是南京（应天府，今河南商丘）人，为人慷慨有高尚的节操，以度量称雄于天下。天下有了大事，张公是可以托付的人选。最后附上一首诗：

天子在宝位，甲午这一年。
蜀人传流言，侬寇来挠边。
朝廷有武将，谋士多如云。
天子说声好，命我张公行。
张公来自东，大旗随风扬。
蜀人睹风采，人群满街巷。
传说公刚毅，公来却温良。
张公告蜀人：
各自安顿家，不要信谣传。
谣言不吉祥，生活照平常。

春天修桑枝，秋天去打场。
蜀人齐跪拜：公是我父兄。
公在西园住，草木也葱葱。
设宴请官员，鼓声响得欢。
蜀人来观看，祝公万万年。
姑娘美娟娟，闺中静又闲。
儿童哇哇哭，已能开口言。
昔日公未来，儿女弃路边。
禾麻长势好，粮仓已装满。
妻儿多高兴，快乐丰收年。
张公在朝廷，天子股肱臣。
天子召公归，岂敢不允承！
建造大祠堂，廊庑也严整。
公像挂当中，朝服冠缨长。
蜀人相传言，发誓不荒唐。
张公回京城，画像留祠堂。

木假山记

木之生，或蘖而殇，①或拱而夭。②幸而至于任为栋梁则伐；不幸而为风之所拔，水之所漂，或破折，或腐；幸而得不破折，不腐，则为人之所材，而有斧斤之患。其最幸者，漂沉汩没于湍沙之间，③不知其几百年，而其激射啮食之余，④或仿佛于山者，则为好事者取去，强之以为山，然后可以脱泥沙而远斧斤。而荒江之濆，⑤如此者几何！不为好事者所见，而为樵夫野人所薪者，何可胜数！则其最幸者之中，又有不幸者焉！

予家有三峰，予每思之，则疑其有数存乎其间。⑥且其蘖而不殇，拱而不夭，任为栋梁而不伐，风拔水漂而不破折，不腐；不破折，不腐，而不为人所材，以及于斧斤；出于湍沙之间，而不为樵夫野人之所薪，而后得至乎此，则其理似不偶然也。

然予之爱之，则非徒爱其似山，而又有所感焉；非徒爱之，而又有所敬焉。予见中峰魁岸踞肆，⑦意气端重，若有以服其旁之二峰。二峰者庄栗刻峭，⑧凛乎不可犯，虽其势服于中峰，而岌然决无阿附意。⑨吁！其可敬也夫！其可以有所感也夫！

[题解]

据苏轼《木山并叙》："吾先君子尝蓄木山三峰，且为之记与诗。诗人梅二丈圣俞，见而赋之。今三十年矣，而犹子千乘，又得五峰，益奇。因次圣俞韵,使并刻之其侧。"苏轼诗作于元祐三年(1088),说到梅尧臣(1002—1060)曾见到苏洵本文以及所写的关于木假山的诗(已不存),因而写了《苏明允木山》一诗,朱东润《梅尧臣集编年笺注》将此诗编于嘉祐二年(1057),据此,本文的写作时间或应在嘉祐二年四月苏洵因夫人程氏去世而仓惶离京回蜀之前。孔凡礼《三苏年谱》卷六将此文系于嘉祐元年离蜀之前,可从。本文借物寓意,寄托了苏洵对于人生命运的看法以及对自己和二子的高自期许。文章表现出高度的写作技巧。黄庭坚《跋子瞻木山诗》:"往尝观明允《木假山记》,以为文章气旨似庄周、韩非,恨不得趋拜其履舄间,请问作文关纽。"(《山谷集》卷二六)认为文章的风格和立意颇得《庄子》、《韩非子》的风神。首段描写木假山之形成,以幸不幸反复立说,文章凡六转(或蘖而殇、或拱而夭、或任为栋梁则伐、或破折、或腐、或有斧斤之患)而说到木假山,又讲到幸为木假山,或不为人知而被樵夫当柴火烧掉,是为百尺竿头更进一步。句法长短,节奏疾徐,曲尽转关之妙。第二段以"数"、"理"作为关纽,从反面议论木假山能够历经艰险,摆到人们庭院,其中自有道理存在,跌宕起伏,如大海回澜,层层倒卷。末段抒发对木假山从"爱"之而"感"之、"敬"之。苏洵对木假山的感慨和敬重,其实寓托了作者对于自己和二子的自评和自重。苏洵以拟人化手法写假山三峰,中峰"魁岸踞肆","魁岸"形容高大,但"踞肆"就是拟人化了。写旁边两峰,"刻峭"是形容峰的形态,但"庄栗""凛乎不可犯"就是拟人化了。"虽其势服于中峰,而岌然决无阿附意",更是拟人化手法。三峰正是对父子三人的绝妙刻画。苏洵本是极有抱负之人,苏洵对二子又抱着很高的期望,这一点我们可以结合苏洵《名二子说》来理解。清人孙琮评本文说:"一篇文字三样写法,三样奇观,可谓极文学家之能事。"

[注释]

①或蘖而殇:有的刚生芽就死去。蘖,树木的嫩芽。殇,未成年而死。②或拱而夭:有的刚长到两手合围就死去。拱,两手合抱。③汨没:沉沦埋没。湍沙:湍急的流沙。④激射啮食:水浪拍击、虫蚁蛙蚀。啮,啃咬。⑤荒江之濆(fèn):江边荒地。濆,水边高地。⑥有数存乎其间:《庄子·天道》:"得之于手而应于心,口不能言,有数存焉于其间。"数,玄妙的道理。⑦魁

岸:壮伟的样子。踞肆:雄踞恣肆的样子。⑧庄栗:庄严,庄重。刻峭:险峻挺拔。张耒《赠李德载二首》之二:"长翁(苏轼)波涛万顷陂,少翁(苏辙)巉秀千寻麓。"(《张耒集》卷一二)⑨岌然:高耸的样子。阿(ē)附:迎合。

[译文]

  树木的生命,有的刚萌芽就死去,有的长成合抱就死去。侥幸长到能做栋梁的就被砍伐;不幸被风所拔起,被水所漂荡,有的因此破碎折断,有的因此腐烂;侥幸能不破碎不折断不腐烂的,就被人当做木材,而遭到斧斤的灾祸。其中最幸运的,漂流埋没在湍流沉沙中,不知经过几百年,被冲刷侵蚀所剩下的部分,有好像山峰模样的,就被好事的人取去,勉强把它做成假山,从此以后它就可以脱离泥沙、远离斧斤啦。然而在荒江的岸边,像这样的形似木假山的有多少啊!不被好事的人发现,而被樵夫野人当做柴火烧掉的,数不胜数啊!因此那些最幸运者中间,仍然有一些不幸者存在啊!

  我家有一尊三个山峰的木假山,我每次想到它,就怀疑有命运气数存在于它的中间。既然它刚萌芽时没有死掉,两手合抱时没有死掉,可以做栋梁时却没有被砍伐,被风拔起、被水漂荡却没有破碎折断腐烂,不破碎、不折断、不腐烂却没有被人当做木材遭到斧子的砍伐,从激流沉沙中出来,而没有被樵夫野人当柴烧掉,然后才得以到达我手里,那它中间包含的道理似乎就不是偶然的。

  然而我之所以喜爱它,不但是爱它的像山,而且是有所感慨;不单单喜爱它,而且对它怀着敬意。我看它的中峰,高大雄肆,气势端庄严毅,好像有什么能够使旁边的两峰佩服它的东西存在。旁边的两峰,庄重峭拔,凛凛然不可侵犯;虽然它们的位置较低,倾服于中峰,但巍然高耸的神气,决然没有半点趋附的意思。唉!它多么可敬呀!它多么能够引起人的感慨呀!

附：

苏明允木山　梅尧臣

空山枯楠大蔽牛，霹雳夜落鱼凫洲，鱼凫水射几千秋，蠹肌烂随沙荡流，唯存坚骨蛟龙镂。形如三山中雄酋，左右两峰相挟翊，尊奉君长无慢尤。苏夫子见之惊且异，买于溪叟凭貂裘。因嗟大不为梁栋，又叹残不为薪楢。雨侵藓涩得石瘦，宜与夫子归隐丘。(《梅尧臣集编年校注》卷二十七，1057 年作)

木山（并叙）　苏轼

吾先君子尝蓄木山三峰，且为之记与诗。诗人梅二丈圣俞，见而赋之。今三十年矣，而犹子千乘，又得五峰，益奇。因次圣俞韵，使并刻之其侧。

木生不愿回万牛，愿终天年仆沙洲，时来幸逢河伯秋，掀然见怪推不流，蓬婆雪岭巧雕镂。蛰虫行蚁为豪酋，阿咸大胆忽持去，河伯好事不汝尤。城中古沼浸坤轴，一林瘦竹吾菀裘。二顷良田不难买，三年桤木行可楢。会将白发对苍巚，鲁人不厌东家丘。(《苏轼诗集》卷三〇，1088 年作)

同子瞻次梅圣俞旧韵题乡舍木山　苏辙

江槎出没浮犀牛，波涛掀天谷为洲，江寒水落惊霜秋，危根瘦节鸣寒流，脆朽吹去谁镌锼。连峰叠嶂立酋酋，吾家此山不易得，十年弃置空自尤。猿号鹤唳岂无意，委蛇怪我怀羔裘。西归父老拍手笑，笑忆翁子躬薪樏。去时三山今有五，不问故园惟一丘。(《栾城集》卷一六，1088年作)

苏氏族谱亭记

匹夫而化乡人者,①吾闻其语矣。国有君,邑有大夫,而争讼者诉于其门;乡有庠,②里有学,而学道者赴于其家。乡人有为不善于室者,父兄辄相与恐曰:"吾夫子无乃闻之!"呜呼!彼独何修而得此哉?意者其积之有本末,而施之有次第耶?

今吾族人犹有服者不过百人,③而岁时蜡社,④不能相与尽其欢欣爱洽,稍远者至不相往来,是无以示吾乡党邻里也。乃作《苏氏族谱》,⑤立亭于高祖墓茔之西南而刻石焉。既而告之曰:"凡在此者,死必赴,冠、娶妻必告,少而孤则老者字之,贫而无归则富者收之。而不然者,族人之所共诮让也。"

岁正月,相与拜奠于墓下,既奠,列坐于亭。其老者顾少者而叹曰:"是不及见吾乡邻风俗之美矣。自吾少时,见有为不义者,则众相与疾之,如见怪物焉,慄焉而不宁。其后少衰也,犹相与笑之。今也,则相与安之耳。是起于某人也。夫某人者,是乡之望人也,而大乱吾俗焉。是故其诱人也速,其为害也深。自斯人之逐其兄之遗孤子而不恤也,而骨肉之恩薄;自斯人之多取其先人之赀田而欺其诸孤子也,⑥而孝弟之行缺;自斯人之为其诸孤子之所讼也,而礼义之节废;自斯人之以妾加其妻也,而嫡庶之别混；自斯人之笃于声色，而父子杂处，谨哗不严也，⑦而闺门之政乱；自斯人之渎财无厌，惟富者之为贤也，而廉耻之路塞。此六行者，吾往时所谓大惭而不容者也。今无知之人皆曰：'某人何人也，犹且为之。'其舆马赫奕、婢妾靓丽，⑧足以荡惑里巷之小人；其官爵货力，足以摇动府县；其矫诈修饰言语，足以欺罔君子：是州里之大盗也。吾不敢以告乡人，而私以戒族人焉：仿佛于斯人之一节者，愿无过吾门也。"

予闻之惧而请书焉。老人曰："书其事而阙其姓名，使他人观之，则不知其为谁，而夫人之观之，则面热内惭，汗出而食不下也。且无彰之，庶其有悔乎？"予曰："然。"乃记之。

[题解]

苏洵《苏氏族谱》作于至和二年（1055）九月，本文当作于次年正月前后。据南宋周密《齐东野语》卷一三"老苏族谱记"条记载："沧洲先生程公许字季与，眉山人，仕至文昌，寓居霅上，与先子从容谈蜀中旧事，历历可听。其言老泉《族谱亭记》，言乡俗之薄，起于某人，而不著其姓名者，盖苏与其妻党程氏大不咸，所谓某人者，其妻之兄弟也。老泉有《自尤》诗，述其女事外家，不得志以死，其辞甚哀，则其怨隙不平也久矣。其后东坡兄弟以念母之故，相与释憾。程正辅与坡为表弟，坡之南迁，时宰闻其先世之隙，遂以正辅为本路宪，将使之甘心焉。而正辅反笃中外之义，相与周旋之者甚至。坡诗往复倡和，中亦可概见也。"如果这条记载不虚的话，我们就可以理解文中所言不指斥姓名者，是有其不得已者在。这条记载中提到苏洵的《自尤》一诗，幸此诗流传至今，算得上宋诗反映女性婚后生活的绝佳材料，可以与本文相互印证。《自尤》诗前有叙云："予生而与物无害。幼居乡间，长适四方，万里所至，与其君子而远其不义。是以年五十有一，而未始有尤于人，而人亦无以我尤者。盖壬辰（1052）之岁而丧幼女，始将以尤其夫家，而卒以自尤也。女幼而好学，慷慨有过人之节，为文亦往往有可喜。既适其母之兄程濬之子之才，年十有八而死。而濬本儒者，然内行有所不谨，而其妻子尤好为无法。吾女介乎其间，因为其家之所不悦。适会其病，其夫与其舅姑遂不之视而急弃之，使至于死。始其死时，余怨之，虽吾之乡人亦不直澥。独余友人闻而深悲之，曰：'夫彼何足尤者！子自知其贤，而不择以予人，咎则在子，而尚谁怨？'予闻其言而深悲之。其后八年，而予乃作《自尤》之诗。"按，苏洵幼女八娘（1035—1052）十六岁嫁给母舅程濬之子程之才也就是自己的表兄为妻，在夫家郁郁不乐，遭虐待而亡，年仅十八岁。苏洵极其悲愤，因而和程家怨隙日深。在《苏氏族谱亭记》中尚隐晦其名，而在作于嘉祐四年（1059）的《自尤》诗里，则直言指斥。程氏是眉山大族，仕宦颇为显赫，代有闻人。诗叙中写到的程濬（1001—1082），字治之，天圣五年（1027）赐同学究出身，后又中进士乙科。历官通判彭州、嘉州、梓州，知归州、遂州，提点荆湖南路刑狱，夔州路转运使。生平事迹见吕陶《净德集》卷二一《太中大夫武昌程公墓志铭》。据《墓志铭》的记载，则程濬在当时亦颇有政治才干。"公既通判彭、梓，以亲高年，乞便官，朝廷推异恩，俞其请，又通判嘉州。僚友称其孝，乡闾荣其归。或板舆迎养，或持檄还省，始终十余年，庭闱欢然，得尽人子之心。""既得谢而归，即其居为林下轩，日会宾侣，以诗酒自适，而气韵清壮，笑谈高爽，俯视俗罢，有超然不可慕之势。""初，仲兄浞有气节，善治产，光禄分财置第与之，使自滋殖。浞亡，其妻又能嗣守，资计益丰。光禄公尝许以其所积为之分。已而诸侄议将均之，公曰：'士人所以异于编氓者，盖有孝义廉耻也。治命在耳，慎勿言。嫂之积，秋毫不可觊。'未数年，浞之子纵侈无赖，荡去生业，反讼财之不均。公自引咎，惟有司是听。而犹子有获嫂氏所自具资产之数，乃向日禀于光禄公而许以为分者，盖倍于众人所有也。官得之信，讼于是息，人皆服公之义。又尝念仲弟沿亡而嗣未禄，乃以一子恩荐其子之奇。故终公之身，之仪犹未仕。族属贫者聚而衣食，养孤女寡妇而嫁之者凡六人，此皆乡党所矜法也。"如信《墓志铭》所言，则程濬在当日孝悌忠信，乃一乡党楷模。无如《墓志铭》多旌善讳恶，不可尽信乎！程濬子孙辈亦多有成才者。《墓志铭》记载说："娶宋氏，封长寿县君，雅有贤行，先公十六年卒……子男五人：之才，朝奉郎，尝为司农寺丞，历梓、利、夔三路转运判官，泸蛮犯边，王师西伐，朝廷赖其才，复还梓州路。之元，奉议郎，尝从使者治淯井叛夷，遂知泸州江安县，以功通判本州。又从辟渝南。平寇有异效，除夔州路转运判官。岁满，请便郡，得知嘉州。之邵，奉议郎，尝为三司磨勘官辟勾当公事,又从使者按视江、广盐笑,还,对如旨,除广南东路转运判官……公之康宁也,子以才能出使,孙以进士中第,出使者盖三人,中第者已三世,士林景慕,宜矣。"程之邵,《宋史》卷三五三有传。其后子孙有闻者如程之邵子程唐,程之元孙程敦厚,可惜或附会王黼、蔡京,或迎合秦桧,声名不佳而已。而苏氏八娘之夫,正是程濬长子程之才。程之才,字正辅,嘉祐中进士及第。历官利、夔、梓三路转运判官,广南东路提点刑狱。据《齐东野语》的记载,当新旧党争中,苏轼被贬到岭南时,当权者利用两家之旧怨,特意命程之才为广南东路提点刑狱,以期进一步打击苏轼。而小人谋算落空,两家终弭旧怨,复归于好。苏轼、苏辙和程氏表兄弟之间多有唱和之作。苏轼《与程正辅提刑》有云:"窜逐海上,诸况可知。闻老兄来,颇有佳思。昔人以三十年为一世,今吾老兄弟不相从四十二年矣。念此令人凄断。不知兄果能为弟一来否?"(《苏轼文集》卷五四)清人张伯行《唐宋八大家文钞》评本文说:"文字峭刻,而道理醇正。余于老苏集中,独取斯文。"

[注释]

①匹夫:庶人,平民百姓。化:教化。②庠:古代的乡学。③有服:指五服之内的亲戚。古代丧服制度,以亲疏为差等,分为五个层次,即斩衰(cuī)、齐(zī)衰、大功、小功、缌(sī)麻,出了五服,就不算亲戚。④蜡(zhà)社:泛指祭祀。蜡,年终合祭百神。周曰蜡,秦曰腊。社,社日的省称。为祭社神的节日。有春社和秋社。⑤《苏氏族谱》,参见后《族谱引》注。⑥赀(zī)田:财产和田产。⑦谨哗:喧哗。⑧舆马赫奕:车马煊赫。靓丽:姿容艳丽。

[译文]

一个普通人而能教化全乡的人,我听说过有关这种人的谈论。一国有一国的君主,一个封邑有一个封邑的大夫,但争讼的人却要到他的家门口去请他评理;一乡有一乡的学校,一里有一里的学校,但学习道德学问的人却到他的家中去学习。如果乡里有在家中做坏事的人,那这人的父兄就会恐吓这个人说:"我们的夫子恐怕会知道这件事情的!"啊!他是怎样修养而达到这种地步的呢?想来他的德行积累是有本有末的，而施行起来是有先有后的吧？

现今我们族人还在五服之内的不到一百个了，然而在每年的蜡祭和社祭时，相聚在一起却不能尽兴欢快、和睦融洽，稍远一些的人甚至于不相往来，这是不能作为我们乡党邻里的表率的。因而我撰写了《苏氏族谱》，在高祖坟墓的西南建起了亭子，把族谱刻在亭子中的石碑上。之后我又告诉大家说："凡是写在这上面的人，死了就必须参加他们的葬礼，举行男子成年加冠礼、婚娶的必须告诉大家。如果有年纪幼小的孤儿，那就由老年人来抚育；如果有贫穷而无家可归的，那就由富有的人来收养。要是有不这样做的人，那么全体族人都要来谴责他。"

这年的正月，大家一起在祖坟下跪拜和祭奠。祭奠后，大家列坐在亭子里。老年人看着年轻人而叹息说："你们是没跟上看到我们乡里的风俗之美了。从我小的时候，看见有做出了不义之事的人，那大家都共同敌视他，就像看见怪物一样，使他感到战战兢兢不得安宁。后来风俗稍微有些衰败，但大家还是要共同嘲笑这种人的。现如今，大家却与这种人相安无事了。这是起始于某某人。那个某某人，本是乡里有声望的人，却使我们的风俗大乱。因为他是有名望的人，所以他引诱人也更快，为害也更深。自从这个人赶走自己兄长留下的孤儿而不照料后，骨肉的恩情就淡薄了；自从这个人多占自己先人的财产和田产而欺骗家里的诸位孤儿后，父母兄弟之情就缺少了；自从这个人被他家里的诸位孤儿诉讼后，礼义的节操就废掉了；自从这个人把他的妾的地位放到了他妻子的上面后，嫡和庶的区别就混淆了；自从这个人沉溺在声色之中，而父亲和儿子混杂在一起，喧哗吵闹没有尊卑之别，家里的秩序就乱套了；自从这个人贪财无厌，只把有钱人当好人后，廉耻的道路就阻塞了。这六种行为，是我们过去所认为的最让人感到羞愧、最不能容忍的。现今那些不懂得道理的人却都说：'某某人是什么人啊，尚且做这样的事情呢!'他的车马豪华煊赫,婢女和妾妇妖艳动人,足可以摇荡诱惑街头巷尾的小人;他的官爵和财力,足可以震动州府县衙;他的虚伪狡诈、花言巧语,足可以蒙蔽住君子:他就是州里的大盗啊!我不敢把这告诉乡里之人,而只是私下里告诫我们族人:如果有类似这个人的一种恶行的,我希望他不要经过我家的大门!"

我听到这些话感到惧怕因而请求把这些事情写下来。老人说:"写下这些事情而空着他的姓名,让别人看到,那就不知道他是谁;而让这个人看到,那他就会脸发热、心有愧,汗流浃背、食不下咽。暂时不要把这些事情宣扬开去,也许他还有悔悟的时候呢!"我说:"好吧。"于是,记下了这些事情。

名二子说

轮、辐、盖、轸,①皆有职乎车,②而轼,③独若无所为者。虽然,去轼,则吾未见其为完车也。轼乎,吾惧汝之不外饰也。④

天下之车莫不由辙,⑤而言车之功者,辙不与焉。虽然,车仆马毙,⑥而患亦不及辙。是辙者,善处乎祸福之间也。辙乎,吾知免矣。

[题解]

据王文诰《苏诗总案》,本文作于庆历七年(1047),大概是苏洵守丧家居和教育二子读书作文之时。杨慎说本文:"字数不多,而婉转折旋,有无限意思。此文字之妙。观此,老泉之所以逆料二子之终身,不差毫厘,可谓深知二子矣!与《木假山记》相出入。"(《三苏文范》卷四)苏轼,字子瞻,是希望此子像车之有轼,伏而敬焉,以为观瞻。注意外在行为的修饰,不能锋芒毕露,有所退藏。苏辙,字子由,辙乃车之所由,但车仰马翻,而辙不与其祸,希望此子能善处祸福之间,而不受其祸。

[注释]

①轮:车轮。辐:辐条,凑集于车轮中心毂上的直木,《老子》:"三十辐,共一毂。"盖:车盖。轸(zhěn):《考工记·总序》:"车轸四尺。"郑玄注:轸,舆后横木也。②职:职事,作用。③轼:车前用作扶手的横木。《释名·释车》:"轼,式也,所伏以式敬者也。"④不外饰:不注意外在行为的修饰。⑤辙:车辙,轨迹。⑥车仆马毙:车倒马翻。

[译文]

　　轮子、辐条、车盖、车轸,都是一辆车有用的部分;而车前用来扶手的横木,独独好像没有什么作用。虽然这样,但是去掉车前的横木,那我就不认为它是一辆完整的车子啦。(苏)轼呀,我担心你不知道外在的修饰啊!

　　天下的车子没有不按照车辙来行走的,而讲到车的功劳,车辙是轮不上的。虽然这样,但是当车子翻了,马儿倒了,而祸患也不会波及车辙。所以说车辙,是最擅长处于祸和福之间的。(苏)辙呀,我知道你会免于祸患啊!

仲兄字文甫说

洵读《易》至《涣》之六四曰："涣其群，元吉。"①曰：嗟夫，群者，圣人所欲涣以混一天下者也。盖余仲兄名涣，而字公群，②则是以圣人之所欲解散涤荡者以自命也，而可乎？他日以告，兄曰：子可无为我易之？③洵曰：唯。既而曰：请以文甫易之，如何？

且兄尝见夫水之与风乎？油然而行，④渊然而留，⑤渟洄汪洋，⑥满而上浮者，是水也，而风实起之。蓬蓬然而发乎大空，⑦不终日而行乎四方，荡乎其无形，飘乎其远来，既往而不知其迹之所存者，是风也，而水实形之。⑧今夫风水之相遭乎大泽之陂也，⑨纡余委蛇，⑩蜿蜒沦涟，⑪安而相推，怒而相凌，舒而如云，蹙而如鳞，⑫疾而如驰，徐而如徊，⑬揖让旋辟，⑭相顾而不前，其繁如縠，⑮其乱如雾，纷纭郁扰，⑯百里若一。汩乎顺流，⑰至乎沧海之滨，滂薄汹涌，号怒相轧，交横绸缪，⑱放乎空虚，掉乎无垠，⑲横流逆折，溃旋倾侧，⑳宛转胶戾，㉑回者如轮，萦者如带，直者如燧，㉒奔者如焰，跳者如鹭，投者如鲤，殊状异态，而风水之极观备矣！故曰："风行水上涣。"㉓此亦天下之至文也。

然而此二物者，岂有求乎文哉？无意乎相求，不期而相遭，而文生焉。是其为文也，非水之文也，非风之文也。二物者非能为文，而不能不为文也。物之相使，而文出于其间也，故曰：此天下之至文也。今夫玉非不温然美矣，而不得以为文；刻镂组绣，㉔非不文矣，而不可与论乎自然。故夫天下之无营而文生之者，唯水与风而已。

昔者君子之处于世，不求有功，不得已而功成，则天下以为贤；不求有言，不得已而言出，则天下以为口实。㉕呜呼！此不可与他人道之，唯吾兄可也。

[题解]

据苏辙《伯父墓表》（《栾城集》卷二五）："公讳涣，始字公群，晚字文父。"又云："辙生九年，始识公于乡。其后见公于杞……辙幼与兄轼皆侍伯父，闻其言曰：'……自吾之东，今将三十年，归视吾里，弦歌之声相闻，儒服者于他州为多，善矣。"苏涣天圣二年（1024）进士，离蜀应在1023年，庆历七年（1047）五月父丧还蜀守丧，至皇祐元年（1049）八月免丧，再次赴京任职。苏洵《仲兄字文甫说》即当写于免丧之后，苏涣离蜀之前，基本可以确定为皇祐元年。本文是苏洵的一篇名文。主旨在由论文而论立功、立言之不朽，主张君子应无意于求，不期至而至。正意水到渠成，一点即止，毋庸多言。文章主体部分在于论述风水相遭，自然而成文。描述风水之形，有三十多种形态，真乃具捕风捉影的本领，写得有色有声，备极奇观。桐城派古文大家刘大櫆评道："极形容风水相遭之态，可与庄子言风比美，而其运词却从《上林》、《子虚》得来。"苏洵之古文本以议论见长，此文在苏洵文章中可算别调。作为苏洵文学思想的表述，本文在文论史上也具有重要地位。水，比喻创造的源泉和艺术的修养；风，比喻创作冲动不能已于言的一种状态。两相凑泊，才能极文章之伟观。苏洵的文学思想对于苏轼、苏辙均有极大影响，苏轼《自评文》（《苏轼文集》卷六六）："吾文如万斛泉源，不择地皆可出，在平地滔滔汩汩，虽一日千里无难。及其与山石曲折，随物赋形，而不可知也。所可知者，常行于所当行，常止于不可不止，如是而已矣。其他虽吾亦不能知也。"就是对苏洵文学思想的继承。

[注释]

①涣其群，元吉：《周易·涣》："☵坎下巽上。""六四：涣其群，元吉。

涣有丘，匪夷所思。"《周易》每卦六爻，爻分阳爻和阴爻。阳爻（—）称为九，阴爻（--）称为六。涣卦从下往上数第四爻就是阴爻，称为六四。涣，散。群，小群，小集体，朋党。朱熹《朱子语类》卷七三说："老苏云：'《涣》之九四曰：涣其群，元吉。夫群者，圣人之所欲涣以混一天下者也。'此说虽程《传》有所不及。如程《传》之说，则是群其涣，非'涣其群'也。盖当人心涣散之时，各相朋党，不能混一。惟九四能涣小人之私群，成天下之公道，此所以元吉也。老苏天资高，又善为文章，故此等说话皆达其意。大抵《涣卦》上三爻是以涣济涣也。"②仲兄：二哥。苏洵兄弟三人，长兄早卒。苏轼《苏廷评墓志铭》（《苏轼文集》卷一六）："[苏序（973—1047）] 生三子。长曰澹，不仕，亦先公卒。次曰涣，以进士得官，所至有美称。及去，人常思之，或以比汉循吏，终于都官郎中、利州路提点刑狱。季则轼之先人讳洵，终于霸州文安县主簿。"苏涣（1001—1062），初字公群，苏洵为其改字文甫。天圣二年（1024）进士。事迹见苏辙《伯父墓表》（《栾城集》卷二五）。③可无：可否。④油然：自然而然的样子。⑤渊然：水深湛的样子。⑥渟洄汪洋：水停止聚集盛大之貌。⑦蓬蓬然：风初起的样子。大空：太空。⑧水实形之：风没有形貌，大小之风依靠水来使其现形。⑨大泽之陂（bēi）：大湖泽的岸边。⑩纡余委蛇（yí）：缓慢曲折流动。委蛇，亦作逶迤。⑪蜿蜒沦涟：水流弯曲，波纹荡漾。⑫蹙而如鳞：皱折如鱼鳞的样子。⑬徐而如徊：徐缓徘徊。⑭揖让旋辟：互相礼让，旋转回避。⑮其繁如縠（hú）：縠，绉纱。苏轼《和张昌言喜雨》："禁林夜直鸣江濑，清洛潮回起縠纹。"⑯纷纭郁扰：杂乱纠结的样子。⑰汩（yù）乎顺流：水流迅疾的样子。⑱绸缪：缭绕缠结的样子。⑲掉乎无垠：这里形容水波动荡，没有尽头。⑳渍旋：水波涌起旋转的样子。㉑宛转胶戾：宛转回旋的样子。㉒直者如燧：燧，烽火。直的像烽火。㉓风行水上涣：《周易·涣》："《象》曰：风行水上，涣，先王以享于帝，立庙。"孔颖达正义："风行水上，激动波涛，散释之象。"㉔刻镂组绣：雕刻织绣。㉕口实：谈资。

[译文]

苏洵我读《易经》到《涣卦》阴爻六四，其中说："解散那些群集的，大吉。"我说：哎呀！群是圣人所要解散以统一天下的。

我二哥名涣而字公群，那是以圣人解散涤荡小的群体以混一天下来自期的，可以这样取名字吗？后来把这告诉兄长，二哥说：你可否为我换一个字？我说：好吧。想了一想又说：请用文甫来换它，怎么样？

况且二哥曾经观察过风起水涌吗？自然而然地流动，渊深地停留，聚集起来汪洋一片，充满而向上浮动的，那是水，但却是由风来吹动它呀。蓬蓬勃勃地从高空中发出来，不到一整天就吹遍了四方，荡荡然而没有形象，飘飘然来自远方，吹过去了就不知道它留下什么踪迹，那是风，但却是水显现了它的形象。现在风和水在大湖大泽的岸边相遇，纡缓地逶迤起伏，婉转地形成各样波纹，安定时互相推动，发怒时互相凌压，有时舒展就像云霞，有时收缩就像鱼鳞，疾如奔马，慢如徘徊，像作揖退让旋转回避，互相推让而不向前，像丝织品一样花纹繁富，像薄雾一样缥缈杂乱，纷纷扬扬郁郁葱葱，几百里内都是一个样子。迅疾地顺流东到沧海岸边，气势磅礴，波涛汹涌，风号浪怒，互相挤压，纵横联结，纠缠环绕，放纵喷射到高空，自由出没于无涯，横流逆转，涌起倾侧，婉转曲折，回旋的像轮子，萦绕的像带子，笔直的像烽火，奔腾的像火焰，蹦跳的像白鹭，跳起落下的像鲤鱼，奇特的形状，别致的姿态，风水相遭的极致完美地体现出来。所以《易经》说："风行水上，激动波涛，是散释之象。"这也是天下最好的文章啊！

然而风水这两样东西，难道有意追求波纹吗？它们无意相求，不期而遇，波纹就产生出来。所以这文，不是水的文，不是风的文。这两样东西，本身并不能够形成文，却是不能不形成文，两者互相作用，文就在它们中间生出来，所以说这是天下最好的文啊！那玉不是不温润美好了，却不能算得上有文章；雕刻刺绣，不是不成文章了，却不可算得上自然。所以天下无意经营而产生文章的，只有水和风罢了。

从前，君子处世，不希求功业，但是不得已而成了大功，天下人就认为他是圣贤；不要求发表什么言论，不得已而说出话来，天下人就拿它作为言谈的依据。唉！这不可以跟别人说道，只可以跟我二哥说说罢了。

送石昌言为北使引

昌言举进士时，吾始数岁，未学也。①忆与群儿戏先府君侧，昌言从旁取枣栗啖我，家居相近，又以亲戚故，甚狎。②昌言举进士，日有名。吾后渐长，亦稍知读书，学句读、属对、声律，③未成而废。昌言闻吾废学，虽不言，察其意甚恨。后十余年，昌言及第第四人，守官四方，不相闻。吾以壮大，乃能感悔，④摧折复学。又数年，游京师，见昌言长安，相与劳苦如平生欢，⑤出文十数首，昌言甚喜称善。吾晚学无师，虽日为文，中甚自惭，及闻昌言说，乃颇自喜。今十余年，又来京师，而昌言官两制，⑥乃为天子出使万里外强悍不屈之虏，建大旆，从骑数百，送车千乘，出都门，意气慨然。自思为儿时，见昌言先府君旁，安知其至此！

富贵不足怪，吾于昌言独有感也。丈夫生不为将，得为使折冲口舌之间，⑦足矣。往年彭任从富公使还，⑧为我言，既出境，宿驿亭，闻介马数万骑驰过，剑槊相摩，终夜有声，从者怛然失色。⑨及明，视道上马迹，尚心掉不自禁。⑩凡虏所以夸耀中国者多此类，中国之人不测也，故或至于震惧而失辞，以为夷狄笑。呜呼！何其不思之甚也！昔者奉春君使冒顿，壮士、大马皆匿不见，是以有平城之役。⑪今之匈奴，吾知其无能为也。《孟子》曰："说大人者，藐之。"⑫况于夷狄！请以为赠。

[题解]

据《长编》卷一八三："（嘉祐元年八月）丙寅（十七日），刑部员外郎知制诰石扬休为契丹国母生辰使。"又据苏轼《跋送石昌言引》，本文作于嘉祐元年（1056）九月十九日，为送石扬休出使辽国所作。据范镇《石工部扬休墓志铭》记载，石扬休出使契丹，"道感寒毒，得风痹"，于次年病逝。当日形势，辽强宋弱，奉使契丹，责任颇重。作为一篇送序，本文前段避开正题，而从自己和石昌言的琐屑交情叙起，将昔日昌言与己之"甚狎"、"甚恨"、"不相闻"、"甚喜"，分做四番情事来写，而后方写到昌言今日作为天子使节，"出都门意气慨然"，叙事颇为曲折。后段则为一番激昂的赠言，以议论之笔出之。立意高妙，揭示契丹"弱而示之强"，以虚声吓人而已。写法上，妙在欲言今事，却引彭任所言之往事；欲言时事，却引汉朝之旧事。全文笔力顿挫雄伟，曲尽当日情状。

[注释]

①昌言（995—1057）：即石扬休。眉州眉山人。少孤力学，年十八举进士，景祐五年（1038）四十三岁时进士及第，与司马光、范镇等为同年，历刑部员外郎知制诰，终工部郎中。生平事迹见范镇《石工部扬休墓志铭》（《全宋文》卷八七二）、司马光《石昌言哀辞》（《全宋文》卷一二二九）、《宋史》卷二九九《石扬休传》。据此，石昌言举进士时，苏洵方四五岁。②咦：喂。亲戚：据苏轼《苏廷评（苏洵父苏序）行状》（《苏轼文集》卷一六）："女二人，长适杜垂裕，幼适石扬言。"石扬休、扬言当为兄弟行。狎：亲昵。③句读：语意已尽为句，语意未尽而须停顿为读。属（zhǔ）对：撰写对仗的句子。声律：诗歌的平仄格律。④感悔：指苏洵后来折节发愤读书事。据苏洵《祭亡妻文》（《嘉祐集笺注》卷一五）："昔予少年，游荡不学。子虽不言，耿耿不乐。我知子心，忧我泯没。感叹折节，以至今日。"又司马光《苏主簿夫人墓志铭》（《全宋文》卷一二二六）："府君年二十七犹不学，一旦慨然谓夫人曰：'吾自视今犹可学，然家待我而生，学且废生，奈何？'夫人曰：'我欲言之久矣，恶使子为因我而学者。子苟有志，以生累我可也。'

即罄出服玩鬻之以治生，不数年，遂为富家。府君由是得专志于学，卒成大儒。"⑤劳苦：相劳问其勤苦也，即慰劳之意。平生：平素，一生。⑥昌言官两制：洪迈《容斋三笔》卷一二"侍从两制"条："国朝官称，谓翰林学士、中书舍人为两制，言其掌行内外制也。"翰林学士知制诰，谓之内制；以他职知制诰，谓之外制。时石昌言以刑部员外郎知制诰，故称两制。⑦折冲口舌之间：折冲，御敌。谓以外交辞令制胜。⑧彭任从富公使：彭任，字有道，蜀人，曾随富弼出使契丹。参见苏轼《跋送石昌言引》。《长编》卷一三五："（庆历二年四月）庚辰，以右正言知制诰富弼为回谢契丹国信使。"⑨怛（dá）然：惊慌的样子。⑩心掉：心惊胆战。⑪奉春君：汉初娄敬的封号，娄敬被高祖赐姓刘。《汉书》卷四三《刘敬传》："汉七年，韩王信反，高帝（刘邦）自往击之。至晋阳，闻信与匈奴欲击汉。上大怒，使人使匈奴。匈奴匿其壮士、肥牛马，徒见其老弱及羸畜。使者十辈来，皆言匈奴易击。上使刘敬复往使匈奴，还报曰：'两国相击，此宜夸矜见所长。今臣往，徒见羸瘠老弱，此必欲见短，伏奇兵以争利。愚以为匈奴不可击也。'上怒，骂敬曰：'齐虏！以舌得官，乃今妄言沮吾军。'械系敬广武。遂往，至平城，匈奴果出奇兵围高帝白登，七日然后得解。"冒顿（mò dú）（？—前174）姓挛鞮（luán dī），于公元前209年（秦二世元年）杀父头曼单于而自立。秦汉时经常侵扰边境。平城，在今山西大同东北。⑫说大人者，藐之：语出《孟子·尽心下》，原文为："说大人，则藐之，勿视其巍巍然。"说，游说。大人，尊贵者。藐，藐视。

[译文]

昌言考进士的时候，我才几岁，还没有开始学习。记得和一群小孩子在先父身边嬉戏，昌言从旁边拿枣子、栗子给我吃。我们两家住得相近，又因为亲戚的缘故，非常亲昵。昌言考进士，越来越有名气。我后来渐渐长大，也稍稍知道读书，学习断句读、对对子、作诗的声韵格律，没有学成中途废弃。昌言听说我废弃学业，虽然嘴上不说，看他的意思，甚为我遗憾。又过了十多年，昌言以第四名考中进士，到四方去做官，我们就不通音信了。我年龄老大，方才感到懊悔，于是又重新折节读书。又过了几年，我游学京师，在长安见到昌言，互相慰劳像往常一样的欢乐。我拿出十数篇文章，昌言看了很高兴，称赞文章写得好。我很晚才发愤读书又没有老师，虽然每天作文，内心甚感惭愧，当听到昌言的称赞，才略为自信。现在又过了十多年，我再来京师，昌言已做了两制官，又要代表皇帝出使到万里之外的强悍不屈的敌国去。看他建起大旗，跟从着几百人的骑兵，送行的车子有上千辆，北出京城大门，意气多么慷慨激昂啊！自念儿童时在先父身边看见昌言，怎料到他能到今天这么显赫的地步？

一个人大富大贵不足为奇，我对昌言却有特别的感慨。大丈夫活着虽不能为大将军，能作为使节，用口舌在外交上迎敌制胜也足够了。往年彭任跟从富弼大人出使辽国回来，曾经为我说过当他们既已越过边境，晚上住在驿站，听见数万骑披甲的战马奔驰而过，刀剑长矛互相摩擦碰撞，整夜声响不断，从使的人惊惶失色。到了天明，察看路上马的蹄印，尚且心跳不止。大凡敌人用来向中国夸耀的，多似这样。中国人不测深浅，因而有人以至于震惊害怕到忘记措辞，被敌族耻笑。唉！为什么不动脑筋到这个地步呢！西汉时奉春君娄敬出使匈奴，匈奴把他们的壮士、骏马都藏起来不外露，以至取得平城之战的胜利。现在的契丹，故意呈露他们的强势，我因此知道他们没有什么真正的能耐和作为。孟子说："说服大人物，要藐视他。"何况对待夷狄呢？请让我以此作为临别赠言吧。

附：

跋送石昌言引　苏轼

嘉祐元年九月十九日先君《送石昌言北使》文一首。其字则轼年二十一时所书与昌言本也。今蓄于陈履常氏。昌言名扬休，善为诗，有名当时，终于知制诰。彭任字有道，亦蜀人，从富彦国使虏还，得灵河县主簿以死。石守道尝称之，曰："有道长七尺，而胆过其身。一日坐酒肆，与其徒饮且酣，闻彦国当使不测之虏，愤愤推酒床，拳皮裂，遂自请行，盖欲以死扞彦国者也。"其为人大略如此。然亦任侠好杀云。元祐三年九月初一日题。(《苏轼文集》卷六六)

送石昌言舍人使匈奴　梅尧臣

燕然山北大单于，汉家皇帝与玺书。
持书大夫腰金鱼，飞龙借马出国都。
胡沙九月草已枯，草上霜花如五铢。
白裘貂帽著不暖，莽莽黄尘车款款。
野庐边月出陇来，风静天遥雁声短。
闻到羼庭尤苦寒，译言揉耳不讥弹。
公于是时已观礼，踏雪再拜辞可汗。
(《梅尧臣集编年校注》卷二六)

族谱引

苏氏之《谱》,谱苏氏之族也。苏氏出自高阳,①而蔓延于天下。唐神龙初,长史味道刺眉州,卒于官,一子留于眉,眉之有苏氏自是始。②而谱不及焉者,亲尽也。③亲尽则曷为不及?谱为亲作也。凡子得书而孙不得书,何也?以著代也。自吾之父以至吾之高祖,仕不仕,娶某氏,享年几,某日卒,皆书;而他不书,何也?详吾之所自出也。自吾之父以至吾之高祖,皆曰讳某,而他则遂名之,何也?尊吾之所自出也。《谱》为苏氏作,而独吾之所自出得详与尊,何也?《谱》,吾作也。

呜呼!观吾之《谱》者,孝弟之心可以油然而生矣。④情见乎亲,亲见于服,服始于衰,而至于缌麻,而至于无服。⑤无服则亲尽,亲尽则情尽,情尽则喜不庆,忧不吊;喜不庆,忧不吊,则途人也。吾之所以相视如途人者,其初兄弟也。兄弟,其初一人之身也。悲夫!一人之身分而至于途人,此吾谱之所以作也。其意曰:分而至于途人者,势也。势,吾无如之何也已。幸其未至于途人也,使之无至于忽忘焉可也。呜呼!观吾之《谱》者,孝弟之心可以油然而生矣。

系之以诗曰:

吾父之子,今为吾兄。吾疾在身,兄呻不宁。数世之后,不知何人。彼死而生，不为戚欣。兄弟之亲，如足如手，其能几何？彼不相能，彼独何心！⑥

[题解]

中国古代社会以家为社会的最小单位，又讲究推己及人，所以无论讲齐家治国平天下，或者讲恻隐之心，都是从人性出发，来设计社会制度。宗法制是古代社会的根本，是人和人关系的根本纽带。从东汉一直到唐代，居于社会上层的都是高门贵族，社会极其重视阀阅和门第，谱学极其兴盛。唐代柳芳论述当时的门第情况时说："过江则为'侨姓'，王、谢、袁、萧为大；东南则为'吴姓'，朱、张、顾、陆为大；山东则为'郡姓'，王、崔、卢、李、郑为大；关中亦号'郡姓'，韦、裴、柳、薛、杨、杜首之；代北则为'虏姓'，元、长孙、宇文、于、陆、源、窦首之。"（《新唐书》卷一九九《柳冲传》）唐末五代的动乱给高门士族以致命的一击。宋代门阀士族虽然已荡然无存，但家族作为中国古代社会的基本结构单位仍然广泛存在。宋代最普遍的是科举起家、仕宦成功而形成的一些新型的家族势力。这些科举家族，大者将相满门，影响及于整个国家；小者几世中举、世代为官，在地方具有很大的势力和影响。宋代的地方性家族占有很大的比重，并且代表了中国宋代以后封建社会的基本结构模式。在门阀士族制度崩溃以后，经过五代礼制的颓败，宋代一些有远见的学者开始关注家族制度的重建问题。这表现在对于振兴谱学的呼吁上，欧阳修、苏洵首先开始创设家谱，并且含有为天下示范的用意。苏洵说："自唐衰，谱牒废绝，士大夫不讲，而世人不载。于是乎由贱而贵者，耻言其先；由贫而富者，不录其祖，而谱遂大废。"（《嘉祐集笺注》卷一四《谱例》）宋儒也意识到家族的稳定和睦对于社会稳定的意义。张载说："宗子之法不立，则朝廷无世臣。且如公卿一日崛起于贫贱之中以至公相，宗法不立，既死，遂族散，其家不传。宗法若立，则人人各知来处，朝廷大有所益。或问：'朝廷何所益？''公卿各保其家，忠义岂有不立？忠义既立，朝廷之本岂有不固？今骤得富贵者，止能为三四十年之计，造宅一区及其所有，既死，则众子分裂，未几荡尽，则家遂不存，如此则家且不能保，又安能保国家！'"（《张载集·经学礼窟·宗法》）他们提出了新型的家族伦理道德建构的设想。这便是以"敬宗收族"为核心内容的一套家族制度，包括族谱、族产、族规、祭祀、祠堂、家塾、继承制等内容，成为明清以来社会所遵循的家族制度。苏洵作为宋代复兴谱学的先驱者之一，写作了《谱例》、《苏氏族谱》、《族谱后录》上下篇、《大宗谱法》、《苏氏族谱亭记》等一系列作品，积极重建家族家规，垂范于后。这些作品基本上写于至和二年（1055）九月。本文一方面讲制作家谱的凡例，一方面阐明写作家谱的用意所在。目的在于唤醒人们的家族意识，孝悌之心。情辞双到，恻恻动人。

[注释]

①苏氏出自高阳：高阳即三皇五帝中的帝颛顼。《史记》卷一《五帝本纪》云："帝颛顼高阳者，黄帝之孙而昌意之子也。"《集解》："皇甫谧曰：都帝丘今东郡濮阳是也。"《索隐》："宋忠云：颛顼名高阳，有天下号也。张晏曰：高阳者所兴地名也。"②唐神龙初，长史味道刺眉州：神龙（705—707），唐中宗年号。味道即初唐著名诗人苏味道（648—705）。《旧唐书》卷九四《苏味道传》："苏味道，赵州栾城人也。少与乡人李峤俱以文辞知名，时人谓之'苏李'。弱冠本州举进士……延载初历迁凤阁舍人、检校凤阁侍郎同凤阁鸾台平章事，寻加正授。证圣元年，坐事出为集州刺史。俄召拜天官侍郎。圣历初，迁凤阁侍郎同凤阁鸾台三品。味道善敷奏，多识台阁故事，然而前后居相位数载，竟不能有所发明，但脂韦其间，苟度取容而已。尝谓人曰：处事不欲决断明白，若有错误，必贻咎谴，但模棱以持两端可矣。时人由是号为'苏模棱'……神龙初，以亲附张易之、昌宗贬授眉州刺史。俄而复为益州大都督府长史，未行而卒，年五十八……有文集行于代。"（《新唐书》传见卷一一四）③亲尽：出五服即为亲尽，参注⑤。④孝弟之心：孝敬父母、友爱兄弟之心。⑤服始于衰，而至于缌麻，而至于无服：《仪礼·丧服》记载了五种丧服制度，即所谓的五服：斩衰、齐衰、大功、小功、缌麻。根据生者与死者血统的亲疏和尊卑之别，穿着不同质地的丧服，丧期长短不同，表示哀痛的深浅和丧礼的隆杀。斩衰：斩是将衣服之布斩断后不缉边，衰是丧服的上衣，这是五种丧服中最重的一种，用最粗的麻布做成，服期三年，子女为父，嫡孙为祖父，妻为夫服斩衰之服。齐衰：齐是指丧服封边，这是次于斩衰的丧服，用粗麻布制成。大功：大是人工粗大不精之意，这种丧服开始加入人工，用熟麻布制成。服期为九个月。小功：用比较精细用工较多的熟麻布制成的丧服。缌

麻：是五服中最轻的一种，丧服用缌布制成，用麻做绖带，故称缌麻。其精细已经和朝服相同。出五服则亲尽，亲尽则情尽。⑥不相能：即互相有矛盾，不能和睦相处。能，亲善和睦。

[译文]

苏氏的《族谱》，是给苏氏族人做的谱牒。苏氏出于古代大帝高阳颛顼，而蔓延发展遍及天下。唐中宗神龙年间，益州大都督府长史苏公味道来眉州做刺史，死在任上，他的一个儿子就留在眉州，眉州有苏姓人家从这个时候开始。而族谱里没有记录到，是因为出了五服，亲戚关系完了。亲戚关系完了为什么就不记录呢？因为族谱是为亲人而作的。凡是儿子可以记上去而孙子不可以记上去，这是为什么呢？因为族谱是为了昭明世代的。从我的父亲以至于我的高祖，做官或是不做官，娶哪一姓的妻子，享年几何，哪一天去世都要记载；而其他人则不这样记载，为什么呢？因为要详细记载我家的世系来历。从我的父亲以至于我的高祖，都记载名字讳某某，而其他人则直书其名，为什么呢？因为要尊重抬高我家的世系来历。《族谱》为苏姓而作，而只有我家的世系来历得以详细而尊贵地记载，为什么呢？因为《苏氏族谱》，是我写的。

唉！观看我作的《族谱》的人，孝敬父母、敬重兄长的心会自然而然地生出来的。情表现在亲疏关系上，亲疏关系表现在不同的丧服上，丧服从最重的斩衰起，以至于最轻的缌麻丧服，以至于不穿丧服。不穿丧服就说明亲戚关系完了，亲戚关系完了就说明情没有了，情没有了，那么有喜事不互相庆贺，有丧事不互相哀吊。有喜事不互相庆贺，有丧事不互相哀吊，于是，大家就形同路人了。我和那些互相视如路人的人，最初是亲兄弟啊！兄弟们，他们最初是同一个父母啊！可悲啊！从同父同母，繁衍而成了路人，这就是我的《族谱》之所以制作的原因。它意在说明：繁衍而成了路人，是大势所趋。大的趋势，我无可奈何它。幸而在还没陌如路人的时候,使大家不至于忽视忘记这个道理,也就可以啦。唉!观看我作的《族谱》的人,孝敬父母、敬重兄长的心会自然而然地生出来的吧!

后面附上一首诗:

我父亲的儿子,是我的兄长。我身体生了病,我兄长也心不宁。过了几世,互不相识。任他生死,无动于衷。兄弟情谊,情如手足,情有多少?兄弟不睦,心何能忍!

参考书目

1. 《嘉祐集笺注》，苏洵著，曾枣庄、金成礼笺注，上海古籍出版社1993年。
2. 《唐宋八大家文钞》，茅坤编，影印文渊阁四库全书本。
3. 《唐宋八大家文钞校注集评》，高海夫主编，三秦出版社1998年。
4. 《古文辞类纂评注》，吴孟复、蒋立甫主编，安徽教育出版社1995年。
5. 《唐宋文举要》，高步瀛选注，上海古籍出版社1982年。
6. 《嘉乐斋三苏文范》十八卷，四库全书存目丛书影印，明天启二年刻本。
7. 《苏洵散文精品选》，周振甫选注，陕西人民出版社1995年。
8. 《宋史》，脱脱等著，中华书局1985年。
9. 《续资治通鉴长编》（简称《长编》），李焘著，中华书局2004年。
10. 《苏轼文集》，苏轼著，孔凡礼点校，中华书局1998年。
11. 《苏辙集》，苏辙著，陈宏天、高秀芳点校，中华书局1999年。

12.《三苏年谱》，孔凡礼著，北京古籍出版社2004年。

13.《张方平集》，张方平著，郑涵点校，中州古籍出版社1992年。

14.《梅尧臣集编年校注》，梅尧臣著，朱东润编年校注，上海古籍出版社1980年。

15.《欧阳修全集》，欧阳修著，李逸安点校，中华书局2001年。

图书在版编目(CIP)数据

唐宋名家文集.苏洵集/何新所注译.—郑州:中州古籍出版社,2010.5(2013.6重印)
(国学经典)
ISBN 978-7-5348-3340-3

Ⅰ.①唐… Ⅱ.①何… Ⅲ.①古典文学-作品集-中国-唐代②古典文学-作品集-中国-宋代③古典散文-作品集-中国-北宋 Ⅳ.①I214.01 ②I264.41

中国版本图书馆CIP数据核字(2010)第057750号

出版社:中州古籍出版社
　　　(地址:郑州市经五路66号　邮政编码:450002)
发行单位:新华书店
承印单位:河南大美印刷有限公司
开本:640mm×960mm　　1/16　　印张:18.5
字数:205千字　　　　　　　　　印数:10 001-13 000册
版次:2010年5月第1版　　　　　印次:2013年6月第4次印刷

定价:25.00元

本书如有印装质量问题,由承印厂负责调换。